U0585192

典藏版

Collector's
Edition

后宫

如懿传

〔伍〕

流潋紫——著

作家出版社

流潋紫

浙江湖州人，中国作协会员，浙江省作协第八届主席团委员，杭州市作协第八届委员会委员、类型文学创委会副主任。代表作有长篇小说《后宫·甄嬛传》《后宫·如懿传》，编剧作品《甄嬛传》《如懿传》，散文集《久悦记》等，现为作家、编剧、自由撰稿人，被誉为80后作家群的领军人物之一。曾获浙江省"最美浙江人——2012青春领袖"、年度浙籍作家、"首届杭州文化人物"、第十三届"最美杭州人——十大杰出青年"、2017年"浙江十大杰出青年"、第五届湖州十大杰出青年等荣誉称号。

目次

相随　｜　壹

　　璟兕的丧仪过后，如懿已经憔悴得如一片脆而薄的枯叶，仿佛一触就会彻底破碎。

　　皇帝数日不能安枕入眠，伤心不已，破例追封璟兕为固伦和宜公主，按着固伦大长公主的丧仪，随葬端慧皇太子园寝。历来嫡出之女为固伦公主，庶出之女为和硕公主，但那都是在即将下嫁时才可加封。皇帝如此做，亦是出于对璟兕格外的疼爱和怜惜。

　　然而悲伤之事并未断绝，仅仅隔了几日，忻嫔所生的六公主也因受惊早产而先天不足，随着璟兕去了。皇帝虽然伤心，却也比不上亲眼看着璟兕死去的痛楚，便按着和硕公主的丧仪下葬，连封号也未曾拟定，只叫陪葬在璟兕陵墓之侧。

　　宫中连丧两位公主，太后又担心端淑的安危，悲泣之声连绵不绝。时入五月，京中进入了难挨的梅雨季节。滴滴答答的愁雨不绝，空气里永远浸淫着潮湿而黏腻的气息，仿佛老天爷也在悲戚落泪。

　　金玉妍虽未削去贵妃位分，但被剥去了一切贵妃的仪制，只按着答应的份例开销，日子过得苦不堪言。她照例挨着鞭打。起初的几日，金玉妍挨鞭子的时候还会尖叫、反抗，渐渐地没了声音，只以冷毒的目光死死地盯着一方小小的蓝天，如一条垂死的蛇。

如懿大病了一场，皇帝虽然有心陪护，但前朝战事未宁，有心无力，只得让太医悉心照看。

一时间宫中离丧之象，便至如此哀乱之境了。

深夜孤眠，如懿辗转反侧，一闭上眼便是璟兕娇嫩的面庞，恍若无数的雪片在脑海里纷纷扬扬地下着，冻得发痛。江与彬给她的安神药一碗一碗灌下，却毫无作用，她睁着眼，死死地咬住嘴唇，任由泪水滑落枯瘦的面庞，如同窗外的雨绵绵不绝，洇透了软枕。

心中的痛楚狼奔豕突，没有出口。如懿披了一袭长衣，赤足茫然地走到窗边。萧瑟的风灌满她单薄的寝衣，吹起膨胀的鼓旋。乱发拂过泪眼，仿佛璟兕温软的、小小的手又抚上面来。

夜雨如注，繁密有声，好像是流不完的眼泪，更像这悲伤死死地烙在人的心上，永远也不能退去了。

悲伤中的日子静得几乎能生出尘埃。到了五月末，天气渐渐热了起来，往年里嫔妃们都迫不及待地换上轻薄如云霞的彩裙绡衣，浓翠嫩紫、娇青媚红，映着满苑百花盛放，禽鸟翩然，无一不是人比花娇。而今岁，即便是再有心争艳的嫔妃，亦不敢着鲜艳的颜色，化娇丽的妆容，惹来皇帝的不悦。

因着璟兕和六公主的早夭，如懿与忻嫔都神思黯然，四阿哥被冷落，八阿哥足伤，嘉贵妃禁足受刑，庆贵人和晋贵人被罚，太后又忧心端淑长公主的安危，宫中难免是凄凄冷冷，连树上的鸣蝉都弱了声气，有气无力地哼一声，又哼一声，拉长了深不见底的哀伤。

任凭时光悠悠一荡，却未能淡了悲伤。

午后的茜纱窗外，大片大片的阳光像团团簇簇的凤凰花般在空中烈烈而绽，散下浅红流金的光影。如懿在素衣无饰了月余后终于有了梳妆打扮的心思，象牙妆台明净依旧，珠钗花簪却蒙了薄薄的尘灰。她并不用容珮和侍女们动手，亲自将蓬松得略有些随意的家常发髻打散，因着悲伤，她几欲拖地的青丝亦有些枯黄，只能蘸了栀子花头油梳理通顺，复又用青玉无纹的扁方绾成高髻。一支暗金步摇从轻绾的云髻中轻轻斜出，那凌空欲飞的凤凰衔着一串长长的明珠，恰映得前额皎洁明亮，将一个月以来的黯沉略略扫空。几枚简素的镀金莲蓬簪子将发髻密密压实，小小一朵素白绢菊簪在髻后点缀。

容珮小心翼翼提醒道："皇后娘娘，公主是晚辈，您已经为她簪了这么久的白花，今日便不必了吧。"

她的提醒是善意的，准噶尔战事未平，一直簪着白花，也并不吉利。如懿轻叹一声，不肯摘下白花："过了五七再取下吧。"

容珮无言，只得加了一朵白玉雕琢而成的嵌蓝宝石珠花，略略点缀一朵暗蓝色蟹爪菊绢花。

容珮取过玫瑰脂膏轻轻送上："娘娘，您的妆还是太淡了，脸色不好呢。"

如懿对着铜镜细细理妆，不留一丝瑕疵。消瘦的脸颊，上了胭脂；苍白的嘴唇，涂了唇脂；细纹聚集的眉心，点了花钿，一切还如旧时，连耳上的乳色三联珰玉耳坠子也是璟兕最喜爱看她戴着的。

如懿换上一身月白素织氅衣，点着淡青色落梅瓣的细碎花纹，系了素色暗花领子。这些日子抄录佛经闭门不出，端的是肤白胜雪，而眼神却是惊人的苍冷，如一潭不见底的深渊。

如懿轻声道："今日是璟兕的五七回魂之日，本宫要送一送她。"

容珮道："愉妃小主一早来时娘娘还在给公主念经，小主送来了亲手做的十色素斋，说是要供在五公主的灵堂，今夜亥时小主还会陪娘娘一同为公主召唤。"

如懿微微垂了头，云鬓上的蓝宝石玉花的银丝长蕊轻轻地颤动：

"愉妃有心了。"

容珮赞叹:"这样的心思,满宫里也只有愉妃小主有。"她似想起什么,"皇上派了李公公来传话,今夜也会来陪娘娘为公主召唤。奴婢也把公主生前穿过的衣服和玩过的器具都整理好了,放在公主的小床上。"

如懿颔首:"规矩都教过永璂了吧?"

容珮道:"嬷嬷们都教导过了。十二阿哥天资聪颖,断不会出错的。"

悲愁瞬间攫住了她的心,攥得几欲滴下血来:"今日是五七,过世的人会回家最后看看亲人才去投胎。本宫想好好再陪一陪璟儿。"

夜色如涨潮的江水,无声无息便泼染了天空。皇帝让李玉传来话,前线六百里加急战报,要与群臣议事,实在脱不开身。

李玉说得仔细:"大军前锋部队进抵伊犁河畔,达瓦齐却仍执迷不悟,负隅顽抗,率部万人,退居伊犁西北方向的格登山,驻营固守,孤注一掷。皇上本要来五公主的祭礼的,可接到战报便忙到了现下,连晚膳都用得极匆忙。"

如懿明白,亦不勉强,便道:"皇上专心政事,本宫明白,也一定体谅。本宫会替皇上上清香一炷,祭告璟儿。"

与李玉同来的还有凌云彻,他躬身,清癯的面容诚挚而略显悲伤:"微臣向皇上请求,与李公公同来送和宜公主一程。"他的声音轻轻的,带着青苔般的丝缕潮湿。

如懿想起璟儿,眼中浮起隐隐潮气:"那就多谢凌大人了。"

海兰着一色莲青薄绸衣裙,带着永琪在身边,捧着一个白纱绢袋,里头盛着为璟儿魂灵引路的草木灰,徐徐道:"姐姐,时候不早了,我们该去召唤五公主的灵魂归来了。"

夜色如纱微笼,素衣的如懿和海兰由内侍与宫女提起莲形铜灯引路,李玉与凌云彻陪护在后,缓步而去。这一夜并不黑,蓊郁桐荫里款款悬着半弯下弦清月,漫天撒落的星子零零碎碎的,散着微白的光。因为早已吩咐了要行璟兕的"五七"之礼，内务府早预备了下去，将长街两侧的石灯都围上了洁白的布幔。

如懿披着一身素淡至极的石青绸刻玉叶檀心梅披风，系带处坠着两枚银铃铛，那是从璟兕的手铃上摘下来的，可以让她循着熟悉的铃声，找到自己。容珮抱了永璂在怀中，让永璂和永琪手里各提着一个小小的羊角琉璃提花灯笼。

如懿轻声道："这一对灯笼，是璟兕从前最爱玩的。"话未完，她的眼眶又湿润了，只得从海兰手里接过一把草木灰撒出，来掩饰自己无从掩饰的伤感。

永琪很是懂事："皇额娘，儿臣给妹妹照路，她就可以看见地上的草木灰，跟我们在一块儿了。"

永璂牙牙道："额娘，儿臣和五哥哥一样。"

如懿的指缝间扬扬撒落一把草木灰："好孩子，这样妹妹就不会迷路了。她就能找着咱们，和咱们走最后这一程。"

凌云彻陪守在如懿身边，轻声道："皇后娘娘别难过了，仔细风吹了草木灰，眯了您的眼睛。"

如懿的睫毛上盈着一滴晶莹的泪，她极力忍住，别过头去道："但愿今夜的风不要太大，不要吹散了这些草木灰，迷了璟兕回家的路。"

凌云彻的声音低沉而温暖："不会的。和宜公主聪慧过人，知道娘娘在等她，一定会回来的。"

如懿并不看他，只是微微侧首："多谢你。"

并未以官职相称，也不如常日一般唤他"凌大人"，这样简短的语句，无端地让他觉得亲切。然而，他并不能有多余的表情，只是以略略谦恭的姿态，和李玉一左一右，跟随在她身后。

凌云彻看着如懿纤细瘦美的背影，发簪上垂落的碎蓝宝珠珥流苏被风拂动，闪着粼粼的光。他陪在她身后，走过这漫长又漫长的长街，两侧徐徐笔直高陡的红墙，使长街看去越觉纵深，幽幽暗暗，不知前路几何。

他只希望这样的路能长一些，更长一些。

璟儿的灵堂布置在雨花阁内，后头是宝华殿的梵音重重。法师们念着六字真言，恍如极乐净土。

永瑺提着灯笼，学着永琪，将宫人们预备好的灵堂屋顶上的瓦片砸碎在地，极力呼唤："妹妹，回来！璟儿，你回来！"

永琪极力克制着哽咽声，永瑺的声音更稚气，带着浓重的哭音，无限渴盼而伤心。或许在他小小的心里，只要这样高声呼唤，妹妹就会再回到他身旁，和他一起玩闹，一起嬉笑。一如往日。

空气中是瑟瑟的草木香，有白日里阳光曝晒后勃勃的甘芳气息。如懿跪蹲在灵堂内，将亲手抄录的《往生咒》与纸钱一同焚化在铜盆内。

海兰轻声道："这是娘娘亲手抄的《往生咒》，臣妾和纯贵妃叠的纸钱，希望五公主可以有所感应。"

忽有蛙鸣入耳，如懿有些恍惚，泪水潸然而落，滴在火盆内，引得火苗迅疾跳了一下，腾起幽蓝的火焰："璟儿最喜欢听蛙鸣声，每次听到都会笑。可是今年，她已经听不到了。"

海兰的笑意温暖如绵，声音亦款款柔丽。她引袖拭去如懿腮边晶莹的一滴泪："姐姐，璟儿就在我们身边，只是我们看不到罢了。这些蛙声，她都能听到的。自然了，姐姐的伤心她也会知道。"

阁外的松柏投下长而暗的影子，将她的身影遮蔽得越显纤弱。海兰伸手为如懿掸去袖口上纸钱焚烧后扬起又落下的黑蝴蝶似的灰烬，大大的眼眸流露出无限的担心与关切："姐姐伤心过甚，人也消瘦至此。璟儿那么懂事，看姐姐伤心，也会伤心的。"

如懿努力点头："你放心。"她将手中的佛经焚烧殆尽，站起身道："李公公，凌大人，你们也来陪一陪璟儿吧。璟儿喜欢热闹，人多，她就不会寂寞了。"

李玉躬身入内，与凌云彻各自拈起一炷香，在璟儿灵前鞠躬行礼。

礼毕已经极晚。月色薄露清辉，那光晕有些模糊，并不怎么明亮。唯有宫人引路的灯盏，如跳动着的跌宕的心，幽光细细。

海兰轻语安慰："姐姐放心，五公主去得安乐，在极乐世界，她再不会有心症了。"

那一刻，如懿是笑着的，可是凌云彻觉得，那笑意是那样悲切，仿佛再多的眼泪也比不上那一缕微笑带来的伤悲。她的眸子幽怨而深黑，掠过他的眼。

凌云彻的心突然哆嗦了一下，仿佛被利针穿透，那么疼。

如懿独立风露之中，裙角沾染了青石上的夜露。站得久了，经风一拂，只觉肌骨生凉，她不自觉地便打了个寒噤。海兰忙靠紧她的身体，轻声道："夜凉，姐姐还是回去吧。"

有那么一瞬间，凌云彻突然很想摘下官服外的披风加于如懿瘦削的肩上，替她挡住凉夜的侵袭。

岁月那样长，衣衫那样薄，即便心无可栖处，亦可稍稍温暖。

然而，他并没有那样做，只是扶住了如懿的手臂，亦按住了被涌过的风吹起的扑展如硕大蝶翼的披风："皇后娘娘这一路伤心，微臣会陪娘娘走下去。"

海兰的目光中隐约浮起一丝疑虑，深深地看向凌云彻。他顿一顿："愉妃娘娘、李公公，也都会陪皇后娘娘走下去。"

海兰的脸色稍稍和缓，沉声道："是，我会一直陪着姐姐。这句话，很早前我就说过。如今，以后，也是一样。"

凌云彻不敢再多言，只是随着众人往翊坤宫方向默默行走，慢慢走在了最后。

那朵小小的素白绢菊是何时被风吹落的，无人知晓。待凌云彻发觉自己已经拾起的时候，众人都走在了前头。他虽只见过它几眼，却是记得的，那是如懿青丝间缠绕的一朵。他珍而重之地收在手心，正要收到袖子里。忽见一双碧清妙目凝视于他，似要将他整个人看成水晶玻璃人一般。

凌云彻的心没来由地一抖，不知怎么有些心虚。海兰也不多言，径自摘下自己发髻间小小的白色绢花，看向凌云彻，语气平静得没有一丝波澜："五七祭礼完了，这些东西也不用戴了。本宫自会处置。"

凌云彻握了握绢花，实在找不到婉拒的理由，又见海兰伸出手来，只得交还了。

海兰转过身，静静道："不该留的东西，焚了就是。"

这一夜，原本是嬿婉侍奉皇帝在养心殿用晚膳，按着寻常，她也会顺势留下陪伴皇帝度过宫中寂寞的夜。但皇帝无心顾她，便去了御书房和大臣们商议准噶尔战事。

嬿婉在暖阁里无聊而期盼地等着，绣了一会儿花，发了一会儿呆，慢慢熬着时辰。到了夜深时分，皇帝出了御书房，她极高兴地迎了上去。皇帝还是推开了她："朕得去瞧瞧颖嫔，今日是她的生辰。"

嬿婉当然是知道其中的缘由的。颖嫔巴林部的族人为皇帝平定准噶尔战事出力不少，何况满蒙一家，蒙古一直是大清的有力后盾，因而皇帝一直对颖嫔十分眷顾。

嬿婉一直深以家世为憾，这一来自然不悦，却也不敢有丝毫流露，只是以温柔得能滴出水的语调相对："皇上，今夜是和宜公主的五七之辰。臣妾是怕皇上触目伤情，所以特来养心殿陪伴，皇上何必还要入后宫呢？"

皇帝只道："不必了。颖嫔和五公主那儿朕都得顾着，你回去就是。"

嬿婉情知劝不动，勉强笑道："那么，臣妾恭送皇上了。"

直到目送皇帝离开，嬿婉才扶了春婵的手离开养心殿。这一路，她有些闷闷的。春婵只道："小主，皇上去不去看颖嫔，其实也没什么。您怎么倒提起五公主五七祭礼的事？"

嬿婉冷笑一声，清脆如冰："这些日子皇上有多为五公主伤心，本宫如何不知道？五公主被吓得没了性命，皇上只怕这辈子都忘不了。且这件事，宫里人瞧着都像是谁做的？"

春婵微笑："那自然是和嘉贵妃脱不了干系了。连那做衣裳的料子，也是嘉贵妃给了人的，谁都瞧不出破绽。"

是啊，素日常与庆贵人和晋贵人来往，看她们拿到嘉贵妃赏的料子，便随口说了要她们给十二阿哥和五公主裁衣，红男绿女，讨皇后喜欢。连缝那金叶子的主意，也是她仿若无心地和她们竞相出主意时说的，又拐着弯夸是她们的妙思。临了，连她们自己都以为是自己出的好主意了。

她低声嘱咐："叫王蟾将火场养过'富贵儿'的痕迹弄干净，别叫人知道是他训练过'富贵儿'扑那金叶子的声音。"

春婵连忙答允了，又道："小主，按着咱们的盘算，嘉贵妃的'富贵儿'吓死了五公主，又出乎咱们意料地连忻嫔的孩子也吓没了，皇上怎么一直没处死嘉贵妃啊？"

嬿婉的唇角浮起得意的笑色："固然是因为嘉贵妃多年得宠的缘故，也是因为她的三个儿子和北族母族的地位。皇上为难是不知该如何处置，真凶似是非是，皇上处置不了嘉贵妃，便给不了五公主一个交代，当然为难。"

春婵替嬿婉摇着手中的葵纹明绫白团扇取凉："嘉贵妃的儿子一个被皇上冷落，一个摔残了腿，真是不济！嘉贵妃也不过按答应位分处置，每日挨十鞭子。奴婵还以为那两枚银针，够送八阿哥上西天见佛祖了呢！"

"黄泉地儿太小，没要八阿哥。不过八阿哥的腿是废了。"嬿婉快意地笑着，"好啊。额娘作孽儿受着。本宫永远忘不了当年嘉贵妃是怎么折磨本宫的。还有皇后和愉妃，也都以为是八阿哥坠马后嘉贵妃报复，才拿'富贵儿'吓死了五公主吧。"

"小主妙算。若都死了一了百了，就不够解恨了。"春婵一笑，"那日澜翠还和奴婢说嘴，说碰上守坤宁宫的侍卫赵九宵。”

“赵九宵？”嬿婉警觉，“他和澜翠说什么？”

春婵笑道："那傻小子看上澜翠了，说起有次他和凌大人喝酒，听凌大人含糊其词地提过从马场查八阿哥坠马之事有疑处，说有什么银针。澜翠再追问，赵九宵却什么也不知了。"她见嬿婉的神色逐渐郑重，又道，"这样要紧的事，奴婢特意嘱了澜翠又问了一次。但澜翠说赵九宵什么也不知，进忠也说，凌大人向皇上复命时根本没提过什么银针。奴婢想，凌大人重情重义，怕是查出了什么蛛丝马迹也不肯说。何况许多事根本没有痕迹可查。"

春婵的话，让嬿婉安心。有感动的暖色在嬿婉的脸上漾起。嬿婉抚摸着手指上凌云彻当年相送的红宝石戒指。暗夜里，它即便是最次的红宝石做的，亦有沉沉的光华流转。嬿婉娇丽一笑："不管为了什么，也不管本宫怎么对他，这些年他心里有谁，本宫都是知道的。这个人啊，就是嘴硬而已！"

春婵扶住了嬿婉，轻笑道："奴婢听说凌大人忙着在宫中当差，很少回宫外的宅子，夫妻不大和睦。想来是凌大人心里有小主的缘故。"

嬿婉唇角扬得更高，笑容好似兜不住似的："茂倩只是一个宫女，又是皇上许婚，本来就没什么情意。"

春婵忙道："凌大人还不是因为心里有小主，看什么人都不能入眼了！"

嬿婉的笑容瞬间凝住："旧时情意，本宫不能忘的，他一定也没忘。这一点，皇上是怎么也不能和凌云彻相较的。"

春婵恭谨回道："皇后娘娘这朵花开到了盛时，接下去便只能是盛极而衰。而小主这朵花才开了几瓣儿，有的是无穷无尽的好时候呢。"

嬿婉嗤道："左右今儿是和宜的五七，咱们便拐去翊坤宫，听听皇后的哭声吧。"

不远的彼端，隐约可见翊坤宫宫门一角。衬在如墨的天色下，盘踞于飞檐之上的兽头朦朦胧胧，却不失庄严之态。

凌云彻陪在如懿身后，心下微凉如晨雾弥漫。

这，便是尽头了。

这一晚，他能陪她走这一段，已是难得的奢望。

翊坤宫一门相隔，她是高高在上的皇后，他依旧是养心殿前小小的御前侍卫。只可遥遥一望，再不能同路而行。

这一段路，已经太难得，太难得了。

李玉先于他躬身施礼："皇后娘娘、愉妃娘娘，夜已深，两位娘娘早些安置。奴才先告退了。"他的眼神一撩，凌云彻会意，便也照着他的话又说了一遍，又忍不住道："皇后娘娘保重，万勿再伤心了。"

海兰挥了挥手："有劳李公公和凌大人了。"

李玉与凌云彻立在翊坤宫门外，目送如懿与海兰入内，方才躬身离开。凌云彻似有些不舍，脚步微微滞缓，还是赶紧跟上了。

甬道的转角处，嬿婉的脸色已经如数九寒冰，几可冻杀人。春婵从未见过嬿婉这样的神色，不觉有些害怕，轻声唤道："小主，小主！您怎么了？"

嬿婉迷离的眼波牢牢地注视着前方，她幽幽凝眸处，正是凌云彻渐行渐远的背影。有一抹浓翳的忧伤从眸底流过，伶仃的叹息仿佛划破她的胸腔："一个男人用这样的眼神看一个女人，是为什么？"

她这样的叹息，似是自问，亦像是在问春婵。其实她再清楚不过，只有很喜欢、很在意，才会有这样的眼神。

春婵吓得有些蒙了，哪里敢接话，只能怯怯低头。

嬿婉亦不需她回答，只是沉浸在自己的伤感之中："他用那样的眼神看着皇后！他怎么会去喜欢别人？"她的脸色如湖镜般沉下去，唯有双眸中几点星光水波潋滟，流露出浓不可破的恨意，"本宫虽然变了身份，但对他的情意从未变过！他怎么可以背叛本宫，去喜欢另一个人？而且是本宫的仇人！"

春婵忙忙安慰："不会的。凌大人不是为了您才掩藏那些证物么？"

嬿婉恨恨满怀："是本宫误会他了？不，不是的！那日五阿哥在八阿哥身边，五阿哥是皇后养子，凌云彻是为了她才掩藏证物，根本不是为了本宫！"

春婵轻轻"啊"了一声，很快掩住了口。

嬿婉戾气满怀："喜欢过本宫一时，便要喜欢本宫一世，永远不许变！谁要让凌云彻改变了对本宫的心意，本宫绝不会放过她！"

如懿缓步走入院中。廊下一个素衣颀长的身影等候，却是皇帝。她还未上前，皇帝已经快走几步，紧紧握住了她的手。隔着风露微凉，她也感觉到，他的手指是冰凉的，没有任何温度。

他的声音哀痛而低沉："朕来晚了，没赶上璟兕的祭礼。"

月色如霜雪覆盖上二人悲戚的面容，好像两个人都在雪地里冻得久了，慢慢地失去了温热和血色。如懿执住他的手："臣妾知道皇上忙于政务。"

皇帝颇为憔悴，脸上多是胡楂："朕今日是忙，但更多也是不敢面对。"

"臣妾替皇上送了璟兕，璟兕乖巧，会走得安稳的。"如懿保持着一个皇后该有的职分，"比起臣妾，忻嫔没的是头胎，她想必更伤心。皇上也去看看她吧。还有，今日还是颖嫔的生辰……"

"朕一想到璟兕和六公主，心里就难过得紧。"他顿一顿，抚上她的面容，"朕着实想念璟兕。朕想和你说说话，得空再去看忻嫔和颖嫔。如懿，你可愿意听朕说说话？"

她静静点头，噙着眼底欲落未落的泪。

"都知道是金氏害了璟兕和六公主，可眼下北族进献征战的粮草，还抵御准噶尔。朕不能不顾及金氏的儿子和北族，不能让她以死抵罪。朕这个做阿玛的，真是无用。"

她在心底默然叹息。前朝和后宫要左右权衡，的确是难为他了。

皇帝似乎是疲倦，在廊下坐下，靠在了如懿膝头。他闭上了眼睛，像个不知所措的孩子："如懿，朕留在御书房，听见的是战场上的兵刃之声；走到景阳宫，是忻嫔的哭声；走到翊坤宫，仿佛璟兕还在对着朕笑。如懿，朕不敢面对你们的泪眼，不敢面对女儿的离去，朕不知道该怎么办。璟兕走了，她虽然是个公主，可朕失去她的心情，和当年失去与孝贤皇后的永琏和永琮并无分别。自从永琏和永琮过世，朕的儿子一个不如一个，永琪虽好，但毕竟不是嫡子，永璟更是年幼。朕指望着有女儿来安慰膝下，和敬嫁去了蒙古，和嘉性子过于柔弱，唯有璟兕可爱可心……可偏就这么去了。"他呜咽如月下孤狼，"朕这皇帝，做得真是个孤家寡人。"

他孤独，她何尝不是？一同站在这山巅上，被风吹得神魂都要散了，可他们也只有彼此能守在一块儿。

皇帝的泪落下，滚烫地灼在她的手背上："朕想要处处顾及，却处处不能顾及。想要天伦圆满，却总有伤时。如懿，朕真的很难过。"

她再也忍不住，轻轻拥住了他，无声地哭泣出来。

贰 | 伤花

　　乾隆二十年五月，前线捷报频传。达瓦齐自带兵负隅顽抗，军械不整，马力亦疲，各处可调之兵，已收括无遗，使得众心离散，纷纷投降。北路和西路大军分兵两翼各据地势，包围了达瓦齐最后栖身的格登山。清军出其不意，突入敌营，策马横刀，乘夜袭击。达瓦齐及部下措手不及，乱作一团，自相践踏，死者不可胜数，万余敌兵，顷刻瓦解。达瓦齐率两千余人仓皇逃遁，黎明时才被追兵捕到。

　　皇帝大喜过望，当即下令将达瓦齐及家人解送回京，不许怠慢。

　　太后于慈宁宫中闭门诵经祝祷多日，听得此消息，情急不已："恒娀如何？"

　　福珈喜不自禁："公主无恙，一切平安。"

　　太后闻言欣慰，长叹一声："天命庇佑，大清安宁。只是皇帝要如何处置达瓦齐及端淑长公主？"

　　福珈且笑且流泪，激动道："皇上恩慈，说于恒有言，曰杀宁育，受俘赦之，光我扩度，又说要宁宥加恩，封达瓦齐为亲王，准许他及子女居住京城，再不北归。"① 她说得太急，又道，"皇上孝心，以平定准噶尔达瓦齐遣官祭告天地、社稷、先师孔子，更要为太后您上徽号，以示庆贺。徽号也让内务府拟好了，是'裕寿'二字，可见皇上仁孝。"

太后漠然一笑，轻噬道："皇帝要真是仁孝，就让恒娅与达瓦齐这个逆臣和离，搬入慈宁宫中与哀家同住。"

福珈的笑容一滞，如飘落于湖心上的花瓣，旋即沉没。

太后见她默然，不觉急道："恒娅怎么了？你不是说她一切平安么？"

福珈笑得比哭还难看，踌躇半日，逼不过了才道："太后万喜，长公主遇喜，已经五个月了！"

太后一怔，手中的佛珠滚落在地，骨碌骨碌散了满殿。她踉跄几步，险些跌坐于榻上，不觉泪流满面："冤孽！冤孽！这么说，哀家的恒娅就一辈子要和达瓦齐这个逆贼在一起！为什么？为什么没有人告诉哀家？"

福珈垂泪道："太后！奴婢也是刚刚知道，听说端淑长公主刚遇喜时也曾想悄悄除掉孩子，但始终狠不下心，如今也来不及了！"

太后苍老而哀伤的面上闪过一丝戾气，狠道："怎么来不及？若除了孩子，一了百了，恒娅也可以和离了。"

福珈吓了一大跳："太后，您可别这么说！公主的月份这么大了，若强行堕下孩子，只怕也伤了公主。"

太后一怔，神色旋即软弱而无助，靠在福珈手臂上，热泪潸潸而下："是啊，哀家可以对任何人狠下心肠，却不能这般对自己的女儿。罢了，罢了，这都是命数啊！"

福珈哭道："太后，皇上既然决定善待达瓦齐，必定也会善待公主。皇上说了，达瓦齐午门受俘，行献俘礼之后，只要他能痛改前非，输诚投顺，皇帝也会一体封爵，不令他再有所失。这样长公主也能在京城安

---

① 参考《平定准噶尔勒铭格登山之碑》碑文。

稳度日了，太后想要见公主还不容易么？"

太后颓然道："也罢。皇帝行事仁孝，其实心性难以动摇。只要恒娔能在哀家膝下朝夕相见，彼此看见平安，哀家也无话可说了。"

如是，达瓦齐被解京师之日，皇帝御午门，封以亲王，赐宝禅寺街居住。端淑入宫拜见太后，其时腹部已经隆起，行走不便。母女二人一别二十年，不觉在慈宁宫中抱头痛哭，以诉离情。

达瓦齐从此便在京中与端淑长公主安稳度日，只是他不耐国中风俗，每日只向大池驱鹅逐鸭，沐浴其中以为乐趣。达瓦齐心志颓丧，每日耽于饮食，大吃大喝，日夜不休。他身体极肥，面庞比盘子还大出好多，腰腹阔壮，酒气逼人，不可靠近。端淑看不过眼，便请旨常在慈宁宫中居住。皇帝倒也允准，只让太后答允少理后宫之事，方才成全了端淑长公主与太后的母女之情。

如是，宫中也宁和不少，连着太后与如懿也和缓了许多。

偶然在慈宁宫见着端淑，如懿与她性子倒相投。大约见惯了世事颠沛，端淑的性子很平和，也极爽朗通透，与她说话，倒是乐事。

二人说起少年时在宫中相见的情景，端淑不觉掩唇笑道："那年皇后嫂嫂入宫，在一众宫眷中打扮得真是出挑，连衣裙上绣着的牡丹也比别的格格精致不少。我虽是皇家公主，也不免暗暗称奇，原来公卿家的女儿，也是不输阵的。"

真的，年纪小的时候，谁懂隐忍收敛为何物？春花含蕊，哪个不是尽情恣意地盛放着，闹上一春便是一春。

如懿便笑："公主记性真好。"

端淑微微黯然："自从远嫁，宫里的日子每一天都在我心里颠倒个儿过，什么都记得清清楚楚的。连额娘袖口上的花样绣的什么颜色，也如在眼前。我还记得，我出嫁那一日，额娘戴着一枚赤金嵌翠凤口镯，那镯子上用红玛瑙碎嵌了一对鸳鸯，我就在想，鸳鸯，鸳鸯怎是这样让人心酸的鸟儿。"

如懿正要出言安慰，端淑先自缓了过来，换了清朗笑意："如今可好，我又回来了，一早便向额娘讨了那只镯子，以后便不记挂了。"她又道，"说来那时我可喜欢皇后嫂嫂裙上的牡丹了，就如今日这件一样。那时我想摸一摸，嫂嫂却怕我似的，立刻走远了。"

太后盘腿坐在一边，慈爱地听着端淑碎碎言语，仿佛怎么也听不够似的。听到此节，太后便笑："多少年了，还念着这事。那定是你顽皮，皇后不愿理你。"

如懿念及往事，不觉唏嘘："皇额娘，真不是臣妾矫情莽撞，实在也是怕了。"

端淑咋舌："皇后的性子，也知什么是怕？"

如懿颔首："当日皇额娘与臣妾姑母不算和睦，臣妾随着姑母，哪里敢与皇额娘的女儿亲近。且在家时，姨娘所生的女儿绵里藏针，屡屡借着一衣一食生出事端，臣妾虽为嫡出，但不及妹妹得阿玛疼爱，发觉斥责无用，只好避之不及。"

端淑"咦"了一声："一直以为你出身后族，又是格格，不意家中也这般难相处。"

如懿轻嗤，却也淡然："天下人家，莫不如是。"她又笑，"当年得罪公主，不想公主如此记仇，看来哪一日必得好好请上一桌筵席，向公主赔罪。"

说着，太后也笑了，道："你们便是太闲，记着这个论那个。多少旧事了，还来说嘴。"

噫！不意真有今日。

可放下旧日种种恩怨仇隙，一盏清茗，笑语一晌。

那，那些曾经放不开的情仇，都是哪里来的呢？莫不真是自寻烦恼？那此刻放不下的，又算什么呢？

她轻轻叹息，坐看天际云起云散，飞鸟四逸。

端淑与如懿算是和睦，可与皇帝，总是兄妹情薄了。最初听得端淑回来，皇帝抓着金丝蝈蝈笼子便赶来相见，想把这少年时的爱物还给妹妹。可真相见时，兄妹间却客套得只剩下了礼数的维持。

"先君臣，再兄妹，恒婳不敢僭越。"比起妹妹的冷淡，是这句话真正伤了皇帝的心吧。其实她说得没有错。这么些年，他也是这样待身边的人的。他还想挽回，拿出了珍藏已久的金丝蝈蝈笼子："恒婳，这些年朕一直惦记你。你看，这是什么？这是你出嫁前留给朕的金丝蝈蝈笼子，你以前最喜欢玩的。"

端淑眼波中唯有轻旋，很快复于平静："不记得了。"她见皇帝深重的失望，"身为笼中人，哪里还喜欢玩这些笼中虫。皇上所言，恒婳真的不记得了。天色不早，恒婳先回府了。"

再没有多余的语言，天家亲情，就这么被消磨完了。暮春初夏的风很暖，可是皇帝受不住似的，一阵阵地发寒。他紧紧地攥着小笼子，那一条条金丝的栏杆，硌得他手心无比疼痛。他伤感地想：自己的妹妹，是永远不会原谅自己了。

时近盛夏，京中晴日无云，已经渐渐酷热。因达瓦齐受降之故，北族等属国也纷纷来贺，派使臣入京，朝中一派喜庆之气。只是因着两位小公主新丧不久，皇帝也无意前往圆明园避暑，只在宫中忙于平定准噶尔之后的种种事宜。

如懿午睡初醒，饮了一碗酸梅汁，便抚着胸口道："吃得絮了，没什么味道，反而胸闷得很。"

容珮笑道："这几日天热，娘娘的胃口不好，总是烦闷难受……"

容珮的话未完，如懿已经横了她一眼："不相干的话不要多说。扶本宫起身梳妆，咱们去看看皇上。"

午后的养心殿安静得近乎寂寞。皇帝独立于窗下，长风悠然，拂起他衣袂翩翩，如白鹤舒展的翅，游逸于天际。他的背影肃肃，宛如谪仙。这般无人时，如懿凝望着他，宛若凝望着少年时与他相处的时光，唯有他，唯有自己，再没有别人来打扰他们的宁静。

皇帝的沉醉，在于壁上悬挂的巨幅地图，喃喃道："准噶尔诸部尽入版图……其山川道里应详细相度，载入皇舆全图。自圣祖康熙时至今，三代的梦想与期盼，朕终于实现了。"他兴奋地看向如懿，满眼沉着与喜悦，"如懿，朕已经命人重新绘制地图，将准噶尔之地完整画入。又吩咐在避暑山庄东北面的普宁寺，以满、汉、蒙、藏四种文字刻碑记述我大清平定准噶尔部的历程，定名《平定准噶尔后勒铭伊犁之碑》。你说可好？"

如懿分享着他的快乐，并肩立于他身旁："皇上完成先祖之愿，理当普天同庆，以告慰列祖列宗。"她微微垂首，靠在他肩上，"臣妾最高兴的是，皇上的山河万里，宏图挥鞭之中，是臣妾和皇上一同经历的。"

皇帝的笑容清湛，抵着她的额头道："如懿，你这样的话，朕最欢喜。"皇帝指点着江山万里巨图，挥斥方道，"平定准噶尔后，便是天山一带的不肯驯服于朕的寒部，还有江南的不服士子，虽然明面上不敢反抗我大清，但暗中诋毁，写诗嘲讽的不在少数，甚至靡然成风。"

如懿摇一摇手中的轻罗素纱小扇，送上细细清凉："士子们都是文人，顶多背后牢骚几句，皇上不必在意。"

皇帝冷哼道："先祖顺治爷宠幸汉臣，他们就敢说出'若要天下安，复发留衣冠'这种大逆不道的话。康熙爷与先帝都极重视民间言论。尤其百姓愚蒙，极易受这些文人士子的蛊惑。"

如懿听皇帝说起政事，只得道："是。"

皇帝侃侃而谈："不只民间如此，朕的朝廷里难道就清静么？广西巡抚卫哲治告内阁学士胡中藻自负文才，不满朝廷，写诗诽谤。你可知他都写了些什么？"

如懿见皇帝神色不悦，只得顺着说："臣妾愿意耳闻。"

皇帝冷冷道："胡中藻姓胡，就惯会胡言乱语，写什么'一世无日月'‘一把心肠论浊清'‘斯文欲被蛮'‘与一世争在丑夷'等句，尤其是‘一把心肠论浊清'之句，加‘浊'字于我国号‘清'字之上，是何居心？"

如懿听得心有戚戚，只得含笑道："他一个文人，写诗兴之所至，恐怕没有咬文嚼字那么仔细。"

皇帝眉心一皱，愈加沉肃道："皇后有所不知。胡中藻不仅如此，他悖逆、诋讪、怨望之处数不胜数。他所出的典试经文题内有‘乾三爻不像龙'之句，乾隆乃朕年号，龙与隆同音，显然是诋毁朕。再有‘并花已觉单无蒂'句，岂非讥刺孝贤皇后之死？胡中藻鬼蜮为心，语言吟诵之间，肆行悖逆诋讪，实非人类之所应有！"有凛然的杀气凝在他墨色的眸底，看得如懿心惊胆战，"朕已决定，胡中藻罪不容诛，斩首弃市！"

如懿心头一哆嗦，正欲说话。皇帝看向她的眼色已有几分不满："皇后难道对这样的不忠之人还心存怜悯么？"

如懿如何还敢多说，只得道："臣妾不懂政事，只是想，若于文字上如此严苛，天下文人还如何敢读书写字呢？"

"要读就读忠君之书，要写就写忠君之字。如若不然，朕宁可他们个个目不识丁，事事不懂！"

有清风乍起，身上浅紫色棠棣花样的袖口随风展开，飘飘若举，宛如蝴蝶扑扇着阔大的翼，扇得她的思绪更加烦乱。如懿有一瞬的出神，难怪天下男子都喜欢单纯至无知的女子，这样捧在手心，或弃之一旁，她什么都不懂，亦不会怨。不比识文断字的女子，情丝剔透，心有怨望，才有班婕妤的《团扇歌》，才有卓文君的《白头吟》。

她微笑着，无知无觉的女子，或许叹息几声，哀叹命运不济也便罢了，如何说得出卓文君一般"闻君有两意，故来相决绝"的话呢。这样的才女，固然聪慧玲珑，自然也不够可爱了。

皇帝蹙眉："皇后，你在笑什么？"

如懿心中一凛，那笑容便僵在了脸上："臣妾在想，臣妾也喜读诗文，以后更该字字篇篇小心了。"

皇帝拂袖道："本就该这样。朕想起胡中藻乃朕先前的首辅鄂尔泰的门生。虽然鄂尔泰已死，但他认人不清，朕已下令将其牌位撤出贤良祠，以警诫后人。"

如懿口中应着，看着眼前勃然大怒的男子，心思有片刻的恍惚。曾经，那个与自己一起谈论《诗经》、一起夜读《纳兰词》的男子呢？他温文尔雅的风姿，怎么此刻就不见了呢？

仿佛记忆中关于他的已越来越模糊，最终也只幻化为一个朦胧而美好的影子，凭自己绮念。

或许，眼前的男子还是和从前一样吧，只是他在意的，再不只是那样美丽如萤火虫般闪烁的文字，而是文字背后的忠诚与稳固吧。

最后，皇帝以一言蔽之："不管是谁，不管他身在何处，只要悖逆朕的心意的，朕都容不得他们，必定一一征服！"

皇帝的话，自此便开启了平定寒部之战。自然，那也是后话了。然而眼前，如懿只听得皇帝说："朕平定准噶尔大喜，前朝后宫皆有庆典，万国来贺，嘉贵妃金氏的母族北族也不例外。且北族对此战颇有贡献。嘉贵妃若还禁足不出席，恐怕北族也会担心，有所异议。"他停一停，有几分为难，看向如懿，"毕竟，璟妧之事并非证据确凿，不能认定了是嘉贵妃所为。"

是啊。这些日子，她也不是没有想过，除了死了的富贵儿是金氏养的，除了金氏太过充足的动机，还会有谁呢？金玉妍，除了她，还会有谁要这么处心积虑除掉自己的孩子。从长久的积怨，从八阿哥永璇坠马是永琪的身边，一环扣着一环，都太紧密了。

于是，她忍耐着道："皇上决定便是，臣妾没有异议。"

皇帝的神色放松了许多，柔声道："难为你了。"

如懿的笑，柔婉得没有任何生硬与抵触的棱角。怎么能不贤惠呢？

在宫中浸淫多年，从姑母而始，有太后点拨，又朝夕见孝贤皇后的模样，她再愚笨冥顽，也该学得些皮毛了吧？于是她索性道："金氏禁足后一直是以答应的位分对待，每日还要受鞭刑。既然皇上要顾着她和北族的颜面，这些日子停了鞭刑，索性复她贵妃待遇吧，否则穿戴出去也不好看，还叫她遇上母族的人抱怨起来，总说咱们委屈了她。"

皇帝不悦地轻嗤："出了这样的事，金氏还敢说嘴么？"

"她自然不敢，臣妾只是在意人言琐碎，伤了皇上圣明。"

他还是答允了如懿，嘱她细细办妥。

如懿欠身从养心殿告退，三宝便迎上来道："愉妃小主已经到了翊坤宫，在等着娘娘呢。"

如懿面无表情，只是口中淡淡："她来得正好，本宫也有事要与她商议。"

三宝见如懿如此神色，知她有不喜之事，更是大气也不敢出，赶紧扶如懿上了辇轿，伺候着回去了。

长街夹道高墙耸立，透不进一缕风来。天上连一丝云彩也无，日头热辣辣地泼洒着热气，连宫女手中擎着的九曲红罗黄凤伞也不能遮蔽分毫。如懿斜在辇轿上，听着抬辇太监们的靴底嗒嗒地刮着青石板地面，越发觉得窒闷不已。

过了长街的转角，便望得见后宫的重重飞檐，映着金灿如火的阳光，像引颈期盼的女人渴望而无奈的眼神。

如懿不知不觉便轻叹了一口气，转首见角门一侧有女子素色的软纱裙角盈然飞扬，人却痴痴伫立，啜泣不已，在这泼辣辣的红墙金日之下，显得格外清素。

如懿眼神一飞，三宝已经会意，击掌两下，抬轿的太监们脚步便缓了下来。三宝望了一眼，便道："皇后娘娘，是忻嫔小主。"

如懿有些意外："忻嫔才出月子不久，怎么站在这儿，也不怕热坏了身子。"

三宝连忙道："娘娘忘了？前两日忻嫔小主宫里来报，说忻嫔小主没了公主之后一直伤心，所以请了娘家人来说说话。这不，忻嫔小主大概是刚送了娘家人回去吧。"

如懿微微颔首，示意三宝停了辇轿，唤道："忻嫔。"

忻嫔尚在怔忡之中，一时没有听见，还是伺候她的宫人慌忙推了推她，忻嫔这才回过神来，急急忙忙擦了眼泪，俯身行礼："皇后娘娘万福金安。"

如懿苦笑："如今本宫还有什么可安的，还不是与你一样么？"

一句话招落了忻嫔的眼泪，她泪眼蒙眬的容颜像被风吹落的白色山茶的花瓣，再美，亦是带了薄命的哀伤。

如懿步下辇轿，取下纽子上系的绢子，亲自替她拭去腮边泪痕："才出月子，这样哭不怕伤了眼睛么？"

一语未落，忻嫔抬起伤心的眼感激地望着如懿："皇后娘娘，这样的话，除了臣妾的娘家人，只有您会对臣妾说。"

如懿执着她的手，像是安慰自家小妹。她和婉道："咱们原本就投缘，如今更是同病相怜，不彼此安慰，还能如何呢？"她停一停，"送了家里人出宫了？"

忻嫔点头："是。家人进宫也只能陪臣妾一个时辰，说说话就走了。"

如懿温然道："本宫同意你家人进宫，是为舒散你的伤心，好好宽慰你，而不是更惹你伤心。若叫你难过，不如不见也罢。且你不是足月生产，而是受惊早产了六公主，更要好好养着自己的身子才是。"

忻嫔死死地咬着绢子，忍不住呜咽道："皇后娘娘，臣妾是没有办法，真的没有办法。臣妾一闭上眼睛，就看见六公主的脸。她一生下来就比小猫大不了多少，脸是紫的，人也皱巴巴的。可臣妾看她一眼，就觉得她像足了皇上和臣妾。她是个好看的孩子，臣妾心疼她。可是她不肯心疼臣妾，才活了几天就这么走了。"她的泪大滴大滴地滑落在如懿裸露的手腕上，带着灼热的温度，烫得如懿的心一阵一阵哆嗦，"臣妾就是想着她，睡不着的时候想，睡着了又想。可是臣妾与她的母女情分这样短，臣妾就是想不明白，她在臣妾肚子里长到这么大，千辛万苦来到了人世，难道就只为了活这么几天就丢下臣妾去了么？"

忻嫔哭得伤心欲绝，连如懿身后的三宝也忍不住别过脸去悄悄拭泪。如懿怜悯而同情地抚摸着她的鬓角，随手从她的髻后摘下一朵小小的纯色白绢花在指间，低低道："这朵花，是戴着悼念你的六公主的吧？"

忻嫔有些畏惧地一凛，盯着如懿就要跪下去："臣妾糊涂。六公主过了五七，臣妾不该再戴这个，宫里头忌讳的。皇后娘娘恕罪。"

如懿的声音凄然而温柔，扶住了她道："宫里头是忌讳这些白花白朵，可本宫不忌讳。"她将鬓边的银器花摘下戴在忻嫔髻后，"你伤心，本宫和你一起伤心。你的眼泪，本宫替你一起兜着。只是这朵白绢花，到了本宫这里就是最后了，别再让别人看见。你的六公主才活了这几天，你就伤心成这样，那本宫的璟兕养了这么大，本宫是不是就该伤心得跳进金水河里把自己给淹进去了？本宫跳下去了，也拉上你一同淹着，这样害了咱们孩子的人就越发高兴了。不过，左右咱们都淹没了，那些人的笑声再大，咱们也听不见了，是吧？"

忻嫔猛地一颤，眼里皆是狠戾的光："皇后娘娘！咱们的孩子是被金氏害死的！臣妾的六公主不该这么早出世，更不该这么早就离开了！"

忻嫔的身体剧烈地颤抖着，牙齿咯咯地咬着，仿佛要咬人似的。如懿搂过她："六公主和璟兕到地下就伴儿去了。本宫和你就只顾着伤心么？"

忻嫔的泪大片大片洇湿了如懿的衣袖，她发狠道："是她！是她养的疯狗害了咱们的孩子。这些眼泪珠子，活该是害咱们的人来流，对不对？"

她抚摸着忻嫔绺起的青丝，动作轻柔得如在梦中，夹杂着渐渐苏醒的疑惑："你认定了是金氏做的，是不是？"

忻嫔切齿痛恨："除了金氏还会有谁？"

如懿迟疑："璟兕走后，本宫一直在想，杀人真的要用自己的刀吗？事真是金氏做下的么？"

忻嫔困惑不已："皇后娘娘，那'富贵儿'是金氏养的，她与您冤仇最深。"

如懿似乎不能完全相信，却又无法反驳，只得叹了口气："金氏停了鞭刑，复了贵妃待遇，她也要出来了。见了面，把你的眼泪收起来，把你的恨也收起来。"

忻嫔点点头，伏在如懿的臂弯里，只是无声地抽泣着，好像一只受伤的小兽，终于寻到了母兽的庇护，安全地瑟缩成一团。

如懿静静地拍着她的背，仰起脸时，忽而有风至，有大团大团的雪白荼蘼被吹过宫墙，纷扬如雪。

如懿轻轻地笑了，伸出细薄的手接住，低声叹道："六月飞雪啊！像不像？"

忻嫔愣愣地抬起脸，低声道："皇后娘娘，是老天爷觉得我们的孩子死得太冤了！"她的声音低低的，像是从幽门鬼谷传来的女鬼的悲切声，让人心酸之余，又觉不寒而栗。

如懿的神情渐渐淡漠下来，像沾染了飞雪的清寒："湄若，即便受伤、流血，与其看着它腐烂流脓，溃烂一团，还不如雕上花纹，让它绽放出来。是伤也是花，才不白白痛这一场，明白么？"

忻嫔深深地颔首："皇后娘娘，您会帮着臣妾寻找证据，咱们总会查个明白的。"

叁　出嗣

金玉妍再次回到众人的视线中时，已经是五月末的天气。她带着满身的鞭痕，比起之前许多年的志得意满、风华正茂，玉妍的美丽如被蚕食的满月，终于有了渐渐月亏之势。

其实，她还是很美的。北方的冰雪养育出她咄咄逼人的美艳之姿，恍若灼灼的阳光，几乎让人睁不开眼。只是蜡照半笼金翡翠，麝熏微度绣芙蓉，宫中的日子啊，雨是绵绵的，风是瑟瑟的，就这样不知不觉，催得红颜弹指老，刹那芳华，便是"欹红醉浓露，窈窕留余春"的红药，亦有闲倚晚风生怅望、可怜风雨落朝霞的时节了。

金玉妍衔着一口与如懿不死不休的心气，倒并无半分颓丧怨望模样。她去撷芳殿看过了八阿哥和十一阿哥，见两子被婉茵照顾得无恙，满腹心思便记挂着两件要事。第一件是四阿哥永珹的婚事，想着皇帝答应过，只要她看中的，皇帝都愿意给永珹指婚。玉妍便索性往高门里挑。最合意的是额驸福僧额之女，而且妻凭夫贵，夫凭妻贵，都是一体的。皇帝为何重视孝贤皇后？就是因为她的出身和家世。永珹若娶了福僧额之女，他们母子就多一重依靠了。而第二件事是在见过北族使者之后，玉妍更有了底气。那便是北族使者与她商议的，要将永珹过继为孝贤皇后之子。

这盘算也是精细的。永珹是皇帝登基后所生的第一子，本就身份贵重，无非是托生在玉妍肚子里，没托生在中宫腹中。而如今的中宫如懿是继后，孝贤皇后是嫡后，身份本不能比肩。若永珹过继为孝贤皇后之子，那便立刻成了身份高于永璂的原配皇后之子。这便有了问鼎太子之位的资格，且这话，已由北族使者向皇帝提出了。

有着这样活络的心思、不灭的气势，携了侍女丽心的手步入翊坤宫的金玉妍，依旧丽质浓妆，明艳迫人。

倒是绿筠有些慨叹："昨日见嘉贵妃陪皇上一同随见北族的使臣，她的眼妆化得那样浓，还是遮不住眼角的细纹。啧啧，其实都这把年纪了，何必还争这口气呢？"

如懿笑着拿羊脂玉轮细细磨着手背："何止嘉贵妃，本宫摸着自己的皮肉，也比上一个春天松弛不少。岁月催人老，谁不想多留时光停驻片刻呢。也亏得这几日嘉贵妃陪着皇上见北族的使者，本宫身子不适，才能偷懒片刻了。"

绿筠自嘲地一笑："臣妾总归是认了。老就老吧，谁没有老的一天呢。叫臣妾如嘉贵妃一般每日浓妆数个时辰才出门，天不亮就起身对镜梳妆，大半夜了还在用人参熬玫瑰水浸手泡脚的，臣妾想想都觉得累了。"

嬿婉"扑哧"一笑："所以呀，活该咱们不如嘉贵妃了。她的细纹是遮不住，可是远远望去时，还是如二八佳人一般。"

玉妍听见这样的话倒是颇为得意，笑吟吟道："人活一口气，树争一张皮。臣妾出身北族，学过的谚语并不多，唯有这一句却时时记在心上。若是连自己的脸面也不要了，不肯好好打扮了，那还算什么女人呢？留着鸡皮鹤发惹人笑话么？"

她这样的话，听在忻嫔耳中格外刺心。因着六公主的早夭，忻嫔一直不施浓妆，不饰金玉，往日的活泼在她身上早已不见踪影。

这样的神情，是极让皇帝心疼的，所以下了旨意，于七月初四之日行册封礼，晋忻嫔为忻妃。

嬿婉在旁含笑道："皇上七月初四便要封妹妹为忻妃了，妹妹好歹也换件颜色衣裳，笑一笑才好啊。"

忻妃冷冷淡淡道："我比不得嘉贵妃，自己儿子的腿残废了还能整日笑吟吟对人，便是想学也学不来的。"

金玉妍凤眼斜斜飞转，冷笑道："忻妃妹妹真是伤心过头了。难道你这般服丧，六公主便能活过来了么？"

六公主的早夭，多多少少与嘉贵妃所养的"富贵儿"有关。虽不能指证为玉妍唆使，但到底是她疑影最重。如此这般放肆言论，连最老实的婉嫔也不觉侧目，悄声道："嘉贵妃姐姐，这样伤人心的话，还是不要说了吧。"

殿内殿外，皆是寂寂。只有庭前几树石榴开得如火如荼，一阵风过，吹得满树繁花烈烈如焚，几乎烧红了半院空庭。

如懿怔了怔，想起那原是生下璟兕不久后皇帝喜悦，命人移栽到翊坤宫中的石榴，以示多子多福。

嬿婉闲闲地拨弄着手中的青碧描金茶盏，浅碧色的云雾银峰蒸腾着白蒙蒙的水汽，映出她薄薄的笑意："人生得意须尽欢。六公主自然不能复生，可八阿哥的腿脚也不能再健步如飞了，四阿哥也不能复宠如前，得皇上欢心。说来啊，还是嘉贵妃姐姐想得开。"

玉妍极重颜面，被嬿婉戳到痛处，脸色瞬间寒了下来，森森道："虽然本宫的四阿哥一时受小人陷害，连着八阿哥也坠马受伤，可他们是皇家的儿子，哪怕腿不行了，没恩宠了，到底还是凤子龙孙。这个，可由不得本宫想不想得开！"她鄙夷地剜着嬿婉，"令妃自己没有孩子，倒惯会管孩子的闲事！"

嬿婉脸上一红，旋即变得紫涨，却也不能辩驳，只得垂下脸，气咻咻地拨着手指上的红宝石戒指。

玉妍见嬿婉气馁，越发盛气凌人。如懿颇为唏嘘："多子多福，古人的老话，到底是不错的。嫔妃之中，嘉贵妃子嗣最多，这样的福气，咱们是羡慕不来的。"她话锋一转，向着纯贵妃和海兰道："只是话说回来，三阿哥是皇上的长子，敦厚有礼，五阿哥如今更是在皇上跟前得力，堪为左膀右臂。生子应当如此，才算是祖宗的孝子贤孙，否则只是论一个凤子龙孙的血统，实在算不得什么。想想康熙爷的八阿哥和九阿哥，因争帝位而被先帝削爵圈禁，一个起名阿其那，一个塞思黑[①]，极尽羞辱，哪里还有半点儿凤子龙孙的颜面呢？"

玉妍听得此节，不禁矍然变色："皇后娘娘是拿康熙爷的八阿哥允禩来比臣妾的八阿哥么？"

如懿也不气恼，只是和颜微笑："允禩这样的不肖子孙，康熙爷一辈已经出了一个了，怎么嘉贵妃这样多心，以为皇上也会有这样的儿子么？"

玉妍眉心的褶皱稍稍平复，浮起一抹得意的笑，扬了扬手中的水红色绳宝翠蓝珠络的绢子："皇上的孩子，自然不至于如此。孝贤皇后的丧仪上，大阿哥和三阿哥稍稍失仪，皇上便严厉教训。有了这个做榜样，谁还敢么？再说得远一些，本宫的儿子行八行四本就是占了好运气的。太宗皇太极是皇八子登基，先帝雍正爷是皇四子登基，皇上也是皇四子登基。本宫的孩子再不成器，有祖宗这样的福泽庇佑，也差不到哪儿去的！若是有幸能将这福泽一脉相承下去，也是情理之中啊！"

此言一出，四座皆惊。然而并无人应答，也不屑于应答。如懿亦只是用银扦扦了一枚樱桃滑入口中，以一丝不易察觉的冷笑默然相对。倒是婉嫔想要说些什么缓和这种诡异的沉默，绿筠忙悄悄按住了她的手，示意她不要多言。

---

① 阿其那、塞思黑：清雍正四年（1726），皇帝将八弟允禩和九弟允禟废为庶人，并改允禩名为"阿其那"，改允禟名为"塞思黑"，以示贬辱。

海兰有些怯怯地适时添上一句道："福泽与否，还真不好说，但是圣祖康熙爷幼年得了一场天花，人人以为是逃不过去的劫难，后来也只是落了几点小小瘢痕，丝毫不影响圣祖的天纵英明。"

玉妍以为众人被震慑住，衔了一缕冷笑道："所以，别以为本宫的孩子一时不得皇上宠爱，或是有了些许残疾，便轻慢了他们。孩子们的福气，都在后头呢。"

绿筠实在按捺不住："本宫的三阿哥是不算聪明伶俐，如撇开三阿哥不算，四阿哥也算是皇帝诸子中最年长的。但年长算什么，比谁的胡须长？现放着皇后娘娘的十二阿哥在呢，哪位皇子的福气也比不上十二阿哥这位嫡子呀！"

如懿看一眼绿筠，谨慎道："纯贵妃此言差矣！十二阿哥尚且年幼，贤愚如何尚是未知之数。何况嫡子又如何？太祖努尔哈赤的嫡子褚英和圣祖康熙爷的嫡子允礽都因谋逆不孝而被废了太子之位，这便是警诫后人，不要以嫡庶分尊卑贤愚。孩子们自己争气，才是最要紧的。便是眼下还没有孩子的，也不必心急。皇上正当盛年，妹妹们也绮年玉貌，什么福气怕等不到呢。"

一语既出，嫔妃们皆是敬服。绿筠率先起身，领了一众人等行礼："皇后娘娘教诲，臣妾们谨记在心。"

玉妍伫立其中，未曾躬身，愈加显得格格不入，她只得屈身福了一福："臣妾明白了。"

如懿拨一拨手边小几上珊瑚釉粉彩花鸟纹瓷瓶里供着的一大把几欲滴露的红色芍药，翠茎红蕊，映叶多情。她温和的笑容中带了一丝沉郁的告诫："'今日阶前红芍药，几花欲老几花新。开时不解比色相，落后始知如幻身。'[1] 许多事繁华得意只在一时，妹妹们也不必过于执着眼

---

[1] 出自唐代白居易的《感芍药花寄正一上人》。全诗为："今日阶前红芍药，几花欲老几花新。开时不解比色相，落后始知如幻身。空门此去几多地？欲把残花问上人。"

前，还是多求一求后福吧。"她说罢，站起身来，意欲转入内殿。可是才一迈步，脚下一个趔趄，人便斜斜滑了下去。

容珮惊叫一声，忙忙和扑过来的海兰一起牢牢扶住，一迭声唤道："太医！快请太医！"

如懿的不适晕眩，自然引来了皇帝的关照与陪伴。她闭目和衣躺在床上，听着皇帝的脚步挟着风声而入，不觉含了一丝浅笑。

江与彬跪在床前请脉良久，却是一脸喜色，向急急赶来的皇帝道："恭喜皇上，恭喜皇后娘娘，皇后娘娘并非凤体不适，而是有喜了！而且已经三个月了。"

窗外的石榴树影映在湖碧窗纱上，风移影动，花枝姗姗，欹然生姿。如懿一脸惊诧与意外，想要笑，却先落了晶莹的泪："臣妾这几个月晕眩烦闷，原以为是生璟儿的时候落下的病根，没想到竟是有喜了。"她握住皇帝的手，依依道，"皇上，是不是璟儿在天有灵，怕臣妾与皇上膝下寂寞，所以又转世投胎，来做咱们的孩子了？"

因着两位公主早夭，皇帝郁郁多日，如今听闻如懿再度遇喜的喜讯，常日阴霾一扫而空，拥着如懿的肩，眼中不觉泛了泪光："是。璟儿知道咱们想她，所以又回来了。"

海兰与忻妃陪在如懿身边，一脸惊喜，忻妃更是忍不住感泣："还是皇后娘娘好福气，这么快又有了孩子。这样臣妾也有些盼头了。"她的眼泪还在腮边，继而愤愤不平，"还好刚才愉妃姐姐和容珮扶得快，否则皇后娘娘受了嘉贵妃的闲气，头晕脚滑，伤了腹中皇嗣，可怎么是好？"

海兰亦抚着心口，后怕不已："还好，皇后娘娘没事，否则万一伤了娘娘和腹中皇嗣，嘉贵妃万死也难辞其咎了。"

皇帝微笑的眼波倏然转为薄怒："怎么？嘉贵妃才解了禁足，便又惹是生非了么？"

海兰郁然长叹，却只道："嘉贵妃的性子，皇上还不知道么？一向是想说什么想做什么便由着自己的！"

此时，绿筠领着众人候在廊下，并不敢进来多问，只预备着随时陪侍。

玉妍不耐烦道："天气这么热，咱们还要守在这里多久？"

绿筠心中愤懑，别过脸不理会她："皇后娘娘凤体违和，咱们焦心不已，都是心甘情愿在这儿等消息。嘉贵妃若是不耐烦，大可自己先回去。反正皇上在里头，咱们等下跟皇上回禀一声便好。"

玉妍白了绿筠一眼："说起来皇后娘娘这身子也太娇弱了，只是晕眩，又未昏厥跌倒，这么大惊小怪、兴师动众的。"

殿中敞亮，外头的一言半语偶尔落进，像投进湖心的石子，泛起涟漪点点。皇帝起身推窗，转眸向外，庭中绿瘦红肥开得喜人，花枝曳曳处落下一蓬蓬水墨似的影子，生出几许清凉。不远处重重花影之后立着金玉妍，一袭宝石蓝片金葡萄花彩宫装衬得窈窕宜人，正握着一柄刺绣洒金牡丹团纱扇，在树下悠然观望花落，毫无关切之意。

皇帝鼻翼微张，冷然道："中宫凤体违和，嘉贵妃还能如此悠然赏花，真是全无心肝！说！她到底如何冒犯了皇后？"

海兰看着含怒的皇帝，有几分畏惧，藕荷色的衣裙盈然一闪，退后几步道："事关皇子，臣妾身为人母，不宜多言。"

皇帝略略点头，正要再发问，忻妃"扑通"一声跪倒在地，悲悲切切道："皇上，臣妾的六公主死得不明不白，臣妾不敢胡乱猜疑是谁暗害。但是嘉贵妃出言不逊，臣妾不敢不言了。"她一字一字，含了蕴蓄多时的恨与怨，一并吐在了字句中，"臣妾以下所言，皆为嘉贵妃今早大放厥词所说，臣妾不敢添加一字半句。请皇上明鉴。"她俯身三拜，模仿着嘉贵妃的口气道，"本宫的儿子行八行四本就是占了好运气的。太宗皇太极是皇八子登基，先帝雍正爷是皇四子登基，皇上也是皇四子登基。本宫的孩子再不成器，有祖宗这样的福泽庇佑，也差不到哪儿去的！若是有幸能将这福泽一脉相承下去，也是情理之中啊！"

有长久的静默，只听得风声簌簌入耳。他的声音极缓极缓："你们身在后宫，有许多前朝的事，朕不便多说。但是如懿，你是皇后，也该知道一些。"

如懿见皇帝如此郑重，肃然道："皇上说，臣妾便听着。"

皇帝施施然立于窗下，一身松石蓝缂丝暗金柏纹的长袍，只用明黄带子松松系住，越发长身如岩下松，优雅中不失赫赫之气。然而他的面色却如那松石蓝的缎子，暗沉沉地发闷："前些日子北族来贺，提起朕是否有立太子之意。朕也不便多言，便打发了。谁知前几日朕单独召见北族使者，那人却说……"皇帝深吸一口气，语调更沉，"却说起孝贤皇后生前两位皇子早夭，朕既爱重永珹，何不出继永珹为孝贤皇后嗣子，来日孝贤皇后灵前，也可有人祭祀供奉！"

海兰在皇帝跟前一直讷讷不肯多言，听到此节，亦隐隐失色："皇后娘娘已有嫡子，永珹若出嗣孝贤皇后为子，岂不宫中有两位嫡子，既是异母所生，又长幼有别，哪怕来日无事，只怕也要生出许多是非来！"

忻妃自是年轻，又出身官宦门第，自然晓得其中利害，陡然扬眉厉声："皇上，若四阿哥出继为孝贤皇后嗣了，那么得逞之后又想要得到什么呢？"

如懿靠在金丝攒海棠芍药厚缎软枕上，微笑如冬日湖上冷冷薄冰，纵然冰上暖阳融融，冰下却依旧水寒刺骨，汹涌流动："孝贤皇后为嫡后，臣妾为继后，臣妾的孩子自然不能与孝贤皇后之子比肩。臣妾真的很想知道，皇上盛年，他们这般苦苦不放，到底是为着什么？"

皇帝的面上有着异乎寻常的平静，而眸中却有着凛然拒人于千里的冷漠。他继续道："自北族来见，朝廷里也渐渐不大安宁，总有那些不大安分的人窥探朕的心意，说起早立太子之事。"

如懿凝神片刻，掀开覆盖在身的湖蓝华丝锦被，凛然跪下道："皇上春秋鼎盛，年富力强，何须早立太子？何况自先帝爷起，即便有合意的储君人选，也是放置在'正大光明'的匾额之后，待到龙驭宾天后才能开启，以免再出现康熙爷时九子夺嫡的惨状。说这样话的人，岂非诅咒皇上？实在罪该万死！"

皇帝负手而立，手指的关节因为用力而泛出难看的苍白。他的脸上看不出一丝表情："说这样话的人，的确罪该万死。朕有嫡子，何须商议立太子之事？来日水到渠成之事，不必再有异议了。"

如懿的脸色白了一白，郑重俯首，恳切道："永璂才三岁，不比孝贤皇后的两位嫡子幼年伶俐。哪怕是中宫嫡子，也得好好请师傅教导。能不能有出息，还得成年才看得出来。"

皇帝淡淡叹了一声，扶了如懿起身："皇后，你有身孕，不许这么跪着，仔细伤了自己。"他扶着如懿在床边坐下，似是无限感怀，"也是。永璂还小，如今朕的儿子里，唯有永琪可堪重用。"

海兰吓了一跳，慌忙跪下，连连叩首道："皇上！皇上！永琪年长，合该为皇上分忧。但臣妾只有永琪一个儿子，只盼他早日成家立业，臣妾也可以含饴弄孙，膝下承欢了。"

皇帝微微颔首，静静道："李玉，传嘉贵妃进来。"

李玉见皇帝脸上一毫神色也不露，有些不解，忙出去传了嘉贵妃进来。

皇帝看着她道："朕传你进来，是有件喜事要告诉你和愉妃。"

玉妍见海兰与忻妃早已跪着，忙也喜滋滋跪下道："皇上疼臣妾，臣妾明白，臣妾洗耳恭听。"

皇帝的目光温和些许，徐徐道："永琋和永琪的年纪也不小了。朕打算在朝中重臣家各选个好女儿，许配给两位皇子为福晋。但你们身为皇子的生母，可有心仪的人家，也可说来给朕听听。"

玉妍见海兰只是沉吟不定，施施然笑道："先帝在世时最重手足之情，与和怡亲王兄弟情深。和怡亲王的次女嫁与散秩大臣福僧额为妻，福僧额乃和硕额驸。听闻二人生有一位格格，聪慧美丽，大方高贵，配给永珹很是合适。而且格格有皇家血缘，凤子龙孙，这才般配嘛。"

皇帝的嘴角泛起一缕笑意："你的思虑倒很周详，凤子龙孙，时时事事想着攀高处去，倒也像你和你儿子的性子。"他瞟一眼海兰，"愉妃，你呢？"

海兰一脸的本分恭谨："只要女孩儿贤良淑德，能与永琪夫妻和睦，不拘什么门第，都是好的。臣妾心思，还请皇上成全。"

如懿对海兰的应答极为满意，递去一个含笑的眼色，心中暗暗赞许。

皇帝"哦"了一声，脸上的笑容渐渐敛去："嘉贵妃，看来你比愉妃懂得选儿媳多了。四阿哥若明白你的苦心，倒真能成器了。"

玉妍见被冷落多时的儿子得了皇帝赞许，颇有意外之喜："皇上说得是。臣妾与永珹母子连心，他都明白的。臣妾总对永珹说，先帝爷为皇子时是四阿哥，皇上也是四阿哥。有这样的榜样珠玉在前，他若能用心做事，必然也能成一点儿气候，不叫皇上生气。"

皇帝听完，眉心骤紧，眼眸暗沉。如懿伴随皇帝多年，知他已是极为愤怒，却见玉妍难得出来后能与皇帝说上这么多话，犹自欢喜不知。

皇帝的暴怒随着一记响亮的耳光落在了玉妍面上，顿时起了五个血红指印，肿得高高。皇帝怒道："恬不知耻，罔顾人伦！儿子这样，额娘更是不堪！朕还活着呢，你们都打量着四阿哥当皇帝的福泽了！简直昏聩！"

玉妍吓得瞪大了眼睛，连连道："皇上息怒！臣妾冤枉，臣妾冤枉啊！"

额上几欲迸裂的青筋显示了皇帝愈燃愈烈的怒气："冤枉？你串通了北族使者想要自己的儿子去做孝贤皇后的嗣子，也不问问孝贤皇后在九泉之下是否答应！朕且问问你，你的儿子做了孝贤皇后的嗣子，成了嫡出，你们母子还想要谋算些什么？"

玉妍满脸泪水，失声唤道："皇上，便是臣妾母族来使这般说了，也不算错！孝贤皇后在时也是极喜爱永珹，日日抱在跟前的。"

皇帝怒极，冷道："你是什么东西，也敢教唆着皇子觊觎皇位了！朕本来对木兰围场之事将信将疑，始终不肯相信朕的儿子会做出悖逆人伦、谋害君父的事情来，如今看来，有你这样的额娘，他不做这样的事倒反而意外了！"

玉妍面色煞白，如同五雷轰顶，紧紧抱住皇帝的双腿辩白道："皇上说什么木兰围场之事，永珹忠心救父，一心一意只为了皇上，皇上万不可听信小人谗言，诬陷了他呀！"

"朕诬陷他？是他要朕的命！"皇帝气得目眦欲裂，"朕宠爱你多年，倒宠得你们母子不知天高地厚了！你是为朕生了皇子，可生了皇子又如何？也要看孩子是从谁的肚子里出来！你不过是北族进献给朕的贡女，也敢仗着几分姿色仗着几个孩子在朕的后宫兴风作浪，谋害皇嗣！"

恍如被利剑戳穿了身体，玉妍像一个被风吹落的稻草人，顿时瘫倒在地："臣妾谋害皇嗣？明明是她，是她们，害了臣妾的儿子！"玉妍扑上前来，指着如懿与海兰凄厉地喊道："皇上！永珹被您冷落，臣妾可以不怨！但是永璇还那么小，他坠马的时候只有五阿哥离得最近。愉妃，你敢不敢发誓，不是永琪嫉妒永珹得宠，所以害了永珹被冷落，还想害死永璇？你们这些毒妇！"

三宝领着一众宫人手忙脚乱地拉住玉妍，可她像是发疯了一般，力气极大，拼命挣扎着呼喝不已。

海兰似是被玉妍吓坏了，忙忙地躲到一边，啜泣着道："皇上，臣妾从来没有想过害人，臣妾敢发誓，皇后娘娘也没有！"她举起三指，敬肃发誓，"苍天在上，若我珂里叶特氏海兰与皇后有心加害嘉贵妃之子，便叫我不得好死，死后也永堕阿鼻地狱，不得超生！"

海兰的誓言发得惨绝，玉妍也不觉怔住。

海兰逼问道："那么你呢？你敢不敢发誓？发誓你没有害死孝贤皇后母子？发誓你没有害过皇后娘娘？没有害过五公主、六公主？没有害过我和永琪？你敢么？还有慧贤皇贵妃、玫嫔、仪嫔、阿箬，你敢发誓么？拿你儿子的性命和母族的荣耀来发誓呀！"

每一个名字都如雷重击在玉妍心上，即便与五公主、六公主无关，可那些人，叫她如何发得出誓来。玉妍舌尖颤颤，低头不语。皇帝疑心更重："你不敢，是不是？！"

玉妍只得举起三指发誓："臣妾若有所为，必遭报应！"

海兰如何肯放过她，逼问道："什么报应，你说明白！誓言不毒，无以为证！你跟着我说，你若害过这些人，那么你的母族北族遭人灭族，你和你的儿子们个个不得好死，你说呀！"

玉妍大怒："你疯了！你竟然诅咒我的儿子！"

海兰冷笑："你果然不敢！嘉贵妃，你想明白，将来嫔妃们同葬一处，你和害过你的人躺在一块儿是什么滋味？还有那些被你害了的皇子、公主，他们也会追着你的儿子不放的！"

只这一瞬间，忻妃已经暴烈而起，厉声号啕："是你！果然是你害了我的六公主！"她扑向皇帝，声泪俱下，"皇上，您一直不能确信嘉贵妃养的那条疯狗伤人是不是嘉贵妃指使，如今您可听明白了，除了她旁人再无要害咱们的心！一定是她恨极了皇后娘娘的养子五阿哥夺了四阿哥的宠爱，又有八阿哥坠马的嫌疑，所以要报复皇后娘娘，伤及十二阿哥。若不是那日五公主穿了金叶子的红衣吸引了疯狗被误伤，可能如今便是您的嫡子十二阿哥不在了！而臣妾那日也在场而被误伤，累得六公主早产，先天不足惊惧而死！"她哭得几乎昏死过去，"皇上啊皇上，都是嘉贵妃这个毒妇算计好了，害死了五公主和六公主啊！"

皇帝脸上的肌肉悚然抽搐，暴怒不已。他一把揪住玉妍的头发将她拖倒在地，眼里沁出鲜红的血丝，神色骇人："贱人！自己不过是一件贡品，也敢这样谋害朕的孩子！"

玉妍的嘴唇剧烈地哆嗦着，像是不可置信，茫然地睁大了眼，睁得几乎要裂开一般，喃喃道："贡品？皇上，您说什么贡品！啊？"

皇帝冷冷地踢开她抱着自己双腿的手，像踢开一块残破的抹布，嫌恶道："朕明明白白告诉你，你不过是一件贡品而已，你的儿子岂可担社稷重任？若你还不懂，朕就告诉你，当年圣祖康熙拒绝群臣举荐八皇子允禩为太子，理由只有一个，他的生母良妃卫氏是辛者库贱婢，出身低贱，所以她的儿子也不配做太子！今日也是一样，你不过是小国贡女，和一件贡品有什么区别？朕从来没想过让你的儿子做太子！"

须臾的静默，静得如死亡一般。

一声凄厉的呼号最后划破了这静默，如同泣血的杜鹃一般，耗尽心力，悲鸣不已。

皇帝的言语失去了所有的温情与顾念，冰得瘆人："李玉，传旨六宫。四阿哥永珹娶和硕额驸福僧额之女为嫡福晋。"他未顾忻妃诧异而不甘的目光，继续道，"朕第四子永珹，出嗣履亲王允祹为后，再不是朕的儿子。朕也没有这样悖逆的儿子！"

玉妍身心俱碎，人已痴在了原地，如同丢了魂一般，听得皇帝此言，只是浑身战栗不已。

"朕满足你们母子的心愿，让你们再攀龙附凤一次，娶了想娶的女子，但是朕也绝了你们的狂妄念头。先帝与朕都是四阿哥，这一脉相承的福气，你们便不用痴心妄想了。朕只当再没这个儿子！"皇帝再未看玉妍一眼，以决绝的姿态背身道："李玉！拖她回启祥宫，废为庶人，禁足至死。朕再不想见她！"

玉妍披头散发地被几个太监拖进了启祥宫，像一块破布似的被扔了进去。她的额头撞在地上，拖出一道鲜艳的血痕。永珹跑得像丢了性命一般，急急追过来。李玉正在吩咐人锁门："嘉贵妃废为庶人禁足，这伺候的人留两个就是。锁上宫门！无事再不许打开。"

永珹隔着门跪下，慌乱得不知所措："额娘，我不要皇位，不要当太子了，儿子只要您啊！额娘啊！"

一门相隔。玉妍挣扎着爬起来，眼神疯狂，她扑向大门，用力捶击着："皇上，皇上，您不能不要臣妾，不要您的亲生儿子啊——天啊，我生了那么多儿子，到头来有谁可以依靠，有谁？有谁啊！"她形如痴狂，"不！不！我不能关在这儿。我答应了王爷的，一定会扶持我的儿子成为太子。王爷，我一生为了您的期望而活着，我不能辜负了您和北族啊！"

恍若跌进了无底冰渊，永珹冻得浑身发颤，牙齿咯咯作响："额娘，您不是为了我，是为了北族王爷？额娘，您原来是为了他！那我算什么？我算什么？我是您的亲生儿子啊！"

玉妍死死抓着胸前的玉扣，哭得伏倒在地，抽噎着道："王爷，王爷……"

永珹再听不下去，失魂落魄地离开。江与彬正带了小太监过来，见永珹面如金纸，摇摇晃晃，便问："四阿哥，您这脸色不好，可是中了暑气？微臣给您搭搭脉。"

永珹直勾勾地看着前方："滚开！"

江与彬忙退到路边，唤了一句："四阿哥。"

永珹干巴巴地笑了几声："你们都看我的笑话，你们都瞧不起我。是啊，连我的额娘都是为了旁人，不是一心一意为了我，我凭什么让人看得起呢？"

江与彬大为不解。永珹忽然上前一步，死死地抓住了他的手臂："有没有一种药，能清除我身体里北族的血液？我为什么要流着北族的血，我厌恶他们，厌恶他们一辈子控制着我和额娘！"

江与彬只觉得手臂被抓得好像要裂开一般，不觉心头大骇，但见永珹脸色惨白如垂死之人，也只能任由他抓着。

小太监吓得赶忙往后拉江与彬："四阿哥这是失心疯了吧？"

永珹呵呵地笑着，突地丢开江与彬，如游魂一般，往前走了去。

肆 | 伤金

　　这一年的夏天，便随着金玉妍的彻底失宠忽忽而过，漫漫沉寂了下去。

　　如懿的再度遇喜，让皇帝几乎将她捧在了手心里，连太后亦感叹："皇后年岁不小，这几年接连遇喜，可见圣眷隆重，真当羡煞宫中嫔妃了。"

　　这话倒是真的。大约是璟兕的早夭，又紧接着怀上了腹中这个孩子，连皇帝都与如懿并头耳语，总觉得是璟兕又回来了。而钦天监更是进言，道："天上紫微星泛出紫光，乃是祥瑞之兆，皇后娘娘这一胎，必定是上承天心、下安宗桃的祥瑞之胎，贵不可言。"

　　钦天监素来观察天象，预知祸福，又有过孝贤皇后与十阿哥之事，皇帝十分相信。且璟兕与六公主夭折后，皇帝也极盼望如懿腹中的孩子能带来更多的欢喜，冲一冲宫中的悲怨之气，故而更是大喜过望。这样的爱宠和怜悯，让皇帝待如懿如珠似宝，若非有紧急朝务，必定每日都来陪如懿用膳说话。

　　如懿虽不十分相信钦天监的喜报，总以为有几分阿谀奉承讨得皇帝欢心的意思，却也不愿说破，只是一笑而已。

　　宫中都沉浸在中宫有喜的喜庆之中，浑然忘记还有金玉妍这个人了。

　　永璇出嗣后，因着生母连累，连成婚的大喜场面都十分惨淡。那位皇四子福晋伊尔根觉罗氏是天之骄女，性子也颇为高傲，连向玉妍拜见也不肯，到了启祥宫门口便径自走了，只道："见了庶人金氏，我该如何行礼呢？总不成说是一个贡品的儿媳来给贡品请安了，还是我一个福晋去给庶人请安？"

　　永璇哑口无言，自己还想进去拜见生母，生生被福晋拉住："您原是好好的皇子，前途无量，都是被你这生母连累的。再说了，没皇阿玛的吩咐，您也进不去。咱们快走吧。"

　　这样在启祥宫外闹了一场，玉妍知道了，更是绝望，渐渐连药也不吃了，只说"我一个贡品，不配喝宫里的药"。除此之外，只是每日盼着北族来信，盼得两眼滴血，北族依旧是毫无动静。

　　秋风飒飒，黄叶落索。寒霜满天，霰雪如织。

　　乾隆二十年的初冬，十一月，小雪初至。

　　如懿的月份已经很大了，眼看着临盆之日逐渐近了，人渐渐慵懒，身子也越发笨重。翊坤宫中早已让人挖好了喜坑，如懿的额娘也进宫来陪着。而六宫之人，也是日日前来陪侍。当真是门庭热闹，连门槛都要被踏破了。钦天监监正自然是一味地奉承，说这一胎是何等祥瑞，皇帝龙心大悦，到了人后，连进忠都盯着监正端详："你这舌头啊，说得皇上这么欢喜，就满心期盼着皇后娘娘的祥瑞之胎了。"

　　钦天监得意得紧："不是进忠公公和令妃娘娘要我说好听的哄皇上高兴，让皇上忘了五公主薨逝的伤心事么？说吉祥话儿还不会？咱们就靠着这个吃饭呢。皇上要是不信天象，咱们钦天监还能有好饭吃么？"

　　进忠撇着嘴笑："也是。不想想，只要是中宫肚子里落下的孩子，能不是祥瑞之胎么？是阿哥还是公主都无所谓。"他一顿，忽然发起愁来，"不过，你说这祥瑞之胎能不能顺顺利利落地啊？万一有什么意外呢？你可怎么说？"

监正也是愣了一愣，很快不以为然地笑道："中宫娘娘生孩子还能有什么意外？就算真有，我们钦天监也自有说辞。"

进忠指一指监正的舌头，一拱手表示佩服，才掏出一沓银票："只要哄皇上高兴了，令妃娘娘自然有赏。"

下人们的议论只在背后，永远到不了帝后跟前。这一日如懿和皇帝正在下棋，李玉捧了十几幅画轴进来，见如懿在，便有些不好意思地扭头要走。皇帝笑骂道："鬼鬼祟祟地做什么？"

李玉看看如懿，这才道是北族送了许多女孩子的画像来，请皇帝挑了，说是打发给宫里伺候的。如懿明白是北族看着金氏不成，所以急忙又物色了新人来，生怕失了恩宠靠山，也不甚放在心上。倒是李玉有些急："皇上，这都送了三四次画像来了，您好歹挑一个。不能每回都将北族佳丽赏赐给各府的贝勒亲王们了。"

如懿闻言便笑："皇上这样三番五次拂了北族的颜面，怕是不大好。"

皇帝直摆手："朕是怕得很，再送进来一个金玉妍这般的人物，朕的后宫也要翻过来了。"

李玉取出其中一幅画卷打开："这回送来的女子多为贵族之女，还是北族王爷亲自挑选的美人。其中一位宋姓美人，更是天姿国色。"

皇帝看了如懿一眼，见她并无不满之色，才皱眉道："罢了，就留下了宋氏封为贵人，挪去圆明园居住，不许住在宫里。朕若得空，自会去看她。其余的分送各王府就是。"他凝神片刻，拍拍如懿的手背，"其实朕的后宫不缺一个摆设，也不多一个。留她，是圆了北族的面子。朕打心眼里不想再看见任何北族女子。"

李玉应承着退下了。皇帝便道："今儿午后看折子，还有一件更可笑的事呢。北族上书来说，查知金玉妍确是抱养来的女儿。北族嫡庶分明更甚于我朝，庶出之子尚且沦为仆婢，何况是不知何处抱来的野种？抱养金玉妍的夫妇二人，已被北族君主流放。又说金玉妍不知血缘何处，连是不是北族人氏也难分辨，只得叩请我大清上邦裁决。"

皇帝说得如同玩笑一般，如懿本该是解恨的，更应快意畅然，可字字落在耳中，她只觉得如重锤敲落，心中霎时凛然。明明是暖如三春的内殿，穿着华衣重重，背脊却一阵阵发凉，又逼出薄薄的汗。

凉薄如此！原来所谓博弈权术，她，或是拼上整个后宫女子的心术权谋，都不及那些人的万分之一！

金玉妍固然有错，但她拼尽一生，不过是为了母族之荣，到头来，只是一枚无用的弃子，被人轻易抛弃，抛得那样彻底，再无翻身之机。

原来她们的一生，再姹紫嫣红、占尽春色，却也逃不过落红凋零、碾身尘泥的命数。

还是皇帝的声音唤回如懿的魂灵所在："这件事，皇后怎么看？"殿中光影幽幽，皇帝缓缓摩挲着大拇指上的绿玉髓赤金扳指，"皇后若觉得金氏之事北族有脱不清的干系，那朕一定会好好问责，以求还皇后一个明白。"

如懿极力自持，凝眸处，分明是他极为认真的神色，可那认真里，却总有着她难以探及、不能碰触的意味。

若真要给她一个分明，何必要问，自然迫不及待去做。若要来问，本是存了犹疑，存了不愿探知之心。

她目光中有一瞬微冷的光，唇边的笑意越见深沉："金庶人落得这般地步，北族自然恨不得撇得干净，又送来佳丽新人示好。但金庶人一生所为只有北族，若说没有北族的悉心调教，也不至于此。"

皇帝的瞳孔微微紧缩："只是金氏血缘并非北族人氏，又身在大清，北族即便有主使，也没什么证据。且北族自归大清，一向敬服。若为区区一女子而兴问罪之师，有失我大国气度。"

她在心底里苦涩地笑，唇间只能换了更婉转的语调："臣妾明白皇上的意思，金氏混淆血统入宫为妃之事若传扬出去，庶民无知，还不知要如何揣测，多生妄语。"

皇帝的眼睛有些眯着，目光在柔丽日色的映照下，含了蒙眬而闪烁的笑意。他将她的手合在掌心，动情道："皇后能放下一己情怀，以朕的江山安稳为重，朕甚是安慰。不过金氏心性狠毒，害死了朕的两位公主，想来老天也不会庇佑！"

说起金玉妍的病况，她所生的几位皇子辗转来恳求过，想要与金氏见面，或是请太医医治。如懿便道："听说金氏病着，也一直不肯吃药。几位阿哥倒是来求了臣妾几回，想见见金氏。"

皇帝听着就没好气："不必见，没得带坏了朕的儿子。由着她自生自灭吧。"说罢便只关心如懿，"再过三个月你就要临盆了，这一胎又是钦天监所言的祥瑞之胎，本该请你额娘入宫陪伴。"

其实如懿的母亲年迈，到底不能入宫陪产了。她便道："额娘身子骨不大好，臣妾也不敢劳动。左右也是第三回生孩子了，没那么怕。"

皇帝握一握她的手："朕只盼你好好儿地把这祥瑞之胎生下来。"

她低着头，依偎在他身侧，感受着他的掌心握住自己手指的温度。分不清，究竟是他的掌心更凉，还是自己的肌肤更凉。

想着北族王爷的上书，回到翊坤宫中，如懿便有些腰酸体乏。恰巧江与彬来请脉，细细诊了才道："孩子在腹中一切都好，皇后娘娘月份渐大，起坐间要小心。因为您年纪略大，这孩子怕有早产之虞。"

如懿有些不安："会早多久？"

"只怕也快了。不过腹中孩子只要满了八个月，若是接生时顺利，想来也无大碍。"

容珮点头道："那总是小心点好。"

江与彬笑道："蕊心在家中总这么惦记着娘娘。"

如懿抚着高高隆起的肚子，含笑道："难为蕊心惦记着，如今自己都是两个孩子的娘了，还只为本宫操心。"

江与彬道："蕊心伺候了娘娘小半辈子，哪有不上心的。这些日子下雪，她腿脚不方便，不能来给娘娘请安，就只在家埋头做小衣服呢，希望能进献给娘娘腹中的小阿哥。"

殿中供着一溜盛开的水仙，盆盆花瓣十余片卷成一簇。花冠由轻黄颜色慢慢泛上淡白，映着翠绿修长的数百叶片，便称"玉玲珑"。此时水仙被殿中铜火盆中的银炭一熏，花香四溢，宛如甜酒醉人。

如懿笑吟吟道："你说是小阿哥，其他太医也说是小阿哥。真就这么准么？"

江与彬故意打趣："准不准的，总有五成。"

如懿正笑他滑头，海兰笑着道："不只太医这么说，这回连钦天监也开口，说皇后娘娘这一胎是祥瑞至极的福胎呢。"

如懿拂一拂身上盖着的桃紫苏织金锦被，被面上用银线彩织着和合童子嬉戏图，映着樱桃红锦帐上瓜瓞绵绵的花色，一天一地都是花团锦簇迎接新生的欢喜。连素来衣着素雅的海兰，鬓边亦簪了一朵胭脂红色重瓣山茶。如懿看着那金黄纷叠的花蕊，含着笑暗暗寻思：这一枝品种算是"赛洛阳"，还是"醉杨妃"？

都不要紧，左右都是喜悦的红。

湄若无限羡慕地小心翼翼地抚摸着如懿的肚子，眼里有晶莹的泪光："还是皇后娘娘的福气最好。臣妾想，这是五公主又回来了。"

如懿看着她，不觉怜悯，温柔道："你放心，六公主还会回来的。本宫入宫多年，才有如今连连有喜的福分。你还年轻，福报会更深的。"

湄若闪过一丝喜色，旋即切齿道："皇后娘娘说得是，臣妾相信福报，更相信报应。"她快意地道，"听说金氏病入膏肓，皇上也没去看过。"

"皇上忙于朝政，并不得空儿。"湄若含了一缕痛快的笑色，双颊微红，"自从四阿哥出嗣，皇上再未去看过金氏了。何况永寿宫那位遇喜，皇上一得空儿，除了陪伴娘娘，也常去看她呢。"

湄若所指，是永寿宫的令妃嬿婉，多年的殷殷盼子之后，十一月间，太医终于为她诊出了喜脉，如何能不叫她欣喜若狂？连皇帝也格外爱怜。

海兰轻叹一声，如贴着地面旋过的冷风："自从娘娘遇喜，皇上召幸最多的便是令妃，遇喜也是意料之中了。"

湄若道："令妃微贱时总被金氏欺凌，如今金氏落魄，她却得意至此，真是世事轮流转。"

枕边有一柄紫玉琢双鱼莲花如意。那原是皇帝亲手赐了她安枕的，通身的紫玉细腻水润，触手生温。上部玉色洁白，琢成两尾鱼儿栩栩如生，随波灵活游弋。底部玉色却是渐渐泛紫，纹饰成繁绮的缠枝并蒂莲花模样，温润异常。

如懿抚着滑腻的玉柄，浅浅含笑，慵懒道："金氏落得今日，也多亏妹妹的阿玛济事。"

湄若切齿，含了极痛快的笑容："她既要了臣妾爱女的性命，落得如此地步，也是报应不爽！也怪她和北族的人都糊涂油蒙了心。臣妾阿玛在朝中为官多年，门生故旧总还是有的，只稍稍去那北族使者跟前提了一句若四阿哥出继为孝贤皇后嗣子，那人便巴不得去了，也不打量着皇上是什么性子！"她恨恨啐了一口，"自作孽，不可活！"

如懿眼波宛转，看一眼江与彬："金氏真的不成了？"

江与彬道："微臣看过金庶人的脉案，油尽灯枯，只怕去留只在这几日了。"

如懿抚着睡得微微蓬松的鬓发，慵懒道："人都快去了，有些话不能不问个真切。备辇轿吧。"

启祥宫原在养心殿之后，离皇帝的居处只有一步之遥，可见多年爱宠恩眷。然而，如今却是长门一步地，不肯暂回车了。

雪中风冷，吹得那落尽秋叶的梧桐空枝簌簌有声。庭院里花草衰败，连原本该伺候着的宫人们也不知去哪里躲懒了。唯有几株枫树堆落的残红片片，从薄薄的积雪里露出一丝刺目的暗红。

如懿扶着容珮的手小心地走着，明黄缠枝牡丹翟凤朝阳番丝鹤氅被风吹得张扬而起，在冷寂的庭院中如艳色的蝶，展开硕大华丽的双翅，越发显得庭院寂寂，重门深闭。

春来赫赫去匆匆，刺眼繁华转眼空。当年富贵锦绣之地，宠极一时的金玉妍，亦落得辘轳金井、满砌落花红冷的境地。

如懿进去的时候，启祥宫里暗腾腾的，好像所有的光都不能照进这个曾经风光无限的宫殿里。如懿微眯了一会儿眼睛，才能渐渐适应从明澈阳光下走进昏暗室内的不适。她心里有些诧异，才发觉原来并不是光线的缘故，而是所有的描金家具、珠玉摆设、纱帘罗帐，都像积年的旧物一般，灰扑扑的，没有任何光彩。仿佛这座金碧辉煌的宫殿，也随着它的主人一同黯淡了下去。

如懿虽然恨极了玉妍，但乍见此处凄荒，亦有些心惊。她不可置信地伸出手，手指轻抚之处，无不蓄了一层厚厚的尘灰。如懿忍不住呛了两口，容珮赶紧取过绢子替她擦拭了，喝道："人都去哪里了？"

这才有宫人急惶惶进来，像是在哪里偷懒取暖，脸都熏得红扑扑的。

容珮见有人来，越发生气："大胆！你们是怎么伺候主子的？"

宫人们吓得跪了一地，纷纷磕头道："皇后娘娘恕罪，容姑姑恕罪。不是奴才们不好好伺候，是小主自从病了之后，就不许奴才们再打扫这殿中的一事一物了。"

容珮蹙了蹙眉头，严厉道："放肆！金庶人是病着糊涂了，你们也跟着糊涂？分明就是你们欺负金庶人在病中就肆意偷懒了。要我说，一律拖去慎刑司重责五十大棍，看还敢不敢藐视！"

宫人们哪里禁得起容珮这样的口气，早吓得磕头不已："容姑姑饶命，容姑姑饶命，奴才们再不敢了。"

如懿听着心烦，便挥手道："你们都跪在这里求饶命，谁在里头伺候金氏？"

宫人们面面相觑，唯有丽心是从潜邸便伺候金玉妍的，格外有脸面些，便大着胆子道："小主不许奴才们在旁伺候着，都赶了出来。"

如懿拿绢子抵在鼻尖，不耐烦道："金庶人生着病，不过是一时的胡话，你们也肯听着？"

丽心吓得脸都白了："皇后娘娘恕罪，不是奴婢大胆不伺候，是小主任谁伺候着，都要大动肝火，说奴才们是来看笑话的，所以奴才们没小主召唤，也不敢近前了。"

正在纷乱中，只听得里头微弱一声唤："谁在外头？"

如懿耳尖，立刻听见了，摆一摆手道："都出去！"

宫人们立刻散了候在外头，容珮扶了如懿缓步进去。寝殿比大殿中愈加昏暗不堪，隔着微弱的雪光，如懿看见瓶里供着的一束金丝爪菊已经彻底枯萎了，乌黑萎靡的一束斜在瓶里，滴落下气味不明的黏稠汁液。

如懿觉得有些恶心，便别过头不再去看。容珮想替她找个锦凳坐一坐，却也找不见一个干净没灰的，只好忍耐着挑了一个还能入眼些的，用绢子擦了擦，又铺上另一块干净的绢子，请了如懿坐下。

玉妍支着身子，仿佛看了许久，才能辨出她来，"咯"地笑了一声："原来是皇后啊！"那笑声像深夜里栖在枝头的夜鸮似的，冷不丁"嘎"的一声叫，让人浑身毛骨悚然。她见了如懿，并不起身，依旧懒懒地斜在床上，死死地盯着如懿高高的肚子，道："皇后娘娘的肚子都这么大了，怎么还肯大驾光临，走到启祥宫这么个晦气地方。"

如懿淡淡道："听说你病着，过来瞧瞧你。可好些了么？"

玉妍只剩了枯瘦一把，神情疏懒，也未梳头，披着一头散发，语气慵倦中含了一丝尖锐的恶毒："病着起不来身请安，也没什么好茶水招待您的，坐坐就走吧。您是有福有寿的贵人，害了人都损不到自己的福气的，别沾了我这个病人的霉气，沾上了您可赶不走它了！"

容珮听她出言不敬，连该有的称呼也没一句，不觉有些生气，但见如懿安然处之，也只得忍气袖手一旁。

如懿坐得靠近玉妍床头，鼻尖一清二楚地闻到她身上散发出来的气息。那是一个重病的人身上才有的行将糜烂的气味，如同花谢前那种腐烂的芬芳，从底子里便是那种汁液丰盈又饱胀得即将流逝的甘腐。还有一些，是如懿要掩鼻的，那是一股淡淡的腥臭味儿，是久未梳洗还是别的，她也说不清。如懿下意识地拿绢子掩了掩鼻子，忽然瞟见玉妍的寝衣，袖口都已经抽丝了，露着毛毛的边，像是被什么动物咬过似的，参差不齐，而袖口的里边，居然还积着一圈乌黑油腻的垢。

如懿冷眼看着，道："从前你是最爱干净的，如今怎么成了这个样子？"

玉妍睁大着眼睛看着她，懒懒道："再怎么干净，等到了地底下一埋，都是一样的。"

如懿道："哪怕是病了，好好看太医，拾掇拾掇，也能好的。何必这么由着自己作践自己？"

玉妍整个人是干瘦透了，像是薄薄的一张皮附在一把瘦嶙嶙的骨头上，冷不丁看着，还以为是一副骨架。袖口下露出的一截手臂，像一段枯柴似的，露着蚯蚓般突起的青筋。如懿依稀还记得她刚入府的时候，白、圆润，好像一支洗净了的人参似的。再后来，那种婴儿似的圆润退了一些，也是格外饱满的面孔，嫩得能掐出水来。哪怕是不久之前，玉妍的手臂还是像洁白的藕段似的，一串串玲珑七宝金钏子套在手上，和她的笑声一样鲜亮妩媚。

玉妍见如懿望着自己，冷笑连连："皇后娘娘何必这般虚情假意？是我自己来作践自己么？满宫里谁不知道皇上亲口说的，还是当着你的面说的，我不过是件贡品。一件贡品，扔了也就扔了，碎了也就碎了，有什么可作践自己的！"

玉妍是病得虚透了的人，说不了几句话，便大口大口地喘息着。她的头晃了晃，一把披散的青丝扫过如懿的手背，刺得如懿差点跳起来。玉妍的头发是满宫里最好的，她也极爱惜，每日都要用煮过的红参水浸洗，端的是油光水滑，宛如青云逶迤，连上用的墨缎那般光洁也比不上分毫。可是如今，这把头发扫在手上，竟如毛刺一般扎人，借着一缕微光望着，竟像是秋日里的枯草一般，没有半分生气。

玉妍凄凉地笑了一声："我这一辈子，自以为是以北族宗女的身份入侍皇家，自以为是家族王室的荣耀。为了这个，我要强了一辈子，争了一辈子，终于争到了贵妃的荣耀，生下了皇子为依靠。结果到头来，不过是人家嘴里一句'一件贡品而已，你的儿子岂可担社稷重任'。"玉妍呵呵冷笑，悲绝地仰起头，"我自己的尊严脸面全都葬送不算，连我的儿子们都成了贡品的孩子，还连累了他们一生一世。"

如懿看她如此凄微神色，不觉从满心愤恨中漾起几分戚戚之意："皇子们到底是皇上的亲生儿子，虽然是皇上一时的气话，可皇上还不是照样疼爱。"

"疼爱？"玉妍的眼睛睁得老大，在枯瘦不堪的脸上越发显得狰狞可怖，"皇后，你是大清的女人，你应该比我更知道'母凭子贵、子凭母贵'的道理！康熙皇帝在世的时候，八阿哥人称贤王，被满朝大臣推举为太子。结果呢，康熙爷以一句'辛者库贱婢之子'就彻底断送了这个儿子的前程。可不是，八阿哥的娘亲是辛者库的贱婢，低贱到不能再低贱。可是再低贱也好，还不是皇帝自己选的女人。我跟着皇上一辈子，结果临了还害了自己的孩子，给北族王室蒙羞！我这样活着，辜负了王爷的期待，还有什么意思！"

如懿逼近一些，迫视着她："多说这些也无益。今日来，本宫只想听你一句实话，本宫的璟兕，到底是不是你害死的？"

玉妍乌黑的眼眸如同两丸墨色的石珠，玲玲滚动。她讥笑一声："你的五公主死了，忻妃的六公主也死了。人人都算在我头上。你这么问，怕是自己也疑心不是我做的吧？我就明白告诉你，的确不是我做的！皇后，我活不了多久了，你也给我一句实话，我的永璇坠马，是不是你们指使永琪做的？"

如懿的泪一瞬间熨热了眼眶，攥紧了手，硬声道："不是！这句'不是'不仅是担保了本宫自己，也担保了愉妃和永琪！"

玉妍愣了一愣，倔强地梗着脖子，厉声道："那么我也没有害你的女儿，没有害忻妃的女儿！我也发誓，'富贵儿'扑了你的女儿，惊了忻妃的胎气，绝对不是我指使教唆的！"她的牙齿白森森的，死死咬在暗紫的嘴唇上，咬出一排深深的血印子，目光如锥，一锥子一锥子狠狠地扎在如懿身上，"我至死也不明白，'富贵儿'怎么会突然跑出来吓你们，宫里人只是告诉我'富贵儿'丢了。那时我一心一意都在永璇的伤势上……"

仿佛有巨石投入心湖，巨大而澎湃的波浪激得如懿心口一阵一阵地发痛。她的璟儿，活泼可爱的璟儿，再也不能在她膝下欢笑，一声一声地唤她"额娘"了。

良久的静默。喉头的酸涩从心底泛起，逼得如懿的声音如同泣血："不是你？还有谁会恨极了本宫，恨极了本宫的孩子？"

玉妍是虚透了的人，脖子上的青筋暴起，映着枯黄的脸色，恍若一片泥淖中的枯叶："要害你的孩子未必是为了恨，更多时候是为了利益吧。做了皇后，难免成为整个后宫的敌人，拉下了你，自己就更有机会。"

积郁在心底的往事和着尘烟被茫茫掀起。

如懿静静地注视着她道："你就是这么对付孝贤皇后的。明着依附她，实则指使着素练，哄她以为是为孝贤皇后尽心，借着孝贤皇后的名头做尽了害人的事，是不是？可最后你连孝贤皇后和七阿哥都没放过。"

玉妍满脸嘲讽地瞟着如懿，拢着自己枯草似的头发，妩媚一笑："连皇上都疑心素练的死是纯贵妃做的，你倒疑心起我来了？我还当你把什么事都算在了慧贤皇贵妃和孝贤皇后这两个替死鬼儿身上呢。"

如懿的面孔阴沉如山雨欲来的天空："慧贤皇贵妃一直疑问，她对玫嫔和仪嫔的胎下手得晚，为何朱砂的效用那么大。是不是你赶在她前头已经对二人的龙胎用了朱砂，再半途找人教她下手，掩藏你的手段？而且双喜既会驱蛇，何必还要用蛇莓在仪嫔宫里引来蝮蛇？另则孝贤皇后与慧贤皇贵妃并不懂得食物药性，怎么指使人用寒凉之物害得本宫与嫕心饱受风湿之苦？"她凝神须臾，从袖中取出一个小小的纸包，递到玉妍跟前拆开道，"这个东西，你自己总认得清楚吧？"

"到如今才想明白？人都死了多久了。"玉妍眉心剧烈一跳，转脸笑道，"玫嫔跟你说的？她话还挺多。可惜啊，人都死了，死无对证。你可赖不得我。"

"你利用的人够多的，玫嫔、纯贵妃、慧贤皇贵妃、素练、孝贤皇后……"如懿眼中的恨意更盛，"哲悯皇贵妃确是难产而薨，一尸两命。是你散布谣言，又去永璜跟前挑唆，他才会在孝贤皇后灵前无状，对么？"

玉妍轻蔑地撇了撇嘴："就算没有我挑唆，他们也有各自的私心。否则能被我利用么？"

如懿只觉得牙关阵阵发紧，咬得几乎要碎了一般："除了玫嫔与仪嫔的皇嗣，你还害海兰难产差点伤了永琪，又和玫嫔联手除了七阿哥，再引得永璜和永璋争夺太子之位被皇上厌恶。那都是为了你儿子的太子之位，可舒妃母子又碍着你什么了？"

玉妍鄙夷不已："舒妃生十阿哥时我母子地位已稳，我在意她做什么？"

"看来北族真是好好教会了你怎么争夺皇后和太子之位。本宫原也想不通你是为了什么，要一个个除去这些人。直到你害得纯贵妃的儿子断了太子之路，本宫便再明白不过。永璜失了生母，便再也斗不过别的皇子。永璋又被娇生惯养，不得皇上喜欢。而那时你还没有身孕，玫嫔与仪嫔相继失了孩子，所以你的永珹一出生，便是皇上登基后的第一个孩子，得了皇上如此钟爱。"

玉妍不经意地努了努嘴："我千里迢迢从北族而来，虽然得宠，却也不算稳固无虞。孝贤皇后生了嫡子那是没办法，她自己对皇子之事也格外上心，实在无处下手，只得日后再筹谋。何况她虽无意要你性命，但人哪，一旦有了私心，再有在暗处利用的推动，也不难了。你们两虎相争，许多事皇上疑心是她做的，天长日久，总能拉她下来。且她的儿子那么命短，一个个都去了，倒省得我的工夫。这么一来，除去那些想赶在我前头生下孩子的贱人，永珹便顺理成章得皇上喜欢了。"

"你的算盘打得确是好！慧贤皇贵妃受孝贤皇后的笼络，孝贤皇后却是你的替死鬼，连纯贵妃也是。要不是她们一个个倒下了，你藏了那么久的原形也显不出来。从你布下死局冤枉本宫与国师暧昧之时，本宫便知道，前头的一个个完了，真正害本宫的人就得自己跳出来了。"

玉妍安静地听她说着，神色从容而安宁："玫嫔临死前告诉了你不少吧？你都已经想得那么明白了，还来问我做什么？"她唇边衔着一缕得意，"我偏不告诉你，偏不承认。你再疑心，没有我的答案，你心里总是纠缠难受。这样，我最高兴。"

如懿的眼眶被怒火熬得通红，她想了想道："是挺高兴。本宫也有一件喜事告诉你，前些日子，北族又送了一拨儿年轻的女孩子入宫，想要献给皇上邀宠。这些女孩子该是今年的第几拨儿了？"她倏然一笑，如冰雪艳阳之姿，口中却字字如针，"不过也恭喜你，皇上盛情难却，已经选了一位宋氏为贵人，听说还是北族王爷千挑万选出来的美人，跟选你一样，不几日就要进宫了，有家乡人一起做伴，也不会像如今这般寂寞了。这样千挑万选出来的女子，一定不逊于你当年的容色吧？只是本宫冷眼瞧着，她若是走了你的老路，再花容月貌也是没意思。"

伍 | 悼玉

玉妍原本静静听着，听到此处，唯见自己胸口剧烈地起伏着，像大海中澎湃的浪涛，骇然起伏："我知道你们都瞧不起我，瞧不起我四十多了还整日涂脂抹粉，穿红戴绿，不肯服老。瞧不起我拼命献媚，讨好皇上。"玉妍的身体猛地一抖，嗓音愈加凄厉，用力捶着床沿，砰砰道，"可是他们凭什么，凭什么这么厌弃我？我一辈子是为了自己，为了我的儿子，可算起来都是为了北族，为了我嫁来这里前王爷的殷殷嘱托！从我踏出北族疆土的那一刻起，我的心从未变过！可我还没死呢，他们倒都当我死了，急吼吼地送了新人来，是怕我连累了他们的荣华富贵么？"

如懿直直地盯着她，一毫也不肯放过，迫近了道："你的心没变过，你的母族也是！你若有用，自然对你事事上心；一旦无用，就是无人理会的弃子。如今就算你还愿意对北族尽心尽力，你的王爷却还是不要你了。"

玉妍急了起来，发狠道："就算皇上当我是一件贡品，把我的尊严脸面全都作践完了，连我的儿子们都不能抬头做人。可王爷怎么会不要我？你少来挑拨！"

　　"本宫便再告诉你一句，断了你的痴心妄想。今日皇上那儿已经得了北族王爷的上书，说你并非北族人氏，而是你金氏家族的正室不知从哪里抱来的野孩儿充当自己的女儿，甚至说不清你到底是北族人、汉人还是哪儿来的。所以你根本连北族人氏都不算，为他们拼上了性命算计旁人做什么？"

　　有良久的死寂，殿中只闻得涸泽之鱼一般艰难而浑浊的呼吸。有长长的清泪，从玉妍的颊边无声滚落。她痴痴怔怔，似是自问："不！不可能的！我怎么会不是北族人？我就是流着北族的血！"她抓着如懿的手腕，像是害怕极了，轻轻地问，"我一辈子都是为了北族，为了王爷的嘱托！"

　　如懿撇开她枯枝似的手，淡淡道："本宫不知。"

　　玉妍紧紧地搂抱着自己，像是畏冷到了极处，蜷缩着，蜷缩着，只余下灰蒙蒙的床帐上一个孤独的影子。须臾，她仰天怒视，嘶哑的喉咙长啸道："那，我究竟是什么人？谁来告诉我啊！我是谁啊？"

　　玉妍低低地啜泣着，那声音却比哭号更撕扯着心肺。如懿抚着自己的肚子，冷笑着摇头道："世态炎凉，本就如此。本宫不知道临行前你的世子如何对你寄予厚望殷切嘱托，但想来如今也是一样嘱托了宋氏的。你为了这样凉薄之人害了那么多人，恶事做尽，赔上了自己的一辈子，真是不值得。"

　　玉妍几乎痴癫，眼神疯狂而无力："皇上说我是件北族的贡品，原来我连北族人也不是！"她仰起脸，无神地望着积灰的连珠帐顶，颓然道，"我们北族王室风雨飘摇，一直依附大清，祈求大清庇佑。我……"玉妍猛然睁大了眼睛，气息急促起来："我一辈子都是北族的荣耀，可是到头来，却成了北族的耻辱！他们想要像甩了破鞋似的甩了我，他们！他们！"她不知想到什么，眼神忽地一跳，抓着胸前的玉扣，安慰似的道，"王爷一定是对我死心了，才会故意撇清的，一定是！不！我不！王爷，不要对我死心！我还活着，我还有我的孩子，我是北族人，我是！我是……"她话未说完，忽然一口痰涌了上来，两眼发直，双手抓向虚空处，直直向后倒去。

如懿见状，也不觉吃了一惊，忙道："容珮，赶紧扶金庶人躺下。"

容珮见玉妍被褥油腻发黑，一时有些不敢下手。如懿蛾眉一蹙，也顾不得自己挺着肚子，伸手按了玉妍躺下，又取过一个软枕替她垫着。容珮急忙去倒茶水，结果发现桌上连一应的茶具都脏乎乎的，茶壶里更没有半滴水，不觉含怒道："在外头能喘气的人，赶紧送水来！"

容珮一声喝，立马有宫人伺候了洁净的茶水进来，又赶紧低眉顺眼退出去了。容珮倒了一盏，发现也是普通的茶水，一时也计较不得什么，赶紧送到玉妍唇边。玉妍连着喝了两杯，才稍稍缓过气来。

玉妍躺在枕上，仰着脸像是瞪着不知名的遥远处，慢慢摇头道："不中用了！我自己知道自己，要强的心太过，如今竟是不能了。早知道自己不过是件贡品，不过是被人随时可以甩去的一件破衣裳、一双烂鞋子，当年何必要这般和你争皇后之位，这么拼了命生育皇子。这么费尽心机，到头来我连自己是谁都不知道，这些年何必要这么费尽心机，到头来还落了孩子的埋怨，都是一场空罢了。"

"人哪，难的是活到最后能活个明白。"

她长叹一声，忽然挣扎着揪过自己披散的长发。大概久未梳洗，她的一头青丝如干蓬的秋草，她浑然不觉，只是哆嗦着手吃力地编着辫子，慢慢笑出声来："当年，我的头发那么黑，那么亮，那么好看。我在北族，虽然只是个贵族之女，可是我那么年轻，什么都可以期盼，什么都可以从头来过。我可以成为王爷的妾侍，守着他那么温柔的笑容过一辈子。算了，那样活着和这里也一样，也得不明不白地争一辈子。如今他们都不要我了，王爷连北族人都不让我做，让我死了都是孤魂野鬼。如果可以从头来过，我要选一个心爱的男子，一辈子不用争不用抢，一定是家中地位最尊崇的正妻，得到丈夫的关爱和尊重。我可以生好多好多的孩子，新年的时候，和他们一起打年糕跳春舞。我……我……这一生错了那么多的事，都是不值得啊。"

玉妍忽然说不下去了，喉头如哽住了一般，僵直地喘着气，眼角慢慢淌下两滴混浊的泪，脸上却带着希冀、憧憬的笑，仿佛有无尽的满足，只沉浸在自己的世界里。

如懿的心一下空落落的，恨了那么久，到了生命的最终，看着她行将死去，居然不是快意，而是无限心酸。她悄悄地扶起容珮的手，慢慢踱到门外。

外头的雪光太过明亮，亮得如懿几乎睁不开眼睛。有一瞬间的刺痛，不知为何，她竟然感觉眼中有汹涌的泪即将决堤而出。忍了又忍，睁开眼时，如懿宛如平日一般端庄肃然。她看着满院子伺候的宫人，只留下一句话："好好伺候金庶人，务必尽心尽力送她终老。"

她的语落轻声，如细雪四散。有幽幽漫漫的昆曲声爬过宫墙重苑，仿佛是嫵婉的歌声，清绵而不知疲倦，伴随着纷飞如樱翩落的雪花点点，拉长了庭院深深中梨花锁闭的哀怨。

> 寒风料峭透冰绡，香炉懒去烧。血痕一缕在眉梢，胭脂红让娇。孤影怯，弱魂飘，春丝命一条。满楼霜月夜迢迢，天明恨不消。

如懿隐约记得，那是《桃花扇》中李香君的唱词。冻云残雪阻长桥，闭红楼冶游人少。栏杆低雁字，帘幕挂冰条；炭冷香消，人瘦晚风峭。那些曾经花月正春风的人啊，从今都罢却了。

回到宫中，如懿也只是默默的。皇帝照例过来陪她用膳，彼此说了些后宫的事，又送了她一只到了时辰便会蹦出鸟儿来的自鸣钟，却自始至终没有提起玉妍，好像完全不知道她重病似的。如懿便索性提了一句："今日上午，臣妾去看过金庶人了。"

皇帝淡淡地"哦"了一声，并无半分在意之色，只是温然叮嘱："如懿，你临盆之期将近，怀的又是钦天监所言的祥瑞之胎。咱们的永璂已经十分聪明可爱，你这一胎钦天监又极言显贵，这个孩子来日必成大器，所以，这些不干净的地方，你便不要再去了。"

如懿低下温婉的侧脸，支着腰身道："臣妾明白。但金庶人眼看着快不行了，臣妾是皇后，于情于理都该去看一眼。"她的眉梢染上郁郁的墨色，"何况，人之将死，许多话，臣妾不去问个明白，也实在难以安心。"

有须臾的静默，只听得皇帝的呼吸变得滞缓而悠长，不过很快，他只是如常道："她肯说么？"

如懿咬着唇微微摆首："她有她的恨、她的怨，却至死不肯言明。"她深吸一口气，将胸腔里翻腾的怨恨死死按压下去，"金氏否认害了璟兕和六公主，也否认害了舒妃母子。其余的事，金氏说，她便知道，也不会说，不会认，由得臣妾夜夜悬心，不得好过！"

他将手中银筷重重一搁，上头坠着的细银链子发出抖动的栗栗声响，显然是动怒了："她若说了，岂不是连累了她最牵念的母族北族？"

如懿轻声道："她的母族已经先抛弃了她。"

皇帝冷笑，微薄的唇角一勾："别的也罢了。素练死的时候，身边是纯贵妃的珠花，难道这个也是金氏做的？"

如懿沉吟道："许是栽赃也未可知。"

窗外一枝红梅旖旎怒放，皇帝凝眸片刻，眸中如同冰封的湖面，除了彻骨寒意，不见一丝动容之色："或许里头也有纯贵妃掺和的事，咱们不知道罢了。你留意着，若金氏真不行了，便叫内务府预备着后事吧。"

如懿便也仿若无事一般："皇上若不想问罪北族，外头也不知道金氏所作所为，后事不能太不顾及颜面。"

皇帝的眉宇间有淡淡的荫翳："还是得给她死后哀荣，别叫旁人生了无谓的揣测。不过你怀着身孕，别沾染这些悖晦事，交给纯贵妃和愉妃料理便是。"

如懿凝神，笑得一脸婉顺，道："皇上，那金氏的两位阿哥总养在撷芳殿也不成事。尤其永璇，腿上落了伤，嬷嬷们再细心，怕也照顾得不够周全。"

皇帝随口道："永珹那个不孝子已经出去了，永璇腿脚不便，永瑆年幼，是该有个养母照顾才好。皇后的意思是……"

如懿道："撷芳殿的事一直是婉嫔帮忙料理着，婉嫔年长无子，人也细心温顺，交由她照顾也是好的。再者……"

皇帝点头道："也好。他们的生母阴毒不驯，养母是得格外安分的才好。婉嫔虽好，到底还是在这后宫里。朕的意思，是想交由寿康宫的太妃们抚养，让永瑆每日聆听佛音禅语，也好修个好心性。"

皇帝这般说，自然是不欲在宫中时常见到永瑆，才挪去了素日不必相见的太妃们那里。如懿心知皇帝对金玉妍是厌恶到了极处，也不便反驳，只道了会去安排。又说了几句皇子们读书的事，皇帝便回了养心殿处理政务。如懿月份渐大，起坐极不方便，便只送了皇帝到殿门口。因着家常，如懿只披了件雍紫毛边的银狐琵琶襟马甲，皇帝含笑替她紧了紧微松的领口，温言道："今夜是十五月圆之夜，朕会再过来陪你，也陪陪咱们的孩子。"

这顿饭如懿无甚胃口，用完了膳慢慢啜着茶水看着宫女们收拾膳食。

容珮见收拾的宫人们都出去了，方才道："活该！皇上早该这么不待见金庶人了，也省得她一副狐媚狠毒的心肠。奴婢看了心里真痛快！"

如懿衔了一丝快意："待见不待见，原本就在皇上一念之间。"她怔了怔，赤金护甲敲在紫铜手炉上叮当作响，"容珮，本宫会不会也有那一天呢？"

说完，连她自己也吓了一大跳。容珮脸都白了，慌忙道："娘娘，您说什么哪？您是皇后，怎么会和她们一样！"

如懿有些惘然，心下迷迷瞪瞪的，脱口道："皇后也是女人，也不过是皇上的女人之一。今日待见的，或许也有不待见的一日。"

容珮吓得赶紧捂住她的嘴，急赤白脸道："皇后娘娘，您是最尊贵的女人，不兴这样说的。还有啊，江太医总担心您这一胎会早产，您还是多歇着的好。"

如懿黯然片刻，静静地望着窗外突然乌沉的天空："天暗下来了呢。"

铅云低垂，暗暗压城，有簌簌的响声扑扑打在檐上。容珮望了几眼，便道："娘娘，是下小雪了呢。"

如懿这才觉得有些寒意，微微瑟缩道："是啊！十一月里了，是该下雪了。"

容珮便道："奴婢去替娘娘换个新手炉暖暖，再加两个炭盆进来。"

如懿点点头，听着外头的雪声沙沙，心里牵挂不已："你去阅是楼看看，永琪在读书么。若是在，让人给他添些冬衣和手炉。永琪只顾着读书，不在这些事上留心，伺候的奴才怕有不周到的。"

容珮答应着去了。如懿坐在那里，只觉得周身寒浸浸的，不知怎么，总是不安。她想了想，吩咐了三宝送了佛经去宝华殿请法师诵读祈求平安，又想着接生嬷嬷要来陪着了。昏昏沉沉的，才午睡了过去。

嬿婉自从遇喜，便常在宝华殿祈福求子，无比虔诚。这一日黄昏，天气一阵阵发寒，她才从宝华殿出来，只觉得天色昏沉，无比郁郁。嬿婉这一胎虽不比如懿中宫有子这般矜贵，到底也是宠妃头胎，皇帝另眼看待。见得这般天气，便不愿多走，直往最方便的小路拐去。嬿婉带着春婵和澜翠才走了一段，便见田嬷嬷苦着脸垂头经过，还不及田嬷嬷问安，嬿婉便问："田嬷嬷怎么急匆匆的？皇后娘娘有七个月的身孕了，你们也该进宫伺候了。"

田嬷嬷还未说话，泪已经涌了上来，眼见四下无人，立刻跪下了求恳道："令妃娘娘，求您救救奴婢的女儿。"

嬿婉心知她如此，必是牵挂女儿，便是有数："包太医的药吃着不中用么？"

田嬷嬷哭丧着脸道："包太医的药一直吃着都还好。可这半年渐渐没了效力，奴婢的女儿每回病发都难受得死去活来，奴婢又见不到包太医，真不知道该怎么办了。令妃娘娘，求求您让包太医再换个药方吧。"

嬿婉怎不知那药方只是吊命，兼之缓解症状，并未能根治疾病，只是拖延而已。她沉吟片刻，转而笑着拉起田嬷嬷："田嬷嬷，本宫愿意救你的女儿，也接济了你那么多年。可眼下本宫有件为难事，你若帮本宫解了这难事，本宫自然救你女儿到底。"

田嬷嬷一怔，下意识地想缩回手。嬿婉怎肯松手，用力在她掌心一捏："本宫的为难事只有你有法子解决，只要你一双巧手便好。"

田嬷嬷受不住力似的，委顿在地，伏下了头。

金玉妍是在日暮时分过世的。下着小雪的冬夜，宫人们自然疏懒了许多。到了夜间时分，伺候玉妍的宫人们才发现她早已没有了气息，像一脉薄脆的枯叶，被细雪无声掩埋。

似乎是预知到了死神的来临，玉妍难得地穿戴整齐了，梳洗得十分清爽干净，还薄薄地施了脂粉，犹如往常般明媚娇艳。她换了一身北族家乡的衣装，玫红色绣花短上衣，粉红光绸下裙，梳了整整齐齐的一根大辫子，饰以金箔宝珞，一如她数十年前初入王府为侍妾的那一日。

伺候她最久的丽心来如懿宫中报丧，哭泣着道："晌午过后，小主就命奴婢替她梳洗。奴婢还以为小主是听了皇后娘娘的劝，终于想开了。谁知梳洗完了小主说要静一静，到了傍晚咱们送晚膳进去时，才发现小主已经没气了。"

此时，如懿正在卸晚妆等着皇帝过来，听得这个消息，神色平静，波澜不兴。有快意的痛楚犀利划过心间，半晌，她才缓缓问道："金氏去的时候可安静么？"

丽心伤心道："很安静，如同睡去了一般，脸上还带着笑。"

如懿静了片刻，轻轻摆手："去禀告皇上吧。好好说，就说金氏去得安乐。"

丽心哭着退下了。如懿缓步走到窗前，外头积了一地的雪水，还不如下得大些，白白的，一片干净。如今望去，只觉得湿漉漉水汪汪的，很是黏腻汪荡，不尴不尬。就如同玉妍锦绣的一生，最后还是落了这样一个不尴不尬的结局。

次日是十一月十六，老天爷停了雪，却是淅淅沥沥地下起雨来。这样的寒冷天气，下雨更麻烦过下雪，愈加让人心情抑郁。苏绿筠、嬿婉和海兰等几个高位的嫔妃们先赶到了皇后宫中问安。皇帝与如懿并肩坐着，两人都是郁郁不乐的样子。嫔妃们自然前晚就得到了金玉妍离世的消息，虽然金玉妍在宫中人缘极差，并无人喜欢她，但嫔妃们见了面总难免唏嘘几句，又着意宽慰了帝后一番，言语间尽是姐妹情深。

嬿婉微微红了眼眶："一早起来便看见下雨，想是老天爷也和臣妾一样感慨金氏离世。"说着她正要哭出声，如懿淡淡道："眼下也没什么好哭的，替金氏守灵的时候，有你们掉眼泪的。"

海兰捻着蜜蜡佛珠念了几句"阿弥陀佛"，只是静静垂首。绿筠便叹道："金氏也是错了主意，折腾自己也折腾孩子。若是安安分分的，也不至于折了自己的福气，落得这样的下场。只是如今就这么走了，听说梓宫已停在了静安庄。"

皇帝淡淡道："金氏身后的事总要办得好看些，毕竟她也生了三位皇子。朕打算追封金氏为皇贵妃。"

绿筠有些讶异："皇上不是废金氏为庶人了么？"

皇帝眼皮也不抬："这个皇贵妃是做给外头看的。北族王爷虽然在私下极力推脱她的出身，为的就是自保。可朕真要让她以庶人身份下葬，朝野都会有无谓的揣测，污了皇家名声。朕想好了，赐她谥号为淑，便是淑嘉皇贵妃。"

如懿心头冷笑，好一个"淑"字！好讽刺的"淑"字！他竟也是那般嫌弃她，嫌弃到要拿她的身后来做个笑话。如懿这般想着，与海兰目光相接之时，只见她瞬即将眼中的鄙夷之色敛了，换将一副哀戚之色。

嬿婉极力忍着笑意，含泪戚戚，偏要再追一句："皇贵妃姐姐一生贤淑，皇上选的这个谥号是再贴切不过了。"

如懿心念一动，婉声道："淑嘉皇贵妃在世的时候，最疼爱几位皇子，但永珹已经成年，又出嗣履亲王，永璇和永瑆虽然年幼，倒也都是懂事的孩子。皇上不如也给他们一些恩典，也叫没娘的孩子自己能顾全自己些。"

皇帝温然道："还是皇后想得周全。永珹出继，已经是贝勒。永璇和永瑆，朕也会给他们贝子的爵位，且有太妃们照顾，一切无碍。"

如懿便起身正色道："太妃们久在宫中，熟知礼仪，一定会好好教导皇子。臣妾身为嫡母，也一定会从旁看顾。"

皇帝神色微微一松，微露几分倦色："有皇后这句话，朕也放心了。"

如懿轻声道："淑嘉皇贵妃的身世没有抖出去，那她面上总还是北族人。"

皇帝随口道："朕会将追封皇贵妃的恩典和加封皇子的消息传到北族，算是全了北族的面子，也别落人口实，叫人议论朕是凉薄之人。"

如懿恭声答应了，皇帝回头看顾嬿婉："令妃，朕有些累了，去你宫中歇息。"嬿婉连忙答了句"是"。皇帝又道："皇后和令妃都有着身孕，不必去淑嘉皇贵妃的丧仪了，叫纯贵妃和愉妃帮衬着料理吧。"

二人依依谢过。如懿欠身将要相送，忽然念及金玉妍临死前的话，不觉一凛，若诚如她所言，她并未真心要害璟兕和六公主，那么会是谁？还会有谁？

这样的念头不过一转，全身已经寒透彻骨。

皇帝离去后，如懿打发了绿筠去办玉妍的后事，只留下海兰在身边陪着。两人进了暖阁，容珮送了茶点上来，便领着人退下了。

海兰亲自将茶盏递到如懿面前，温声道："皇后娘娘，今日的事，皇上显然原本只是想追封而已，您请了那两个恩典，皇上怕是会不高兴了。"她的疑惑更深，"娘娘一向深恶金玉妍，怎的今日还要为她求情，保全她死后最后的一点儿颜面？"

如懿扶着微痛的额头，喝了一口热茶，才觉得心口暖和了一点儿："慎嫔、玫嫔、舒妃、慧贤皇贵妃之死都是如此。里头再难堪，外头都还算风光。皇帝最要颜面，宫里的事儿再污糟也只能烂在宫里。臣民百姓们眼里，紫禁城内的一切都该是体体面面的。只要不失了皇室的体面，皇帝会全她死后尊荣的。何况……"她摇摇头，"三宝已经查知，送去静安庄梓宫里的，根本不是金玉妍！"

海兰惊得睁大了眼："是谁？"

如懿抚着额头，打量尾指上套的金护甲上嵌着冰色缠绿丝的翡翠珠子，闲闲道："在圆明园伺候过皇上的一个官女子上个月殁了，本是停了棺椁要送进妃陵里的，如今和金玉妍换了个个儿。"

海兰骇笑："那倒是个有福气的！从此身受香火，便是皇贵妃的哀荣了。"

如懿衔着一丝快意，然而涌到唇边的叹息如伶仃的雾水："金玉妍临死，绝不承认害了舒妃，更不承认用'富贵儿'害了本宫的璟兕和忻妃的六公主。人之将死，其言也善。若她说的是真的……"

海兰骤然一凛，眼中有锋芒聚起："若不是她，还能有谁？"她眸中的锋芒仿若锐利的银针，闪着尖锐的寒光，"是令妃？是庆贵人？是晋贵人？还有谁？"

如懿的唇边含了一丝犹疑："若是我们错了……若是这件事，从永璇坠马开始就是被人算计在内的，连着金玉妍，连着本宫和忻妃，一个也不落下……"她的脸色越来越难看，几欲破裂，"那么这个人的心思，实在是阴毒可怕！"

海兰见如懿呼吸越来越急促，忙劝道："金玉妍争了一辈子，算计了一辈子，做尽了恶事，死一百回都不足以抵她的罪过。何况五公主和六公主早夭，到底是和她脱不了干系。"

如懿的神思似乎有些飘远："当日金玉妍发疯一般要本宫与你发誓，有没有害过她的孩子。其实撇开了永璇坠马之事不算，咱们是算计过永珹的。"

海兰定定神，镇静道："娘娘，臣妾已经发过誓了。哪怕要应誓，也只应在臣妾一人身上，与娘娘无关！"她爱惜地抚着如懿硕大浑圆的肚子，"娘娘快要生了，钦天监都说怀的是个祥瑞的孩子，娘娘不要去想这些不吉利的事了。"

如懿默然片刻，缓缓点点头。两人看着窗外细雨纷飞，一时两下无言，便也默默了。

皇帝在嬿婉宫中睡了一会儿，醒来已是两个时辰后了。嬿婉早已换过一身家常的湖水蓝绣银线丹桂的锦袍，松松绾了一个弯月髻，见皇帝醒了，不由自主便含了几分甜笑，伺候着皇帝在榻上躺着，把新笼的一个暖炉放进锦被里。自己搬了个小杌子坐在近处，慢慢剥了红橘喂到皇帝嘴边。

皇帝握一握她的手，笑道："手冰凉冰凉的，躺上来朕替你焐一焐。"

嬿婉含着羞一笑，恰如春花始绽，盈盈满满："皇上爱怜，臣妾谢过。"她低首摸着尚且扁平的小腹，笑道："臣妾也想躺着呢，只是腹中的小阿哥不愿意臣妾躺下来，只愿意臣妾坐着。"

皇帝一笑："孩子的话是该比朕的话要紧。"皇帝接过她递来的橘子，还送到她唇边，"你遇喜之后爱吃酸甜的，多吃些吧。"

嬿婉吃了两瓣，笑吟吟道："酸酸甜甜的，很是落胃呢。"

皇帝摸一摸她的小腹，笑道："你喜欢就好。只是才两个月，哪里就知道是阿哥了。"他的笑意顿敛，有些伤感，"自从朕的五公主和六公主夭折，朕一直希望能再添个公主便好了。"

嬿婉微微一怔，旋即盈然笑道："小阿哥小公主都是好的。只是皇上不是说臣妾爱吃酸甜么。酸儿辣女，怕这一胎若是个阿哥，皇上可得答允臣妾，再给臣妾一个公主。有女有子，才算一个好字。"

皇帝笑着抚一抚她的脸，爱怜道："这有什么难的，朕答允你就是。"

嬿婉伏在皇帝胸前，乖顺得如一只依傍着暖炉的猫咪，蜷缩着身体，柔声道："皇上疲累，可是因为惦记着淑嘉皇贵妃的身后事？淑嘉皇贵妃死前，皇后去看过她，之后淑嘉皇贵妃就薨了。"

皇帝眼中微含几分笑意，伸手托住嬿婉小巧的下颌："淑嘉皇贵妃早就病入膏肓，皇后看与不看，她都是要薨的。还是皇后怜悯，以德报怨，肯去看看她。"

炭盆里的银霜炭"毕剥毕剥"地响着，冒着温暖的火星。嬿婉顺手将橘子皮扔进炭盆里，散出一阵暖暖的甘香。嬿婉看皇帝的神色极为温和，眼中便有了无限的柔情与温顺："听说淑嘉皇贵妃死前知道了自己并非北族玉氏的出身，若是皇后娘娘不曾告诉，想来淑嘉皇贵妃还能多活几日。幸好皇后娘娘还顾全淑嘉皇贵妃死后的体面，向您求了恩典，也算圆过了此事。"

皇帝松开握着她手腕的手，眼神瞬间冷了下来，道："你的话倒有意思，仿佛在说是皇后逼死了淑嘉皇贵妃。这样吧，朕带你去皇后跟前，把你这些话亲口跟皇后说说，也好叫她有则改之，无则加勉。"

嬿婉眼神一怯，脸色微微有些发白："皇上……臣妾是为了皇上思虑……"

"为了朕？为了朕就可以肆意刻薄皇后？"皇帝坐起身，冷冷道，"你刚才和朕说夫妻君臣，可见你是懂得尊卑的。既懂尊卑，皇后有什么不是，你大可当着她的面说。在她面前只说贤惠，到了朕跟前就说皇后的不是。那么朕要看看你这条舌头到底是怎么长的？"

嬿婉情知不好，立刻跪下，哀哀求道："皇上，臣妾不敢非议皇后，只是一切为皇上着想。臣妾自知人微言轻，有所谏言皇后也未必肯听，只当皇上是臣妾枕边夫君，才畅所欲言，无所顾忌。臣妾不是有心诋毁皇后，还请皇上明察。"

嬿婉一张清水芙蓉脸，一向最适合楚楚可怜的神情，如今苍白着脸哀哀相告，皇帝也不免有些心软。他的神气有些懒懒的："嬿婉，知道朕为什么喜欢你唱昆曲么？"嬿婉怯生生地摇头，一张脸如春花含露，皇帝的口气不觉软了几分，"昆曲柔婉，最适合你不过。而皇后就像弋阳腔，有些刚气，不够婉媚。"

嬿婉抬着娇怯得能滴出水来的眼眸："那皇上喜欢什么？"

皇帝的笑意淡薄如云岫："各有千秋，朕都喜欢。令妃，别丢了你柔婉恭顺的好性子，学了淑嘉皇贵妃的挑拨生事。"皇帝说罢，便抬了抬腿，嬿婉即刻会意，替皇帝套上了江牙海纹靴子。皇帝起身道："你是不是有心，朕心里有数。好了，朕去看看淑嘉皇贵妃的丧仪。"

嬿婉一惊，忙含笑扯住皇帝的衣袖道："皇上，您方才说要在这儿用膳的。膳食已经备下了，您用了再走吧？"

皇帝朝外扬声唤了一句"李玉"，头也不回地出去，口中道："皇后即将临盆，腹中所怀乃是祥瑞之子，朕得去陪陪她，你自己慢慢吃吧。"

嬿婉无可奈何地屈身福了一福，恭送皇帝出去。

皇帝走得远了，守门的小太监赶紧将团福弹花赤色锦帘放了下来。一阵寒气还是卷了进来，嬿婉仿若受不住冷似的，不自觉便打了一个寒战。进忠见皇帝走了，方敢从外头进来，端了一盏热热的红枣燕窝汤在手里，又朝外头使了个眼色，让伺候的人都退了下去。

进忠捧着红枣燕窝汤，氤氲的热气扑上脸来，又暖又湿，"刚熬的红枣燕窝汤，奴才伺候您用。"

进忠舀了燕窝汤吹凉了，喂到嬿婉嘴边，嬿婉别过头。

进忠沉吟道："您生皇上的气啦？"

嬿婉黯然一笑："有什么可生气的。本宫虽然是头胎，可比不上皇后的祥瑞之胎，皇上顾不上本宫也是应当的。"

进忠含了一缕笑意，问道："这天兆祥瑞，皇上这般上心，那是好事。"

嬿婉拨着护甲上晶莹璀璨的珍珠粒，慢慢道："当然是好事。"

进忠贴心地端着红枣汤吹了又吹，才递到嬿婉手里："您哪好好安胎养着身子，奴才喂您喝两口，就得回去伺候皇上啦。听说皇后这一胎大有可能早产，皇上可不放心了。"

嬿婉看了进忠一眼，慢慢地小口啜着汤水，忽然会心一笑："是么？看来祥瑞之胎想早点儿落地，那得接生嬷嬷早些伺候着了。"

进忠目光一闪，笑道："奴才打听了一件事，田嬷嬷的宝贝儿子田俊又在京中捐了个九品修武校尉的官职，有了前程。"

嬿婉将一碗燕窝汤喝完，"咯"的一声轻笑，嫣然百媚："是么？当了官儿是有了前程。只是啊，官场上的尔虞我诈不比后宫里浅半分，他们母子也得谨慎再谨慎才好啊！要不然都跟淑嘉皇贵妃似的，最后也不过落成个输家而已！"

祥瑞 ◇陆◇

待满了七个月，如懿因有早产的迹象，接生嬷嬷们便到了翊坤宫偏殿住下，准备着随时接生。为首的田嬷嬷是如懿熟悉的，永璂与璟兕出生，都是她亲手接生。如懿见了她便笑："又要劳烦你一回了。上回正逢着舒妃过世，本宫生育公主也没能好好打赏你们。这回本宫记着，一定会补偿你们辛苦。"

田嬷嬷讪讪地有些不安，忙谢了恩。

容珮道："太医只是诊脉。胎位是否正了，还得嬷嬷您摸过才知道。"田嬷嬷忙忙点头，带了三位嬷嬷在身后，服侍如懿在寝殿躺下。

如懿因有早产之疑，分外小心，不敢怠慢，只觉得田嬷嬷的手在隆起的肚腹上摩挲了一阵，手势渐渐加重。她心中不安，侧首见田嬷嬷眉头越皱越紧，不由担心道："本宫的孩子怎么了？"

田嬷嬷神色郑重："龙胎在皇后娘娘肚子里有些转偏了。生产的时候怕您要吃苦，奴婢得替您摩挲摩挲。"

容珮不觉担忧，忙问："那是怎么摩挲？"

田嬷嬷不疾不徐，按着如懿的肚腹轻轻推动："娘娘，就是奴婢轻轻摩挲您的肚子，让龙胎顺着力道转过来。而且您不能多走动了，一走怕龙胎又偏了位置。若等龙胎脚朝下头朝上，您要生可就难了。"

如懿生产过两回，自然知道所谓胎位正，是胎儿在腹中头朝下脚朝上，这才好生。否则就是难产的瘖生，一个不好便是母子俱亡。如懿听得惴惴："可是江太医诊脉的时候没说胎象有问题呀？"

田嬷嬷肃然道："太医是男人，只能诊脉，不能碰您的肚子，偏了一点半点儿的他们怎么知道。接下来每日两回，奴婢都会来给您摩正胎位的。"

这话却是不错。宫中若论接生，谁比得上田嬷嬷呢？

旁边的嬷嬷也帮腔："这宫里会摩挲肚子转正胎位的只有田嬷嬷，皇后娘娘放心吧。"

如懿顾念腹中胎儿心切，哪有不答应的，便依田嬷嬷所言，每日按时摩正胎位。如此过了十来日，田嬷嬷依旧是皱眉，直说龙胎祥瑞，性子太大，便加重了摩正胎位的力度。这般为腹中孩儿悬心，到了快八个月时，如懿日渐觉得腰肢酸软，孩子在腹中动得厉害。江与彬来搭脉时也皱眉："皇后娘娘的脉象急促，气血涌动，只怕快要生了。"

皇帝闻言很是忧心，毕竟如懿腹中孩儿还不满八个月，离生产还有些早。可江与彬也是无可奈何："没法子了。娘娘气血动得厉害，就算服安胎药也来不及了，定是就在这一两日。"田嬷嬷在旁脸色都变了，失声道："那怎么成？皇后娘娘的胎位还没正过来呢。"

江与彬再三搭脉，还是沉吟，总说胎位偏了，自己却诊不出脉来。

田嬷嬷比画了一下："已经摩腹快一个月了，眼下还偏了一个肩膀那么多。就怕生的时候不顺利。"

如懿满面忧色，只想着是不是自己年岁渐长，怀胎生产才这般不顺。

皇帝如何还顾得那么多，听闻这一两日就要生产，便让田嬷嬷与进忠一同去内务府准备东西接生。

田嬷嬷在皇帝跟前坐立不宁，巴不得这一句便离了翊坤宫才好。进忠陪着田嬷嬷出去，但见她满腹心事，不觉咳了一声，低声道："皇后娘娘早产就早产吧，您担心什么？"

田嬷嬷垂着个脸，很是惊怕，自知如懿是会早产，可早不了那么多。是自己日日给她摩挲胎儿，故意弄偏了胎位，促得宫缩胎动，所以很快就要生了。

进忠哪里顾她，一径嘟囔着："七个多月的孩子，生下来不一定活得了。可咱们不想冒这个风险，最好是胎死腹中，落得清静。"

田嬷嬷悚然一惊，抹泪不已："我做下这么伤天害理的事，是要遭报应的。"

进忠两只眼珠子一瞪，即刻沉下脸来："你还想不想拿到方子救你的女儿了？你就记着，皇后腹中的阿哥活下来，你的女儿就死定了。"

田嬷嬷想说什么，一张嘴，眼泪便流了下来，再不敢作声了。

如懿的生产是在十二月二十一日一早开始发作的。与往常不同，除了接生的嬷嬷和太医伴随在侧，连钦天监的监正与监副也守在偏殿，候着星象所昭示的祥瑞之胎的诞临。

一如江与彬与田嬷嬷所言，如懿是早产，更逢胎位不正，遇上了难产，久久拖延不下。催产药一碗接一碗地喝下去，总是不见动静。太医们也是疑惑，不足月的胎儿个子小，怎会一直下不来。田嬷嬷累得满头是汗，一整夜推腹摩肚，却始终未能得见龙胎露头。

产程不顺是铁定的事了，生了这么久，绿筠带着婉茵在钟粹宫佛堂彻夜念经祝祷，却也不见翊坤宫中有喜讯传出。

冬夜深寒，皇帝坐在偏殿，听着如懿痛楚的呻吟声，连连搓手不已，急道："朕不便进产房，你去唤个嬷嬷来问问，是什么缘故，怎么还没动静？"

海兰一脸焦灼，一时按捺不住，陪着皇帝道："皇上，要不臣妾进去瞧瞧？"

皇帝的口吻不安且不耐，道："这话你方才就问过。"

钦天监监正忙赔笑："愉妃娘娘，皇后娘娘这一胎极为祥瑞，不可人多冲撞了，您安心等等吧。"

海兰无奈，不敢多言。

李玉看出皇帝的焦急与担心，忙劝道："皇上安心，皇后娘娘已经生产过两次，这次不会有碍，一定会顺顺利利生下一个小阿哥的。"

皇帝还是忧虑，"可这孩子还不满八个月，一落地还不知道怎样呢。"

监正忙道："皇上，皇后娘娘胎气发动的时候也是个上上吉时呢。微臣已经算过，只要在日中前后出生，那么皇后娘娘这一胎无论男女，一定贵不可言。"

皇帝长舒一口气，稍稍轻松几分："若是公主，朕便立即封为固伦公主。若是皇子，朕连名字都想好了，便叫永璟，取玉之华彩之意。"

监正连连道："璟，玉光彩也。皇子行永字辈，公主行璟字辈，皇上取此名，可见重视。且皇后娘娘怀上此胎之时，紫微星华光闪耀，皇上取此佳名，真是最合适不过了。"

天色将明时分，如懿的呻吟声随着一声痛厉的呼叫戛然而止。皇帝有过几多子女，听到这一声痛呼，便知是要生了。然而期待中的儿啼声并未响起，只是一片难堪的静默。

监正听得声音怔了怔："这是生了么？这么快？可还没到日中时分啊！"

李玉伸长了脖子向外探去，轻声道："听这声音像是生了呀，怎么还没儿啼声呢？"

他的话音未落，隐约有几声惊惶的低呼响起，海兰心里微微一沉，不知怎的，便觉得周身寒浸浸的，像是外头的寒气透骨逼进。可是殿内，分明是红箩炭烧得滚热，如置身三春啊！

偏殿的门骤然被推开，接生的嬷嬷和太医们跌跌撞撞进来，哭丧着脸道："皇上恕罪！皇上恕罪啊！"

皇帝的脸色倏然如寒霜冻结，厉声道："怎么了？是不是皇后不好？"

为首的正是田嬷嬷，她吓得瑟瑟发抖，回禀道："回皇上的话，皇后娘娘产程不顺，折腾了许久产下了一位小阿哥。"

那监正一喜，一句"果然是个阿哥"正要脱口。皇帝神色一松，尚来不及进出一个笑容，田嬷嬷又道："可是小阿哥胎位不正，逢娘娘难产，落地时已经没了气息。"

皇帝大惊之下踉跄几步，跌坐在紫檀座椅之中。海兰急得脸色大变，顿足道："那皇后娘娘呢？皇后娘娘如何？"

江与彬跪在地上道："皇后娘娘因为生产时用力过度，气竭晕厥。微臣已经给娘娘服下山参汤，静养片刻就会好的。"

海兰眼中一热，泪水潸潸滚落。她用力捂着嘴，不让哭声从指缝间溢出。

皇帝忍不住落下泪来。他的气息像哽在喉头一般，抽搐着道："小阿哥怎会如此？"

一众接生嬷嬷吓得筛糠似的乱抖，如何说得出话来。还是田嬷嬷大着胆子道："皇后娘娘年近四十，身体自然不如年轻时适合养育，这也是娘娘早产和胎位逆转的缘由。"

海兰的心口像是被巨石死死压住，压得喘不过气来。她的脑中一片混沌，脸色难看极了，半晌才说得出话来，厉声道："小阿哥在皇后腹中一直安好，胎动如常，只是胎位稍稍不正而已，怎会在离开母体之时才发现没了气息？"

田嬷嬷的汗水滴落在地上，洇出油腻腻的水光。她惶然道："回愉妃娘娘的话，妇人生产，本就形同在鬼门关走了一遭。且……且有五公主夭折之事伤怀，所以影响小阿哥也未可知。"

另一接生嬷嬷亦道："皇上，愉妃娘娘，孩子在母腹中，本来一切就只凭太医脉象诊断是否安好。然而生产之事险之又险，什么事都会发生，小阿哥的胎位又不太正，这样的事在民间也是常见，所以，所以……"

她话音未落，皇帝一眼瞥见立在一旁的钦天监监正。那监正本为如懿这一胎说尽了好话，只以为皇后生产，必是喜事，说大贵祥瑞总是无错。此刻听得阿哥夭折，早就吓坏了。皇帝心头怒起，立刻飞起一脚踹向他身上。那监正如何敢躲避，生生受了这一脚，滚落地上。

皇帝双目通红，既怒且伤心，道："你们不是说皇后这一胎怀的是祥瑞之子，上承天心，下安宗祧，还说紫微星泛出紫光，是祥瑞之兆！如今看来，全是一派胡言！"

那监正连滚带爬地跪起来，匍匐在地，磕头如捣蒜："皇上！皇上！微臣夜观星象，不敢胡言啊！这一胎的确是皇子，且微臣也说了，阿哥在日中前后出生是最吉祥的。至于为何夭折……微臣实在不知啊。"

田嬷嬷一咬牙，大着胆子道："恕奴婢大胆，既然是胎死腹中，那就是被生母给克死的。"

监正痛得龇牙咧嘴，却实在不敢痛呼出声，听得田嬷嬷这一句，如同抓住了救命稻草一般，立刻顺着杆子道："这位嬷嬷没有胡说。小阿哥若是落地，自然大贵。可偏偏是生母克住了他，让他不能降生。"

皇帝气得脸色铁青，如何说得出话来。海兰气得浑身乱颤，发髻间的珠花钗珞玎玲作响："小阿哥未生之时，你极尽阿谀，言说祥瑞。小阿哥出生夭折，便将一切都推脱到皇后娘娘身上。"她直挺挺跪下，"皇上，臣妾恳请皇上治钦天监监正妄言犯上之罪。"

田嬷嬷低声道："皇上，民间确有说法，若子亡母存，那就是母亲克死孩子。若是子活母亡，那是孩子命太硬克死了母亲。"

那监正吓得伏在地上不敢起身："俯仰有德，进退修为。是否皇后不曾修德，所以命数成了败象。若非有此不祥，五公主也不会一出生就有心疾，幼年夭折。"

海兰惊怒交加，转首怒叱道："你胆敢污蔑皇后！简直罪该万死！"

皇帝的面色变了又变，两颊边的肌肉微微抽搐着，仿佛有惊涛骇浪在他的皮肉之下起伏而过。良久的静默，几乎能听到众人面上的冷汗一滴滴滑落于地的声响。火盆里的炭火熊熊地燃着，一芒一芒的火星灼烫了人的眼睛，偶尔"毕剥"一声轻响，几乎能惊了人的心腑。

皇帝的声音极轻，像是疲倦极了，连那一字一句，都是极吃力才能吐出："十三阿哥赐名永璟，乃朕嫡子，朕心所爱。然天不假年，未能全父子缘分。追赠十三阿哥为悼瑞皇子，随葬端慧太子园寝。"他顿一顿，"一众接生人等，照料皇后生产不力，永不再用。钦天监监正，妄言乱上，污蔑皇后。革职。"他说罢，遽然起身离去，衣袍带起的风拂到海兰面上，她无端端一凛，只觉拂面生寒。

皇帝的脸对着殿外熹微的晨光，唯余身后一片暗影，将海兰团团笼罩："朕去看看皇后。"

海兰忙陪着皇帝到了寝殿门口。里头生产的忙乱还未散去，却是一片被死亡笼罩的冷寂。宫人们垂泪劳作着，照顾着昏厥的如懿。皇帝只看了一眼，如何还敢进去，只道："让皇后多睡一会儿吧。愉妃，十三阿哥的事，你缓缓告诉她。"

海兰低低道："皇上不去看十三阿哥一眼吗？"

皇帝含泪："朕不敢，也不忍心目送自己的孩子离开人世。朕先去上朝了。"

海兰还要再说，一阵冷风卷着雪子飕飕扑上身来，皇帝已经踉跄着出去了。半晌，人都散尽了，连江与彬都出去为如懿熬药了。她木然地站在殿门前，身子无力地倚靠在阔大的殿门上，任由生硬的檀木雕花生生地硌着自己裸露的手腕，浑然不觉痛楚。

叶心赶忙扶住她道："小主，您别太伤心，仔细伤了身子。"

海兰吃力地摇摇头："姐姐又一个孩子没了，这样不明不白的，不知姐姐知道了，会伤心到何种境地。"

叶心将一个手炉塞到她手里，替她暖上了，道："小主关心皇后娘娘也得留心自己的身子啊，否则还有谁能陪着皇后娘娘劝慰呢？往后的日子，还靠小主呢。"

海兰望着外头雪子纷扬洒落，那一丁一丁细白冷硬的雪子落在殿外的青石地上，敲打出"唑唑"的响声。那雪白一色看得久了，仿佛是钻到了自己的眼底，一星一星的冷，冷得连满心的酸楚亦不能化作热泪流出。

也不知过了多久，她雪白而模糊的视线里终于有旁人闯入，那是闻讯匆匆赶来的绿筠和湄若。

湄若尚未来得及走近，已经满脸是泪，泣道："为什么保不住？为什么都保不住？"

绿筠连忙按住她的手，劝慰道："忻妃妹妹，这个时候别只顾着自己伤心了。"她四下张望一转，忙问海兰，"皇上就这么走了？"

海兰默默点头："皇上只叫我陪着皇后娘娘。"

绿筠本就憔悴见老，一急之下皱纹更深："皇后娘娘还不知道吧？若是知道了，可怎么好呢？"她似乎有些胆怯，然而见周遭并无旁人，还是说道，"皇上不在，可不大好啊！"

湄若雪白的牙齿咬在薄薄的红唇上，印出一排深深的齿痕："皇后娘娘痛失小阿哥，还要被钦天监的人诋毁，那监正被革职了便宜了他！"

绿筠闻言，呆了片刻，念了句"阿弥陀佛"，轻声道："皇上这般处置，怕是不会信钦天监的胡言乱语了吧？"

海兰不知该如何应答，只是抬起满是忧惧的眼，深深看着绿筠，道："纯贵妃乃嫔妃之首，十三阿哥丧仪之事，就都有劳姐姐了。"

绿筠连连颔首，拭去眼角泪痕："出了这么大的事，我能做的也唯有这些了，一定会尽心尽力。"

三人正自商议，只见小宫女菱枝过来请道："三位小主，皇后娘娘醒了……"

菱枝为难地咬一咬唇，海兰会意："你且下去，咱们去瞧瞧皇后娘娘。"

殿内火盆燃得旺旺的，已经收拾了一遍，原本备着的婴儿的摇床衣物都已被挪走了，连产房中本会有的血腥气也被浓浓的苏合香掩了过去。

如懿已经醒转过来，身体尚不能大动弹，眼眸却在四下里搜寻，见得海兰进来，忙急急仰起身来道："海兰！海兰！我的孩子呢？孩子去了哪里？"

宫人们都静静避在殿外，连江与彬也躲出去熬药了，唯有容珮守在床边，默默垂泪不已。如懿焦急地拍着床沿，苍白的两颊泛着异样的潮红："皇上呢？皇上怎么也不在？我问容珮，她竟像是疯魔了，什么也不说！"

海兰分明是能看出如懿眼底的惊恐，她汗湿的发梢黏腻在鬓边与额头，一袭暗红的寝衣是残血般的颜色，衬得她的面色越发显出有衰老悄然而至的底色。当然，不细看是永远看不见的。她的青丝，失去了往日华彩般的墨色，有衰草含烟的脆与薄。但她还是自己的姐姐，彼此依靠的人。

心意电转的瞬间，滚烫的泪水逆流而至心底。海兰定了定神，缓缓道："姐姐，十三阿哥与你缘分太浅，已经走了。"

绿筠急得连连跺足，在后轻声道："愉妃，你一向最得体，说得这么急，皇后娘娘怎么受得住！"

如懿的瞳孔倏然睁大，枯焦而煞白的双唇不自禁地颤抖着："你说什么？"

湄若不忍再听下去，掩面低低啜泣。海兰望着如懿，神色平静得如风雨即将到来前的大海，一痕波澜也未兴起："姐姐，您是难产，胎位不正，十三阿哥的产程拖了太久，结果没保住。"

如懿一句话也说不出来，只是死死地盯着海兰，目光几欲噬人。那颤抖像是会传染一般，从她的唇蔓延到她的身体，剧烈地、无法控制地颤抖着。她拼尽了全力，才发出含糊不清的几个字节。海兰努力地分辨着，才勉强听清楚，那是如懿在唤："孩子，我的孩子！"

痛不欲生，真真是痛不欲生！如懿只觉得从五脏六腑中涌出一股撕裂的疼痛，随着每一口活着的喘息，蔓延到四肢百骸，蔓延到整个灵魂，掏肺剜心，排山倒海。

她所呼出的热气，所吸进的微寒的空气，仿佛两把尖锐的锋刃，狠狠剖开她的身体，一刀一刀清晰地划下。

海兰原以为如懿会大哭，会崩溃，会声嘶力竭，然而如懿极力地克制着，连泪也未曾落下，只是以绝望的眼无助地寻找："让我看他一眼，我的孩子，让我看他一眼。"

绿筠缓步上前，忍着泪道："皇后娘娘，怕您伤心，皇上已经吩咐送十三阿哥出去了，让您不必见了。您……您节哀吧。"

如懿缓缓地摇着头，一下，又一下，每一下都像是拼尽了全力一般，沙哑着喉咙道："不！不！他在我腹中，每一天我都感知到他的存在，怎么会没了？就这样没了？我不信，我不信我千辛万苦生下的孩子，会就这么弃我而去！我不信！"她死死地抓着海兰的手臂，眸中闪着近乎疯狂的光芒，"钦天监不是说我的孩子是祥瑞之胎，贵不可言么？我的孩子怎么会死？不会的！不会的！"

湄若触动不已，伏在如懿床边，凄然落泪道："皇后娘娘，钦天监的舌头反复不定，一会儿说您的孩子贵不可言，一会儿又说是您克死了自己的孩子！他们的话听不得的！"她的泪汹涌而落，勾起痛失爱女的伤心，"皇后娘娘，十三阿哥走了，您不见也好。多看一眼，只是多添一分伤心罢了。臣妾当日眼睁睁看着六公主走了，那种锥心之痛，不如不见。"

绿筠见湄若如此伤怀，只怕她勾起如懿更深沉的痛，只得扯过了她，对着海兰道："愉妃妹妹，忻妃如此伤心，不宜在这儿劝解皇后娘娘，我还是先陪她回去。"

海兰微微颔首，示意容珮送了出去。

殿中再无他人。如懿颓然仰面倒在榻上，眼中的泪水恣肆流下，却无一点儿哭声。海兰静静坐在她身边，拿着绢子不停地替她擦着眼角潺潺不绝的泪，浑然不觉那是一件徒劳无功的事。

如懿的眼无神地盯着帐顶，樱红的连珠帐上密密缀着米粒大的雪珠，闪着晶莹的微光。底下是"和合童子"的花样，两个活泼可爱、长发披肩的孩童，或手持荷花，或手捧圆盒，盒中飞出五只蝙蝠，憨态可掬，十分惹人喜爱，正是得子的喜兆。连被褥床帐上都是天竺、牡丹、瓜瓞和长春花的图案，一天一地地铺展开来，是瓜瓞绵绵、福泽长远的好意头。那样喧闹热烈的颜色，此刻却衬出如懿的面容如冷寒的碎雪，被绝望的暗灰覆盖。

如懿的声音像是从邈远的天际传来，幽幽晃晃："海兰，这是我的报应。"

海兰柔声道："姐姐，孩子已经没了，您的身子却还是要的。胡思乱想，只会更伤身伤心。"

如懿并不看她，只是痴痴喃喃道："真的，海兰，这是我的报应。是我算计过旁人，才会落得这般地步。"

海兰的眼底闪过一丝锐色，紧紧握住如懿的手臂道："姐姐，若论报应，我一点儿也不信！宫中双手染上血腥的人还少么？说句不怕忌讳的话，太后娘娘如今稳居慈宁宫，当年也不知是如何杀伐决断呢。若有他日身为太后来做报应，姐姐有什么可害怕的？"她的神色愈加坚定，仿佛逆风伏倒的劲草，风过又屹屹而立，"若真有下地狱的劫数报应，我总和姐姐一起就是了！"

如懿无声地啜泣，泪一滴滴从腮边滑过，带着滚烫的灼烧过的气息，仿佛皮肤也因此散出焦裂的疼痛。

二人正自说话，江与彬端了一碗汤药走进，恭声道："皇后娘娘，这是安神补血的汤药，您尽快服下吧。"

如懿仰起身，迫视着他道："江与彬，本宫怀胎七月有余，你日日诊脉，孩子是否一直无恙？"

江与彬朗然道："娘娘遇喜之时安稳无碍，微臣一切都可以担保。"他犹疑，"但是生产之事，微臣虽然参与，但只能候在屏风之外，并不能靠近。只是听里头嬷嬷们说，小阿哥胎位不正，给您推了一夜的肚子才让小阿哥降生。"

如懿疑心更重："是。田嬷嬷一直说龙胎不正，为本宫推腹，疼痛万分，一直到龙胎几乎不动了，才生了下来。本宫也痛得晕厥过去，人事不知。"

容珮秀眉微蹙："娘娘生产有四位嬷嬷伺候，众目睽睽之下，应当不会有差错。"

"可是推腹之事，除了田嬷嬷谁也不懂。"如懿紧紧捂着胸口，竭力平复气息，"告诉皇上，咱们要查这些接生嬷嬷。"

離析 ｜ 柒

　　这般请求，皇帝自然应允。正逢钦天监来报，说监正已经畏罪服毒，发现时尸身都凉了。毓瑚来禀报时皇帝含泪写完了给永璟的祭文，让进保拿去宝华殿焚化了。知道如懿醒来，他细问了几句，却也不敢亲去探望，只怕与如懿一见面，不可避免一定会说到永璟，怕惹如懿再度伤心，也怕自己受不住这丧子之痛。

　　毓瑚沉默片刻，终究还是忍不住问："皇上是信了钦天监的言语？"

　　皇帝望着面前大幅雪白的宣纸，刚刚才忍痛为永璟写下祭文。那是自己期待了许久的孩子，却这般没了，他如何不痛心失落。可这样的话，对着如懿是不肯说的。毓瑚侍奉他多年，他也回避不得："朕要是不信，也不会对皇后这一胎寄望那么深。毕竟当年舒妃之事，钦天监说得一字不差。再往前，孝贤皇后与七阿哥之死，钦天监也是字字言中。毓瑚，到底有没有生母克死孩子的说法？"

　　毓瑚为难了片刻，终究还是道："民间是有这样的说法。可是这回钦天监的话一会儿说是祥瑞之胎，一会儿自己也难自圆其说。皇上听过就罢了吧。"

皇帝张了张嘴，望着炉中淡淡飘出的一缕龙涎香，到底还是无言地沉寂了。

丧子之痛，几如锥心。心念苦苦缠逼于思绪的凌乱沉沦之间，逼得她几近疯狂。许久，如懿才勉力坐起，掠一掠鬓边蓬乱的发丝，咬着牙一字一字道："皇上怕是心里认定了钦天监的言说。皇上一向相信天象之言，之前以为本宫所怀之胎贵不可言，才如此欣喜。如今出了这样的事，才会格外失望。所谓登高必跌重，便是如此了。"

容珮垂下脸，谨慎的面容上含了一丝精明："这件事奴婢思来想去，总觉得不妥。之前娘娘遇喜，钦天监突然说娘娘这一胎如何祥瑞，如何贵重，等十三阿哥一过世，又说是娘娘与十三阿哥相冲才克死了阿哥。这一捧一砸，起伏太大，便是要人不信也难，所以，皇上才会冷落了娘娘。"她看着如懿，殷殷道，"奴婢心里有个念想，若钦天监这些言语是一早有人安排了的……"

如懿骤然一凛，抓住容珮的手腕道："你也这么想？"

容珮望着如懿苍白如雪的面颊，唇上嵌着深深的印子，这些日子，如懿的心痛与自责，她无不看在眼里。思前想后，容珮只得微微颔首："奴婢只是胡思乱想罢了。"

长久的愕然之后，如懿的面容只余下惊痛骇然的沉影，她叹息的尾音带过一缕沉痛至极的悲伤，哀切道："容珮，原来你与本宫想到一处了。本宫素来与钦天监无甚来往，从前怀永璂与璟儿也并未有这些话传出，怎的突然这一胎便极其祥瑞了。若真是有人背后算计，便真真是可怕至极了。"

容珮道："只可惜钦天监监正已死，咱们也查不出什么了。但只要娘娘有了防备，咱们便不怕了。"

窗外的寒风簌簌地扑着窗上薄薄的明纸，仿佛有什么猛兽呼啸着想要扑入。沉默的相对间，如懿只觉得彻骨森寒，冷得她连齿根都在发颤。

容珮牢牢地扶着她单薄的身体，温言道："皇后娘娘，万事都得自己保重。养好了身子，才能替十三阿哥要个明白啊。"

此时，冬雪正盛，嬿婉畏寒，躲在暖融融的永寿宫中，她的肚腹还不明显，她惯性地扶着腰肢坐着，只穿着略略单薄的颜色锦衣，越发衬得一张脸娇嫩得能沁出水来。她听得如懿悲痛伤心，早在意料之中，只道："钦天监那儿首尾收拾干净了便好。"

春婵低声道："监正只当自己倒霉，听了小主的话极力捧着皇后娘娘这一胎，却不想皇后娘娘这般没福。奴婢给了他银票叫他数数……"

嬿婉哧地一笑："他只要碰着那银票一数，便是个死。"

春婵忙着给嬿婉捶肩揉腿："那银票上是撒了毒粉的，他只要手指头一碰，再去蘸口水数，立刻就会毒发。奴婢再把银票收走毁掉，在他茶水里下了一样的毒粉，就人人以为他是畏罪自尽了。"

嬿婉笑着捏一捏春婵的脸："做得好。"

"不过……"春婵担忧道，"奴婢来时，听说接生嬷嬷们都被拉进了慎刑司，少不得严刑拷打。田嬷嬷会不会说出什么来？"

嬿婉瞥她一眼，冷着一张俏脸，淡淡道："皇后生产出事，你以为她能逃得了多久？左右有她的儿女在，她才不敢胡说什么。"

侍卫们手脚很快，立刻抓了田嬷嬷等人问话。田嬷嬷早知为了儿女作孽，便有这一日，早将药方交到乡间女儿手中，所得的银票交给了儿子，见慎刑司审问，倒也松了一口气，开始了受刑煎熬。

慎刑司的精奇嬷嬷们向来刑比狱官，做事十分精干利落又见事关皇后与帝裔，如何敢不经心，慎刑司七十二道刑罚流水般用了上去不过一日一夜四位接生嬷嬷遍体鳞伤，协从的三个都说接生时十三阿哥已经没气儿了，又说十三阿哥胎位不正，一直是田嬷嬷给皇后娘娘推腹正胎位的。可田嬷嬷总推说自己只是如常尽心，并未有错处。

这般推赖，自然受刑更重。皇帝又派了进忠亲自督阵审问。进忠一来，也懒得废话，便道："太医说皇后娘娘怀胎时是有早产之象，可早产应该落地很快。就算胎位不正，也不会难产到如此地步。于是咱们就是怀疑皇后娘娘是被人故意拖延成难产，以致十三阿哥夭折。"田嬷嬷正要辩白，进忠朝她一使眼色，"您若再不招，打您也没用。只好把您的家人请来，所有的刑罚都用在他身上。听说，您有一个儿子在京城住着吧？"

田嬷嬷惊慌失措，知道为了让自己认罪顶过，进忠是连她儿子也不会放过的，只得含泪喊道："我招！我招！"她抬头，见进忠皮笑肉不笑一张油脸，心头愈加恐惧，只得死命咬牙，啐出一口血唾沫，"上回皇后娘娘生了五公主，故意克扣我们的赏钱，我问了一声，皇后还当着人给我没脸，我真是气狠了……为了泄愤，我就一狠心推了皇后的肚子，想让她的孩子胎位继续不正，没那么快生下来。不过我只是想让皇后多痛一会儿，并没想害死十三阿哥。也是皇后年长早产，十三阿哥才会那么虚弱，产程一长就保不住了。"

精奇嬷嬷听她说得详细，便喝问："真的无人指使你？"

田嬷嬷梗着脖子，忍着一身伤痛："是我与皇后娘娘的私怨，无人指使。"她见进忠双眼微眯，知道精奇嬷嬷又要用刑，少不得还要拖自己儿子来逼问，若再找到她那个抱病的女儿，她如何舍得，只得道："一人做事一人当，皇后娘娘对不起咱们，我自然也对不住她了。"

她说罢，一咬牙，便咬舌自尽了。

进忠摇一摇头，道声"便宜她了"，便抬脚回去向皇帝回禀。

皇帝知道消息时，正在宝华殿的佛音袅袅中慢慢捻着佛珠，为爱子超度。嬿婉陪着皇帝，小心翼翼地觑着他的脸色，柔声道："皇上，既然田氏都已经招了，您无论如何处置都不为过。只一样，您别气伤了龙体。"

皇帝气恨到了极点，只能是一声叹息："田氏已经咬舌自尽，朕还能如何处置？"

嬿婉雪白的粉颈微微低垂，似是叹惋："因果循环，有罪之人自有报应。"

"哪怕有因果，牵连孩子做什么？"皇帝握住佛珠起身，也不顾她，"你有着身孕，不必陪朕在这里久坐，回去吧。朕去看看皇后。"

如懿生产之后本就元气大伤，更满心牵挂着幼子夭折之事，只觉得度日如年，煎熬异常。虽然皇帝每日让人送来滋补之物，补身的汤药也一碗碗地喝下去，然而那酸涩而苦辛的气味像是永远地留在了喉舌之中，无论如何也不能洗去。连她自己亦觉得总是恍恍惚惚如在梦中，闭眼时仿佛还肚腹隆起怀着孩子，唯有在这样的梦中，那种丧子的切肤之痛，才会稍稍消减。而梦醒之时，她挣扎着摸到自己已然平坦的肚腹，而孩子却在即将降临时便已魂归九霄，便是心痛不已。

那明明是日日在她腹中踢着她的鲜活的孩子啊，更应该是睁开眼看得见这个人世的孩子，却连一声啼哭也不能发出，就这样凄惨地去了！

仇恨与哀痛绞在如懿心口，仿佛比着谁的气力大似的，拼命撕扯绞缠着。这样日日夜夜地伤神，让如懿迅速地憔悴下去。而皇帝，便是在这样的凄楚里见到了她伤心欲绝的面孔。

两下的默然里，彼此都有些生疏。唯有侍女们有条不紊地端上茶水与酥点，将往日做惯的一切又熟稔地再做一遍。

这样的彼此相对，依稀是熟悉的。皇帝的面色隐隐透着暗青色的灰败，仿佛外头飞絮扯棉般落着雪的天空。他关切地问："朕给你送的补品你都吃了么？人看着更憔悴了。"

如懿的脸色尚且平静无澜，嘴唇却不由得哆嗦，吃力地从榻上撑起身子来，切切地望着皇帝："谢皇上。臣妾只想知道，永璟夭折，可查问明白了？"

皇帝伸手为她掖一掖被角，温言道："田氏心性狠毒，已经畏罪咬舌自尽了。你别管这些事儿，顾好自己要紧。"

如懿的瞳孔倏然一跳，仿佛双眼被针刺了似的，几乎要沁出血色的红来："畏罪自尽？那么永璟真是她害死的？她为什么要这么做？"

皇帝犹豫着不肯说，奈何如懿又追问。他只得别过脸，将浮溢在眉间的怒意与伤心按捺下去："田氏死前说是你苛待于她。她心怀怨恨，才会在接生时起了歹念，故意拖延产程想让你受苦，谁知竟害死了永璟。"

她产后伤心，本是虚透了的人，如何禁得起这样的刺激，只觉得一阵晕眩。她的脑中嗡嗡地响着，那种喧嚣与吵闹像山中暴雨来临前卷起满地残枝枯叶呼啸奔突的烈风，吹打得人也成了薄薄的一片碎叶，卷起又落下，只余惊痛与近乎昏厥的目眩力竭。她的喉咙里发出喑哑的"咝咝"声："臣妾如何苛待于她了，她要如此丧心病狂，害臣妾的孩子？"

过于激动的情绪牵扯着如懿消瘦的身体，她伏在堆起的锦被软帐之中，激烈地喘息着。

皇帝的眼角闪着晶亮的一点微光，那微光里，是无声的悲绝："璟儿出生之时，正逢舒妃之死。是你下旨说舒妃新丧，又逢水患，璟儿出生的赏赐一应减半，你就减了接生嬷嬷们的赏钱，而她那时正逢手头短缺，所以心怀怨恨。"

容珮忙递了水给如懿喂下，又一下一下抚着她的脊背。如懿好容易平复些许，仰起脸静静道："所以田氏才心怀怨恨么？臣妾自认这样做并无过错。"

皇帝抚着额头，那明黄的袖口绣着艳色的宝蓝、碧青，缠成绵延不尽的万字不到头的花样，却衬得他的脸色是那样黯淡，如同烧尽了的余灰，扑腾成死白的静寂。许是天气的缘故，许是内心的躁郁，他的嘴唇有些干裂的纹路，深红的底色上泛起雪末般的白屑，让他的言语格外沉缓而吃力："你自然是以为并无过错。田氏说，她在你宫里伺候你生产辛苦，而你待下严苛，并无优容，也不曾额外赏赐众人。且田氏当日也为赏银之事求过你，你却不肯格外开恩。"

如懿怔怔地靠在容珮臂弯里，片刻才回过神来："彼时，舒妃新丧不宜大加赏赐，且水患当前，赈灾的银粮哪一项不是开销。后宫可以俭省些银子，虽然少，也是绵薄之力。臣妾不肯因自己皇后的身份而格外优容奴婢，正是怕不正之风由臣妾宫中而起，这样也有错吗？"她死死地攥着手中的湖蓝色滑丝云丝被，那是上好的苏织云丝，握在手里滑腻如小儿的肌肤，可是此刻，她的手心里全是冷汗，涩涩地团着那块滑丝，皱起稀烂一团，"一个人存心作恶，必定有万千理由。但所有理由叠在一起，也敌不过她愿意作恶而已。田氏这样的话近乎搪塞，臣妾不信！"

皇帝额头的青筋如隐伏的虬龙，突突地几欲跃出："别说你不信，朕也不信！田氏以为可以一死了之，朕怎会如此便宜了她。即便死了，也要施以磔刑，以泄朕心头之恨。"

无尽的恨意在如懿胸腔里激烈地膨胀，几乎要冲破她的身体。她的牙齿咯咯地发抖："的确是千刀万剐死不足惜。但对已死之人用刑毫无意义。田氏不会为区区赏银谋害皇子，咱们应该追查下去，找出主使之人！"

"主使之人？"

她极力忍着泣血般的悲鸣，维系着那一缕冷静："是！钦天监畏罪服毒，田氏也畏罪咬舌，这一定有蹊跷！"

皇帝的泪忍了又忍，终于没有滚落下来，化成了几许灰心："人都死了，还往何处去查？"

如懿浑身哆嗦得不能自已："追根究底，必要查出！皇上，永璟是我们的孩子啊，他都不能来人世看一眼，便这般走了。咱们必得查出幕后之人安慰孩子在天之灵！"她说完，像是被抽去了所有的力气一般。

她伏倒在轻软的锦被堆叠之中，仿佛自己也成了那绵软的一缕，轻飘飘的，没有着落，只是任由眼泪如肆意的泉水，流过自己的身体与哀伤至碎的心。

皇帝见她如此伤心，似是责怪自己一般，也有些怒意："朕怎会不疼永璟，他也是朕的孩子！是朕盼了那么久，寄予厚望的祥瑞之子！"

如懿怔了怔，脱口道："孩子没了，还何来祥瑞？做父母的，不过是想给他个交代。"

皇帝的声音有沉沉的哀伤："朕不想给永璟交代么？只是有些话太难听，朕不想让你知道罢了。"

如懿的眼睛睁得极大，那心碎与疑问的神色如混在一起的瓷器的碎片，闪着寒冽的光，牢牢地粘着皇帝："皇上知道什么话？"她见皇帝神色有些闪躲，越发追问道，"皇上可是查到了什么不肯告诉臣妾？"

皇帝缓缓地摇头，极缓却极用力，仿佛巨石沉沉叩在心间："还有什么可查的，子亡母存，就是被你克死了而已。当然，皇后若以为自己没有做错，朕也不能多指摘你什么。"他仰天长叹，"朕的永璟，朕盼了那么久，本该是比永瑝更有出息的孩子。"

皇帝的一字一句，沉闷得像是天际远远的雷声，隐在层层乌云之后，却有雷滚九天之势。巨大的愤怒席卷而来，如懿像是行走在滚滚雷电下的人，轰然而迷乱。模糊的泪眼里，皇帝缂金彩云蓝龙青白狐皮龙袍上堆出祥云金日的三重深浅缂金线，刺得她双眸发痛。那九条蓝龙各自张开犀利的爪，仿佛要腾云而飞，无孔不入地扑上身来。

皇帝见她如此，亦是有些悔了，轻轻唤了一声"皇后"，他极力掩饰着道："这是外头的说法，不足为信。"

更深重的失望迫得她抬不起头。一缕苦涩的笑缓缓在她唇边绽开如破碎的花朵，被暴雨拍打之后，从枝头翻飞落下。舌尖像是被咬破了，极痛，极涩："皇上信了？"

"没有。"他答得无比迅速。

"皇上信了。"如懿无比平静。

皇帝无言，不敢看她那沉静底下支离破碎的眼神。"罢了，朕想到永璟就难过得紧，也不想再提。咱们彼此缓一缓伤心再见吧。"

他说罢，拖着沉沉的步子踱出殿外。如懿目送他离去，分明感知到他与她之间巨大而深绝的鸿沟在不断扩延。尖锐的痛感从心尖上划过，一刀，又一刀，是愧，是悔，还是难以抑制的伤痛欲绝？

宫人们看着如懿的样子，吓得不知所措，慌忙跪了一地。也不知过了多久，还是容珮牵着小小的永璂来到如懿跟前，含泪道："十三阿哥没了，皇上是伤心过度，才会如此对娘娘说话，皇上迟早会明白过来的。"

如懿空洞的眼不知落在何处，只觉得满心怆痛，根本说不出话来。

容珮直挺挺地跪着，将永璂推到如懿跟前，道："娘娘，您还有十二阿哥呢。十二阿哥是翊坤宫的独苗，可万万不能再有任何闪失了。"

如懿怔忡间看着窗外白晕晕的雪光迷蒙，纷繁的雪朵如尖而锐的细细沙石，铺天盖地地砸着。她紧紧拥住了同样害怕而伤心的永璂，仿佛只有这样抱着他，才能攫取一点儿温暖自己的力量。

深深的宫苑回廊，冰雪深寒，唯余这一对母子凄冷而哀绝的哭声。

这一年的冬天仿佛格外寒冷。如同坠落在深寒冻冷的井底，如懿举首望见那样小小一团天空，而自己置身于黑沉局促之中，寸步难行。

太后自端淑长公主归来，早已不再过问六宫之事，只在慈宁宫颐养天年。太后偶尔来看如懿，亦不过叮嘱几句，要她保重自己。除此之外，也让福珈常来看望，送上补品要她进补养身。比照着深受恩眷的令妃，如懿的翊坤宫实在可算是门可罗雀。虽然无人敢亏待翊坤宫，但是像避忌着什么不吉利的瘟疫似的，人人不愿靠近半分。如懿索性免了每日嫔妃们的晨昏定省，连海兰、湄若和绿筠，如懿也不愿让她们来，只道："你们一个受皇上眷顾，一个有皇子和公主，何必来本宫这里，惹得皇上不痛快。"

绿筠讪讪离去，倒是湄若极不服气，且怨且叹："如今皇上的一颗心都在令妃那里，臣妾们算什么？来与不来，皇上都不放在眼里。"

如懿紧一紧身上的石青攒珠银鼠大氅，定定地望着檐下积水冻成的冰柱，尺许长的透明晶体，反射着晶莹的日光。可那日光，仿佛永远也照不进堆绣锁金的翊坤宫。如懿轻叹一声："何必倔强？不顾着自己，也得顾着孩子和母族。若受本宫的牵连，连你的恩宠也淡了，那你还怎么去盼着你未来的孩子呢？"

湄若眼底隐隐有泪光闪动："那……那臣妾去劝皇上。"她咬着唇，难过道，"外头的那些话传得那么难听，都是说……臣妾真不想皇上听了这些难堪的话去。"

"难听？"如懿漠然相对，"无非是说本宫无福，克死了自己的孩子。世态炎凉，拜高踩低，本不过如此。本宫此番若是平安生下十三阿哥，自然人人奉承，锦上添花，说本宫是积福深重之人，所以折了一个女儿之后便得了一个皇子补偿。如今失子，自然有暗地里称愿的，满嘴说本宫罪孽深重才牵连了孩子。落井下石，便是宫中之人最擅长的了。"

湄若到底年轻，哪里受得住这样的话，狠狠啐了一口道："这么说来，那些贱嘴薄舌的也是这么背后议论臣妾的么？臣妾一定要去告诉皇上，割了他们的舌头！"

如懿淡淡扫她一眼，摇首道："不用你去告诉，皇上要信，便已经信了。忻妃，好好顾着自己吧，你的父祖族人在准噶尔立下的功劳，可不能因为你的任性就淡抹了。"

湄若无声地张了张嘴，想说什么，终究还是忍住了。她懊丧道："皇后娘娘，臣妾一直养在深闺里，有什么说什么，从未有过这样的时候，想说什么却不得不闭上嘴。娘娘，臣妾知道进了宫说话做事不比在家，须得时时小心，臣妾进宫前阿玛和额娘也是千叮万嘱，可是到了如今，臣妾还是没有办法习惯。"

海兰爱怜地替湄若掠了掠鬓边蓬松的碎发，婉言道："忻妃妹妹，你是初来宫中不久，又一直都算得宠，所以不知道其中的厉害。有些事，哪怕没办法习惯，也必得逼着自己习惯。钝刀子割肉还锉着铁锈，谁不是一天天这么熬过来的。"

湄若沉不住气，气急道："可是这明明是莫须有的事……"

如懿瞥她一眼，斩钉截铁道："就是因为莫须有才最伤人。你不见宋高宗为何要杀岳飞，也就是'莫须有'三个字啊。人的疑心啊，比什么利器都能杀人！"

湄若被噎得瞪大了眼睛，愣了半天，无奈叹道："如今臣妾可算明白了。原先在家时总看阿玛当差战战兢兢的，原来咱们在宫里和在前朝没有两样。"

如懿低下头，看着淡淡的日光把自己的身影拖得老长老长，渐渐成了虚晃一抹，低声道："回去吧，好好伺候皇上。令妃有着身孕，皇上再宠她也不会让她侍寝。听说颖嫔她们一群蒙古妃嫔已经自成了一党，铆着劲儿争宠呢。你若有心，就得为自己打算。"

湄若低头思量了片刻，再抬起脸时眼中已没了方才那种激动与毛躁，只有着与她年龄不符的一份沉静。她恭敬施了一礼："多谢皇后娘娘提点。臣妾先告退，只待来日。"

捌 | 暗香

如懿轻抚额头，目送湄若离去。太阳穴突突地跳着，酸痛不已。她静了片刻，轻声道："海兰，你也走吧。"

海兰坐在如懿身前的紫檀雕番莲卷叶绣墩上，慢条斯理地理顺领子上垂落的米珠流苏，轻而坚决地摇了摇头："臣妾本就无宠，不怕这些。"

如懿望着她，叹息道："可是永琪……"

"永琪大了，皇上不会因为臣妾这个额娘无宠而不器重他，所以无论如何，臣妾都会陪着娘娘。"她顿一顿，眼底有泪光莹然，"就像从前一样。"

眼里有绵绵的感动，一波一波涌上心头。这么些年，从潜邸到宫中，唯有海兰，是未曾变过的，也唯有这份不变，才让人从森冷的壁垒里觅得一丝温暖。

海兰轻声道："臣妾方才已经让容珮送了十二阿哥去养心殿里请安了。皇上可以不愿意见娘娘，但不能不见自己的亲生儿子。或许见了十二阿哥，皇上心里也能念及娘娘的好。说到底，皇上也是在意十三阿哥的缘故，所以才这般介怀。男人啊，心里究竟是自己的血脉子嗣最要紧。"

如懿轻轻摇首："皇上素来疑心重，这个节骨眼上，何必……"她想再说，然而还是沉默了，只是盯着檐下冰柱闪烁的寒光，长叹道，"这个冬天，怎么这么长啊！"

永璂被容珮拉着手进了养心殿书房，恭恭敬敬请了个安，稚声稚气道："皇阿玛万安，令娘娘安。"

嬿婉着了一件家常的春色锦缠枝葡萄纹长衣，领口细细的风毛衬得她孕中的脸如皎洁的月盘。嬿婉云髻半绾，斜着一支翠玉镂凤长簪，疏疏点着几朵琉璃珠花，正支着腰肢伏在案几上翻着一本书卷。她见了永璂，顾不得肚腹已经微微隆起，欠身回礼道："十二阿哥有礼。"

皇帝忙扶住嬿婉的手臂，眼中有关切之情流转轻溢，道："你有着身子，朕叮嘱过你，不必那么拘礼。"说罢又含笑看着永璂，"来，起来。到皇阿玛这儿来。"

容珮看着永璂跑到皇帝身边，利索地爬到皇帝的腿上坐着，笑容满面道："十二阿哥惦记着皇上，一直嚷嚷着要来看皇上。这不，奴婢拗不过阿哥，雪才一停就送了阿哥过来。"

皇帝心疼地搓着永璂微冷的小手："外头那么冷，仔细冻着。你额娘只有你这一个……"他下意识地停了嘴。

容珮机警道："皇上说得是，所以皇后娘娘任谁也不放心，只许奴婢带着照看阿哥。皇上瞧瞧，阿哥是不是又长高了？"

皇帝搂着永璂看了又看，道："是长高了。可是……仿佛也瘦了。"

永璂低下脸，一副快哭出来的表情："皇阿玛不来看儿臣，儿臣也想小弟弟。"

嬿婉面上微微一动，旋即又是谦卑柔和的神色，含笑温柔道："十二阿哥年幼，就深具孝悌之情，实在难得。说来也是可怜，十三阿哥本该是好好的和十二阿哥一块儿呢。田氏真是死不足惜。"

皇帝的脸色不由自主地沉了一沉，容珮听出嬿婉弦外之音，剜了她一眼，复又一脸恭顺地低着头，看着自己的脚尖。皇帝看着永璂道："皇阿玛忙于朝政，不能常去看你。你若想皇阿玛，就常来养心殿。"

永璂一脸天真地仰起脸："那额娘也想皇阿玛呢，她也能来看皇阿玛么？"

皇帝微微语塞，只是笑："你额娘未必想见朕。"他唤过李玉，吩咐道，"天寒路滑，又刚停了雪，你和凌云彻一同送永璂回翊坤宫，仔细着些。"

永璂乖巧地跳下来，行了一礼："儿臣告退。"他转头看见长几上兽耳羊脂花瓶里供着老大一束红梅，巴巴地望着皇帝道："皇阿玛，儿臣想去御花园折梅花，额娘喜欢的。"

皇帝怔了怔，旋即笑道："当然可以。李玉，你们好好护送着去吧。"

永璂乖乖离去，嬿婉扶着腰肢，一脸爱怜欢喜："十二阿哥有皇后娘娘调教，这般懂事会说话，真是难得。只盼臣妾的孩子出生，也能赶得上十二阿哥半分乖巧，臣妾就心满意足了。"她因为遇喜而变得圆润的脸庞被领口雪白的风毛簇拥着，如十五饱满莹亮的月，散着格外柔和的朦胧的光。

皇帝唇角的笑意淡了下来："孩子天真，孺慕之思做不得假。"

嬿婉的笑意更柔，仿佛细细一弯弧线："皇上说得是。臣妾只是感慨，也是心有余悸。臣妾不过几月也要生产，真怕宫里接生的嬷嬷中还有如田氏这般心狠手辣的……"她按着心口，仿佛不胜柔弱，"臣妾侍奉皇上多年，好不容易才怀上这个孩子，臣妾真是怕。"

皇帝也不接话，径自走回书桌前，牵过嬿婉的手："来，永璂来之前你和朕说什么来着？你的声音真好听，朕喜欢听你说话。"

嬿婉柔柔道："是。"她取过那卷书，依依念道，"诸花及诸叶香者，俱可蒸露。"① 她念了一句，忽而嫣然一笑，道："那日臣妾嘴馋，恰好内务府的桂花清露没有了，臣妾便叫澜翠折了新鲜桂花用热水冲泡，以为虽比不得桂花清露，但总能得十之二三的清甜，结果便被皇上取笑了。"

皇帝笑吟吟道："若以热水直接浇到香花上，只会坏了花朵的天然香气。也唯有你这般天真，想出这样的主意。"

嬿婉面上一红，十分忸怩："臣妾不懂风雅之道，但幸好皇上懂得，臣妾用心揣摩，也总算明白了些许，所以按古方所言制了几款花露放在宫中，以备皇上随时品用。"她掰着指头道，"玫瑰花露柔肝和胃，百合花露滋阴清热，茉莉花露理气安神，碧桃花露养血润颜，梅花……"她沉吟片刻，自觉失言，终究没说下去，只是撒娇道，"皇上是不是也觉得臣妾进益了？"

嬿婉如清水芙蓉般的面容在明亮的殿中被窗外雪光镀上了更为温婉的轮廓。有时候一个眼错，看到嬿婉，会让人想起年轻时的如懿的脸，只是完全不同于如懿的冰雪之姿。嬿婉的美，更凡俗而亲切，带着烟火气息，像开在庭院里一朵随手可以攀折的粉红蔷薇。

皇帝笑着揉一揉她的头发，眼神中尽是宠溺之情："是了。你聪慧伶俐，没有什么学不会，也没有什么学不好的。"他转过脸问，"进保，今日备着什么点心？朕有些饿了。"

进保应了一声，便道："今日御膳房备着的是暗香汤和水仙白玉酥。"

皇帝皱了皱眉，便有些不悦："水仙白玉酥也罢了，好好的怎么想起做暗香汤了？"

进保见皇帝的气来得莫名其妙，只得答道："御膳房做的点心都是

---

① 出自清顾仲编著的饮食著作《养小录》。《养小录》共三卷，成书年代约在康熙三十七年（1698）。全书分"饮之属""酱之属""饵之属""蔬之属""餐芳谱""果之属""嘉肴篇"七部分。书中记载了饮料、调料、蔬菜、糕点、菜肴等一百九十多种，以浙江风味为主，兼收中原及北方风味。

按着节气来的。暗香汤取腊月早梅所制，入口清甜。水仙白玉酥也是做成水仙花五瓣的模样，绵软松爽。若……皇上不喜欢，奴才就叫他们去换。"

皇帝不耐烦地摆摆手："罢了。都是吃絮了的东西，也没什么意思。"他看着嬿婉，"你喜欢吃什么？朕叫御膳房送来，朕陪你一起吃。"

嬿婉含笑谢过，托腮想了几样，皇帝便嘱咐进保去御膳房拿了。嬿婉一脸欢欢喜喜的样子，温柔乖巧得叫人忍不住轻怜蜜爱。他牵过她的手，抚着她鼓起的肚子，絮絮地有一句没一句地嘱咐着什么。其实他并不知道自己说了什么，思绪跳宕的空隙间，他想起某一年的冬日，其实想不起是哪一年了，或许年年如是，如懿披着深红的斗篷，站在梅枝下仔细挑选着合适的初开的梅朵，以备来日泡成这一盏有暗香浮动的暗香汤。

连那汤方他都一字一句地记得清楚："腊月早梅，清晨摘半开花朵，连蒂入瓷瓶。每一两，用炒盐一两撒入。勿用手抄坏，箬叶厚纸密封。入夏取开，先置蜜少许于盏内，加花三四朵，滚水注入，花开如生。充茶，香甚可爱。"

这是从《养小录》上得来的法子，如懿一见便喜欢得紧。她那样喜欢梅花，与梅花有关的都爱不释手。为表郑重，也为谢她的玲珑心意，是自己亲手抄录的方子，存在她的妆盒底下。如今这盏甜汤已经成了御膳房向例的点心。那么她呢？她可曾喝到这一碗她最爱的暗香汤？

如懿静静靠在花梨边座漆心罗汉长榻的银丝软枕上，螺钿小几上的一盏暗香汤已然凉透，不再冒着丝丝缕缕氤氲的乳白热气。如懿的心思有些飘忽，侧耳听着窗外冰柱融化时点滴的淅沥微声，滴落在冰冷坚硬的砖地上。

海兰坐在长榻的另一侧，取了一管紫毫，低头仔细抄录着一卷佛经，抬头看了如懿一眼，道："这暗香汤都凉透了，姐姐都没喝上一口，看来真的是没什么胃口。等下我亲自下厨，去做几个姐姐喜欢的小菜吧。"

如懿宁和一笑，那笑容却只是牵动了嘴角的弧度，内里却是黯然无色："那便是我的口福了。"她说罢，将自己手里一个平金素纹手炉塞到海兰怀里，"抄了半天的佛经了，虽说殿里有火盆，但手总露在外头，仔细冻着。"

海兰叹口气，柔声道："十三阿哥走得早，我们没能为他做些什么。虽然我平素不信六道轮回，但此刻却真心盼望十三阿哥能早日超脱轮回之苦，登上西方极乐世界。"

如懿眼中微有晶莹之色，颔首道："这些日子你陪着我抄录了九百九十九卷经文，若是永璂有知，也可稍稍安慰。"

二人正坐着说话，庭院中骤然有响亮的脚步声响起。如懿听得动静，不由得抬起头来。

三宝在外头欢欢喜喜道："十二阿哥回来了。瞧这小脸儿红的，别是冻着了吧？来，奴才替您烧个暖炉暖暖。"

却是听得乳母嬷嬷们簇拥着永璂进来，请了安道："皇后娘娘万安。"

永璂亦跟着道："额娘万安。"他一说罢，扑入如懿怀中，扭股糖似的拧着。

如懿搓着他的小手，笑嗔道："越发没规矩了。手这么冷，快下去添件衣服。"

永璂点点头："儿臣折了额娘最喜欢的梅花，额娘记得要看啊。"

如懿含笑看他跟着乳母去了偏殿。海兰忙起身道："也不知十二阿哥的话说得圆满不圆满？臣妾去瞧瞧。"如懿见她急急出去，裙摆都闪成了一朵花儿，轻轻摇摇头，复又低首去理那千丝万缕、色彩纷呈的丝线。

如懿见凌云彻站在门边，不觉微笑："凌大人来了。"她唤过容珮，"给凌大人看座。"

凌云彻手里抱着大束的白梅，一时不便坐下。那些梅枝显然是精心挑选过，傲立的舒枝之上每朵梅花都是欲开未开的姿态，盈然待放，还有脉脉细雪沾染。只是殿中温暖，那细雪很快化作晶莹水珠，显得那朵朵白梅不着尘泥，莹洁剔透。

如懿微微失笑："瞧本宫糊涂了，你抱着这些梅花，如何能坐下。"她显然被这些清洁莹透的花朵吸引，眸中微有亮色，"如今翊坤宫的人不大出去，虽是冬日，好久不见梅花了。"

容珮接过凌云彻手中的花，抿嘴一笑，欢喜道："凌大人有心了。我们娘娘最喜欢梅花了。"

凌云彻将花递到容珮手里，看她抱了花枝去偏殿寻合适的花瓶，方才不好意思地笑笑："是十二阿哥的一片心意，微臣只是帮十二阿哥折了送来。希望皇后娘娘看在十二阿哥的孝心上，可以稍稍展颜。"

如懿欣慰道："永璂很是孝顺。"

如懿偏着头，鬓边一支镏金碧玉攒凤钗上垂落一串白玉，那玉色洁白，与她苍白的面孔殊无二致。她的形容清减了不少，淡妆素容的样子更显出眉目间难掩的一丝忧郁。凌云彻不知怎的，就觉得心口微微哆嗦，陡然酸楚不已。他情不自禁道："皇后娘娘身子可养得好些了么？一直惦记着，也不能……"他觉得自己说得不恰当，赶紧道，"其实皇上也惦记着。"

如懿淡淡一笑，那笑容像是浮在碎冰上的阳光，细细碎碎的，没有丝毫暖意："境遇再坏，坏得过从前咱们在冷宫的那个时候么？本宫不会不要自己的身子，一定会养好的。"

凌云彻面庞上紧绷的弧度随着这句话而松弛下来："皇后娘娘喜欢梅花就多看看。微臣也喜欢梅花。"

如懿注目于那些洁白无尘的花朵，口中不经意道："难得听你说起喜欢什么花儿草儿的。"

凌云彻安静片刻，道："梅花已开，寒冬虽在，但也快是春天了。微臣知道皇后娘娘喜欢梅花，所以新学了一首诗，在娘娘面前班门弄斧了。"

如懿颇有兴致，长长的睫毛扬起，眸中有星子般的亮色："你也学诗了？"

凌云彻有些难为情："从前好歹也上过几年私塾。皇后娘娘别笑话微臣。"他清一清嗓子，朗然念道，"冰雪林中著此身，不同桃李混芳尘。忽然一夜清香发，散作乾坤万里春。"

翊坤宫的暖阁宽阔良深，几近无声的静谧让空气里有种凝固的感觉，几乎能听清铜掐丝珐琅八角炭盆里红箩炭"毕剥"燃烧的轻响。嗯，那种轻响，也是温热的，如同他此刻的心情。他不是不知道她这些日子的清冷幽闭，无数次想要寻个机会来看看她，哪怕只是说上几句话，就如当年在冷宫时一般。可是人在眼前，他能想到的，竟是幼年时学过的这首诗。他不知道自己是怎么说出这些话的，或许是这个寒冷的冬日颇为应景，或许是那束白梅正好勾起了他封闭而压抑的情思。他暗暗自嘲，果然自己是不擅长安慰别人的，连找一首写她喜欢的梅花的诗，也是这样简单而朴素。

如懿的声音清凌凌的，若不细听，几乎难以察觉那一丝即将痊愈的沙哑。她极客气地道："是王冕的《白梅》，和眼前这束花倒应景，难为你记得。有心了。"

凌云彻一脸诚挚，动容道："微臣知道自己是个粗人，但冬去春来，只是一瞬之间，还请娘娘暂且忍耐。"他挠了挠额头，苦苦思索片刻，眼中骤然一亮，如熠熠的火苗，"微臣还背过一首，前头不大记得了，但后面几句真是好，微臣看过久久记在心里。'横笛和愁听，斜枝倚病看。朔风如解意，容易莫摧残。'[①]微臣也希望朔风解意，让娘娘能顺心如意。"

---

① 出自唐代崔道融的《梅花》。全诗为："数萼初含雪，孤标画本难。香中别有韵，清极不知寒。横笛和愁听，斜枝倚病看。朔风如解意，容易莫摧残。"

　　如懿的笑意渐渐淡下去，成了幽微一抹，仿若落日时分即将被夜色吞没的最后一缕霞光："你的好意本宫心领了。但是朔风如何能解意，只盼自己熬得住风势强劲，莫被轻易摧残罢了。"

　　他微微抬首，不敢直视如懿，只是以眼角的余光瞥见她梅子色缀绣银丝梅朵紫狐长衣，那样暗沉的红的底色像是展不开的一个笑颜，凝在了那里，并无一丝欢喜的气息。连那银丝绣簇的梅花，也像一滴滴斑驳的泪痕，闪着剔透的水光。她长长的裙幅透迤在紫檀足榻上，文着浅蓝凤尾的图案，一尾一尾的翎毛，是飞不起来的翅膀，在略显幽暗的暖阁内幽幽闪烁着月牙般的光泽。

　　这样的默然相对，于他是极难得的奢求。森严的宫里，他每每侍奉十二阿哥或五阿哥至翊坤宫，或是极偶然地陪伴她回宫，才能稍稍有较近的距离。这样的距离，已是极大的温暖。他忽然想起冷宫的岁月里，他有他的心有所属，她亦有她的心之所在，而那时，隔了一扇冷宫旧门，青苔深重的距离，他和她吹着同一阵风，看过同一片云彩，反而能随心所欲地说说心底事。

　　这样的记忆，如今看来，如同天山上的雪莲一般弥足珍贵。

　　如懿的思绪仿佛悬挂在遥远的云端，渺渺不可触摸。许久，她忽然道："凌云彻，除了当值之外，你还常出宫去吧？本宫要托付你一件事。"

　　凌云彻旋即肃然，端正神色道："微臣听命。"

　　如懿的眼眸明明沉静如水，却有着碎冰浮涌的凛冽："田氏已死，但这件事本宫总是不安心。若你能在出宫时替本宫彻查此事，那便最好不过了。"

　　凌云彻心领神会："微臣知道田氏尚有一子，爱之逾越性命。或许可以从他身上探知一二。"

　　如懿松了一口气，眸中闪过一点感激之意："多谢你。这件事很难，或许已经死无对证，或许不小心还会让你牵涉其中，有损你的青云之路。你肯帮本宫，是成全了本宫与永璟一番母子之情。若真的到田氏为止再无任何隐情，那么永璟在九泉之下，也可以稍稍瞑目。"她再度郑重谢过，"在宫中近乎半生，本宫可以信赖的人不多，可以托付的人更不多。幸好还有你和愉妃。凌云彻，多谢。"

凌云彻微微一震，似是被她最后的一声呼唤触动，疏朗的眉目间骤然有了一丝难以言喻的温柔。情思空白的须臾，他忽然闻到一缕淡淡的梅香，清芬馥郁，幽幽间教人心醉神驰。他分不清那幽醉的暗香来自何方，他只是一心一意地盼望，哪怕能够暗香如故，也不要有零落成泥碾作尘的那一日。

他不知哪里来了这样大的勇气，抬起头望着她，专注地，目光明朗而清澈。他的声音沉郁朗朗："微臣没有别的办法。从前冷宫岁月，彼此落魄，还可以相互关照。如今云泥别别，微臣能做的，只有守在宫门外不远不近的距离守护娘娘，或是偶尔伴随娘娘身边，踏着娘娘的足印去走娘娘走过的路，读着娘娘爱读的诗词，看着娘娘喜欢的梅花，微臣才觉得，与娘娘之间的距离可以没有那么远。"

心底的冷漠，仿佛被这些话语一一震动，漾起微微的涟漪，闪着零星的银色的光晕，如春日的樱花散落于湖面。那种轻触的温柔，也是震惊。

她恍惚地想，是多久以前，曾经有人也对她说过这样绵而暖的话。

夕阳笼罩了整个紫禁城，暮霭宛如潺湲的宽广河水，流溢过起伏的殿台楼阁；流溢过飞翘的檐角，盘踞的鸱吻；流溢过每一道寂寞而无声的宫墙。殿内静得恍若一池秋水。如懿唇角抿出一丝了然的笑意。旋即，她便觉得那是不应当的，连笑也是不合宜的。她蹙了蹙眉心，静静地挤出疏离而客气的神色，将他显而易见的温情以自己疏冷而高华的母仪姿态隔绝于外。

红尘紫陌，俗世迢迢，他自有他的举案齐眉，她亦有她的难以割舍。他与她之间，是错了季节的花朵，连一丝绽放的可能也无。

须臾的死寂似乎并不给殿中的这两人少许回旋的余地，反而有重重逼仄的畏惧从如懿的心底溢出。她的理智和直觉提醒着她这些温情背后可能的残酷后果，并且在她目睹凌云彻渐渐变成云霞红的耳根和瞥见帘外不知何时进来冷然而立的海兰时，那股畏惧与警醒更加凛冽地如冰雪覆上发烫的额头，灌入脑缝。

她的身份，是这个皇朝所有者的女人。永不能改变，至死也不能！

如懿的神情瞬间庄肃而冷然，含有几分矜持之意："多谢凌大人关怀。昔年彼此照顾的情谊，本宫与愉妃都铭记在心。"

海兰听得提到自己名字，不觉款款上前，软声道："自然了，皇后娘娘念及旧恩，时时事事不忘提携凌大人，凌大人也要知恩图报，不要陷娘娘于危墙之下。"

海兰的容色安宁平和若平湖秋月，却字字句句都落在身份尊卑的天壤之别上。凌云彻眼中的火焰如被泼了凉水，瞬息黯淡不见。他退后一步，依足了规矩道："愉妃娘娘字字句句，微臣都懂得，不敢逾越忘恩。"

海兰沉着而矜持地颔首，保持着优雅的仪态："有凌大人这句话，本宫与皇后娘娘也可安心了。"她端然一笑，"对了，凌大人成日忙碌于宫中，难得出宫，既不要忘了皇后娘娘吩咐的差事，也别忘了安慰家中娇妻。毕竟，那是皇上钦赐的姻缘。"

凌云彻克制地黯然一笑，衔住眼底的一丝微凉，躬身告退。

海兰见他出去，方在如懿身边坐下，屏息静气，凝视不语。

如懿知她心思，便道："有什么话，但说无妨。"

海兰不自觉地靠近如懿，眼里有浮沉不定的疑惑："姐姐真的不觉得凌侍卫对您格外亲厚？"

如懿的目光停驻在她身上，伸手掠去她鬓边发丝所沾的一星浮尘，淡淡一晒："我与他彼此救助扶持，自然格外亲厚。"

海兰斟酌着词句，仿佛极难启齿："姐姐，我的意思是，凌侍卫对姐姐的亲厚，更多的是……男女之情。"

如懿静静道："凌云彻已有妻室，我也是罗敷有夫。"

"但他们夫妻并不和睦。"海兰微微迟疑，见如懿眸中颇有探询之意，索性道，"听说茂倩仗着是满洲上三旗的出身，并不怎么将凌云彻放在眼里。"

如懿不以为意，浅浅一笑漾起几分感慨："哪有夫妻不争执吵闹的，外头人家也有外头人家的好处，夫妻拌嘴也是当着面儿的。不比宫里，夫妻君臣，什么都搁在心里，思量了许多遍也不能直说出来。"

海兰盯着如懿，轻声细语间夹着犀利的锋锐："我要说的不是这个。姐姐聪慧，难道真的从未察觉凌云彻对姐姐有意。姐姐，难道您一点儿也不知？"

如懿清婉一笑，向着海兰道："许多事，你若不想知道，便永远也不会知道。有时候视而不见，比事事察觉要自在许多。"

海兰轻舒一口气："姐姐果然是知道的。"她眼中多了一丝松快的笑意，"因为姐姐不喜欢，才故作不知，对不对？"

如懿轻叹："我已暗示过，要他善待妻室。我自有我自己曾经中意之人。"

海兰微微一怔，继而笑："姐姐是说皇上？多少年夫妻了，眼看着新人蜂至，姐姐还说这样的话。"

如懿敛容，沉静的容色如带雪的梅瓣，莹白中有薄薄的寒透之意："海兰，我知道你要说什么。在我选福晋那一日见到那么多人在，我就知道皇上身边永远不会只有我一个女人。自从成为皇后，我便更明白这个道理。所以我可以容忍，容忍自己在年华老去的同时皇上的身边有越来越多的女人，因为我知道我争不了，也争不到，只是枉然而已。不只是皇后的身份束缚着我，更是因为我比谁都明白，愿得一心人，在这个宫里是永世不可得的梦想。"

海兰微微扬眸，凝视着如懿："所以姐姐就可以这样忍让到底？"

悠长的叹息静默得如同贴着金砖旋过的带着雪子的风，如懿望着朱壁墙上自己削薄的侧影，那暗淡的影色也不免有憔悴零落之意："皇上身边的人再多，我们毕竟是少年夫妻。哪怕我什么都不求，亦求一点儿信任、一点儿尊重，仅此而已。这，便是我的底线。"

"人传欢负情，我自未尝见。三更开门去，始知子夜变。"①海兰鬓边的一朵碎玉银丝珠花随着她颔首轻摇，颤颤若风中细蕊，"皇上对姐姐的信任和尊重，在封后那一日，连我也差点儿相信了。再早之前，那是听闻皇上为了留姐姐在身边，费尽心力。可那到底都是从前了。如今呢，那些所谓的信任和尊重，能换来对姐姐一句丧子之痛的安慰么？还是姐姐一定要到覆水难收那一日，才能真正死心？"

如懿默然不语，只是看着海兰鬓边那一朵珠花出神。海兰虽然向来无宠，但终究身在妃位，儿子又得皇帝欢心，所以也略略妆饰。且皇帝登基多年，性子里喜好奢华的本意渐渐流露，也看不惯嫔妃衣装过于简素，所以海兰饰在燕尾上的一朵翠翘明珠压发，那明珠便也罢了，不过是拇指大的光润浑圆一颗，有目眩迷离的光晕，那翠翘是用上好的翠鸟的羽，且是软翠②，细腻纤柔。

那样雍容而精致的翠蓝，映着她白净的容颜，有泠泠的冷光翠华，让人无端便生了清冷涩意。她唇边有酸楚的笑色，如秋风里枝头瑟瑟的叶，轻轻吟道："弹破庄周梦，两翅驾东风，三百座名园，一采一个空。

---

① 出自《子夜变歌·其一》。子夜歌，乐府曲名，现存四十二首，收于《乐府诗集》中，以五言为形式，以爱情为题材，后来引申出多种变曲。《唐书·乐志》曰："《子夜歌》者，晋曲也。晋有女子名子夜，造此声，声过哀苦。"

② 点翠工艺是中国一项传统的金银首饰制作工艺。它是首饰制作中的一个辅助工种，起着点缀美化金银首饰的作用。据传翠羽必须由活的翠鸟身上拔取，才可保证颜色之鲜艳华丽。翠羽根据部位和工艺的不同，可以呈现出蕉月、湖色、深藏青等不同色彩，加之鸟羽的自然纹理和幻彩光，使整件作品富于变化，生动活泼。其中软翠是翠鸟颈部的羽毛，质地格外细柔。

谁道风流种，唬杀寻芳的蜜蜂。"① 她的声音脆脆的，落在殿中有空响的回音，"姐姐熟读宋词元曲，自然知道这支曲子。"

如懿的笑意萧疏得如一缕残风："你是说，我们爱的男人，不过是一只寻芳花间不知疲倦的大蝴蝶？"

海兰的笑容转瞬如初雪消逝："姐姐，那是您爱的男人，不是我们。"她的话语清晰如薄薄的刀锋，划下不可逾越的冷淡，"我只是皇上的妃妾，与他同眠数载，育有一子，仅此而已。"

---

① 出自元初散曲家王和卿的一首小令《醉中天·咏大蝴蝶》。全曲为："弹破庄周梦，两翅驾东风，三百座名园，一采一个空。谁道风流种，唬杀寻芳的蜜蜂。轻轻飞动，把卖花人扇过桥东。"在这首散曲中，作者几乎是用荒诞的夸张手法，塑造了一只大蝴蝶的形象，并赋予它比喻和象征的意义。此曲还借用"庄周梦蝶"的典故讽刺贪色的花花公子的劣迹恶行。

玖 | 异变

　　在连续失去了爱女和幼子之后，如懿再粗心，亦发现了衰老的不期而至。那是一样无法抗拒的东西，原本她提着一口气，以为可以摒得住失去孩子的伤心，以为可以用佛经偈文来安抚自己的痛心与责备，可是这样日里夜里忍着泪，清晨醒转时，还是能抚摸到泪水浸淫过枕被的痕迹。

　　红丝穿露珠帘冷，百尺哑哑下纤绠。翊坤宫寂寥冷清的日子里，时光仿佛机杼声声中经穿纬度的枯燥与死板。如懿愈加懒于梳妆，只得在逢十日嫔妃不得不拜见的日子里，她才勉强打起精神草草应对。对着妆镜时，哪怕光线再晦暗，她都能敏捷地发现隐蔽在发间的银丝，原本只是一丝，一根，渐渐如被秋霜掩映后的枯蓬，一丛一丛密密地长出。当容珮不得不一次次用桑叶乌发膏为她染黑发色的时候，如懿亦颓然："掩住了白发，眼角的细纹又该如何呢？"

　　那细细的纹路，仿佛是轻绵的蛛网，幼细无声地蔓延在眼角和面颊。再多的脂粉，也敷不上干涩的肌肤，那是昨夜思子的泪痕滑过，无法再吃住脂粉的滑腻与香润。

　　闲来无事时，太后也会偶尔来看她，亦会温言安慰："永璟早殇，你和皇帝都伤心。但明明你们才是最能安慰彼此的，又何必疏远至此，相互折磨，倍添伤心。听哀家的话，孩子虽然去了，只要皇帝在，总生得出下一个。"

　　这是如懿与太后之间难得的平静而略显温情的相处。自从端淑长公主归来，太后仿佛一夜之间变回了一个慈爱而温和且无欲无求的妇人，含饴弄孙，与女儿相伴，闲逸度日。她身上再没有往日那种精明犀利的光彩，而是以平和的姿态，与她推心置腹。自然，太后也会带来皇帝的消息。虽然几乎不再见面，皇帝也有慰藉的话语传来。"皇帝每来请安，都问起哀家你的近况。养心殿到翊坤宫不过几步路，皇帝为什么不自己来探你，还要问哀家。皇帝是有心于你的，只是碍着面子，不肯先迈一步。那么皇后，你就不能先迈出这一步，去看看皇帝么？"

　　她仰视着太后平静的姿容，默默地想，是要行经了多少崎岖远途，跋涉了多少山重水复，才可以得到太后这般光明而宁和的收梢。

　　虽然有太后这样的安慰，也有皇帝的话语传来，但皇帝终究未曾再踏入翊坤宫中。孩子的死，终究已经成了他们之间难以解开的心结。他常常守在失去了主人的长春宫，借酒浇愁，对着孝贤皇后的遗像倾诉。

　　"琅嬅，最近朕常常梦见你，梦见永琏和永琮。那时候永琏和永琮夭折，朕真的很恨上天捉弄，连一个嫡子都不肯留给朕。而如今，朕又失去了永璟。琅嬅，连朕都不知道该怎么说，永璟或许会是个祥瑞的孩子。却因为如懿的缘故，让永璟早早离世。朕也知道如懿是无辜的，可撇开田氏报复的缘故，撇开天象之说，是不是如懿年过四十，也不适合再生育了？朕不知该怎么说？琅嬅，你能否告诉朕，永璟的死到底是朕的过失，还是如懿的过失？"

　　进忠虽也拿嬿婉的身孕来劝慰皇帝，可他眼里，嬿婉之子只是庶子，终究不能与永璟比，更不能与永璇和永琮比。

他只是一径低诉："琅嬅。有时候朕真的很想你，如懿一直不肯低头，不肯先来找朕，但你从来不会如此。你是个温柔贤惠的人。琅嬅，朕昨日找了首诗出来。这是朕在册立如懿为继后之前写的，是为你写的。朕读给你听。"他沉郁念道，"'岂必新琴终不及，究输旧剑久相投。圣湖桃柳方明媚，怪底今朝只益愁。'朕如今才知道了，'岂必新琴终不及，究输旧剑久相投。'到底是你对朕最好啊！"

这样的情思悲楚，如懿是不知道的。她，只能在苔萧风寒的孤寂里，紧紧抱住唯一的永璜，来支撑自己悲冷到底的心境。

此时的热闹，只在嬿婉的永寿宫中。哪怕是冰天雪地时节，那儿也是春繁花事闹的天地。嬿婉正怀着她的第一个孩子，开始她真正踌躇满志的人生。无论腹中是男孩还是女孩，都意味着曾经以为不能生育的梦魇的过去。她终于能抬头挺胸，在这个后宫厮杀，惊雷波动之地争得自己的一席之位。

真的，多少次午夜梦回，嬿婉看着锦绣堆叠的永寿宫，看着数不尽的华美衣裳、绫罗珠宝，寂寞地闪耀着死冷的华泽。她死死地抓着它们，触手冰凉或坚硬，却不得不提醒着自己：这些华丽，只是没有生命的附属，她只有去寻得一个有生命的依靠，才不至于在未来红颜流逝的日子里寂寞地芳华老去，成为紫禁城中一朵随时可以被风卷得凌乱而去的柳絮。

哪怕是皇帝在身边的夜里，她同样是不安心的。此时此刻自己唯一的男人在自己身边，下一时下一刻，他又会在哪里。就好像他的心，如同吹拂不定的风一般，此刻拂上这朵花枝流连不已，下一刻又在另一朵上。尤其是年轻的妃嫔们源源不断地入宫，她更是畏惧。总有一日，这个男人会成为一只盲目的蝴蝶，迷乱在花叶招展之中。

所以，当月光清冷而淡漠地一点一点爬过她的皮肤之时，她在伸手

不可触摸的黑夜中，一次一次闭紧了喉舌，紧抱住自己："一定，一定
要有一个自己的孩子。"

所以，这一次的遇喜，足以让嬿婉欣喜若狂。

嬿婉在这欣喜里仔细打量着东西六宫的恩泽。如懿的恩宠早已连同
永璟的死一同消亡，即便有皇后的身份依凭，容颜和精力到底不如往日
了。昔日得宠的舒妃也跟着她的孩子一起香消玉殒，连宿敌淑嘉皇贵妃
也死了。颖嫔和忻妃虽然得宠，到底位分还越不过她去。因此，嬿婉几
乎是毫无后顾之忧地在宫中安享着圣宠的眷顾。

这是她最春风得意的时刻，连宫人们望向她的目光都带着一种深深
的艳羡与敬慕。那才是万千宠爱于一身的宠妃啊。

比之于永寿宫的门庭若市，翊坤宫真真是冷寂到了极点。海兰还
时时过来，绿筠和湄若也偶有踏足，除此之外，便是年节时应景的点缀
了。并且凌云彻并没有再入翊坤宫来，大约是没有合适的时机，或是御
前的事务太过繁重，容不得他脱开身来，渐渐地也没有了消息。而这些
日子，因着时气所感，永璂的身体也不大好，逢着一阵春潮反复便有些
发热咳嗽，如懿一颗心悬在那里，便是一刻也不能放松。

是太知道不能失去了。璟兒、永璟，一个个孩子都连着离开了自
己。她是一个多么无能为力的母亲，所以，便是违反宫规，她也不得不
求了太后，将永璂挪到了自己身边。

太后自然是应允的，只是望着如懿哀哀的神色，生了几分怜悯之
意："皇后，永璂既然不大好，何不求了皇帝将孩子挪去你身边照顾？
见面三分情，说说孩子的事，夫妻俩的感情多少也能扭转些。你与皇帝
只有这一个永璂了，皇帝不会不在乎的。"

心底的酸楚与委屈如何能言说，更兼着积郁的自责，如噬骨的蚁，
一点一点细细咬啮。如懿只能淡淡苦笑："儿臣不是一个好额娘，如何
再敢惊动皇上。只求能照顾好永璂，才能稍稍安心。"

太后静静凝视她片刻："哀家看得出来，皇帝对你并非全不在意。有些事，你得自己迈出去。"

仿佛是谁尖利的指甲在眼中狠狠一戳，逼得如懿几乎要落下泪来。她只是一味低首，望着身侧黄花梨木花架上的一盆幽幽春兰，那细长青翠的叶片是锋锐的刃，一片一片薄薄地贴着肉刮过去。良久，她亦只是无言。不是不肯倾诉，而是许多事，忍得久了，伤心久了，不知从何说起，也唯有无言而已。

太后无法可劝，也不愿对着她愁肠百结，只得好言嘱咐了如懿回去。还是福珈乖觉，见如懿这般，便向着太后道："太后娘娘，恕奴婢直言，只怕皇后心里有苦，却是说不出来。"

太后从细白青瓷芙蓉碟里取了一块什锦柳絮香糕，那碧绿莹莹的糕点上粘着细碎的白屑，真如点点柳絮，雪白可爱。太后就着手吃了小半，默默出了会儿神，缓缓道："失了儿女是天命，嫔御不谐是常理，这都是说得出来的苦。可哀家听说宫里正流传着一首诗呢。"

福珈笑了笑，不自然地摸了摸鬓边一枝烧蓝米珠花朵，有些僵硬地学着背诵道："岂必新琴终不及，究输旧剑久相投。圣湖桃柳方明媚，怪底今朝只益愁。"

太后面色一冷，牵扯得眉心也微微一蹙："这诗像是皇帝的手笔，是怀念孝贤皇后的么？"

福珈恭声道："太后娘娘明鉴，正是皇上怀念孝贤皇后的旧诗。只不过诗中所提的三忌周，是指孝贤皇后崩逝三年的时候。"她悄悄看一眼太后的神色，不动声色道，"所以奴婢说，是旧诗。"

太后静默片刻，扯出矜持的笑容："那个时候，皇后才与皇帝成婚吧。立后是皇帝的意思，写下'岂必新琴终不及，究输旧剑久相投'也是皇帝的手笔。旧爱新欢两相顾全，这才真真是个多情的好皇帝呢。"

福珈见太后笑得冷寂，便道："皇上终究是念着孝贤皇后的。孝贤皇后如见此诗，想来九泉之下也会安慰。"

"皇帝一生之中，最重嫡子，自然也看重发妻，最不许人说他凉薄。"太后薄薄的笑意倒映在手边一盏暗红色的金橘姜蜜水里，幽幽不定。此时，斜阳如血，影影绰绰地照在太后身形之后，越发有一种光华万丈之下的孤独与凄暗。"只是写写诗文便可将深情流转天下，得个情深义重的好名声，真是上算！只是哀家虽然对如今的皇后不过尔尔，可皇帝那诗传扬出来，哀家同为女子，也替皇后觉得难堪。"

福珈亦有些不忍："太后体恤皇后娘娘。"

殿中点着檀香，乃是异域所贡的白皮老山香，气味尤为沉静袅袅。熏香细细散开雾白清芬，缠绕在暗金色的厚缎帷帐上，一丝一缕无声无息，静静沁入心脾。闻得久了，仿佛远远隔着金沙淘澄过后的沉淀与寂静，是另一重世界，安静得仿佛不在人间。太后搁下手里的糕点，淡淡道："这糕点甜腻腻的，不大像是咱们小厨房的手艺。"

福珈忙转了神色赔笑道："这柳絮香糕是令妃娘娘宫里进献的。也难为了令妃娘娘，自个儿是北地佳人，却能找到那么好的手艺做出这份江南糕点来。咱们皇上是最爱江南春色的，难怪她得宠。"

殿中开阔深远，夕阳斜斜地从檐下如流水游进，散落蜿蜒的暗红光影。太后的面孔在残阳中模糊而不分明："说来，令妃也算个有心人。哀家调教过那么多嫔妃，她算是一个能无师自通的。从前因着家中教养的缘故略显粗俗些，如今一向要强，也细致得无可挑剔了。做起事来，往往出人意表却更胜一筹。"

福珈颔首道："若不是您还想留她一双眼睛看着点皇上，您也不会理会她了。"

"哀家没有点拨的事儿，令妃都能自己上赶着做在前头了。她日日陪在皇帝身边，皇帝写的诗，她能不知？有意也好，无心也罢，帝后不和，总是她渔翁得利。哀家只是觉着，令妃有些伶俐得过头了。"太后轻轻一嗅，似是无比沉醉，"今儿吩咐你点的是白皮老山香，檀香之中最名贵的。福珈，知道哀家为何多年来只喜欢檀香一品么？"

福珈思忖着道："檀香性收敛，气味醇和，主沉静空灵之味。"

太后的唇角泛起一朵薄薄的笑意："诸香之中，唯有檀香于心旷神怡之中达于正定，证得自性如来，最具佛性。"她双眸微垂，冷冷道，"只是哀家在后宫中辗转存活一生，看尽世情，这个地方，有人性便算不错，往来都是兽性魔性之人，乃是离佛界最远之地。你岂不知，本在天上之人最不求极乐世界而辛苦求拜者，都是沉沦苦海更甚为身在地狱之人，所以你别瞧着后宫里一个个貌美如花、身披富贵，都是一样的。"

福珈有些不知所措："好端端的，太后说这些做什么。您是福寿万全之人，和她们不一样。"

"都是一样的。今日的她们，上至皇后，下至嫔妃，在她们眼里，只有到了哀家这个位子才算求得了一辈子最后的安稳，所以她们拼尽全力都会朝着这个位子来。令妃固然是聪明人，懂得在皇帝和皇后如今的冷淡上再雪上加霜一笔。但，哀家的女儿已经都在膝下承欢，哀家只希望借她的耳朵、她的眼睛多知道些皇帝，以求个万全。如今她的手伸得那么快、那么长，倒教哀家觉得此人不甚安分。"

福珈想了想道："奴婢想着，令妃到底没什么家世，因为这个才得了皇上几分爱怜信任。也因为这个，她翻不过天去。太后求了多年的如今都得了，何必多理会后宫这些事。儿孙自有儿孙福，您操心什么？且享自己的清福便是。"

冬日时光便这么一朵朵绽放成了春日林梢的翡绿翠荫。今年御苑春色最是撩人，粉壁画垣，晴光柔暖，春心无处不飞悬。却原来都是旁人的热闹、旁人的锦绣缀在了苍白无声的画卷上，绽出最艳最丽的锦色天地。

容珮长日里见如懿只一心守着永璂，呵护他安好，余事也浑不理会，便也忍不住道："皇后娘娘，皇上倒是常常唤奴婢去，问起十二阿哥的情形呢。只是奴婢笨嘴拙舌的，回话也回不好。奴婢想着，皇上关怀十二阿哥，许多事娘娘清楚，回得更清楚呢。"

　　如懿低头仔细看着江与彬新开的一张药方，不以为意道："本宫不是不知，本宫往太后处请安时，皇上也偶来探望永璂。永璂病情如何，他其实都一清二楚。"

　　容珮见如懿只是沉着脸默默出神，越发急切道："皇后娘娘，恕奴婢妄言一句，如今十二阿哥这么病着，娘娘大可借此请皇上过来探视，见面三分情，又顾着孩子，娘娘和皇上也能借机和好了。"

　　日影将庭中的桐树扯下笔直的暗影，这样花香沉郁的融融春色里，也有着寂寞空庭的疏凉。望得久了，那树影是一潭深碧的水，悄然无声地漫上，渐渐迫至头顶。她在那窒息般的脆弱里生了无限感慨："借孩子生病邀宠，本宫何至于此？"

　　容珮素来沉着，连日的冷遇也让她生了几分急躁，急赤白脸地道："可皇上若不来，岂不是和娘娘越来越疏远了？"

　　如懿闭上了眼睛，容珮的话是折断了的针，钝痛着刺进了心肺。她极力屏息，将素白无饰的指甲折在手心里。

　　容珮也顾不得了，接着道："不如此，不得活。这后宫本就是一个泥淖，娘娘何必要做一朵出淤泥而不染的白莲？"她觑着如懿的神色，大着胆子道，"娘娘是后宫之主，但也身在后宫之中。许多事，无谓坚持。夫妻之间，低一低头又如何？"

　　"白莲？"如懿自嘲地笑笑，在明灿日光下摊开自己素白而单薄的手心，清晰的手纹之中，隐着多少人的鲜血。她愧然："身在混沌，何来清洁？满宫里干净些的，怕也只有婉嫔。可来日若洪水滔天，谁又避得过？所以本宫低头，又能换来什么？眼前一时安稳，但以后呢？以后的以后呢？"

　　容珮猛然跪下，恳求道："不顾眼前，何来以后？皇后娘娘万不能灰了心，丧了意！"

　　"不灰心，不丧意。夫君乃良人，可以仰望终身！可本宫身为皇后，痛失儿女，家族落寞，又与夫君心生隔阂。本宫又可仰望谁?"一而再，再而三，勉力自持，但眼底仍漫起不可抑制的泪光。她凄然道:"如今满宫里传的什么诗你会不知? 皇上拿着本宫与孝贤皇后比，又有什么可比的，活人哪里争得过死人去!"

容珮从如懿指间抽过绢子，默然替她拭了泪，和声劝道:"皇上这诗听着是挫磨人的心，多少恩爱呢，只在纸头上么? 但一时之语作得什么数? 且这些年来，皇上想念孝贤皇后，心中有所愧怍，所以写了不少诗文悼念，娘娘不都不甚在意么? 说来……"她看一眼如懿，直截了当，"说来，这宫里奴婢最敬服的是愉妃小主。她若见了这诗，必定嗤之以鼻，毫不理会。"

如懿听她赞海兰，不觉忍了酸涩之意，强笑道:"海兰生性洒脱，没有儿女情长的牵挂。而本宫从前不在意，是心中有所坚持。如今想信，想坚持，自己先觉得力不从心了。"

"娘娘可勉强不得。您这心思一起，不知要遂了多少人的心愿呢。宫里多少人传着这诗，尽等着瞧咱们翊坤宫的笑话。"

如懿含了一丝欣慰，拍拍容珮的手:"是。只为冤死的永璟还没报仇，就算力不从心也得提着一口气。"

容珮欣慰了些许:"这便对了。娘娘得自己提着一口气，墙倒众人推。咱们的墙倒不得，只为冤死的十三阿哥的仇还没报，十二阿哥的前程更辜负不得!"

心似被什么东西撞了一下，隐隐作痛，鼻中也酸楚。日光寂寂，那明亮里也带着落拓。这些日子里，面子上的冷静自持是做给翊坤宫外的冷眼看的，心底的痛楚、委屈和失落，却只能放在人影之后，缩在珠帘重重的孤寂里，一个人默默地吞咽。这样的伤绪，说不得，提不得。一提，自己便先溃败如山。所以没有出口，只得由着它熬在心底里。"本宫知道，这诗突然流传宫中，自然是有古怪。可毕竟白纸黑字是皇上所写，否则谁敢胡乱揣度圣意。"

容珮望着如懿倔强而疲倦的容颜，静了半晌，怔怔地说不出话来，良久方叹息不已："皇后娘娘，奴婢算是看得分明了。在这宫里，有时候若是肯糊涂些浑浑噩噩过去了，便也活得不错。或是什么也不求，什么也不怕，倒也相安无事。可若既要求个两心情长，念着旧日情分，又要维持着尊荣颜面，事事坚持，那么，当真是最最辛苦，又落不得好儿。"

仿佛是暮霭沉沉中，有巨大的钟声自天际轰然传来，直直震落于天灵盖上。曾几何时，也有人这样执意问过："等你红颜迟暮，机心耗尽，还能凭什么去争宠？姑母问你，宠爱是面子，权势是里子，你要哪一个？"

那是年少青葱的自己，在念转如电间暗暗下定了毕生所愿："青樱贪心，自然希望两者皆得。但若不能，自然是里子最最要紧。"

不不不，如今看来，竟是宠爱可减，权势可消，唯有心底那一份数十载共枕相伴的情意，便是生生明白了不得依靠，却放不下，割不断，更不能信。原来所谓情缘一场，竟是这般抵不得风摧雨销。用尽了所有的力气，终于有了与他并肩共老的可能，才知道，原来所谓皇后，所谓母仪，所谓夫妻，亦不过是高处不胜寒时彼此渐行渐远的冷寂，将往日同行相伴的恩情，如此辗转指间，任流光轻易抛。

这夜下了一晚的沥沥小雨，皇帝宿在永寿宫中，伴着遇喜而日渐痴缠的嬿婉。这一夜，皇帝听得雨声潺潺，一早起来精神便不大好。嬿婉听了皇帝大半夜的辗转反侧，生怕他有起床气，便一早悄声起来，嘱咐了小厨房备下了清淡的吃食，才殷勤服侍了皇帝起身。

宫女们端上来的是熬了大半夜的白果松子粥，气味清甘，入口微甜。只用小银铫子绵绵地煮上一瓮，连放了多少糖调味，亦是嬿婉细细斟酌过，有清甜气而不生腻，最适合熨帖不悦的心情。

皇帝尝了两口，果然神色松弛些许，含笑看着嬿婉日益隆起的肚腹："你昨夜也睡得不大好，还硬要陪着朕起身。等下朕去前朝，你再好好歇一歇。"

嬿婉半羞半嗔地掩住微微发青的眼圈，娇声道："臣妾初次遇喜，心内总是惶惶不安，生怕一个不小心，便不能有福顺利为皇上诞下麟儿，所以难免缠着皇上些，教皇上不能好好歇息。"

她的笑容细细怯怯的，好似一江刚刚融了冰寒的春水蜿蜒，笑得如此温柔，让人不忍拒绝。这样的温顺驯服教人无从防范，更没有距离，才是世间男子历经千帆后最终的理想。年轻时，固然不喜过于循规蹈矩、温顺得没有自我的女子，总将目光停驻于热烈灼艳的美，如火焰般明媚，却是灼人。而这些年繁花过眼，才知聪慧却知掩藏、驯服而温柔风情的女子，才最值得怜惜。恰如眼前的女子，分明有着一张与如懿年轻时几分肖似的脸，却没有她那般看似圆滑实则冷硬的距离和冷不防便要刺出的无可躲避的尖锐棱角。有时候他也在后悔，是不是当时的权衡一时失了偏颇，多了几许感性的柔和，才给了如懿可以与自己隐隐抗衡的力量，落得今日这般彼此僵持的局面。

这样的念想，总在不经意间缓缓刺进他几乎要软下的心肠，刺得他浑身一凛，又紧紧裹进身体，以旁人千缕柔情，来换得几宵的沉醉忘怀。皇帝伸出臂膀，揽住她纤柔的肩："你什么都好，就是凡事太上心，过于小心谨慎。"

嬿婉娇怯怯地缩着身子："臣妾知错了。"

皇帝安抚似的拍了拍她的脸："这不是错，你的温顺驯服教人无从抵抗，偶尔又能生出新奇趣味，这是世间男子所求的。"

这句话有些闺房之趣的意味了。嬿婉含羞带怯地低头，她隆起的肚腹显得她身量格外娇小，依在他怀中，"可臣妾怕皇上有一日还是不喜欢了。"

"谁说的？"皇帝蹙眉，"聪慧而知掩藏，驯服而有风情的女子，才最值得怜惜。朕有时候也后悔，是不是朕太在意、太纵容皇后，才落得今日这般彼此僵持的局面？"

"皇上别说不快的事了。臣妾心中不安的时候也常听晋贵人劝解，晋贵人常要臣妾以江山社稷为重，不要顾一时的儿女情长。有她劝着，臣妾心里也舒坦许多。"

"难得晋贵人懂事，倒不糊涂。只是这说话的口气，倒和当日孝贤皇后一般地正经。"他似有所触动，"为着璟儿之死，晋贵人和庆贵人从嫔位降下，也有许久了吧。朕知道，你是替她们求情。"

嬿婉寒星双眸微微低垂，弱弱道："皇上痛惜五公主与十三阿哥，晋贵人和庆贵人的错也是不能适时安慰君上的伤怀，失了嫔御之道。只是小惩大诫可以整肃后宫，但责罚过久过严怕也伤了后宫祥和。毕竟，晋贵人出自皇上发妻孝贤皇后的母族，庆贵人也是当年太后所选。"

皇帝听她软语相劝，不觉道："这原该是皇后操心的事，如今却要你有身子的人惦记。罢了，等过些时日，朕会吩咐下去给晋贵人和庆贵人复了嫔位。"

嬿婉笑语相和，见皇帝事事遂愿，提着的一颗心才稍稍放下，又夹了一筷子松花饼，仔细吹去细末，才递到皇帝跟前的碟中。那是一个黄底盘龙碟，上写殷红"万寿如意"四字，皇帝的目光落在"如意"二字上，眼神便有些飘忽，情不自禁道："如懿……"

嬿婉心口猛地一颤，陡然想起昨夜皇帝辗转半晌，到了三更才蒙眬睡去，隐约也有这么一句唤来。夜雨敲窗，她亦困倦，还当是自己听错了，却原来真是唤了那个人的名字。

嬿婉心头暗恨，双手蜷在阔大的绲榴花边云罗袖子底下，狠狠地攥紧，攥得指节都冒着酸意，方才忍住了满心的酸涩痛意，维持着满脸殷切而柔婉的笑容，柔声道："前几日内务府新制了几柄玉如意，皇上还没赏人吧？臣妾这几夜总睡不大安稳，起来便有些头晕。还请皇上怜惜，赏赐臣妾一柄玉如意安枕吧。"

皇帝听她这般说，果然见嬿婉脂粉不施，匀白脸色，越发可怜见儿的了。他有些怜惜："身上不好还只顾着伺候朕？等下朕走了，你再好好歇歇，朕嘱咐包太医来替你瞧瞧。再者，若得空儿也少和别人往来，仔细伤了精神应付。左右这几日你额娘便要入宫来陪你生产，你安心就是。"

嬿婉再三谢过，却见守在殿外的一排小太监里，似是少了个人，便问道："一向伺候皇上写字的小权儿上哪里去了？这两日竟没见过他。"

皇帝的脸色瞬即一冷，若无其事道："他伺候朕不当心，把朕写的御诗随意传了出去。这样毛手毛脚，不配在朕身边伺候。"

嬿婉知道是宫中流传皇帝所写悼怀孝贤皇后诗文之事，脸上却是一丝不露，只道："皇上发落得是。在皇上身边伺候，怎能这般不懂事。"

皇帝慢慢喝下一碗红枣银耳，和声道："你怀着身孕，别想这些。这几日你额娘快进宫了吧？朕叫人备了些金玉首饰，给你额娘装点吧。"

嬿婉喜不自胜地谢过，眼看着天色不早，方才送了皇帝离去。那明黄的身影在细雨蒙蒙中越来越远，终于成了细微一点，融进了雨丝中再不见踪影。嬿婉倚靠在镂刻繁丽的酸枝红木门边，看着一格一格填金洒朱的"玉堂富贵"花样，玉兰和海棠簇拥着盛开的富丽牡丹，是永生永世开不败的花叶长春。

那么好的意头，看得久了，她心里不自禁地生出一点儿软弱和惧怕，那样的富贵不败到底的死物，她拼尽了力气抓住了一时，却抓不住一世。

这样的念头才转了一转，嬿婉忍不住打了个寒噤。春婵忙取了云锦累珠披风披在她肩上，道："小主，仔细雨丝扑着了您受凉。"

嬿婉死死地捏着披风领结上垂下的一粒粒珍珠水晶流苏，那是上好的南珠，因着皇帝的爱宠，亦可轻易取来点缀。那珠子光润，却质地精密，硌得她手心一阵生疼。那疼是再清醒不过的呼唤，她费了那么大的心思才使得如懿和皇帝疏远，如何再能轻纵了过去。

就好比富贵云烟，虽然容易烟消云散，但能握住一时，便也是多一时就好。

　　皇帝出了永寿宫，上了轿辇，一路只是沉默。李玉见皇帝如此，知道他有心事，少不得拣宫中的趣事说了几桩。皇帝沉着脸，半晌，仿佛是自言自语："李玉，朕待皇后，是不是太苛刻了？"

　　李玉哪里敢接话，想了片刻，只得道："皇上，雷霆雨露，皆是君恩。皇后娘娘也是明白的，不会怨恨皇上。"

　　红墙壁立，似困住了他的心。皇帝无奈："朕何尝不知道皇后的感受……可皇后，就不能先向朕低头说句软话吗？"

　　李玉这些日子陪伴皇帝身侧，知他表面若无其事，实则也是睡不安食不宁。可他是知道皇帝脾性的，最好面子不过，这般僵局里，便是有心劝和也无从入手："皇后娘娘心里也苦，但她有苦也不惯说出来。"他见皇帝有疑惑神色，便往下道，"皇上，您想想，娘娘在冷宫的时候难道不苦？无人可说，久而久之也惯了。"

　　皇帝的脸色越发沉了下去。当年如懿进冷宫，是他未能护她周全。如今可以回护，却是他又伤了她。可伤痕已在，如何转圜，始终是为难。他沉吟片刻，道："你让太医院好好照顾永璂，务必让他好起来。"

壹拾　妄事

　　小宫女半跪在阁子里的红木脚榻上，细细铺好软绒绒的锦毯，防着嬿婉足下生滑。澜翠端了一碗安胎汤药上来，挥手示意宫人们退下，低声道："安胎药好了，小主快喝吧。"

　　那乌沉沉的汤汁，冒着热腾腾的氤氲，泛着苦辛的气味，熏得她眼睛发酸。她银牙暗咬，拿水杏色绢子掩了口鼻，厌道："一股子药味儿，闻着就叫本宫想起从前那些坐胎药的气味，胃里就犯恶心。"

　　澜翠笑色生生，道："从前咱们吃了旁人的暗亏，自然恶心难受，却也只能打落牙齿和血吞。可如今这安胎药，却是别人求也求不来的，保佑着小主安安稳稳生下龙子，扬眉吐气呢。"

　　嬿婉被她勾得忍不住一笑，啐道："胡说些什么？龙子还是丫头，谁知道呢？"

　　澜翠笑道："小主福泽深厚，上天必然赐下皇子。哪怕是个公主，先开花后结果，也一定会带来个小阿哥的。"

　　嬿婉骄傲地抚着肚腹，莞尔道："你说得也是。来日方长，只要会生，还怕没有皇子么。"她微一蹙眉，那笑容便冻在唇角，"只是过两日额娘进宫，怕又要絮叨，要本宫这一胎定得是个皇子。"她说着便更烦心，支着腮不肯言语。

澜翠思忖着道："小主与其担心这个，不如多留意皇上。方才早膳时，奴婢可瞧着皇上似乎又有些惦记着皇后娘娘了呢。"

嬿婉轻哼一声，拨弄着凤仙花染过的指甲，渑生生地映着她绯红饱满的脸颊："有那首诗在，皇上纵然不以为意，但皇后心里会过得去么？是个女人都过不去的呢。只可惜了小权儿，才用了他一回，便这么没了。"

澜翠替她吹了吹安胎药的热气，道："皇上不是好欺瞒的人，进忠公公让小权儿顶上去也不坏。"

嬿婉微微颔首，接过安胎药喝下："皇上身边有进忠安排便是。"她想了想，又嘱咐道，"额娘喜欢奢华阔气，她住的偏殿，你仔细打理着吧。"

澜翠答应着，又凑近了些细细禀报："旁的都还好说，倒有一事蹊跷，听赵九宵说起，凌云彻最近总往宫外跑，不知领了什么差事，仿佛是皇后娘娘的意思。"

嬿婉警觉地坐起身，瞪住了澜翠。

这一日苍苔露冷，如懿披了一件半新不旧的棠色春装，隐隐的花纹绣得疏落有致，看不出绣的是什么花，只有风拂过时微见花纹起伏的微澜。她静静坐在窗下，连续数日的阴霾天气已经过去，渐而转蓝的晴空如一方澄净的琉璃，叫人心上略略宽舒，好过疾风骤雨，凄凄折花。

水晶珠帘微动，进来的人却是凌云彻。他风尘仆仆，似有所得，脚步也格外急："微臣恭请皇后娘娘万安。"

如懿知他这般赶来，定是查到了什么，忙不迭问："查得如何了？"

凌云彻道："微臣自得娘娘嘱托，不敢怠慢，竭尽全力彻查田氏之事，一直查到田嬷嬷家中银票的来历。田嬷嬷的儿子田俊说，那是一个叫珂里叶特扎齐的男人存进去的。"凌云彻的脸上闪过一丝难以置信的苦涩，屏息片刻，重重吐出，"而且那个扎齐是愉妃娘娘的侄子。"

海兰？

有那么一霎，如懿的脑中全然是一片空白，仿佛下着茫茫的大雪，雪珠夹着冰雹密密匝匝地砸了下来，每一下都那么结实，打得她生生地疼，疼得一阵阵发麻。是谁她都不会震惊，不会有这般刺心之痛！为什么偏偏是海兰？

如懿不知自己是如何发出的声音，只是一味嘶哑了声音喃喃："海兰？怎么会是海兰？"

容珮瞪大了眼，一脸的不可思议："旁人便算了，若说是愉妃小主，奴婢也不敢信啊！"

凌云彻为难地道："连田嬷嬷的儿子田俊都说，最后一回田嬷嬷回家，提起是愉妃要她办事。"

凌云彻看着如懿逐渐发白的面容，不觉有些后怕："微臣查知这些，也知事关重大，只得先来与娘娘商议。"

如懿只觉得牙齿"咯咯"地发颤，她拼命地摇头："不会！海兰若真这么做，于她有什么好处？"

容珮应声道："皇后娘娘说得不错，愉妃小主一直和皇后娘娘交好，皇后娘娘又那么疼五阿哥，情分可比不得旁人！"

凌云彻沉吟片刻，艰难地道："熟识扎齐之人曾多次听他扬言，若有皇后娘娘的嫡子在一日，五阿哥便难有登基之望。如果扎齐所言是真，那么愉妃小主也并非没有要害娘娘的理由。"他迟疑片刻，"皇后娘娘看纯贵妃便知道了，她那么胆小没主意的一个人，当日为了三阿哥的前程，不是也对娘娘生了嫌隙么？如今三阿哥、四阿哥不得宠，论年长、论得皇上器重，都该是五阿哥了。可若有娘娘的嫡子在……"他看了如懿一眼，实在不敢再说下去。

如懿满心满肺的混乱，像是谁塞了一把乱丝在她喉舌里，又痒又烦闷。正忧烦扰心，却听外头的小宫女菱枝忙忙乱乱地进来道："皇后娘娘，宫里可出大事了呢！"

容珮横了菱枝一眼，呵斥道："你不是去内务府领夏季的衣料了么？这般沉不住气，像什么样子？"她停一停，威严地问，"出了什么事儿？"

菱枝忙道："奴婢才从内务府出来，经过延禧宫，谁知延禧宫已经被围了起来，说愉妃小主被皇上禁足了。连伺候愉妃小主的宫人都被带去慎刑司拷问了，说是跟咱们十三阿哥的事有关呢。"

如懿神色一凛，忙定住心神看向凌云彻："皇上禁足了海兰？难道是皇上也知道了什么？"

凌云彻忙道："微臣探查期间，都是小心谨慎，也未曾向皇上提起过一字。"

无数个念头在如懿心中纷转如电，她疑惑道："你才刚入宫，连本宫也是刚刚知晓这件事，怎的皇上那儿就知道了？实在是蹊跷！"如懿看一眼容珮，"三宝，你仔细去打听。"

三宝答应一声忙出去了，如懿想了想，又叮嘱道："凌云彻，你帮本宫查访田氏之死，本宫代永璟一起谢你。只是如今此事，连海兰都牵涉其中，越发纷繁复杂，本宫还希望能得你继续相助，将此事细查分明。"

凌云彻连忙答应了，担心地看着如懿道："微臣自当竭力。娘娘放心。"

凌云彻不能在此久留，便告辞离去。如懿思来想去，终觉事情来得突然，不能放心，便嘱咐道："出了这样的事，永琪只怕惊慌。容珮，你去告诉永琪，先稳住些，也尽量少出来走动，看看情况再说。"

宫中骤然生了这样的变故，三宝去细问，才知是田嬷嬷唯一的儿子田俊横死家中，是被人用刀刃所杀。杀人者很快被找到，正是愉妃的侄子扎齐。这般纷乱着便到了午后，宫中的嫔妃们也陆陆续续来探望，湄若与绿筠固然是半信半疑，然而余者，更多是带了幸灾乐祸的神色，想要窥探这昔日好姐妹之间所生的嫌隙。

如懿倒也不回绝，来了便让坐下，也不与她们多交谈，只是静静地坐在暖阁里，捧了一卷诗词闲赏。如此，那些聒噪不休的唇舌也安静了下来，略坐一坐，她们便收起了隐秘而好奇的欲望，无趣地告退出去。

面上的若无其事并不能掩去心底的波澜横生。容珮一壁收拾着嫔妃们离去后留下的茶盏，一壁鄙夷道："凭着这点儿微末道行就想到娘娘面前调三窝四，恨不得看娘娘和愉妃小主立时反目了她们才得意呢。什么人哪！娘娘受委屈这些日子她们避着翊坤宫像避着瘟疫似的，一有风吹草动，便上赶着来看热闹了。"她啐了一口，又奇道："今儿来了这几拨儿人，倒不见令妃过来瞧热闹？"

微微发黄的书页有草木清新的质感，触手时微微有些毛糙，想是翻阅得久了，也不复如昔光滑。而自己此刻的心情，何尝不是如此？像被一双手随意撩拨，由着心思翻来覆去，不能安宁。如懿撂下书卷，漫声道："令妃怀着第一胎，自然格外贵重，轻易不肯走动。"她揉一揉额头，"那永琪呢？人在哪里？"

容珮道："听三宝说五阿哥一直把自己关在书房里，什么动静也没有。"她想了想道，"娘娘，您觉着五阿哥是不是太沉得住气了，自己额娘都被禁足了……"

如懿垂首思量片刻，不觉唏嘘："若论心志，皇上这些阿哥里，永琪绝对是翘楚。这个节骨眼上，去求皇上也无济于事，反而牵扯了自己进去，还不如先静下来瞧瞧境况，以不变应万变。"

京城的晚春风沙颇大，今年尤甚，但凡晴好些的日子，总有些灰蒙蒙的影子，遮得明山秀水失了光彩，人亦混混沌沌，活在霾影里。偶尔没有风沙砾砾的日子，便也是细雨萧瑟。春雨是细针，细如牛毫，却扎进肉里般疼。疼，却看不见影子。

细密的雨丝是浅浅的墨色，将白日描摹得如黄昏的月色一般，暗沉沉的。分明是开到荼蘼花事了的时节，听着冷雨无声，倒像是更添了一层秋日里的凉意。那雨幕轻绵如同薄软的白纱，被风吹得绵绵渺渺，在紫禁城内外幽幽地游荡，所到之处，都是白茫茫的雾气，将远山近水笼得淡了，远远近近只是苍茫雨色。

慎刑司日日传来的消息却一日坏于一日，扎齐一用刑便招了，说是愉妃如何指使他杀了田俊灭口，怕的就是田俊知道是愉妃要挟田氏在宫中谋害皇后娘娘的十三阿哥。据扎齐所言，他按愉妃的吩咐，一直暗中留意田俊的行迹。凌云彻与田俊接触之事，他也眼见过一二，便向宫里传递过消息，得了愉妃的叮嘱，才动了杀机。

如此种种，逼得海兰的境况愈加窘迫。终于到了前日午后，皇帝便下了旨，将海兰挪去了慎刑司，只说是"从旁协问"。

这话听得轻巧，里头的分量却是人人都掂得出来的。堂堂妃位，皇子生母，进了慎刑司，不死也得脱层皮。何况那样下作的地方，踏进一步便是腌臜了自己，更是逃不得谋害皇嗣的罪名了。

永琪自母妃出事，一直便守在自己书斋中，不闻不问，恍若不知。到了如此地步，终于也急了，抛下了书卷便来求如懿。奈何如懿只是宫门深闭，由着他每日晨起便跪在翊坤宫外哀求。

容珮捧着内务府新送来的夏季衣裳，行了个礼道："皇后娘娘，五阿哥又跪在外头了呢。真是……"如懿头也不抬，只道："这些经幡绣好了，你便送去宝华殿请大师于初一十五之日悬挂殿上，诵经祈福。"

容珮一句话噎在了喉头，只得将衣裳整理好，嘟囔着道："这一季内务府送来的衣裳虽然不迟，但针脚比起来竟不如令妃宫里。"又道，"今日令妃的额娘魏夫人进宫了。真是好大的排场，前簇后拥的，来宫里摆什么谱儿呢。忻妃和舒妃临盆的时候，娘家人也不这样啊。"

如懿短短一句："要生孩子了，这是喜事！"

"十三阿哥才走，令妃不顾着皇后娘娘伤心，也不顾尊卑上下么？这么点眼！"

"有喜事来冲伤心事，都是好的！"

容珮正要说话，忽然定住了，侧耳听着外头，失色道："这是五阿哥在磕头呢。他倒是什么也不说，可这磕头就是什么都说了。五阿哥是在求皇后娘娘保全愉妃小主呢，可如今这情势，他开不了这个口。"

"说了让永琪少出来走动。他就该安分待着，别把自己扯进去。"

"不怪五阿哥，亲额娘出了这个事，他年纪小，怎么受得住。"容珮小心翼翼看着如懿，"五阿哥也是把自己关在书房好几日了，才来求娘娘的。"

外头闹腾如沸，她便是沉在水底的静石，任着水波在身边蜿蜒潺湲，她自岿然无声。倒是人却越发见瘦了，一袭九霞绚长衣是去年江宁织造进贡的，淡淡的雨后烟霞颜色，春日里穿着略显轻软，如今更显得大了，虚虚地笼在身上，便又搭了一件木兰青素色锦缎外裳，只在袖口和衣襟上碧色夹银线绣了几枝曼陀罗花，暗香疏影，倒也合她此时的心境。

容珮看她这般冷淡，全然事不关己似的，也不知该如何说起了。容珮听着外头的叩求声，满目焦灼："五阿哥孝心，看着怪可怜儿的。皇后娘娘，眼下愉妃小主的事，怕只有您能求一求情。好歹别让她们苦着愉妃小主。"

如懿瞥她一眼，道："你怎么看慎刑司送过来的证供？"

容珮迟疑着道："要说愉妃小主会害咱们十三阿哥，奴婢自然是不信。可这慎刑司一日一份证词送着，众口一说，奴婢心里难免也生了些疑影儿……"

如懿叹了口气："你心里都落了疑影，就更不要说旁人了。"

"奴婢是怕万一奴婢信错了，对不住咱们的十三阿哥。可若真是有人刻意栽赃冤屈愉妃小主，又会是谁呢？"

如懿沉默着，听着永琪离开，只安静地守在窗下，挑了金色并玄色丝线，慢慢绣着万字不到头的经幡。那是上好的雪色密缎，一针针拢着紧而密的金线，光线透过薄薄的浅银霞影纱照进来，映在那一纹一纹的花色上，一丝一丝漾起金色的芒。

二人正说话，却听外头遥遥有击掌声传来，守在外头的小宫女芸枝喜不自胜地进来，欢喜得手脚都不知道往哪儿放了："启禀皇后娘娘，皇上、皇上过来了呢。娘娘赶紧预备着接驾吧。"

容珮呵斥道："皇上来看皇后娘娘，这不是极寻常的事么，值得高兴成这样。叫人看见，还以为娘娘真的受尽冷落，皇上来一次都要喜成这样。"

芸枝自知失了分寸，脸上一阵红一阵青，忙赔笑道："姑姑教训得是。奴婢们也是为娘娘高兴，一时欢喜过头了。奴婢立刻出去吩咐，叫好生迎驾便是。"

容珮这才赞许地看她一眼，又恭恭敬敬对如懿道："皇上来了，奴婢伺候娘娘更衣接驾吧。"

如懿微微沉吟，见身上衣衫着实太寒素了，便换了一袭浅杏色淡淡薄罗衣衫，才出来，便见皇帝已经进了正殿。数月里寥寥几次的相见，都是在不得不以帝后身份一起出席的场合。彼此隔着重重的距离，维持着应有的礼仪，她的眼角能瞥见的，不过是明黄色的一团朦胧的光晕。此刻骤然间皇帝再度出现在眼前，是触手可及的距离，她只觉得陌生，一股在春暖时节亦不能泯去的冰凉的陌生。

皇帝倒是极客气，对着她的笑容也格外亲切，只是那亲切和客气都是画在天顶壁画上的油彩花朵，再美、再嫣，也是不鲜活的，死气沉沉地悬在半空里，端然妩媚着。

如懿依足了礼仪见过皇帝，皇帝亲自扶了她起来，小心翼翼地关切着："皇后可还好么？"

同床共枕那么多年，一并生活在这偌大的紫禁城中，从养心殿到翊坤宫并不算遥远，可是到头来，却是他来问一句："可还好么？"

她只得绷着笑脸按着规矩给出不出错的答案："皇上关怀，臣妾心领了。臣妾一切安好。"

皇帝穿着一身天青色江绸长袍，因是日常的衣衫，倒也不见任何花哨，只用略深一色的松青色丝线绣了最寻常不过的团福花样，最是简净不过。可细细留意，却隐约倒映着帘外黄昏时分的日影春光，愈加显得他身量颀长。

皇帝迟疑着伸出手，想要抚摸她的脸颊，那分明是带了几许温情的意味。在他指尖即将触上肌肤的一刻，如懿不知怎的，下意识地侧了侧脸，仿佛他的指尖带着几许灼人的温度。

皇帝便有些尴尬，恰好容珮端了茶来，见两人都是默默坐着，便机警道："昨儿半夜里皇后娘娘便有几声咳嗽，想是时气不大好的缘故，所以奴婢给娘娘备的茶也是下火的金线菊茶。"她端过一盏甜汤放在皇帝跟前，恭谨道，"一直都说御膳房也学了咱们翊坤宫的暗香汤去，奴婢私心想着，御膳房别的都好，可论这一盏暗香汤，想来是比不过翊坤宫的。"她悄悄看一眼皇帝："到底，是皇后娘娘的一点儿慧心。且如今春燥，喝这个也是润肺生津的。只是皇上别怪奴婢准备得不合时宜便好。"

容珮说着便要告罪，皇帝往素瓷汤盏轻轻一嗅，慨叹道："果然清甜馥郁，便是御膳房也比不上的。"他抿了一口，看了眼容珮，道，"既是心意，又哪来什么不合时宜。你一向快人快语，如今怎么也瞻前顾后起来了？"

"奴婢能不瞻前顾后么？"容珮轻叹一声，仿佛一言难尽似的，便垂手退了下去。因着这一声叹息，连着整个翊坤宫都蕴着满满的委屈似的。皇帝看着宫人们都退了下去，才道："永璂离世，田氏固然该死，可朕心里总也有道过不去的坎儿，所以哪怕记挂着你，总迈不出那一步来看看你。"他的嗓音沙沙的，像风吹过树叶的沙沙声响，又好似春夜里的细雨敲打着竹枝的声音一般，"可若朕与你的孩子是被你身边最亲近的人假借田氏之手暗算，那么如懿……朕不只是委屈了你，更是委屈了自己。委屈着自己不来看你，不来和你说说话，不来和你一起惦记咱们的孩子。"

他的语气那样伤感，浑然是一个经历着丧子之痛后的父亲。可是如懿明白，他的伤感也不会多久的，很快就会有新的孩子落地，粉白的小脸，红润的唇，呱呱地哭泣或是笑着。那时，便有了更多新生的喜悦。

檐下昏黄的日影，静静西移无声。庭院中有无数海棠齐齐绽放，香气随光影氤氲缭绕，沁人心脾。花枝的影子透过轻薄如烟的霞影绛罗窗纱映在螺钿案几上，斜阳穿过花瓣的间隙落下来，仿佛在二人间落下了一道无形的高墙。

若在青葱年少时，听到他这样的话，一定会感动落泪吧？然而此刻，如懿还是落泪了。不为别的，只为她的思子之情。她悄然引袖，掩去于这短短一瞬滑落的泪水，问道："皇上所说的亲近之人，是指愉妃么？臣妾很想知道个中原委。"

皇帝蹙了蹙眉，道："田氏之子田俊死于家中，下手的人是愉妃的侄子扎齐。"

那一字一句的惊心动魄，难以从字里行间去寻出它的疏漏。如懿仔细倾听，忽然问："杀了田俊灭口？为何从前不杀，要到此时才杀？"

皇帝静默片刻，凝视着如懿道："是皇后让凌云彻出宫查访此事的？"

他的目光里有难掩的疑虑，如懿一怔，便也坦然道："是。臣妾生怕田氏之事背后有人指使，更不欲打草惊蛇，想起皇上每每提及凌侍卫干练，所以曾托他出宫方便时探知一二。"

皇帝这才有些释然，颔首道："据扎齐所言，他正是被凌云彻与田俊的往来惊动，才被愉妃指使痛下杀手。而扎齐也招了，是愉妃拿银子贿赂田氏故意使你胎位不正，延长产程，害死永璟。"

如懿目光一凛，当即道："凌侍卫一向谨慎，不得万全不会告知臣妾，想来他对此事也有疑心。臣妾也不明白，即便有扎齐的证词，愉妃又为何要害永璟？"

皇帝头痛不已，扶着额头唏嘘道："如懿，朕的儿子中，永琪的确算是出类拔萃，哪怕朕不宠爱愉妃，也不得不偏疼永琪。可是如懿，难道就因为朕偏疼了永琪，才让愉妃有觊觎之心，想要除掉朕的嫡子来给永琪铺路么？看了这些证词，朕也会疑惑，愉妃虽然不得宠，但的确温柔静默，安分守己，也从不争宠。可就是因为她从不争宠，朕才想，她心里要的到底是什么？不是荣华，不是富贵，还是朕看不透她，她真正要的，是太子之位。"

有风吹过，庭前落花飞坠，碎红片片，落地绵绵无声。在红墙围成的局促的四方天地里，孩子是她的骨血相依，海兰是她的并肩扶持，而皇帝，是她曾经爱过的枕边人。这些都是她极不愿意失去的人，若是可以，可以再多得到些，她也想得到家族的荣光、夫君的爱怜，还有稳如磐石的皇后的地位。

有一瞬间，连如懿自己也有了动摇。人情的凉薄反复，她并非没有看过，甚至很多时候，她已经习以为常。做人，如何会没有一点点私心呢？只是她的孩子只剩了永琪和永璂，她的夫君能给予的爱护实在微薄得可怜。若连海兰都一直在暗处虎视眈眈……她不自禁地打了个寒战，若真是如此，那往后的漫长岁月，她还有什么可以信赖？

如懿静静地坐在那里，只觉得指尖微微发颤，良久，她终于抬起脸，望着皇帝道："这件事说谁臣妾都会信，但若说是海兰，臣妾至死不信。因为臣妾若是连海兰都不信，这宫里便再没有一个可信之人了。"

皇帝的唇角衔着一丝苦涩："是么？如懿，曾经朕年少时，也很相信身边的人。相信皇阿玛真心疼爱朕，只是忙于政务无暇顾及朕；相信朕身为皇子，永远不会有人轻视朕。朕曾经相信的也有很多，但到后来，不过是镜花水月而已。"

如懿的神色异常平静，宛如日光下一掬静水，没有一丝波纹："虽有人证物证，但臣妾更疑心的是此事太过凑巧。田氏母子死无对证，扎齐的确是海兰的侄子，可也未必真的忠于愉妃。若是真正忠心，咬死了不说也罢了，他倒是一用刑就招得一干二净。这样的人，有的是办法让他说出违心的话。"

皇帝沉吟着道："你便这样相信愉妃？"

如懿郁郁颔首，却有着无比的郑重："海兰在臣妾身边多年，若说要害臣妾的孩子，她比谁都有机会。当时十三阿哥尚在腹中，未知男女，哪怕有钦天监的话，到底也是未知之数。若是她忌惮臣妾的嫡子，永璂岂不是更现成，何必要单单对永璟先下手？臣妾身为人母，若没有确实的答案，臣妾自己也不能相信！"她郑重下跪，"皇上，这件事已然牵涉太多人，既然已经到了如此地步，但求可以彻查，不要使一人含冤了。"

伶仃的叹息如黄昏时弥漫的烟色，皇帝沉声道："这件事，朕必定给咱们的孩子一个交代。"他靠近一些，握住她的手道，"到用晚膳的时候了，朕今日留在翊坤宫陪你用膳，可好？"

他的掌心有些潮湿，像有雾的天气，黏腻，湿漉，让人有窒闷的触感。如懿强抑着这种陌生而不悦的触感，尽力笑得和婉得体："臣妾今日见到纯贵妃，听她说起永瑢十分思念皇上，皇上若得空儿，不如去看看永瑢。小儿孺慕之思，臣妾身为人母，看着也于心不忍。"她顿一顿，"再者六公主离世后，忻妃一直很想再有一个孩子，皇上若得空儿……"

皇帝面容上的笑意仿佛窗外的天光，越来越暗，最后凝成一缕虚浮的笑色："皇后垂爱六宫，果然贤德，那朕便去看看忻妃吧。"他说罢便起身，再未有任何停留，身影如云飘去。唯有天青色袍角一旋，划过黄杨足榻上铺着的黄地蓝花锦毡，牵动空气中一卷卷旋涡般的隔膜。

如懿屈膝依礼相送，口中道："恭送皇上。"

她一直屈膝保持着恭敬婉顺的姿态，懒得动弹。直到容珮匆匆赶进，心疼又不安地扶着她坐下，道："娘娘这是何苦？皇上愿意留下来陪娘娘用膳，这又不是什么坏事。您也知道皇上的性子，一向最爱惜颜面。您这样拒人于千里，岂不也伤了皇上？"

容珮絮絮间尽是关切心意，如懿倦乏无比，道："若彼此间终有隔阂，何苦虚与委蛇，假笑迎人。这样勉强，到头来只怕更伤了皇上颜面。"

容珮半跪在如懿身边，替她抚平衣上的褶痕："因为十三阿哥早殇，皇上与娘娘便隔膜至此么？夫妻间你退一步我退一步的事，马马虎虎过去也罢了。"

忧色如夜雾无声无息地笼上如懿的面颊，她慨叹道："永璟离世后本宫才发觉，纵然有骨肉情深，有夫妇之义，在皇上心里，也终究在意虚无缥缈的天象之言。"

容珮犹疑着道："皇家历来重视钦天监之言，也怪不得皇上。而且那时候十三阿哥刚离世，皇上心里不好受，又听了田氏的诬陷之词，难免心里过不去，才疏远了娘娘。如今愉妃娘娘的事虽还有蹊跷，但皇上一心追查，要给咱们十三阿哥一个交代。皇上对十三阿哥的父母之心，和娘娘是一样的。"

如懿哀伤地道："永璟……本宫断断不信愉妃对永璟下手。可田氏之事究竟还有什么隐情，永璟究竟是如何去的。本宫这个做母亲的，不能不求个明白。否则永璟在九泉之下难以瞑目，本宫来日也羞于与永璟地下相见。"

她望着窗外，天色暗沉下来，宫人们在庭院里忙着掌起影纱牛角宫灯。那红色的灯火一盏一盏次第亮起来，微弱而无礼地照亮空茫无边的黑暗。

巫蛊 上

壹壹

　　海兰的事一审便审了许久，事情也一日日拖延了下来，渐渐泥牛入海，无甚消息。慎刑司里瞒得上下不透风，根本漏不出一点儿消息来，连海兰是生是死、是否受刑也无从得知。但慎刑司的日子是可想而知的，住在里头，饮食不继，往往整日无水，用饭是半个干冷馒头，睡觉连个被褥也没有，只能坐卧于干草之上。那里头阴湿无比，干草大多霉烂腐朽，蟑螂鼠蚁四窜，日夜都是受刑关押之人苦痛呻吟之声，便是不受刑也挨不住几日。永琪急得如热锅上的蚂蚁，求了太后也不得，只能坐困愁城罢了。

　　偶尔嫔妃们有一句没一句地在太后跟前提起，太后便沉下脸呵斥："这是什么体面的事么？皇上尚未有任何处置，你们便闲话连篇！"

　　如此，明面上无人再敢言语，暗地里却愈加私语窃窃。

　　这一日，众人正聚在如懿宫中请安。湄若正劝慰："皇后娘娘，愉妃已经在慎刑司里了，这件事迟早会水落石出，您要宽心才是。"

　　绿筠亦道："愉妃素来厚道，想来中间有什么误会，等弄明白就好了。"

嬿婉也忙着安慰："臣妾听了真是后怕，人心之坏，防不胜防呢。"

湄若便不满道："听令妃的口气，好像愉妃的罪名是坐实了的。"

嬿婉连连摆手："忻妃姐姐误会了。我就是随口一说罢了。"

忽而容珮急急转进，焦灼了声音道："皇后娘娘，慎刑司里传来消息，愉妃……"她稍一沉吟，换了口气道，"珂里叶特氏求见皇后娘娘！"

颖嫔是蒙古人，性子最直，当下就问道："求见？怎么求见？难道请皇后娘娘玉步踏入慎刑司么？这算什么道理！"

湄若陡然听了这一句，便问："珂里叶特氏？难道皇上已经褫夺了海兰姐姐的妃位？"

嬿婉绞着绢子，细细柔柔道："珂里叶特氏做出这般伤天害理的事，便是没有褫夺妃位，忻妃姐姐，咱们哪里还能与她姐妹相称？"

湄若旋即红了脸，待要争辩，只见一旁数着蜜蜡佛珠的绿筠悄悄摆了摆手，便只得按捺了性子，再不多言。

末了，还是如懿以漠然的语气，隔断了一切希望的可能："珂里叶特氏有谋害本宫孩儿之嫌，一切交由慎刑司处置，本宫见她也是枉然！"

一时间，嫔妃们皆知端的，怀揣着关于海兰命运的揣测都散了，唯湄若与如懿交好，陪着闲话一二。嬿婉待要扶着笨重的身子起身，如懿独独唤了她留下。

嬿婉见了如懿便有几分不自在。如懿温言道："听得你额娘入宫来陪你待产。也好，你是头胎，有额娘陪着也安心些。"她唤过菱枝，"这儿有几匹江宁织造进贡来的缎子，本宫瞧着颜色不错，便赐予你额娘裁两身新衣。"

嬿婉扶着腰肢娇怯怯谢过，面色微红："多谢皇后娘娘关怀。前些日子臣妾额娘刚进宫，皇后娘娘便赐了两支老山参，臣妾额娘欢喜得不知怎么才好。偏皇后娘娘身子不适，额娘不敢打扰，不能亲自来谢恩。为着这事，额娘一直挂心呢。"

如懿取过茶盏轻抿一口，漫不经心道："这两支老山参极好，魏夫人年纪大了，补身很是相宜。"如懿深深地望她一眼，忽而一笑，"希望魏夫人服了山参，可以长命百岁，享享儿女福分！"

嬿婉不知怎的，只觉满心里不舒服，脸上却不肯露出分毫，掬了满盈盈的笑意正要行礼谢过，容珮一把用力扶住了她，笑得壁垒分明："令妃娘娘心中顾着尊卑善恶就好，礼数不在一时。可得仔细着，这是您的头胎，荣华富贵都在上头呢。"

嬿婉哪里敢分辩，容珮又是那样肃杀的性子。待要向如懿软语几句，见她只是悠悠地饮着一盏茶，与容珮闲话一二，不知怎的，就觉得自己的气焰矮了几分，成了地皮上的野草，抬不起头来。

待憋着一股气回到自己宫门前，嬿婉正满腹委屈无从诉说，便听得永寿宫外一阵喧闹。魏夫人一手叉腰，一手戳着婉嫔的宫女顺心，喝骂道："你是哪家儿的宫女？冲撞了本夫人！你的眼珠子呢，挂在脸上做什么用的！"

顺心本就是腼腆人，哪里见过这样的阵仗，见她如此气焰，一脸尴尬地跪在路边，一时也不敢十分分辩。

顺心的性子像她的主子，讪讪道："夫人，奴婢是婉嫔娘娘的宫女，急着替婉嫔娘娘送东西才冲撞了夫人，不是有心的。"

伺候魏夫人的小宫女桃儿是永寿宫里出来的，却是个懂事的，忙殷殷扶住魏夫人，赔笑道："夫人，是奴婢不好，没扶稳了您。"魏夫人顺手在桃儿脸上就是一把拧下去，桃儿疼得直咧嘴，却一声也不敢吭，想也是惯了。魏夫人骂道："桃儿，你是怎么伺候的？等下再收拾你。"她拿眼瞟着顺心，细细打量她衣着，见她年长，打扮又素淡，远不及自家女儿身边的春婵和澜翠，越发大了胆子，轻蔑道，"婉嫔是谁？嫔没有妃大吧？奴婢没有夫人大吧？别仗着主子撑腰就张狂，小蹄子贱的……"

婉嫔自潜邸起便侍奉皇帝，虽然无宠，却是资历深厚，从未有人敢这般轻辱。顺心一时气急,窘得面色紫涨,双唇微微发颤,却是一句话也说不出来。

嬿婉实在听不下去,更不愿生母这般替她招祸惹事,连忙撑着腰身,三步并作两步赶上前去,一把攥住魏夫人的手腕道:"额娘,您嚷嚷什么呢?"

这一抓便觉着不对,手腕上多了几只镯子,晨起还没那么多呢。定是趁自己不在翻了梳妆台,又搜罗了几样首饰。嬿婉见生母满头珠翠花朵,像是打翻了颜料盘儿,只拣鲜艳的堆砌,满得几乎要掉落下来,一说话晃脑袋就丁零当啷作响,嬿婉直觉着头疼,顺心还在哀哀地求:"令妃娘娘,奴婢不小心冲撞了夫人……"

嬿婉连忙温声细语道:"是顺心啊,赶紧回去伺候婉嫔吧,不打紧。"

顺心连忙起身,含羞带辱地走了。魏夫人一口气没发作完,追着又骂了一串,王蟾都不敢听,赶紧捂住了耳朵。末了魏夫人又道:"要不是看你的面子,我做个小布人扎死她!"嬿婉有些恼了,"额娘,您都进宫了,那点儿老把戏您念个没完了是吧?"

魏夫人见女儿不悦,生怕她气着动了胎气,连忙换了笑脸,扶住了嬿婉道:"累着了吧。进去坐着,坐着。"她转脸看见小太监手里捧着的绸缎,眼睛瞬间大亮,"哟,这缎子真好看,皇后娘娘赏的?颜色老了点儿,给额娘穿合适。"

嬿婉没好气道:"就是皇后娘娘赏您裁制新衣的。"

魏夫人碎碎絮叨着,拉出布料看了两眼:"皇后娘娘人不错呀,就是小气了点儿,这够裁几身的?"嬿婉听不下去,拉了魏夫人进去。

嬿婉脸一沉,径自向里走去。魏夫人眼看不好,忙跟了上去。直进了院子,嬿婉脸色才缓和些,细细劝道:"额娘,您来了有日子了,怎么还粗声大气的,以为在自己府里呢。"

魏夫人笑眉笑眼道:"你怀着孩子,额娘自然胆气壮。"

嬿婉想着生母半生潦倒,无非是因自己这个眼下还得宠的女儿才趾高气扬些，不免也有些心软，温声道："搬来了京城，您住得惯么？城东的宅子若是窄了，我给您换一套。"

魏夫人颇为得意："三进三出的院子，挺好的。"她瞥一眼桃儿，又不满起来，"就是伺候的人粗手笨脚的。跪下！"她随手打了桃儿两下，"跪在这儿，不许吃饭！"

桃儿满脸委屈地跪下，嬿婉懒得再多说，叹了口气便进去了。

魏夫人殷殷勤勤扶了嬿婉进去，伺候她吃着一盏冰糖金丝燕窝粥，自己也端了一大碗在手里吸溜吸溜地喝得心满意足，她喜滋滋地看着金海棠花福寿大圆桌上堆着小山似的物件，金灿灿地炫了眼眸。嬿婉懒懒问："是内务府送来的么？"

魏夫人扬扬得意地起身，小心翼翼地扶过嬿婉往榻边坐下："这么晚没回来，皇后留你说那么久的话？"

嬿婉扬一扬绢子，不耐烦道："晨昏定省，这是规矩。女儿再有着身孕，皇后不也要我站就站，坐就坐，一味地立规矩么。"

魏夫人不屑地笑笑，狡黠道："皇后可不敢为难你！如今你的肚子多金贵呢，她还能不分轻重？如今皇上待她好些，也是可怜她罢了。"她挽住嬿婉的胳膊，亲亲热热道，"你瞧皇上多疼你，这些都是晚膳后送来的赏赐呢。"

嬿婉一眼扫去，料子有上用金寿字缎二匹，江南的绿地五色锦八匹，轻容方孔纱八匹，各色彩绣的云锦蜀缎共十八匹。另有金镶珊瑚项圈一对，金松灵祝寿簪一对，榴开百子镶嵌珠石翠花六对，赤金点翠镶嵌抱头莲四对，一匣子白净浑圆的南珠，半尺高的紫檀座羊脂白玉观音并一对以玛瑙、珊瑚、玉石和金银打造的和合二仙盆景，模样活泼，几可乱真……

魏夫人看得眼热："嬿婉，皇上怎么又赏了你这么些东西，你挑些喜欢的收着，不喜欢的给额娘就是了。"

嬿婉哪里不知道亲娘这点小心思："您喜欢什么就直说。"

魏夫人"哎哟"一声,捧着一对晶光琉璃的水晶玻璃瓶闻了又闻,奇道:"这是什么东西,摸着冰凉,闻着怪香的。"

澜翠看着魏夫人高兴,便也越发助兴道:"这是西洋来的香水,从前便有,也是只给皇后娘娘宫里的。如今咱们宫里可是独一份儿的呢。"

魏夫人喜得看个不住,满口道:"西洋来的东西,可金贵了吧?额娘听说皇后宫里有个西洋来的自鸣钟,可会叫唤了,只是皇后怕吵给收起来了。这个没福气的,有好东西也不知道稀罕,哪里比得上你讨皇上喜欢!"

魏夫人一壁说着,一壁使劲按着瓶子的扣儿。也不知是不是力气用大了,那香水洒得到处都是。熏得嬿婉一阵阵头晕,不停打喷嚏。魏夫人立刻把香水瓶子收到了袖子里:"你不喜欢?额娘拿回去就是!"

嬿婉又好笑又好气:"额娘,您的眼皮子也太浅了,皇上三五日便有赏赐,有什么可高兴成这样子的。"

魏夫人欢欢喜喜的,把一支八宝晶亮簪子簪到了头上,又往自己滚圆的手臂上套一只镯子,口中忙乱道:"额娘八辈子都没见过这样的富贵。你得好好孝敬额娘,拉拔拉拔你兄弟。"

暖阁里一盏盏红烛次第点起。宫人们轻轻取下云影纱描花灯罩,点上一支臂粗的花烛,又将灯罩笼起,殿内顿时明亮。那是河阳所产的花烛,因皇帝喜好宣和风雅,遂仿宋制,用龙涎、沉香灌烛,焰明而香郁,素来也只在宠妃阁中用。魏夫人深吸两口气,连道:"好香!好香!"遂仔细端详嬿婉的肚子。她的笑容藏也藏不住似的,全堆在脸上,真是越看越爱,"哎呀!这肚子尖尖的,准是个阿哥!"

嬿婉抚着高高隆起的腹部,吃力地斜靠在檀香木雕花滴水横榻上,手边支着几个杏子红绫洒金花蔓软枕,上头花叶缠绵的花纹重重叠叠扭合成曼妙的图样,如烟似雾般热热闹闹地簇拥着越见圆润的嬿婉。嬿婉有些烦心,赌气似的道:"额娘,您喜欢儿子喜欢得疯了,眼里只瞧得见儿子么?在家时对弟弟是这般,如今盼着我也是这般。"

魏夫人收了笑容，讪讪道："额娘也是为你好。难道你不盼着是个阿哥么？"

嬿婉瞥了魏夫人一眼，忍不住笑道："我在宫里，自然是盼望有位皇子，才能立稳脚跟。可若是个公主，却也不错。我瞧着皇上也很是喜爱公主的呢。"

魏夫人念了几句佛，连连叹息："哎呀，若只是一个公主，有什么用啊？若是个阿哥，那该有多好！"

嬿婉不耐烦地看了魏夫人一眼，恨声道："我何尝不知道公主无用？可是额娘担心什么，这一胎哪怕是个公主，我也能再生皇子。额娘没听戏文上说么，汉武帝的皇后卫子夫，便是先生了三个公主才生的太子。只要我能生，就不怕没有生出皇子的那一日。"也不知是不是说得急了，她呻吟一声，吃力地扭了扭腰肢，嗔道，"这孩子，只顾在我腹中顽皮。"

魏夫人爱怜地看着女儿，爱不释手地捧着她的肚子道："我的好娘娘，你可千万小心些，数不尽的荣华富贵都在他身上呢。你又是头胎，万万仔细着。"她欲言又止，想了想还是道，"这几日额娘在宫里，旁的没什么，生儿育女的艰难倒是听了一肚子。"她皱着眉头，拔下一枚镀金莲蓬簪子挖了挖耳朵，叹道："从玫嫔、仪嫔没了的孩儿，到愉妃生子的艰难，那可算是九死一生。忻妃的六公主生下来不多久就没了，前头淑嘉皇贵妃的九阿哥也是养不大。还有皇后，别看她高高在上，那十三阿哥不是一出娘胎就死了么？"

嬿婉目光一烁，有些不自在地撑了撑腰，啐道："额娘说这些不吉利的做什么？"

魏夫人忙赔笑道："额娘是担心你。"

嬿婉从绣籽盘花锦囊中掏出一把金锞子捏在手中把玩，那冰凉的圆润硌在手心里，却沉甸甸地叫人踏实。她梨窝微旋，漫不经心笑道："额娘，人家没福是人家的事。你且看看咱们，虽说嫔妃遇喜至八月时母家可入宫陪伴，可到底也要看皇上心疼谁。忻妃纵然是贵家女，可父母不在身边，到底也是独个儿生产的。愉妃更不必说，早没至亲了。哪里像您，能进宫享享福。"她说罢，微微蹙起眉头，娇声道，"额娘，你到底是心疼我，还是心疼我腹中的孩子？"

"疼你和疼他不都一样！"魏夫人弓着腰身，"哎哟！我的小祖宗，可盼着你赶紧出来伸伸胳膊腿儿，好跟着你舅舅耍耍，赶上喝你舅舅一口喜酒呢。"

稍停一会儿，魏夫人又道："你兄弟到了说亲事的年纪了，自然得挑门富贵的好亲家，咱们也不能太逊色了！"她见嬿婉不大搭理的样子，赔笑道，"自然了，最要紧的是你肚子里的那位，有了他，咱们就什么都不怕了！"

嬿婉沉吟片刻，凑近了魏夫人道："上回说弟弟的亲事，可如何了？"

魏夫人不提则罢，一提便懊恼满怀："不是额娘惦记着你生个阿哥，实在是如今的人势利。你只得宠却没个可以依靠的阿哥，那起子眼皮子浅的人都犹豫着不肯给你兄弟许个好亲事呢。所以啊，一切都在你的肚子上。"

嬿婉闲闲地摆弄着一套新的赤金嵌琉璃滴珠护甲："额娘，你别贪心不足。佐禄几斤几两你还不知道，能寻个富足人家的女儿便不错了。"

魏夫人最听不得说爱子的不是，当即沉下脸道："你兄弟如今是不济事，就指望着有个好岳家拉扯拉扯他。你这做姐姐的却这般不上心，难怪外头都瞧不起他，原来就是从你这儿起的！"

嬿婉知道她额娘最疼幼子，也不敢在这件事上顶嘴，只得道："好了好了，我都知道了。一定万事先替弟弟筹谋。"她说着，只见魏夫人盯着那堆赏赐眼红，不觉怨道，"额娘，你别拿眼珠子只看着这些，谁不知道我是宫女出身，没的被人笑话咱们没见识。哪次出宫时您不是大包小包带给弟弟，也忒不知足了些！"

魏夫人蹙着浓眉，一张圆盘富态脸气得愈加涨大："什么有见识没见识的话。旁人寒碜咱们，你也寒碜自己。你就把腰杆儿挺起来，就冲着你的肚子，谁敢瞧不起咱们？"她神神秘秘地凑上来，"东门最有名的仙师给你算了，你有皇后的命呢！"她喜滋滋地捧着嬿婉的肚子，看也看不够，"看来，都落在这肚子上了。"

嬿婉哪里肯当真："说了什么？哄了您不少银子吧？"

魏夫人欢喜道："算命的仙师说了，你是有运无命，皇后是有命无运！她的皇后能不能当到底，还两说呢。"

嬿婉白着面孔立起身来，道："额娘，宫里最忌讳巫蛊，您怎么敢……这些话传出去，可要害死了我。"

魏夫人见她疾言厉色，身形又隆重，一时被压倒了气势，慌不迭拢了一把金银宝珠在手，讷讷道："知道了，知道了。额娘再不说就是了。"

嬿婉见母亲神情委顿，举止猥琐，纵然穿金戴银，却掩不住一股市侩气，只觉得一阵心酸，纵有万丈雄心，此刻也消了一半。春婵见母女二人难堪，忙笑吟吟引了魏夫人道："夫人，库房正在点存东西，新送来一批上好的瓷器，奴婢陪您去瞧瞧，有什么好的咱们挑些给公子娶亲时用。"

魏夫人听得高兴，立刻一阵风去了。春婵忙扶了嬿婉坐稳，轻轻巧巧替她捏着肩膀道："夫人这脾气也不是一日两日了，您犯不着为这个生气，仔细动了胎气可是伤自己的身子。"

嬿婉伸手取过一个描金珐琅叠翠骨瓷小圆钵，蘸了些许茉心薄荷露揉着额头，叹息道："你打量着额娘便是疼本宫肚子里的孩子么，只瞧着他能带来富贵罢了。"她说着便又是恼又是伤心，丢下手中的圆钵，恨恨道，"嘴上没个把门儿，心里又没个成算。一会儿说什么扎小人，一会儿说要拉皇后下来，也不怕传出去，皇后正好要了我的命。"

春婵赔笑道："夫人也是为您着想，她没有恶意。"

"人人都有个好娘家，只我是这些不成器的！有这样的家里人，本宫便是要寻个依靠也难。"嬿婉万般烦难，揉着心口气急道，"有些亲缘是血肉上的，可不是骨子里的。骨子里的打不断，血肉……"她咬着牙，含泪道："岂不知哪天就被割舍了呢？"

春婵好声好气劝慰道："小主急什么，您的依靠在肚子里呢。与您血肉相连，骨血难分。您顺顺当当地生下来，便是比皇后娘娘都有福了。您瞧皇后，费尽心思，十三阿哥到底没睁开眼来。"

嬿婉的面色渐渐阴沉，长长的蔻丹指甲敲在冷硬的金珠玉器上发出叮当的清音："一想到皇后这些年挫磨本宫的样子，本宫心里便跟油煎似的，熬得生疼。"

春婵凑近道："对了。进忠公公悄悄来回过话了，说愉妃一直不肯招，扎齐受不过刑，快熬不住了。扎齐是为了银子，又恨愉妃，才替我们做事，他要是反口……"

嬿婉轻描淡写道："反正已经有供词了，扎齐活着倒是个累赘。吩咐进忠做事，就算扎齐畏罪自裁啊！本宫如今什么都不动，什么都不想，只等着孩儿落地，万事再做计较。"二人信手翻着内务府送来的赏赐，挑了好的往库房里存着，余者都留着赏人用。

这般过了几日，嬿婉只顾着安养。慎刑司里传出扎齐撞墙畏罪自尽的消息，嬿婉得知只是一笑，知道是进忠安排的手脚，便更安心。魏夫人白日里殷勤地伺候嬿婉的肚子，到了晚间，只躲在自己住的偏殿里不出来。嬿婉遇喜困乏，也懒得过问。魏夫人便更落得自在，悄悄在佛龛底下供了个小布包，藏着布偶，写着如懿的生辰八字，日夜扎针默念，只求嬿婉生下贵子，成为皇后，让拦路的都死了才好，佐禄才有一辈子的荣华富贵。

这日到了午后，皇帝跟前的毓瑚姑姑入内，打了个千儿道："请令妃娘娘安。"

因着常日里皇帝遣人过来，若非李玉，便是笑眉笑眼的进忠。毓瑚姑姑是积年的老嬷嬷，又不爱说笑，难得出养心殿外的差事。嬿婉乍然见了，颇有些意外，当下站起身笑道："今儿难得，怎么是姑姑您来了？"

毓瑚淡淡一笑，中规中矩道："皇后娘娘知道魏夫人进宫来陪伴小主，所以召夫人一见，也可叙叙话。"

嬿婉颇为意外，扬了扬春柳细眉，轻笑道："姑姑难得来，先坐下喝口水吧。本宫即刻去请额娘出来。但不知皇后娘娘急着传召，所为何事？"

毓瑚含了淡淡的笑，躬身道："皇后娘娘说小主是第一胎，难得魏夫人亲自入宫陪产，皇后娘娘特意请几位生育过的小主与魏夫人说叨，以便小主顺利诞下皇嗣。"她一顿，"其实皇后娘娘也不急，小主让夫人慢慢来也可。"

毓瑚是皇帝身边积年的姑姑，轻易难使唤。嬿婉知道轻重，一向又敬畏，忙不迭嘱咐道："快请额娘出来！"

魏夫人甫到宫中，因着女儿遇喜得宠，受尽了奉承追捧，最是飘在云尖上的时候，一路上又见毓瑚虽然年老体面，举止尊贵，但对着自己和颜悦色，便越是受用，倚了软轿慢悠悠地打量着周遭琉璃金碧。连绵宫殿的轮廓是重重叠叠的山峦的影，一层层倾覆下来，她也挥洒自如，丝毫不惧。

待到了翊坤宫外，魏夫人下了轿，捶了捶腿脚道："坐惯了轿子，难得站一站，真是腿酸脚乏。"说罢伸出手来，极自然地往毓瑚臂上一搭，昂然立稳了。

后头抬轿的小太监早已吓得面面相觑，忙提醒道："魏夫人，毓瑚姑姑是皇上的贴身人，轻易不伺候人的。您……"

魏夫人满不在乎，"哦"了一声，拖出长长疑问的语调。

毓瑚笑得和缓："不妨事。令妃小主孝顺夫人，事事让您享福了。夫人，您抬尊步，这就是翊坤宫了。"

小太监见二人言笑晏晏，赶紧吐着舌头候在了外头。

才入了透雕垂花仪门，只见迎面赫赫朗朗五间正殿，檐角梁枋皆饰以金琢墨苏画，沥粉贴金，如云蒸霞蔚，烟云叠晕。此时，正午的日头高悬于碧蓝天空，明烈倾泻而下，流在黄琉璃瓦歇上，泼剌剌跃出，掠过一扇扇万字团寿纹步步锦支摘窗，落在玉阶下陈设的铜凤、铜鹤之上，泛出大片如针毡般刺目而锐利的锋芒。

魏夫人愣了片刻，像是睁不开眼一般，拿绢子揉了揉眼角，道："阿弥陀佛！原以为老身女儿的宫里算是龙宫一般了，没想到皇后娘娘宫里才是王母娘娘的瑶池哪！怪道人人都要进宫，人人都念着做皇后了。"

毓瑚见她说话这般着三不着两，也懒得与她多言，径直道："皇后娘娘在候着了，咱们别晚了才是。"

魏夫人贪看景致，摇头晃脑着，忽地被吓了一跳，捂着心口道："哎哟！怎么站了一溜儿的阉人，连个笑影儿也没有，跟活死尸似的！还不如老身女儿宫里，笑眉笑眼的看着喜庆，该叫皇后娘娘好好调教调教，吓着皇上可怎么好！"

毓瑚转首见不过是侍立的两溜宫人，按着本分如木胎泥偶般立着，听得她越说越不成样子，急忙扯了她进殿去了。

巫
蠱
下

魏夫人进了暖阁，犹自絮絮叨叨，陡然间闻得莲香幽幽然然，静弥一室。阁中静谧得恍若无人一般。她不知怎的便生了几分惧意，抬起头来但见暖榻上坐着一对璧人，座下分列着数位衣香翩影的丽人。毓瑚骤然松脱了她的手，自顾自屈膝道："奴婢见过皇上皇后，两位主子万安。"

魏夫人这才意识到暖榻上着湖水蓝销金长衣、轻袍缓带的男子，正是自己入宫后未曾谋面的皇帝贵婿。而他身侧并坐的女子，云髻用随金镶青桃花白玉扁方绾起，髻上簪着一对垂银丝流苏翡翠七金簪，余者只用大片翡翠与东珠点缀。她着一袭表蓝里紫的簇银线古梅向蝶纹衣，其实魏夫人并不大分得清那是什么花，影影绰绰是一枝孤瘦的绯色梅花，却也像是杏花，抑或桃花。可是日光隔着窗棂落在那女子身上，留下一痕一痕波縠似的水光曳影，无端让人觉得，那隐隐的清寒气息，应该不是姿容亲昵的花朵。

因是在盛夏，殿中并未用香，景泰蓝的大瓮里供着新起出的冰块，取其清凉解暑之意。袅袅腾起的白色氤氲里，那女子侧着脸端坐，唯见雪白耳垂上嵌珍珠花瓣金耳饰纹丝不动，明净的容颜仿如美玉莹光，熠熠生辉。

魏夫人从她服色上推知她的身份，不觉暗暗腹诽，比之女儿的春华秋茂、风姿秀媚，眼前这位皇后显然带上了岁月不肯长久恩顾的痕迹。

这般一想，魏夫人只觉得心头畅快。她头一次见着皇帝，情不自禁笑出来，拍着腿高喊了一声："贵婿哟——万福万福——"

阁中众人惊得目瞪口呆，一时齐齐怔住。还是李玉反应得快，一把拉住魏夫人跪下道："夫人快快行礼，这是宫中，并非民间，万万错不得礼数。"

魏夫人这才想起毓瑚叮嘱的礼数，忙扯直了身上酱红色绲六色指宽彩绒边的万福裳，用手指拈起深青色缠枝菊花马面裙，扭着身子道："妾身魏杨氏拜见皇上皇后，皇上万安，皇后娘娘万安。"

皇帝不动声色，伸手示意李玉扶起魏夫人，自己只捧着一盏描金青瓷盏徐徐轻啜甘茗，留出一个镌刻般深沉的剪影。

皇帝左手边的花梨木青鸾海棠椅上坐着一位着芽黄对襟蕊红如意边绣缠枝杏榴花绫罗旗装的年轻女子，一张俏生生团团笑脸，拈了丝绢笑吟吟道："夫人果然与皇上是一家人，见面就这般亲热，仿佛咱们与皇上倒生疏了，不比与令妃姐姐一家子亲热！"

另一年长女子穿了一袭浅碧色锦纱起花对襟展衣，裙身上绣着碧绿烟柳。虽然年长些许，但神色极是柔和，观之可亲。她笑着道："什么一家子不一家子，皇后娘娘与太后的娘家才是和皇上正经的一家子呢。咱们都是皇上的嫔妃罢了，家人也是奴才辈的；要生了自狂之心，算什么呢？"

魏夫人听得不悦，但哪里敢发作，少不得忍气听李玉一一指了引见："这是纯贵妃娘娘，这是忻妃娘娘。"魏夫人一一见过，却听得上首端坐的如懿轻声道："皇上，难得魏夫人入宫来，听闻魏夫人府上与珂里叶特氏府上同住城东，想必也常常来往吧？"

魏夫人不意如懿问出这句来，连忙道："妾身与愉妃娘娘家中并无来往。"

如懿似也不在意，只道："哦。魏夫人博闻广知，定有许多新鲜玩意儿说给咱们听。想必令妃也一直耳闻目染，听得有趣！"

魏夫人喜滋滋张口欲言，却见湄若仰一仰头，撇嘴道："皇上，皇后娘娘，这般磨牙做什么，咱们问了她便是。"

魏夫人以为皇帝要问嬛婉生产之事，正备了一肚子话要说，也好为自己先讨些辛苦功劳。却见皇帝微微侧首，一旁的李玉会意，从袖中取出一枚小小的布偶，扎得五颜六色，一张脸也红红绿绿，肚子滚圆突出，显得格外古怪。李玉道："这个东西，夫人见过吧？"

魏夫人见李玉递到自己跟前，心头一惊，扭开头，有些害怕："什么娃娃，做得这般难看！"

如懿坐在上首，一张清水脸容并无妆饰，幽幽道："这样难看的东西，有人觉得，给本宫倒是正好！"

魏夫人愣了愣，僵着脸道："哪儿能呢！"

李玉从袖中摸出三枚粗亮银针，一针针插在那布偶的肚腹上，又一卷拇指粗的布条，上头写着生辰八字，正是戊戌年二月初十日酉时三刻。

魏夫人眼珠一眨，忙低下头道："这个东西……妾身没见过，更不知道是什么。"

皇帝慢慢饮了茶水，平视着她，不疾不徐道："这是皇后的生辰八字。这个布偶肚腹隆起，又刺银针于腹上，乃是在皇后遇喜之时对她施以巫蛊之术。朕已经使人问过钦天监监副，乃知这是民间巫术，一可害人，二可伤子，三求断子绝孙之效。"

皇帝并不问她是否知晓，只是轻描淡写说过，仿佛只是一桩小事一般。倒是绿筠一脸不忍道："皇上，这害人伤子已是罪大恶极，可断子绝孙，绝的岂不也是皇上的子孙！其心之毒，闻所未闻。"

魏夫人越听越是害怕，想要抬头却不敢看旁人的脸色，只得结结巴巴道："皇上，皇后娘娘，这个怎么会有皇后娘娘的生辰八字？妾身不知，妾身……"

湄若鄙夷地横她一眼，冷冷道："这布偶共有四个，分别埋在魏府东南西北四角，皇上派人在你宅中搜到了。你倒不知？难道魏府私宅，不是你做主么？"

魏夫人越听到后头，越是心惊肉跳。阁中的清凉逼进皮肉里，一阵阵打摆子般森寒，和着自己失措的心跳，"噔噔"地似要蹦出嘴来。她几乎是乱了心神，立刻道："魏府？没有，没有，这种东西都贴身藏着，谁敢埋在府里？"

湄若冷笑一声："是么？"

魏夫人终于惊慌失措地抬起头来，才发觉四周之人虽然个个含着宁谧笑意，可那笑容却是催魂索命一般厉厉逼来，逼得她目眩神迷，肝胆俱裂。

如懿的神色冰冷至极，如同数九寒霜，散着凛凛雪色冰气。她端坐于榻，魏夫人瞧着她容色分明，眉目濯濯，唯有尺步距离，却有冷冽星河的遥遥之感。只听她语声分明："本宫不知如何得罪了夫人，竟被如此诅咒？便是如此，稚子尚未见得天日，又有何辜？方才夫人一入门便唤贵婿，难道害了皇上子孙，夫人才欢喜？"

如懿语气和缓，却句句如钢刀，逼得魏夫人难以言对。

湄若微微侧首，朝着魏夫人粲然一笑。那笑意分明是极甜美乖巧的，她的口吻却紧追而来："夫人莫说不知皇后娘娘生辰。今岁皇后生辰，您托令妃送来的礼物还在库房中呢。"

容不得她有片刻的思量，湄若又挑眉"咯咯"笑道："莫不是当日为皇后娘娘生辰送礼为虚，蓄意诅咒谋害才是真？夫人倒真有心思啊！"

魏夫人突遭重责，一时冷汗夹着油腻嗒嗒而下，晕在水磨金砖地上，像雨天时汪着泥泞污浊的小水泡。她团着发福的身子，在地上揉成滚圆一团，讷讷声辩，虚弱地唤道："妾身没有！妾身没有！皇上明鉴啊！"

"皇上明鉴？"绿筠声音轻绵，充满了无奈的怜悯，"扎齐曾去你府上，与你密谋陷害愉妃之事，也曾亲眼见你做了布偶扎银针施法，埋于府中四角诅咒皇后与皇子。难道他还会冤了你么？"

魏夫人尖声惊叫起来："天杀的扎齐那浑小子，来我府里混吃混喝也罢了，还要满嘴胡说！我什么时候扎针做布偶埋在府中四角了，给我天大的胆子我都不敢啊！"她又哭又喊，"皇上啊！一定是扎齐那小子羡慕咱们府上有宠，替他姑母愉妃不平，所以陷害妾身啊！"

如懿幽幽一叹，一弧浅浅笑窝旋于面上，衬着满殿烛光，隐有讥色："是么？方才魏夫人不是说与珂里叶特氏府上素无来往么，怎么扎齐又去贵府混吃混喝了？"

魏夫人大怔，尚未回过神来，湄若又犀利道："皇后娘娘方才只问你是否与珂里叶特氏府上有来往，你却想也不想便说与愉妃府中并无往来，可见你所识所知的珂里叶特氏唯有愉妃母家而已。如此前言不搭后语，还敢抵赖说不识扎齐么？"

魏夫人张口结舌，慌不迭伏拜："皇上，皇上，扎齐已经死了！他可都是死前胡言乱语冤枉妾身的啊！什么巫蛊，什么密谋陷害愉妃，妾身全都不知！"

"不知？"湄若满脸不信之色，"扎齐替他姑母愉妃杀人灭口，还串通接生嬷嬷田氏杀害皇后娘娘的十三阿哥！扎齐死前可是招了，他是与你商议过此事的，不是么？"

魏夫人纵是慌乱，眼下也明白一二，呼天抢地赌咒道："扎齐那混账只知吃酒赌钱，他说的话怎么能信？皇上，攀诬皇亲这是大罪啊！妾身敢向神明起咒，绝不曾谋害过皇后娘娘、愉妃娘娘和十三阿哥！"

魏夫人声高气直，晃着胖大的身躯，一时气势不减。绿筠胸前佩一串明珠颈链，底下缀着拇指大的碎紫晶镶水绿翡翠观音像。她自年长失宠，又屡屡受挫，一心只寄望神佛，每日虔心叩拜，此时听得魏夫人对着神明赌咒，一时气不过，摘下颈链重重摔在暗紫锦莲毡上，端然正色道："你既要对着神明起咒，也罢。本宫这个翡翠观音由高僧加持，最灵验不过。你既要起咒，不如对着它发下毒誓。若是心存良善，未曾伤生便罢，否则便坠入十八层地狱，永受轮回之苦。"

魏夫人眼神一闪，拧着脖子犟声道："起誓便起誓，妾身不怕！"她说罢，便要举起两指起誓。湄若"咯"的一声轻笑，冷绵绵道："你既要起咒，不如发下毒誓。若你曾害人，那么你的儿子佐禄沦为贱奴，受刀剑斫身之苦；你的女儿死于非命，生生世世成为紫禁城的冤魂。如何？"

湄若的笑意促狭而刻毒，与她恬美娇俏的容颜并不相符。皇帝闻言微有不悦："忻妃，你是大家子出身，何必与她一般见识？"

魏夫人原也镇定，待听到拿她儿子做咒，不禁气得满面涨红，眼中闪烁不定，又听皇帝出言，一时壮了胆子道："忻妃娘娘纵然不喜妾身，也不用如此恶毒，拿人儿女做咒，难不成忻妃娘娘便没有儿女么？"

这话不说便罢，湄若幼女夭折，乃是毕生大痛，登时跪下道："皇上，巫蛊之事出于魏宅，何人可以冤屈？扎齐出入魏府，也有人眼见。另则魏府中搜出的金银珠宝多出自宫中，可见令妃虽然身在宫中，但与家中密切，保不齐也参与此事！"

绿筠不禁恻然，取了绢子拭泪道："皇上，可怜天下父母心。魏夫人与皇后娘娘、愉妃有何冤仇，不过是为了女儿的缘故。这件事若说令妃能撇清，臣妾也不信。"

皇帝略略沉吟，安抚地搭上如懿的手，轻声道："令妃遇喜后日日拜佛，便要作恶也不敢在这时候。"

如懿忍着心头隐怒，含了一缕凄恻之意，勉力笑道："皇上安心。臣妾敬重魏夫人年长，令妃遇喜，也不敢过于责问，免得惊着她们，所以已让凌云彻带了佐禄入宫盘问，想来也快有结果了。"

皇帝听得说起佐禄，细想了片刻，方道："是令妃的弟弟？朕见过他一回，不是大家子弟的风度，便也不曾与他说话。"

如懿心中微微平定，淡淡睨了忻妃一眼，将她唇边将溢未溢的一丝喜色弹压下去，欠身道："人谁无过？只在罪孽大小。臣妾的孩子固然死得不明，但也不可让旁人受屈。请佐禄来问一问，一则免得惊吓女流，二来听闻佐禄在外一直倚仗国舅身份，给他几分教训也好。"

绿筠颇有惊诧之意，摆首道："什么国舅！正经皇后娘娘的兄弟还未称国舅呢，他倒先端起架子来了。"她横一眼底下跪着的魏夫人，撇嘴道，"纵没有谋害皇子与皇后之事，巫蛊之罪你总是脱不得的。且又教子无方，纵着儿子横行霸道。算得什么额娘！"

魏夫人本还充着气壮，待闻得佐禄已然入宫别置，神色大变，只得硬着头皮求道："皇上，佐禄年幼无知，受不得惊吓，只怕胡言乱语，污了圣上的耳朵。"

皇帝捧了茶盅在手，心不在焉道："胡话也是话，朕倒要听听，他能说出什么来！"

魏夫人自知无法，只逼得满头沁出细密冷汗，又不敢伸手去擦，窘迫不已。

不过半炷香工夫，凌云彻恭身入内，将一张鬼画符般的布帛交到皇帝手中，肃然立于一旁。

皇帝展开布帛，凝神望去，越看脸色越青。那佐禄大字不识几个，字迹歪七扭八，看着本就吃力，又兼文理不通。皇帝只读了个大意，见他语中颠三倒四，虽不说事涉嫌婉，总不离七八，又说起与扎齐喝酒赌局之事，倒也看出个大概。

魏夫人愤怒不已，尖叫道："凌云彻！你对佐禄用刑了，是不是？凌云彻你这臭小子，你……"

凌云彻眼中闪过一丝不忍。毓瑚喝道："翊坤宫中，谁敢咆哮！"魏夫人哪还敢言语，立刻缩了头回去。

凌云彻见皇帝恼怒，恭恭敬敬道："佐禄一进慎刑司便吓得尿了裤子，什么都说了。微臣问了几句，巫蛊之事大约是女流之辈所为，他并不清楚。但说起与扎齐喝花酒赌钱，如何听扎齐对愉妃表示不满，酒醉后又说要去杀了田俊，倒是有地方也有人物，想来不假。"

魏夫人听得佐禄供词，又气又恼，更兼神色仓皇，满面油汗滴答，强辩道："和扎齐来往我早就说过佐禄了，少结交狐朋狗友，可那也不算是个罪名吧？"

凌云彻道："可佐禄要是帮夫人把令妃娘娘给的银票送去扎齐那里，又帮您叮嘱扎齐说银票得拿去银号存着，一旦有人问起，就说是愉妃娘娘给的银票呢？"

魏夫人急急打断："那又怎么了？"

绿筠愤然道："难不成愉妃要给侄子银两，还要转一道您和令妃的手？还是此事根本就是夫人您与令妃所为，栽赃愉妃？"

魏夫人只差要蹦起来："当然不是！当然不是！"

绿筠冷笑一声："您说不是，可佐禄说是。看来佐禄不老实，咱们还是得对佐禄用刑啊。"

魏夫人听得这话，如揪心一般："皇上！佐禄什么都不知道啊！他是冤枉的！"

湄若冷然道："那就算不是知情的主谋，也是个帮凶，还有知情不报的隐瞒之罪，打死也不为过。"

有片刻的静默，魏夫人张口结舌，辩不出来。

如懿转脸看向皇帝："皇上，不知进保那儿查得如何了？"

毓珊点点头，击掌两下，进保捧着一个盘子进来，上面放着一个搜来的布偶，手艺相差无几，一样写着如懿的生辰八字，只是密密麻麻地扎满了银针，令人毛骨悚然。

绿筠只看了一眼，便觉厌恶不已："皇上，这巫蛊布偶和从魏府搜来的一样。扎着这么粗的银针，是有多恨皇后娘娘啊！"

魏夫人已经说不出话来，浑身如雷劈一般瑟瑟发抖。

进保回禀道："皇上，这是从魏夫人的住处，永寿宫偏殿的佛龛底下搜来的。"

皇帝望着她，眼底全是森然寒意："魏杨氏，你还有什么可说的？"

魏夫人身子一软，整个趴在了地上，像被抽去了骨头一般，呻吟着道："皇上，魏府那四个，不是妾身做的，真的不是……"

她才说罢，只听得一声锐呼："额娘！你怎会背着女儿做出这般不堪之事？"

那声音甚是尖锐，带了悲切而惊异的哭腔，将殿中的紧张锋利划破。进忠在后头扶着嬿婉，急赤白脸道："令妃娘娘，您小心肚子啊！"

魏夫人看见女儿，立刻期待地喊了一声："令妃娘娘！"

嬿婉跌跌撞撞进来，顾不得行礼，扑倒在魏夫人身侧，满面是泪："额娘，你怎会背着女儿做出这般不堪之事？诬陷愉妃，害死皇后娘娘的孩子！额娘，女儿真不能相信，您为何如此？"

魏夫人本就惊慌，听得嬿婉如此说，更是吓得面无人色，颤颤失声："令妃……嬿婉……你这样说额娘！不是我……不是……"

嬿婉扑在魏夫人跟前，紧紧握着她的手："额娘，这件事是不是你做的？你万万想明白，一步行差踏错，连累女儿不算，更害了佐禄啊！"

魏夫人面上一阵红一阵青，慌不迭摆手："嬿婉……你别……"她咬着牙，急欲撇开嬿婉的手，"你别冤枉额娘！"

嬿婉死死掐着魏夫人的手，泣道："额娘！女儿知道，没做过的事您不能乱认！可这件事到底真相如何，您可别害了女儿和弟弟啊！"嬿婉将"弟弟"二字咬得极重，拉扯着魏夫人的衣袖，一双澄清眼眸瞪得通红，似要将她苍白浮肿的面孔看得透彻，"额娘，佐禄还小啊，他什么都不知道。他只是一时糊涂，才会和扎齐有所牵连。额娘，您别害了弟弟，他还有的救，只要女儿好好管束，不像您一味宠溺，弟弟他会好的。"

嬿婉的情绪过于激动，满面血红欲滴。春婵紧紧扶牢了她，含泪劝道："小主，小主您别急！您肚子里可还有龙胎呢……"

魏夫人哽着嗓子大口大口喘着气，似乎不如此便要立时魂断当场。只见她满脸泪水止不住地潸潸而落，惊惶地大力摇着头，一任泪水湿透衣襟，却说不出半句话来。

湄若一径蹙眉："令妃妹妹，皇上面前，你这般拉拉扯扯算什么样子，难不成你还要逼迫你额娘么？"

也不知过了多久，魏夫人的神色终于渐渐平静，只是那平静如同死亡般枯槁幽寂。她无声地抽泣着，忽地甩开嬿婉紧紧攥着的手，匍匐着膝行到皇帝跟前，抱住皇帝的腿，用尽全力呼道："皇上！都是妾身糊涂，是妾身的罪过！"

皇帝目光微凉，淡淡道："罪过？你有什么罪过？"

魏夫人的唇被白森森的牙齿咬破，沁出暗红腥涩的血液："一切罪孽都是妾身做的！皇上明察秋毫，妾身无可抵赖。但这件事……"她狠一狠心，"这件事与佐禄和令妃都无关系，令妃身怀六甲，根本不知道妾身做的这些事，佐禄也是蒙在鼓里。他……他就是个糊涂人，年纪又小，只知道听妾身的话，什么都不明白！"她说着，不由得痛哭失声。

嬿婉跪伏在地，吃力地托着腰身，嘤嘤而泣："额娘……你怎会做出这些丧尽天良之事！"

魏夫人红着双眼，推开嬿婉即将触到自己身体的手，恨声道："事到如今，还说这些做什么！你怀着身孕不便知道这些事，额娘替你料理了，也是成全你的前程。这样的事，你从前不知道，现在也不必知道！"

如懿全然不信："魏杨氏，你与本宫无冤无仇，何必做下这些孽事？"

绿筠犹自愤愤，且又惊疑："你与皇后娘娘无冤无仇，何必做下这些孽事？"她瞥一眼嬿婉，"若说是令妃，倒有争宠作孽的嫌疑！"

"令妃有什么本事争宠？从来都是个窝囊东西，不然怎么还需要我这个老婆子操心。"她喘息着，狠狠盯着嬿婉，"咱们是出身微贱，可你也不能就由着别人看不起，处处由人作践欺负。你这些年受的苦，哪件又和皇后脱得了干系，你几度失宠，都是皇后使的手段！你蠢钝愚笨，糊涂无能，任人欺凌，你咽得下这口气，额娘我可咽不下这口气！"

湄若禁不住倒吸一口凉气："这话说得没道理！令妃得宠失宠，与皇后和十三阿哥何干？自己生性狠毒，却要扯上旁人！"

如懿又问："那么愉妃也是你指使所害么？本宫不信你有这般本事勾连内外！"

魏夫人双拳紧握，看也不看掩面痛哭的嬿婉，扬着脸道："皇上，一人做事一人当。扎齐是妾身所害，愉妃是妾身所冤，皇后和她腹中皇子也是妾身买通了田嬷嬷所害！妾身无话可说，甘愿伏诛！"她眼中流出混浊的泪，凄厉道，"可是皇上，这件事与妾身的儿子佐禄无干！他只是个不成器的孩子，什么都不知道！也……"她瞥一眼娇弱欲坠的嬿婉，极力忍着道，"也与令妃娘娘无干！"

嬿婉嘤嘤啜泣不止："额娘……额娘……"

如懿望向嬿婉的目光毫无温度，语意冰冷："令妃，用自己和弟弟的前程来要挟你额娘，本宫倒是没想到，你有这般胆气！"

嬿婉素日红润的面庞泛着苍苍微青，她伏在地上，仰起脸看着如懿，似一缕卑微到极处的尘芥，盈盈含泪，无限委屈道："额娘罪有应得，便是伏法当诛，臣妾也不敢有二言。但皇后娘娘此言，莫不是一开始便要借额娘之错来索臣妾之命？若是如此，臣妾便将腹中孩儿与臣妾之命一并送给皇后娘娘吧！"

皇帝恼道："令妃，你敢冒犯皇后？"

她的眸中尽是苍茫的委屈与哀伤，如白茫茫的洪水，汹涌而出。可是那眼底分明有一丝深深的怨毒，锥心刺骨，向如懿迫来。

绿筠性子再温和也忍不住打了个寒噤，道："你腹中孩儿是皇家血脉，不过借你肚腹十月，你有什么资格断他生死，还要送给皇后娘娘！

你倒拿着皇上孩儿的性命予取予求么？"

湄若亦嫌恶道："怀胎十月的辛苦谁不知晓，拿着孩子说嘴，是要以此要挟皇上和皇后么？"

皇帝断然喝道："令妃，你太放肆！"

如懿以温然目光相承，悲悯而淡然："你真的要以腹中孩子轻言生死么？"

嬿婉亦知自己出言轻率了，然而如懿的目光看似温润，却如利剑逼得她无所遁形。她心下更急，只觉得腹中抽痛，她一咬牙，猛地抬起腰肢，一个不稳又跄跄斜倒于地上。剧烈的起伏扯动她腹中隐隐的疼痛，心头闪过一丝暗喜，这个孩子，是来救她的，居然此时此刻动了胎气。她死死地抵着疼痛蔓延而上的脱力感，拼着全身的力气厉声唤道："皇上，臣妾出身寒微，便是谋害皇后娘娘与愉妃，于自己在宫中又有什么好处？！蒙此冤屈，臣妾不甘啊！"

她的哭喊撕心裂肺，更兼着满脸痛楚，实是凄绝！

如懿深吸一口气："皇上，若真是魏杨氏一人可以犯下如此大罪，臣妾断不会冤枉令妃，更不会迁怒她腹中无辜的皇嗣。可令妃没有自证清白之举，反而言语间以皇嗣性命要挟撇清。若说今日魏杨氏下的手可以让臣妾的皇子死得冤屈，而令妃连自己的孩子都可以诅咒，那么皇嗣的生死都要落于令妃母女手中么？"

有片刻的寂静，所有人的眼光都聚焦于皇帝，殿中只闻得嬿婉极度压抑、痛楚的呻吟。那呻吟声渐渐难以忍耐，还是进忠发觉异样，一把扶住了嬿婉，惊呼道："皇上！血！血！"

众人凝眸望去，只见嬿婉裙脚隐约有血色蜿蜒。她捧腹蹙眉，冷汗淋漓，凄楚道："皇上！皇上！"

进忠不由得有些着慌，变了脸色道："皇上，看样子，令妃娘娘怕是动了胎气，要生了！"

湄若纵然气盛，可看着嬿婉临产痛楚，不免也软了神色。

嬿婉的目光缠绵而悲切，迟疑地看着皇帝，唤道："皇上……皇上……咱们的孩子……"

皇帝略一迟疑，深深望一眼忍痛不已的嬿婉，斑驳的血色似未能打动他的冷峻："祸乱宫闱者，不可不严惩！魏杨氏狂悖，谋害皇嗣，即刻拖出去，赐毒酒！"他的眼底有无法掩饰的为难，投映于如懿眸中，"令妃即将临盆……皇后，那也是朕的孩子。"

如懿微微点头："皇上，那就让令妃先生下孩子，再继续查问。"

皇帝无言，只是颔首应允。

嬿婉听得皇帝之令，几欲昏厥，却在惊痛中极力撑住了自己，压抑着哭泣："臣妾谢皇上留额娘全尸。"

魏夫人面如死灰，被小太监拉扯着往外拖去。在经过嬿婉时，她骤然暴起，死死抓住嬿婉裸露的手腕，想是用劲太大，嬿婉腴白的肌肤被抓出深深的印痕。魏夫人目眦欲裂，凄厉道："你说的！是你说的！佐禄……你会好好管束佐禄！"

嬿婉哽咽着连连顿首，急欲脱开魏夫人的牵扯："额娘，皇上留您死后的体面，不让您身首异处，您要谢恩。"她的眼底蓄满了泪，叩首连连："皇上，臣妾会拿一辈子谢您的恩情和体面！"

魏夫人再无言语，直挺挺倒在地上，被进忠拖了出去。嬿婉掩袖欲哭，禁不住腹中刀绞般疼痛，终于呜咽着痛呼出声："皇上，皇上，臣妾是无辜的，救救臣妾和孩子呀……臣妾好痛……"

皇帝的眼风都没有落在她身上："痛就生。你自个儿心虚害怕，要害得腹中的孩子生不下来，朕饶不了你。春婵，带令妃回去，传太医和接生嬷嬷。"

如懿微微定住，到底无法说出口。她真是恨，恨得牙齿都咬碎了，硌着满口的碎棱坚角，一口口往下吞。即便魏杨氏被赐死，丧子之痛，如何能淡去。

这样的静寂，还是绿筠率先打破。她捻着手腕上十八子蜜蜡珊瑚珠手串，面色微白："去母留子，也是可行之道。"

如懿瞬间睁眸，意识到皇帝是不会这般做的，不为别的，只为皇帝亦是失母之人。她深深呼吸，压制住功亏一篑的颓败感，轻缓道："找个妥当的接生嬷嬷，照顾令妃生产。"她欠身，"皇上，那么臣妾，亲自去接愉妃出慎刑司。"

皇帝颔首，微觉歉然："愉妃无端受此冤屈，是该皇后亲自迎接，才可平息流言。"

断腕 | 壹叁

嬿婉被王蟾扶着上了软轿，浑身被巨大而陌生的疼痛绞缠着，忍不住哭出声来。春婵两手发颤，抓着嬿婉的手道："小主放心，即刻就到永寿宫了。太医和接生嬷嬷很快就会到！"

嬿婉扭着脖子看着身后渐行渐远的翊坤宫，泣道："皇上，皇上……"

春婵难过而不安："小主，皇上是不会来的。您安心，安心生下一个皇子，事情便会有转机的。"她说罢，又急急催促抬轿的太监："快些！快些！没看小主受不住了么！"

太监奔走时衣袍带起的风显得杂乱而灼热，而另一种绝望的哭泣声，唤醒了嬿婉疼痛的神经。她慌慌张张直起身子，寻觅着那哭声的来源，戚戚唤道："额娘！额娘！"

甬道的转角处，嬿婉骤然看到魏夫人被拖曳的身体，她再忍耐不住，放声痛哭。春婵见机，忙上前几步，拉住为首的进忠，切切道："进忠公公，看在往日的情分上，您让小主和夫人再说两句话吧。就当送夫人最后一程。"

进忠为难地搓着手，看见软轿上的嬿婉又是疼又是哭，到底是舍不得。他跺了跺脚，退到一旁道："好吧！可得快点儿，否则连我的脑袋也得丢了。"

春婵忙忙答应，示意小太监们轻稳放下软轿。嬿婉忍痛扑向魏夫人的身体，哭道："额娘，额娘，对不住！女儿保全不了您！"

过于沉重的绝望让魏夫人保有了难得的平静，她目光凌厉："我不只为了你肚中的孩子，更为了佐禄！"

嬿婉热切的悲哀倏然一凉："原来到了这个时候，额娘最放心不下的还是佐禄！"

魏夫人狠狠地盯住她："你为了自己，连亲娘都可以要挟！哼哼！早知道女儿是靠不住的！"她逼视着嬿婉，"佐禄，他是魏家唯一的男丁，唯一的血脉。你给额娘发誓，无论如何，都会保全他，护着他，就像护着你肚子里的这块肉，护着魏氏满门未来的希望！"

一语催落了嬿婉无尽的热泪，她咬着唇，极力道："额娘，女儿听您的话，您不会白死！但女儿也得先保住了自己呀！"她伤心欲绝，忍不住低低呼痛。

魏夫人强打起精神，喘着粗气道："嬿婉！是你蠢！是额娘蠢！咱们一直费尽心机，想要铲除一个个障碍，殊不知却舍大取小，走了无数弯路！"

嬿婉咬得唇色发紫，急切道："额娘，您说什么？"

魏夫人照着自己的面孔狠狠抽了一个耳光，抽得嘴角淌血。她嘶哑着声音道："嬿婉，额娘算是看清楚了！除去谁都没有用，绞尽脑汁，用尽手腕，还不如专心对付一个！"

嬿婉惊呼："皇后！"

魏夫人切齿道："是！除去她的孩子算什么，她照旧是皇后！还不如一了百了，将她扳倒。算命的仙师说了，你是有运无命，那贱人是有命无运！就凭着这句话，你一定要夺了她的皇后之位，让她生不如死！"

她还欲再说，进忠忍不住催促："小主，拖不得了！您也得留着奴才的脑袋好给您效力啊！"

魏夫人灰心到底，泫然含悲，一壁被进忠拖着，一壁低呼："嬿婉，额娘能帮你的，只有到这里了。你好好护着佐禄，别负了额娘用命换的……"

带着暑气的风潮湿而黏腻，将她悲切的尾音拖得无比凄厉。嬿婉想要追上去，却被身体的剧痛扯住，险险摔倒。春婵与澜翠慌得相对哭泣，拼命扶住了嬿婉，茫然四顾，忽然叫起来："小主，包太医来了！小主，包太医来了！"

海兰扶着宫女缓缓走出，有些跌跌撞撞，不大稳当。她精神倒还好，瘦了一圈，也憔悴了不少，好像一夜之间便苍老了五六岁，但眉目间那种濯濯如碧水春柳的淡然却未曾淡去，还是那样谦和，却透着一股什么也不在意的气韵。

她的脚步有些滞缓，慢慢地，一步又一步，好似许久不下床的人终于踏到了坚实的地面，脚步却是那样绵软。叶心与春熙一边一个扶着她，也甚是吃力。

如懿领着永琪候在慎刑司门外，见了她出来，忙伸手稳稳扶住她的手肘。永琪早已泪流满面，跪下叩首道："额娘！额娘！"

海兰深深地看他一眼，伸手拉他起来："还好，尚不算过于毛躁。"

如懿握着她薄如寸纸的手腕，不觉深皱了眉心："瘦了好些，都能摸着骨头了。"

海兰见了如懿，想要展颜笑，却先是落下泪来："姐姐。"她见如懿一脸担忧，忙道，"这些日子你也不好过吧？"

如懿爽然一笑，眸中闪过一点流星般微蓝的幽光："撒网收鱼，总比浑浑噩噩任人鱼肉好得多。"

海兰半靠在如懿身上，低声道："我听叶心学舌，似乎是为了巫蛊之事？"

如懿不以为意，面上笑窝一闪："药引子而已，否则怎见药力？"

"真有其事？"

"永寿宫中的巫蛊是真，李玉顺势而为，去搜魏府时做了些手脚加重罪名，也不算冤了他们。皇上相信天象祸福之说，那么更会相信巫蛊毒害之论。"

海兰颔首，含了安定之意："是。我们已经忍得太久。只是枉死了姐姐的一个阿哥，才赔了她额娘的一条命，实在太不上算！"

如懿毫不动摇满心的怀疑："那日见令妃与她额娘说话的情形，总觉得事情不是她额娘一人所为那么简单，本宫也不信令妃在其中完全无辜。"

海兰冷笑道："令妃厉害，亲额娘都舍得出去，只是未必就有用了！"

风里远远传来几声女人凄厉的惨叫。海兰侧耳倾听："是谁在叫喊？是令妃要生了，是不是？"

如懿无端生了几分疲累："容她生完孩子，本宫得继续查下去，否则对不住永璟。"

海兰沉声道："姐姐说得是，仇不能只报一半。尤其是令妃那般的性子，一旦生下孩子有了喘息之机，万一再是个皇子，她一定借子邀宠、卷土重来。"

"我明白。先不说她了，你才出来，回宫好好歇歇要紧。"她怜爱地看着海兰，伸出手为她细细理顺凌乱的鬓发，柔缓道，"在慎刑司受苦了，本宫让容珮做了你最喜欢的山药莲子炖水鸭，此刻估计烂烂的了，正好入口。"

海兰轻笑，神色亦活泛许多："有姐姐的嘱咐，虽然所住牢笼窄小，不便伸开手足，但心里安宁，倒也不算受苦。"她看着跟在如懿身后的永琪，一双明眸似要看得他成了个水晶人："听说你到底沉不住气，去求了皇额娘救我，是么？"

小小的少年面上尽是赧色，忸怩不堪。

海兰凝视着他，笑影渐渐收敛："你这般做，便是不信你皇额娘会真心救助于我，才做出这般丑态，是么？"

如懿按住她的手，微微摇头："到底是小孩子，咱们什么都瞒着他，他是你亲生子，难道无动于衷？也幸好他急得日日来叩首，旁人才信本宫真厌恨了你，才能被咱们找到蛛丝马迹。"

海兰盯着羞愧的永琪，见他越发低下头去，摇首不已："你皇额娘疼你，才为你说话。今日额娘告诉你明白，你的错，一是轻信人言，二是疑心嫡母，三则救助亦无方向。你知道额娘是因十三阿哥缘故而进慎刑司，皇后为十三阿哥生母，若无额娘与你皇额娘情分，你求之何用？"

永琪满眼是泪，强忍着不敢去擦，只得生生忍住道："可是求皇阿玛和太后娘娘也是无用的。"

"当然无用！"海兰断然道，"乱花渐欲迷人眼，此时你更要留心你皇额娘与皇阿玛的举动，看看是否有可以助益之处。再不然，李玉和凌云彻处都可旁敲侧击一二，何至于做出这般慌乱无用之举。要知道，为人处世，一旦过于急切，便会乱了方寸，败相尽现。"

永琪被训得面红耳赤，嗫嚅分辩道："儿子当然是信皇额娘的……"

海兰深深剜他一眼，含了沉沉的失望，道："虽然信任，却不能一信到底，不能贯彻始终，便是你最大的错处！"

永琪喃喃着想要辩白，如懿温和地目视他，抚着他的肩膀："皇额娘知道，你虽年幼，却饱经世态炎凉，知道一切要靠自己，要信自己。但，本宫虽是皇后，是永璟额娘，也是从小养育着你的额娘。"

永琪俊逸的面庞涨得通红，深深叩首，默然不言。

嬿婉的七公主诞落，已经是一夜之后。

此时的永寿宫已经人仰马翻，人人自危。只春婵与澜翠两个大宫女还在旁殷勤服侍，底下的人全不知避到何处去了。放眼阁中，唯有几个接生嬷嬷，有一搭没一搭地忙着。幸好进忠陪着留了一夜，求遍了满天的菩萨、佛爷护佑嬿婉，才算等到了儿啼声。儿啼声响起，进忠热泪长流："生下来了，我们来日的指望落地了。"待得接生嬷嬷们出来，进忠又是打赏又是问询，像是自己的孩儿落了地。接生嬷嬷却是摇头："胎气乱窜，生了一天一夜，令妃娘娘都出大红了，结果是个公主。唉！"

进忠一下子软下来："只要平安生下来。令妃娘娘的出红止住了吗？"

"忙活了一夜，勉强止住了，可也太伤令妃娘娘的身子了。令妃娘娘宫体有损，两年内不能再遇喜，否则勉强生育，孩子也会因体弱而难保住。"

进忠一张脸耷拉下来，又急着回养心殿报喜，便道："唉，先不管什么两年后了，先把眼下保住再说吧。"

嬿婉从阵痛中苏醒过来，才知道魏夫人已然赐死，尸身送出了宫。佐禄则发配边疆戍守，得哪天皇恩浩荡，才能放回来。她眼底干涸得没有一滴泪，不能再为母弟的下场多发出一句声响。她恓惶地望着阁顶销金菱花图样，那点点碎金成了落进眼底的刺，深深扎进软肉里。她的喉咙因为生产时长时间的疼痛呼喊而沙哑，却依旧喃喃："怎么会是公主？怎么会？"

春婵怯怯宽慰："小主别这么着，您刚止了出大红的险事，身子太弱，经不起伤心啊。公主，公主也好。公主贴心呢。"她极力转着脑子，"小主您忘了，比起皇子，皇上也更喜欢公主呢。"

嬿婉听得"皇上"二字，微微挣出几分力气："皇上，皇上知道了吗？"

春婵与正端进热水的澜翠对视一眼，还是道："进忠公公回去复命了。"

嬿婉眼底的热切被浇灭殆尽："这算什么喜啊？生了公主，皇上不在意，皇后更会立刻要了本宫的性命。"她慌乱得不能自已，"不！皇上和本宫一样，都盼着是位皇子！为什么偏偏是个没用的公主？若是皇子，本宫便有办法脱出困境了！皇后一心要本宫死！我只生下了公主，保不了本宫啊。"

春婵吓得赶紧捂住她的嘴："小主！小主！公主也好，皇子也好，您总算母女平安，也不枉夫人……"她有些畏惧，"方才王蟾来回话，夫人已经上路。小主，您可别忘了夫人临终嘱托，一定得善待自己啊！"

正说着，七公主嘤嘤哭了起来，她的哭声极其微弱，也怕吵着伤心烦难的嬿婉似的。不知怎的，这小儿的哭声便触动了嬿婉的心肠，终于叹口气道："抱来给本宫瞧瞧。"

澜翠见嬿婉有兴致，忙抱了七公主上前，喜滋滋道："小主快看，七公主长得多好看！这是皇上的七公主。前头的公主出嫁的出嫁，夭折的夭折，七公主能得皇上喜欢的。"

嬿婉恹恹地瞥一眼红锦褥褓中的婴孩，皱眉道："脸皱巴巴的，没有本宫好看，也不大像皇上。"

澜翠吐了吐舌头："孩子小时候都这样，长大就好看了。女大十八变哪！"

嬿婉随意抚了抚七公主的小脸，疑道："怎么哭声这么弱？是不是饿了？"

乳母是早已挑好的韩娘，她上前福了一福，抱过公主哄着道："回小主的话，公主喝过奶了，就是身子弱。小主是头胎，生得缓慢，公主也遭罪些。"她掰着指头，"哎哟！今儿已经是七月十六了。公主是昨夜生下的，正好是七月十五的中元节！"

另一个乳母"哎哟"一声，嘴快道："中元节，可不就是鬼节嘛！"

春婵凶凶地横了乳母一眼，怒道："嘴里胡呲什么！公主也是你们能议论的？还不赶紧抱下去喂公主！"

乳母们抱着公主讪讪退下，外头隐约还有谁嘟囔："神气什么！生了公主皇上也不来看一眼，早就失宠了的，还威风八面的！"

"七公主出生的日子可不好，和前头淑嘉皇贵妃的八阿哥一样，都是鬼节生的。"

"你们瞧八阿哥，那条腿好了也是一瘸一拐的。咱们七公主也可怜，令妃娘娘又是这个境地，可见是被她额娘连累透了。"

"一辈子就只能得这么一个公主了，公主能算什么依靠呢？连愉妃都不如，只怕这辈子都完了。"

所谓的绝望，大概就是这样毫无希望。原本意料中的锦绣人生，会因为突如其来的失算，全盘崩溃。

她望着窗外凄寒如雪的月光，揉了揉干涩的眼，哑然哭泣。

如懿和湄若陪着皇帝，三人的神色都有些郁郁。进忠小心翼翼地赔着笑脸报喜道："皇上，皇后娘娘，七公主生下来了。"

湄若被"公主"二字触动了心肠，想起了自己早夭的六公主，不觉泛了泪光道："是个公主啊。"

皇帝头也不抬，似乎并不上心："嗯，平安吗？"

"令妃娘娘出了大红。"他见皇帝全然不在意，只是那样平淡的容色，不觉也有些灰心，将音调低了几分，"最后承皇上庇佑，母女平安。"他犹不死心，满脸堆了笑道："七公主长得可爱极了，大眼睛小嘴，像令妃娘娘呢。皇上可要去瞧瞧？"

皇帝接过湄若递过的一盏清茶，啜了一口："朕不去永寿宫了，将七公主送去撷芳殿，让乳母嬷嬷们好生照顾。"

湄若不觉含恨："皇上，送去撷芳殿，令妃身为生母，亦可探视。令妃就是自己跟在生母身边，品行不端，公主不与令妃相见才好。"

皇帝怔了怔，瞟了湄若一眼："永璟之死，魏杨氏已经伏法，令妃身在深宫，很难说此事有她参与。"

湄若极力克制着自己的情绪，眼中却忍不住有泪涌出："臣妾瞧着魏杨氏并没有这样大的本事，说不定是为女儿顶罪。"

如懿亦道："皇上，虽然魏杨氏伏法，佐禄发配边疆，但是臣妾务必要彻查此事。"

皇帝凝神片刻，淡淡道："忻妃所言也有道理。蒙古嫔妃皆无所出，颖嫔出身大族，性子率直，七公主就交给她来养育也好。令妃嘛，褫夺封号，降为答应，等皇后查清此事，朕再做处置。"

进忠想说什么，张了张嘴，畏惧地退到了一边。

嬿婉抱着小小的、瘦弱的婴孩，听着她哀哀的像病弱小猫般的哭声，仿佛也在替自己申诉着无尽的委屈、失望、惊恐与愤恨。

人人都以为她完了，是么？恍惚的一瞬间，连她自己也这么觉得，却又很快安慰自己，还年轻，一切还可以从头来过。

嬿婉无声落泪。仿佛只有这温热咸涩的泪水，才能抵触四面八方汹涌而来的惶惑。正默默念想间，却见李玉带着两个小宫女进来，恭恭敬敬向她请了安道："奴才请令妃娘娘安。"

嬿婉几乎是欣喜若狂，慌慌张张擦了泪，忙不迭起身道："李公公来了，可是皇上想念公主，要公公抱去么？"

李玉的笑容淡淡的，维持着疏离的客气，像冬日里的太阳，明亮，却没有热度："回小主的话，皇上是惦记着七公主了。但想着小主还在月子中，亲自照拂不便，所以特命奴才带了去。"

嬿婉一怔，大为意外："公主还这么小，便要抱去撷芳殿了么？"她慌里慌张，"公主还小，离不得额娘。"

"小主此言差矣。宫中规矩，若非皇上特许可由亲娘养育，皇子和公主都会交由乳母在撷芳殿带着，或是交给身份更尊贵的嫔妃为养母。"李玉道，"皇上的意思，颖嫔娘娘膝下无子却出身高贵，可以替小主抚养七公主。"

澜翠失声唤道："怎么会？颖嫔只是嫔位，我们小主可是妃位啊！"

李玉沉下脸道："颖嫔娘娘虽然是嫔位，却出身蒙古贵戚，其母族于社稷有功。颖嫔娘娘又是诸位蒙古嫔妃之首，其贵重爱宠，岂能只按位分序列。而且您也不是妃位了。皇上有旨，令妃褫夺封号，降为答应，按规矩身边只许留一个太监两个宫女，其他人都得带走。"

嬿婉叫起来："我刚给皇上生了公主呀。皇上不能如此绝情！"

李玉淡淡道："没让您跟着魏夫人一起去了，就是皇上无比宽仁了。"

澜翠深知嬿婉对七公主身为女儿身颇为失望，但也知道这个孩子的要紧，欲再分辩，但见李玉神色冷淡，也只得噤声了。

嬿婉惨白着脸，紧紧拥住怀中的孩子，一脸不舍。她是再清楚不过了，从此之后，皇帝若想起这孩子，自会去颖嫔处探望。便是养在撷芳殿还好些，她可以买通了乳母多多美言，引得皇帝来看自己。若是去了颖嫔处，又有哪个乳母敢多言。自己的血脉，到最后竟成了为他人作嫁衣裳了。她凄声喊起来："李公公，我千辛万苦生下的血脉倒成了别人的女儿？不成的！求您告诉皇上，颖嫔与我不睦，她怎么会照管好我的孩子？公主还是留在我这儿吧。"

李玉恭谨垂首，不疾不徐道："皇上倒是想把公主送去其他位分高的娘娘那儿，可又有几个是与您和睦的呢？皇上顾虑着公主的前程，选了颖嫔，您要还觉得不成，那奴才只好去回话，您静听皇上的处置吧。"

嬿婉久在皇帝身边，自然明白李玉话中的厉害，忍了又忍，只得哀哀道："李公公，没有旁的法子了么？"

李玉摇头道："皇上还肯费心为七公主找位养母，便算是尽心了。"他一抬下巴，两个小宫女晓得厉害，动作利索地请了个安，径自从嬿婉怀中抱过了孩子，便去招呼乳母们跟上。

嬿婉见状便要哭。李玉笑吟吟道："小主别急，你先当着答应，还能坐个月子养身体。等皇后娘娘查清了十三阿哥被害的事，您呀就有着落了。奴才先告退，不打扰您静养了。"说罢，便抱着公主，自行告退。

嬿婉直直噎住，欲哭无泪。恩宠，她哪里还能指望恩宠呢，连最后一道博得垂怜的法子都被收去，还要生生承受这般锥心之语。连生死都在皇后一言一念之间。

她低低啜泣，无语望天："额娘，我连您都顶出去了，可皇上和皇后还是不放过我，我没有办法了，我还能怎么办呢？"

澜翠见她伤心，忙递了绢子为她擦拭，手忙脚乱劝道："小主，嬷嬷交代了，月子里不能哭，伤眼睛呢。"她说着，便急着看一旁的春婵，"素日你最会劝小主了，今日怎么不作声？"

春婵立在门边，暗红朱漆门勾勒得她穿着暗青素衣的身量格外醒目而高挑。她袖手旁观："小主如今成壮士了。壮士断腕固然痛，可只有痛才能提醒自己还活着。小主忘记当年和奴婢在花房受苦的日子了么？皮肉之痛已然熬过，再受得住这离丧之苦，小主便再无畏惧了。"

嬿婉泪眼婆娑："壮士断腕？"

春婵定定道："是。小主舍得夫人，舍得与凌大人旧日的情意。从花房的奴婢到启祥宫的宫女，从官女子的位分上开始熬起，都是为了什么？不为别的，只为自己。"她斩钉截铁，"都为了自己的尊荣。这也是奴婢跟着您死心塌地的原因。咱们都盼着自己好。您的娘家，您的额娘和弟弟，其实说白了帮不上小主分毫，甚至夫人还偏心，拿着小主的体己一味宠着舅少爷。"

嬿婉喃喃嗫嚅："对，是为了自己。"

可她仍是泄气："虽有额娘担着罪名，皇上还是带走了公主，还夺了封号降我为答应，我连翻身的余地都没有了。还有皇后，她根本就是要我死了才算数。"

春婵取过象牙妆台上一瓶青玉香膏递到嬿婉手中，柔声道："没被废位赐死，就是皇上还顾着您的情面，还有转机。若皇上全然信了是您指使安排害死了十三阿哥，您早就没命了。而且奴婢和澜翠都伺候着您，王蟾也不走。您静心等待机会就是。"

嬿婉怔怔道："那皇后呢？"

"皇后在查，可若查不出什么，她也拿您没办法。"春婵笑了笑，"听嬷嬷说，月子里的女子气血两虚，面浮眼肿，必得好好调养，才能美艳如昔。"她看一眼澜翠："澜翠，还不恭喜小主？"

澜翠浑然不知，奇道："恭喜？"

春婵笃定笑着道："小主一直希望有所生养，为此费心多年。如今得偿所愿，生下公主，可知小主体健，以后生养无碍。且民间说，先开花后结果，小主能生公主，就能生皇子。"

嬿婉的容色渐渐坚定："是了。只要本宫还能得到皇上的恩宠，便总有一日能生出皇子来。"

嬿婉用手指拨开凌乱垂落的发丝，心神渐定："额娘说得对，皇后她断了本宫的荣耀、家族的指望。额娘死了，家也没了，可只要本宫剩着，就不算完！"

盛夏漫过，天气渐凉。皇帝来翊坤宫的时日渐渐多了，日子仿佛又回到了从前不咸不淡的时光，就如那些惊涛骇浪的起伏从来没有发生过。

抬头望去，红粉盛年，流淌于红墙碧苑。因着委屈了海兰，皇帝也去延禧宫看她，还将土尔扈特部入贡的黄玉特特赏了海兰，又嘉许永琪接见土尔扈特部很是得体，得内外交口称赞，是海兰教导有方。海兰只是不喜不悲的恬淡模样："臣妾虽生了永琪，但他一直在皇后娘娘膝下长大，若有寸功，也是皇后娘娘的教导之力。"

皇帝叹道："你什么都想着皇后，皇后待你也是。上回的事若无皇后一力坚持，朕难免委屈了你。饶是如此，还是让你在慎刑司受苦了。"海兰怎会将皇帝的话放在心上，只是恳求道："臣妾的委屈不过是蒙冤，一旦查清楚就无事了。可皇后娘娘的委屈是失了亲生的孩子，是怎么也弥补不回来的。如今能做的，唯有彻底查明害死十三阿哥的凶手，才能对皇后娘娘稍稍安慰。但求皇上不要心软，因魏答应生下公主而怜悯。"

皇帝见她如此心念如懿与永璂，也颇为感动；又见她还是那么落落大方，谦和自持，仿佛从未有过慎刑司的困辱与窘迫，反而愧疚。然而海兰却对琳琅满目的赏赐付之一笑："臣妾侍奉皇上多年，牙齿也有磕着舌头的时候，何况长久相处呢。皇上不提，臣妾都忘记了。"

如此，皇帝讪讪之余，对海兰也越发敬重。

无人时，如懿便笑她："真能心无芥蒂，忘却蒙冤不白之苦？"

海兰横眉："自然不能。我从未忘记，我所有的辛苦颠沛、荣华寂寞，都是拜他所赐。必得感恩戴德，铭记于心，终生不忘。"

那边厢蒙古嫔妃们见颖嫔得了七公主，就如众人都得了女儿抚养一般，欢喜不已。恪贵人满心羡慕："还是颖嫔姐姐好福气，得了这么可爱一个女儿。"

颖嫔笑道："七公主可爱，那是人家魏答应会生，本宫不过养着有趣罢了。"

恭常在最喜跟着这两位蒙古嫔妃，也凑趣道："生娘哪及养娘亲，将来七公主有个好人家，难道是因为魏答应的面子？当然是因为颖嫔娘娘了。"

禧常在亦道："听说魏答应一直想来看七公主？"

颖嫔性子高傲，却也爽朗，一向对嬿婉很是看不上，当下鄙夷道："说起过几回，但本宫回绝了。后宫中人人都不喜魏答应品性不佳，七公主既归了本宫，就不要沾染了生母的习气，免得被带坏了。"

恪贵人连连点头："这回皇上让您抚养七公主，是看得起咱们蒙古来的嫔妃。回去告诉自己的族人，皇上心里有蒙古，蒙古四十九旗必得效忠皇上。"

众人一齐答应，对皇帝更是心悦诚服。

海兰还是常常来与如懿闲话，二人并肩立于廊庑之下，远眺着殿脊飞檐，重叠如淡墨色的远山，看黄叶萧萧，飘零坠坠。

海兰看如懿，颇有问询之意："魏嬿婉降为答应，又失了女儿，姐姐有没有稍稍安慰？"

"没有。丧子之痛，日日夜夜都记在心里，没有一刻忘记。我只是恨自己还是查不出真相，无法给永璟清明。"如懿伸手接住一片坠落于枝头的黄叶，"而且不只永璟，我还记得，金玉妍死前，告诉我她并没有想害死璟儿和六公主。"

海兰大为紧张："姐姐是怀疑，五公主和六公主的事，也和魏嬿婉有关？"

如懿念及璟儿，不觉泪眼潸然："那日若不是璟儿换了庆嫔送来的衣物，被害的是永璂才对。魏嬿婉母女会对尚在腹中的永璟动手，会不会也对永璂动手？我实在怀疑。"

海兰颔首，挽住如懿的手臂："'富贵儿'走失，金玉妍一直说她不知。若真如此，也很有可能是魏嬿婉做的手脚。"

如懿触动心思，连忙道："金玉妍死前否认的还有一事，就是害舒妃肾气衰弱。我在想，金玉妍确实与舒妃不算有仇，舒妃有孕时她早已接连生子，若说她觊觎太子之位会有，是否会对舒妃腹中尚不知男女的十阿哥动手却未必，而舒妃母子事中，却都与这回永璟之事一样，和钦天监所言的天象有关……"

海兰长叹一声："我与皇上，虽不敢称夫妻，但也是侍妾。非得以前朝君臣之道来维系保全，实在也累得慌。"她望着如懿的眼，"可我知道，姐姐比我更难。我的委屈，不过是蒙冤，而姐姐，却实实在在饱尝丧子之痛，还被皇上冷落疑忌。姐姐真的可以释然么？否则每日强颜欢笑，也是辛苦。"

"钦天监监正言语蹊跷，事发之后又服毒自尽，说是畏罪也可能，说是被人灭口也可能。真若如此，魏嬿婉的额娘，是没有这样串通、摆弄钦天监监正的本事的。如此看来，许多事在背后阴谋布局、接连谋害皇嗣的人，都可能是魏嬿婉。这样的人，不可轻易放过。"海兰忧虑不已："但是姐姐，钦天监监正已死，田嬷嬷、魏夫人都已死，魏嬿婉肯定什么都不会说……"

如懿沉思片刻，唤过三宝："包太医那儿查出什么来没有？"

三宝摇头道："没有。包太医就收了魏答应的钱财替她调理身子，也帮着生产，其余真没有什么。"

"那就再查她身边的人。"如懿正色道，"三宝，你自己去。"

海兰见三宝离去，叹了口气道："自十三阿哥离世，历经风波，姐姐对皇上似乎也有所不同？"

"能有什么不同？不过是明白你多年劝导终究成真。许多夫妻无情无爱，也可以平淡一生。省得爱恋纠葛，在乎越多，伤得越深。"她感伤不已，"多年夫妻，有时候皇上如此疑心，真叫人心寒。"

海兰默然片刻，只为如懿心酸："姐姐真是辛苦。"

会辛苦么？如懿不答，却辗转自问。朝夕相对时，他与她客气、温和，越来越像一对经年长久的夫妻，懂得对方的底线所在，不去轻易触碰。那是因为实在太知道了，许多溃疡烂在那里，救不得，治不好，一碰则伤筋动骨，痛彻心扉。只好假装看不见，假装不存在。

所以，也算不得强颜欢笑，而是明知只能如此，才能抵御伤痛之后渐行渐远的疏离与不能信任。

壹肆　女心

永寿宫里的日子如慢火煎油一般，一日比一日不堪。皇帝迟迟没有发落，如懿那儿亦始终在追查，永寿宫孤清荒落，唯有嬿婉如幽魂一般游荡着，每日坐着等死，不知道哪一天刀就落在自己脖子上了，真是生不如死。可皇帝似乎早已将她忘记了，便是想靠近养心殿也不能。进忠来来回回照应了好几趟，也是无计可施，想要为嬿婉探听消息，但见李玉时时伺候在皇帝身边，也不敢开口了。她实在无奈，只好抽了个无人在意的时候去慈宁宫求见太后。才出了宫门拐过长街，却见颖嫔和恪贵人带着乳母与七公主过来，几人言笑晏晏，颖嫔不时逗着七公主，颇有慈母的样子。颖嫔笑道："七公主生下来这么久，也没个正经名字。本宫昨儿问了皇上，皇上说让本宫起便是了，本宫就给公主起了个名字叫璟妧。"

恪贵人笑吟吟道："这名字挺好听的。要不是有你，谁替七公主操心。她那个亲额娘……"她说着止了声，眼睛瞟着前方，示意嬿婉过来了。嬿婉忙快走两步，道："嫔妾请颖嫔娘娘、恪贵人安。"乳母也抱着七公主回礼："七公主璟妧请魏答应安。"

嬿婉呆了呆，不禁红了眼眶："璟妧？这是我的女儿……"

颖嫔立即不悦道："魏答应错了。这是本宫的女儿，名叫璟妧。"

嬿婉紧张地看着七公主，讪讪道："七公主长得真好，和刚出生完全不一样了。瞧这小手指，粉红粉红的。"

颖嫔不愿她与七公主多亲近，一阵风似的抱走了，只留嬿婉呆立在原地，久久不言。

到了慈宁宫前已是近晚时分，秋日的雨说下就下，瓢泼而至，凄寒迫骨。嬿婉躲在伞下，却也禁不住风雨逼人。福珈拦在宫门外，并没有放她进去的意思："太后留着魏答应，不是让您与您额娘做出这样的恶事来。太后如今潜心修佛，听不得这样的龌龊事，也不会见您，魏答应还是请回吧。"

嬿婉急得跪下，拉住福珈的衣襟，苦苦求道："姑姑，还请您让太后怜惜我……当初太后愿意帮我去了木兰围场，我记得太后恩典，会为太后尽忠的。"

福珈小心地扯开被嬿婉握过的袍子，冷着一张面孔，毫无表情："魏答应，太后要您办事，不是要您自作主张，还纵容您额娘谋害皇嗣。想起这事太后就后悔。您的忠心太后不敢受，您往后也不必来慈宁宫了。"

福珈说完，立刻转身进去，示意太监们关上了门。朱红大门深锁，嬿婉急白了脸，不停拍门求恳："求求太后救臣妾，求求太后呀。"

门再打开一条缝隙。福珈的不满简直溢于言表："魏答应，您再深夜吵扰太后，太后也不能容您了。"

嬿婉哭得满面是泪："我实在无计可施了，才来求太后呀。"

福珈厌恶至极，皱眉道："嫡孙惨死，太后一口恶气正没地方出呢，您还敢纠缠不休！这般恳求，旁人还以为太后和您有什么勾连呢？来人，魏答应惊扰太后歇息，赶出去。"

容不得嬿婉反应，几个中年仆妇闪身出来，拖过了嬿婉便拉了出去，扔在了台阶下，嬿婉汪在满地污浊的雨水中，眼看着大门再度紧闭，才无望而吃力地爬起身来。

夜雨重重如泼，像鞭子一般打在身上，每一抽都是深冷的疼。她几乎立不住脚，跌跌撞撞地走着。春婵打着伞跟在身后，几次想要为她遮雨，可哪里遮得住半分。嬿婉一身薄薄的苔绿裙衫都湿透了，紧紧地裹在身上，真如阴寒潮湿里不见天日的一株苔藓。她推开春婵再度送来的雨伞，哭道："还要伞做什么？我死在这儿算了！"正说着，她脚下一滑，重重跌倒在水里，狠狠呛了一口。她本是生育不久的人，又出过大红，哪里经得起这般折腾，挣扎了两下，却没有爬起来。春婵丢了伞赶紧去扶，奈何雨水眯了眼睛，嬿婉身子又沉，怎么也扶不起来。彼时凌云彻已在庑房换了便装，携了包袱正要出宫回宅中。只听得呜咽声幽然惊心，却是嬿婉狼狈不堪的身影落在眼底。嬿婉看得是他，不觉心头一暖，扬声道："云彻哥哥，救我，救我！"凌云彻见她如此，也是不忍，撑着自己的伞过来，替她遮住风雨。

嬿婉心头大恸，不觉泪流满面，呻吟着哭泣道："云彻哥哥，救救你的嬿婉吧。你的嬿婉快被人害死了。"

凌云彻语气恭敬，保持着恭敬的距离："魏答应，没有人害你，是你害人。"

嬿婉听他如此，又是惊痛又是恼恨，霍然变色："你还质问我！凌云彻，我与你青梅竹马，你还帮着皇后去查佐禄，查我额娘！"

他平淡而冷漠："自己作恶，还不许人查么？十三阿哥惨死，微臣去查幕后真凶，并无过错。"

心中大是绞痛，嬿婉锐利地尖叫起来："你怎么能这么想我？我和你是青梅竹马啊！"

凌云彻低首，眼中闪过一丝无奈，很快决绝后退一步，道："你是皇上的嫔妃，我是皇上的侍卫，仅此而已。"

嬿婉强撑着身子，仰起头，发狠不已："即便如此，我也不许你的情意给了别人！尤其不能帮着皇后！"

凌云彻再不理会，捡起地上的伞交到春婵手中，渐渐退去："春婵，送魏答应回去。微臣还得回家去。"

大雨茫茫，落在地上砸起雪白的水花。嬿婉很快看不清凌云彻的身影，她摸到手指上的暗红宝石戒指，狠命摘下来，紧紧地攥在拳头里，悲声道："你这样待我！好，好！你们这样逼迫我，我魏嬿婉一定会记着！"

嬿婉回到永寿宫中，便着了风寒大病了一场。宫中事务多半是绿筠帮着如懿料理，她心中不喜嬿婉母女这般残害皇嗣，便嘱咐了内务府不许理会永寿宫上下，便有什么月银赏赐，也挪去颖嫔那里，只当照顾七公主用。若非进忠暗中接济照顾，眼看着汤药都不济。只是永寿宫上下和进忠无论如何求恳，太医却不肯轻来，只草草开了方子，按方抓药吃着罢了。这一病兼着产后失调，便缠绵了许久。一直到和敬公主入宫拜见皇帝，她也未能起身。

这一年入秋，和敬公主璟瑟自蒙古归来，回京探视皇帝，暂住京中公主府。和敬公主乃孝贤皇后嫡出亲女，地位尊崇。她相貌深肖孝贤皇后，素性节俭，不喜妆饰，大有亡母之风，深得皇帝宠爱，宫中亦无不敬畏。

和敬入养心殿时，皇帝正新裱了一幅《洛神赋图》，那原是东晋顾恺之所作，描绘曹植渡洛水时与洛水神女相遇相恋，终因人神两隔而无奈分离。皇上甚为钟爱曹植痴恋洛神之情，令如意馆出类拔萃的画师临摹，选出好的裱起来，看到欢喜处，便盖上宝印，再赏赐画师。这次的一幅，也是如意馆一名青年画师所为，难得的是画得惟妙惟肖，神韵毕现。皇帝喜爱不已，便留在了养心殿。

和敬便笑着进来大大方方行礼:"皇阿玛,儿臣给您请安。"她见皇帝赏画,便凑到皇帝身边,"皇阿玛心烦的时候总爱赏画,这幅《洛神赋图》描绘洛水神仙,真是有朝霞明媚之态。"

"洛神固然风神妙姿凌绝九天,可若无曹植深情,也不过是寂寞仙子。"

"皇阿玛看画喜欢水中仙,赏花喜欢水仙,都是凌波清绝之物。"

皇帝听得爱女对自己的喜好了若指掌,更是欢喜:"还是璟瑟最懂皇阿玛。"他拉过和敬,细细打量,"朕的璟瑟从没变过,永远是我大清最娇艳的一朵玫瑰。"

和敬不好意思地摸摸脸:"瞧皇阿玛说的,儿臣连孩子都生了。"

皇帝细看和敬,一张脸容与已故的孝贤皇后颇为相似,打扮也是清贵朴素,古雅大方,发髻间除了少许松石珊瑚珠子点缀,不过是几朵通草七菊和凤仙花,少御珠翠,皓腕上也只是一对赤金镯子,无镂无花。皇帝鼻中微微一酸,想起自己喜好奢华,如懿选衣用料虽不算名贵,但也别出心裁,嫔妃们出身大族的夸耀华丽,寒门小户出身的亦有自己赏赐,满宫已数十年不见这般质朴打扮。他不觉感叹:"璟瑟,朕瞧你长得越来越像你额娘孝贤皇后。"

和敬自幼将孝贤皇后教导牢记心中,一言一行无不重嫡庶,明尊卑,恪守规矩。无论在蒙古还是京中,都颇有严名。她当下敛容,肃然道:"皇阿玛,额娘当年的教诲儿臣都记着,虽然嫁往科尔沁部,但和额娘一样,力求节俭,不敢靡费。"

皇帝深以为然,赞道:"朕听说你持家有方,在科尔沁部深得人心,甚好,朕也很欣慰。这次要你们回京,也是额驸色布腾巴勒珠尔坏了事的缘故,你不怪皇阿玛吧?"

和敬听提到额驸,更是正色:"阿睦撒纳叛乱,额驸未能及时察觉平定而被削爵。"

皇帝皱眉道:"延误军机本是死罪,这些年额驸与你有些不睦,朕更是不满。但朕不能杀了额驸，让你年轻守寡。"

　　和敬听皇帝说得动情，想着生母去世后自己便出嫁，可皇帝在诸公主中最疼爱自己，父女情深，处处顾惜，不觉含泪："多谢皇阿玛体恤。儿臣早些年便长住京中公主府，如今出了事，更不想回科尔沁。皇阿玛留额驸性命，已经算顾全额驸颜面，希望他知道悔改。便是额驸待儿臣不过如此……"她想到伤心处，不免委屈，眼中泪光盈然，"起初儿臣与额驸也还好。后来儿臣生庆佑的时候差点没命，也不能再生养了，谁知额驸就忙着纳妾，从此夫妻情薄。儿臣想，往后能多跟在皇阿玛身边就好了。"

　　皇帝知道和敬虽这般说，但她与额驸不睦，不在自己再不能生育上，而是和敬性子端庄严肃，举动讲礼。额驸对她不免又敬又怕。且额驸多情，多少有纳妾之念，却每纳一个侍妾，都被和敬以尊卑嫡庶为名狠狠教训，最后侍妾们不堪忍受，自请求去，这才坏了和额驸的情分。可这样的话，便是生父也不能多言，何况，皇帝根本舍不得责备这个自小看着长大的长女。片刻，他只是无限疼惜地看着和敬："朕这次召你入宫，也是希望可以共叙父女天伦。你把庆佑带来宫里，朕也好好看看这个外孙。你呢，得空也去给皇后请安，别失了礼数。"

　　和敬应了一声，便拉着皇帝细数宫外趣事，直哄得皇帝十分欢喜。

　　待和敬正式入后宫拜见，已是次日清晨。晨昏定省，规矩最大。如懿执掌后宫，嫔妃亦是恪守。和敬以固伦公主身份坐着大轿，仪仗煊赫入内，直引得蒙古来的恪贵人和颖嫔注目良久，啧啧称叹。恪贵人笑道："这么大的排场。都是公主，咱们这些个蒙古来的公主可远不能和大清的固伦公主比了。"颖嫔养着七公主，自然满心为这个养女打算，不觉羡慕道："且不说我们，人家是孝贤皇后嫡出的固伦公主，咱们璟妧和她嫡庶有别，可差远了。"二人说着，便往翊坤宫去了。

　　嬿婉大病初愈，才稍稍好些，不敢被人寻了错处，挣扎着起身，换了一身略体面的衣裳，要进翊坤宫向如懿问安。谁知才到了门口，三宝便冷着一张脸,浑不理睬。嬿婉大是无趣,想入内,三宝也没有放她进去的意思,只得讪讪走了。

嬿婉才行几步,忽见赫赫一行人来,心中一悸,忙避在路边。为首的崔嬷嬷不屑道:"谁杵在这儿?蝎蝎螫螫的,挡了公主的路。"嬿婉已经退到了墙根上,实在无处可退。她穿惯了妃位的华服,骤然只能按答应穿戴,已经满面羞惭。听得崔嬷嬷这般发问,只觉得脸上火烧一般,只得带着病容强笑道:"公主……"

和敬见她小眉小眼,甚是看不上眼,连眼风都懒得落到她身上去,只是抚着手指上三寸长的素银护甲,懒懒道:"你是谁?"

嬿婉见她如此高傲,更是自惭形秽,低头如蚁细语:"我是皇上的魏答应,七公主的生母。我从前是给长春宫送花的花房宫女,所以认得公主。"

和敬轻笑一声:"哦,宫女出身的嫔妃啊——"她的尾音拖得极长,毫不掩饰语气中的鄙薄。嬿婉风光一时,又得皇帝恩宠,最不喜有人取笑她宫女出身。奈何为讨和敬公主喜欢,只得拿出旧事来以表亲近,不想公主却是这般不给脸面。

和敬有些好奇:"看你连翊坤宫的门都进不去。你是给皇后添了什么恶心,她这般不喜欢你?"

嬿婉见机,忙上前一步,委委屈屈地道:"从前孝贤皇后顾惜过我,所以我格外不入皇后的眼。"

她一袭暗蓝旋波银花袍子,一头青丝只以一个铜扁方绾起,缀一两朵脆薄的绒花,低调得几乎与宫人无异。和敬见她这般怯弱示人,忍不住讥笑道:"后妃争宠,这点子挑拨离间的把戏别往我跟前凑。"

嬿婉满心热切,希望得和敬公主怜惜助益,不想她这样一盆冷水当头浇下,不觉又急又窘,切切道:"公主若得空,容我细说分明。"

崔嬷嬷伸手一拦,笑吟吟道:"魏答应是什么人,也配往公主跟前凑,还要与公主细说什么?"

嬿婉见那老嬷嬷脸上含笑，可那笑比冰霜还冷，半分接近不得，只能讷讷地退下了。和敬再不看嬿婉，只当没看见这个人，径自往翊坤宫去。春婵见嬿婉受辱，忙劝道："小主，我们回去吧，和敬公主虽然与皇后娘娘不睦，但我们也指望不上啊。"

嬿婉咬住嘴唇，隐忍道："我便不信，谁都帮不了我。"

如此，和敬在宫中住了几日，见自己无论是拿潜邸嫔妃日少或是风气不如孝贤皇后在时俭朴非难，如懿只是微笑，从不驳斥，心中越发笃定。人后崔嬷嬷也笑言："嫡后所出的固伦公主到底不一样，便是皇后在您跟前也不敢回嘴。"

和敬蔑笑道："她是继后，我是嫡公主。当年她为庶妃，不过是个奴才，我才是正经的主子。如今她敢在我面前摆皇后的架子？"

崔嬷嬷略有些担心："皇后心机颇深，否则怎么会在孝贤皇后去世后斗赢了那么多人成为继后，您再怨她，也别和她硬顶。"

和敬默然不言，想起当初是如懿来劝自己远嫁科尔沁部。若非自己被远嫁，生母也不会气昏了头失足落水，那么快就崩逝了。自己嫁得委屈，且婚事不谐，没有亲娘依靠，不皆是由如懿而起。人人都当她是千尊万贵的嫡公主，可是里头的孤苦谁知道呢。

和敬寻思片刻，攥着葱根似的手指，冷冷道："我不好过，皇后也别想过得这般舒坦。"

崔嬷嬷想了想，小心地问："那方才那个魏答应……您不理她？"

"小小答应能成什么事？也值得我和她说话！"和敬倨傲地说了一句，理好胸前垂着的冷翠十八子碧玺流苏，道，"咱们去长春宫，我要去给额娘敬香去。"

宫中的日子平静无澜，若过得惯，一日一日，白驹过隙，是极容易过的。可是曾经得过宠却又失去的人，最是难熬。

长门一步地，不肯暂回车。连带着池馆寂寥，兰菊凋零。至此，宫车过处，再无一回恩幸。

嬿婉的日子，便是如此。

她的失宠，随着七公主养于颖嫔膝下，变成了水落后突兀而出的峭石，人人显而易见。她不是没有想过要回七公主，但被进忠婉转拒绝："小主何苦碰这个钉子。上回奴才不小心提了一句，皇上就横了奴才一眼。幸好师傅没听见，皇后娘娘也不在旁，否则奴才的性命早没了。"

穷途末路，大抵如是。

宫中嫔妃众多，得宠失宠也是寻常。若换作婉嫔，多年来宠遇寂寂，不过是拿日子熬位分而已，皇帝来与不来，她也云淡风轻。可嬿婉偏是得过盛宠之人，骤然失宠等死，且在生女之后，哪里熬受得住。宫中人一时离得远了，莫不拿跟红顶白之态对她。送来的饮食，应季的衣料，莫不馊冷腐坏。永寿宫人多，哪里顶得住这样的花费。嬿婉少不得拿出体己银子来贴补。一开始旁人尚看在银钱分儿上敷衍，但嬿婉的体己以珠宝玉器绫罗绸缎为多，典当不易。手头的银子流水价出去，渐渐内囊也尽上来了，又跌落至叫天不应的境地。

如此一来，永寿宫的人心也散了。除了春婵、澜翠和王蟾还算尽心，其余人等或攀高枝，或被内务府寻个由头拨去再不回来。永寿宫里越发冷清，连宫人们路过也避着走，只怕沾了晦气。嬿婉坐困愁城，终日无奈，却也不得其法，只见得人也憔悴了下去。

待到入冬，适逢这回和敬带着独子庆佑入宫长住，庆佑长得虎头虎脑，皇帝格外疼爱，便叮嘱和敬时常带来养心殿中。

如懿让三宝细细查访宫中，连洒扫的杂役也不放过，一个个都盘查过，终于得知当日有人在火场见王蟾抱着一只狗儿，那样子与"富贵儿"极为相似。三宝立刻禀报到如懿跟前，如懿丧女之痛逼上心头："王蟾是魏嬿婉的人，会不会是魏嬿婉抱走了'富贵儿'，唆使它扑咬本宫的孩儿？”

海兰恨声道：“事关五公主，必得查问清楚。姐姐，我让叶心在接生嬷嬷里一个个问，有人见魏嬿婉和田嬷嬷私下说过话，田嬷嬷也曾由王蟾传话召去过永寿宫。”

如懿微一点头，三宝立刻带人将王蟾带进了慎刑司审问。王蟾不想自己有这一日，见三宝带人来抓，拼命挣扎不已，只被捂着嘴按住，发出“呜呜”声挣扎着。恰巧进忠从养心殿出来，见了如此情状，不由心下一沉，上前关切道：“青天白日的嚷嚷什么呢？哟，三宝公公，您怎么在这儿？”三宝见是御前的人，也不疑有他，只简略说了几句，进忠忙让到一旁，看了王蟾一眼，似笑非笑道：“王蟾，进了慎刑司可老实些。有什么说什么，说错了一句话，那谁都救不了你了。”说罢，在他屁股上踹了一脚，便向三宝拱手离开了。

因是翊坤宫交代要审问的人，慎刑司的精奇嬷嬷们打起了十二分的精神，由三宝亲自审问，一水儿人陪着同审。王蟾被倒吊着，早停了饭食饮水，挨了几十鞭子，正苦不堪言，听着每一句都是问自己在火场抱着“富贵儿”之事，又惊又怕，怎么也不肯认罪。三宝被他气得火性上来，拎起鞭子又打了好一顿，喝道：“说！你在火场抱着的狗是不是‘富贵儿’？是不是魏答应要你抓走了‘富贵儿’调教它扑人？”

王蟾痛得哇哇乱叫唤，可每动一下，痛楚更剧：“不是啊不是。火场那儿有野狗，我是抱了一只丢出去，免得在宫里闯祸。可那不是‘富贵儿’啊！哎哟，放我下来吧！”

他被倒吊着，说话本就吃力。这么一折腾，只觉得浑身的劲儿都没了，就是火烧火燎一般。

三宝哪里理他这般分辩，喝道：“那魏答应召田嬷嬷入永寿宫所为何事？当时魏答应还未生产，难道就急着要与接生嬷嬷说话？”

王蟾张口结舌，脑子里飞快地转着，辩道：“小主未雨绸缪不成么！”

他才喊完这一句，鞭打处皮肤绽开的地方落下血珠子来，一滴滴落在他鼻腔里，又是酸楚，又是血腥。王蟾环顾四周，颠倒破碎，人人是狠厉的一张面孔，真不知谁能来救自己。可是做过的那些事是不能说的，哪怕招认了逃过了慎刑司的一劫，进忠那里哪是好过的。一想到进忠对嬿婉的痴心，他就能猜到进忠能做出多狠辣的事儿来。

三宝见他如此强辩，如何还能忍，立刻唤了精奇嬷嬷来，让人搬了凳子爬上去扎王蟾的脚心。凄厉的惨叫一声接一声地高过去，闷在了慎刑司里，怎么也散不出去。

王蟾没了影踪，嬿婉身边缺人，一时也找不到他。进忠虽知道王蟾被三宝带去了慎刑司，奈何这一日一夜皇帝身边都离不得人，李玉又盯得紧，他想抽空离开去告知嬿婉一声也是不能，直急得如热锅上的蚂蚁一般。皇帝在暖阁中坐着，毓珊伺候着焚香，那香气里大约是添了薄荷和冰片的气味，解着暖阁里因烧着地龙和火盆带来的燥热气息。皇帝手里握着一张供状，那脸色如苦寒玄冰一般。一双眼直直地盯着那供状，似要在上头钻出两个洞来：“皇后，王蟾说他替魏答应召唤田氏入永寿宫，是关心你的胎。呵，当时你还未生，要她关心做甚？确是显得多余。”

“之前臣妾因魏答应擅自前往木兰围场之事而责罚她，她怀恨在心才对，怎会关心臣妾的身孕。便是关心身孕，问太医就是，问一个接生嬷嬷做什么？”

皇帝撂下供状，由得它黑字白纸轻飘飘落在猩红色百花簇锦的厚绒毯上：“王蟾抱着的狗说是野狗，他也不认与璟儿之死有关？”

三宝有些沮丧：“回皇上的话，王蟾嘴硬，一直只肯认这些。”

如懿心中哀痛稍解，当下便言王蟾的话大有漏洞，力荐皇帝立刻召魏答应入慎刑司对质。

皇帝凝神片刻，目视毓珊：“你与三宝同去，立刻带魏氏入慎刑司问话。若两人的供词对不上，便可对魏氏用刑。”

毓瑚放下手中香箸，将香炉盖上，又在火盆里添了几枚松果与橘皮，利落做完一切，方才行礼出去。

彼此相对间，如懿凝神片刻，才看到了皇帝眼底的一丝犹豫。她盯着他，并没有转首回避的意思。有时候她真不明白皇帝的犹豫是从何而来，对着害死腹中爱子的嫌疑，一再优容，一再顾虑，哪怕已经贬为答应不闻不问了，终究还是没有处置她。皇帝看懂了她眸中不肯退让的询问，终于叹了口气道："皇后，朕有一句话一直想问，你觉得魏答应是主使之人，那么真有人会以生母的性命来顶罪么？"

他的话幽幽的，仿佛无比邈远而疏离。如懿一字一字迸出："旁人或许不会，但魏氏心性狠毒，一定会。"

皇帝微微摇了摇头。嬿婉是怎样的女子，他是有数的。娇美、柔软，如一只翩跹的蝴蝶，为了让他高兴，可以俯身到尘埃里去，甚至甘之如饴。这样的女子，曾经是粗俗的，宫女出身，小门小户，什么都不大懂，但是有着罕见的小聪明。偶尔他点拨一二，她就能拼命习得。从御前宫女起，到自己的嫔妃，从见识低微到如今颇有所学，都是自己一手调教，完全是因自己而成为如今这样一个颇有风情的人。自己一手点拨出来的，会是这般狠毒辣手的女人？不，他难以相信。

如懿不甘地追问："皇上这般问臣妾，是觉得臣妾多疑，抑或您不愿魏氏入慎刑司？"

她隐忍的泪意，难以抑制的伤痛，他都懂得，也怜悯。片刻，他只得道："朕明白你的丧子之痛，朕亦悲痛。朕也知道你在永璟死后饱受委屈。如果这样做你能好受些，你便做吧。如此你可满意了？"

那醒来腹中空空，孩子却已不在人世的痛楚，那八月怀胎却连亲生孩儿都不能见一面的锥心之痛，他如何能全然体会？须臾，如懿只是忍泪，淡淡一语回应："只有查明真相，臣妾才能满意。"

嬿婉困坐宫中无趣，便领着春婵往御花园湖边去。此时正是午睡时分，园中冷清。春婵为她披了件风毛斗篷，心疼道："小主的病才好些，怎么不在自己宫里待着？"

嬿婉坐在太湖石边，悲望而无助，道："永寿宫冷冷清清的，像个囚笼，我不要待在那里等死。"她转首并不见澜翠，心下便有些责怪，"怎不见澜翠？昨日就不见王蟾了，澜翠是不是看我不能脱身，和王蟾都走了。"

春婵叹口气："王蟾找不见，澜翠被赵九宵缠着呢。"

嬿婉记得那个魁梧的汉子，曾与凌云彻同在冷宫当差，又因着凌云彻被抬举，也去了坤宁宫守卫。可到底是个坤宁宫当差的人，是她做花房宫女被欺侮时才不得不寻的出路，也惦记起宠妃身边得脸的大宫女了。是了，看来人人都见她落魄了，才敢这样高攀。她轻蔑地笑笑："澜翠会看上他？"

春婵沉默片刻，抻了抻鬓边少了几片花叶的绢花，窘迫地道："小主，从前澜翠不搭理赵九宵，是因为她是您的近身侍婢，更是因为您是皇上的宠妃，有能力也可以为她指个好人家。如今她虽然还是您的侍婢，可您却失宠了。作为一个宫女，主子失宠，她总得给自己找一条退路。"

嬿婉的眉头越皱越紧："你是说，澜翠愿意嫁给赵九宵那个没出息的小子？"

春婵拿捏不定："或许是。但澜翠刚肯和他说话，也未必到求嫁于赵九宵的份儿上。"

嬿婉的眉毛越拧越紧，气得身子微微发颤。因着产后圆润，入冬的新裳依旧未能做下来，她穿的还是去岁的锦袍。半新不旧的桑染色绣桃叶风毛琵琶襟锦袍裹在身上，绷得有点儿发紧，越发显出她的愤怒与无奈："那么春婵，你是否也要给自己找条好的出路了？"

春婵连忙跪下："奴婢不敢！"她仰着头，抓着嬿婉的衣袖，恳切道，"小主，奴婢比澜翠年纪大些，早过了出宫的年龄，没这些个想头，只想一心一意伺候小主。再者，奴婢坚信小主非池中之物，一定有法子东山再起的！"

嬿婉听得几欲落泪，扶起她，动容道："你的心我都知道。春婵，我也只有你了。"

主仆二人正说掏心窝子的话。进忠惨白着面孔，大汗淋漓地跑过来。他吁吁地喘着气："小主怎么在这儿，叫奴才好找。大事不好了，王蟾被带进慎刑司了。"

嬿婉一时没有站稳，差点儿从太湖石上跌下来，幸得春婵和进忠一边一个扶住了，斥道："什么时候的事？你怎么如今才来说？"

春婵哪里敢在这时候得罪进忠，忙赔笑道："小主急糊涂了，进忠公公要是早知道，定是来告诉您了。"

进忠忙扶正跑歪了的帽子，抚着胸口道："奴才昨儿撞见皇后身边的三宝带走了王蟾，奴才已经提醒过王蟾别乱说话了。他应该懂事惜命。奴才早要来禀报的，可惜师傅盯得紧，皇上身边奴才又脱不得身，这不得空就立即跑来了嘛。这样的事，奴才也不放心托给旁人啊。"

嬿婉拼命抓着自己的手，极力镇定着自己道："皇后定是要从王蟾下手拷问我害十三阿哥的事。幸好，幸好，许多事王蟾不知道的。"

进忠见她一面花容在冷风中逐渐失去艳色，形同凋零，满心疼爱怜惜，却又不得不提醒："可总有他知道的吧？"

嬿婉越想越怕，嘶哑了喉咙说不出声："有，有。皇后抓了王蟾，无事也要生出事来，一定不会放过我的。"她的手心不住地冒着滑腻的冷汗，想捉着自己的手也是无能为力。她心慌得很，一颗心怦怦地跳着，每一下都那么沉，生疼生疼的。她害怕起来，那种害怕甚至比听到额娘被处死的消息更甚。她丢开自己的手，不知所措地，像抓着求生浮木一般，紧紧抓住了进忠的手，凄切地问："进忠，怎么办？怎么办？"

她从未这般抓着自己的手，这样无助地信赖自己。她柔腻的肌肤与他白而松软的肌肤毫无缝隙，被她抓着的地方，如烙铁一般灼热。进忠的呼吸粗重起来，在这样的危急里，竟会有他这样的一刻。他几乎是要哭出来，他什么也顾不得了，只要被她这样倚靠着，他什么都是愿意的。

进忠拉过嬿婉，轻轻地抚着她的背。嬿婉本能地想抗拒，却什么也说不出来，只觉得疲倦到了极处，有个朽木可以靠一靠也是好的。春婵早扭过了脸，面朝太湖石站着。只听"咚"的一声，湖中溅起尺高的水花，落到进忠衣上。太湖石后传来男童快活的笑声，嬿婉如同大梦初醒一般，立刻推开了他，拍了拍衣裳，保持着主子的尊严和体面。进忠登时有些恼，正欲喝问，想起自己不过是太监，先气短了三分，低低怨道："谁这般胡闹，惊着小主可怎么好？"

春婵慌不迭探头过去，只见一个三岁大的孩子，一个人爬在湖边横出的太湖石上掷石子玩。那孩子长得壮实，衣着华贵，揪着小小的辫儿，辫上结着一大把松石和蜜蜡的珠珞，甚是憨态可掬。

春婵蹙眉道："不是宫里的阿哥，怕是哪家的福晋带进来的不懂事的孩子。"她看了看，又道，"真是不懂事的孩子！那石头上积满了青苔，又高又滑，仔细摔下来。"

进忠气恼而不甘，忙看了一眼，却是惊讶："哎呀！是和敬公主的独子啊。"

正说着，又有几颗石子儿落入湖中，溅起雪白的水花，赢来那孩子欢快的鼓掌声。嬿婉连连皱眉，扶着春婵的手便走。才行几步，只听得远远有数人唤道："世子！世子！别躲啦！快出来吧！"

进忠啧啧摇头，一时也不敢出去，只是道："唉！那石头滑腻，世子万一掉下来，可怎么好？"

嬿婉一怔，问道："世子？"

春婵"哎呀"一声，压低了声音道："小主，听说和敬公主带着世子庆佑入宫，这孩子得多尊贵呀。"

二人凝神远眺，只见翠叶落尽的柳枝懒洋洋地斜垂着，那孩子爬在太湖石的青苔上，手舞足蹈地乐着，浑不顾足下青苔滑腻。春婵不大放心："小主，奴婢赶紧去抱下来，别出了什么事儿。"

春婵正要出去，嬿婉寻思片刻，眼底闪过一道冷光："别！咱们有救了！"她推一把进忠，"进忠，你先走，记得帮我向皇上求情。"

电光石火间，进忠忽然明白了她所想，猛地点点头，拔腿就跑。

嬿婉细白的牙齿死死咬在暗红的唇瓣上，一下按住春婵的手臂，轻轻嘘了一声。她腰肢轻折，捡起一枚石子，瞅准那孩子足下，用力一掷，那孩子显然被突如其来的异物吓到，足下一跌。

只听得有重物落水之声，扑腾的哗啦声，夹杂着断续的哭喊呼叫。春婵吓得脸都白了，还来不及反应，只觉得按着自己手臂的重压倏然抽去，又一声重响，水花扑溅。她定睛之时，嬿婉已然落到了水中，死死拉住了那孩子的手。

春婵吓得两腿发软，她拼命逼迫自己镇静下来，尖声呼道："救命！救命啊！"

为首的崔嬷嬷正寻庆佑，闻声一阵风地赶过来，果然见嬿婉扑腾在水里捞着庆佑。崔嬷嬷尖叫一声，侍从们纷纷跳落水里。春婵拼命地呼喊着："快，快救魏答应啊！魏答应在救孩子哪！"

宫人们是怎么捞起了嬿婉和那孩子，春婵已然不太记得了。她只记得，湖里溅起的水夹杂着冬日里的碎冰进到了她的面孔上，擦得她脸皮生疼生疼的。她抢过去抱着嬿婉，嬿婉力竭倒在她怀里，浑身都在滴水。嬿婉的全身都在发抖，抖得不可遏制。并无太多人理会她们，他们都簇拥着那个孩子，忙乱地叫唤着，夹着哭腔，"世子！世子"，或是"庆佑"。

嬿婉的眼睛在听到"庆佑"二字时倏然亮起，像被点亮的烛火，明媚地闪着神采。嬿婉低低道："幸好！赌赢了！我救了他，和敬公主算是欠我一个人情吧？"

春婵看着嬿婉冻得惨白的面孔，想起她曾经柔润的面庞，含春的眼角，只觉得无限心酸。她自小是宫女出身，受过万般委屈，只想凭着嬿婉的恩宠可以出人头地，却不想，身为宫妃，嬿婉也是那样难。那样难，反叫她生出相依为命的依赖。已经走上了这条路，除了争宠，毫无退路。

春婵努力想笑，手碰触到嬿婉冰冷的面孔，只觉得那股寒意顺着指尖渗到她心里。她恓惶地哭着："太医呢？太医！谁来救救我们小主啊！"

应声而来的却是三宝和毓瑚冷峻的面孔，三宝仿佛浑没看到嬿婉呛水狼狈的模样，只是道："魏答应怎么湿透了？不过也来不及换啦，您请往慎刑司吧。王蟾等着伺候您哪！"说罢，也不由嬿婉分说，使个眼色，拉起她便往慎刑司拖。

皇帝知道外孙落水，急得什么也顾不得了。皇帝虽然皇子众多，皇孙更是满盈膝下，可素来钟爱这个嫡女，对外孙也是另眼相待。且这个外孙是科尔沁部唯一的嫡传长孙，科尔沁的老王爷视如珍宝，爱惜逾常，将来也是少不得要承继王位的。待皇帝与如懿心急火燎地转到偏殿，和敬正哭个不住，眼泡肿得如桃儿一般，搂着爱子不肯撒手，一边又忙里偷闲喝骂奴仆几句："谁不知道庆佑顽皮，千叮咛万嘱咐，要看得仔细。一不留神，他能去揪马尾巴，能跑进草甸子里不出来。"说罢，便让跟着的人都去内务府领了四十板子。

太医们团团围住了庆佑，细细查遍了无事，和敬才稍稍安稳，方有心思听崔嬷嬷哭诉，是魏答应舍命救的庆佑。

如懿甚觉不寻常："事有反常必为妖。魏答应怎么会这么奋不顾身？"

崔嬷嬷看一眼如懿，再看和敬对如懿的话深深不以为然，便大着胆子道："皇后娘娘可不能这么说，都说魏答应身上有伤还没好，她又不知道世子会跑过去，您的疑心也过了些。"

和敬也不甚清楚，便又问："你当时在，说是魏答应救的庆佑？"

"是。"崔嬷嬷连连点头，"奴婢看见时，魏答应和世子都已经在水里了。"

和敬便点头，看着皇帝，颇为疑惑："皇阿玛，这个魏答应是什么人？儿臣上回见她，似乎有些位分，怎么如今倒成了答应了？"

皇帝提到此事便心烦，当下只寥寥几语："她生母串通了接生嬷嬷，害死了你十三弟。她便降位，被贬为答应。"

和敬将渐渐入睡的庆佑交到崔嬷嬷怀中，敛衣起身，盈然拜倒。她面容肃敬："如此大过，皇阿玛该重惩。只是皇阿玛素来赏罚分明，魏答应因母受罚，她救了庆佑也该受赏，至少儿臣应该面谢。"

崔嬷嬷忙低声道："公主，方才带世子回来时。奴婢见三宝公公和毓瑚姑姑带走了魏答应，说魏答应有与其母共同谋害皇嗣的嫌疑，已经进了慎刑司了。"

"哦？"和敬以疑色对上如懿沉静的面容，转而看着皇帝，恳切道，"皇阿玛，魏答应能舍身救庆佑，料也不是十恶不赦之人，您得看着些，莫叫人严刑逼供冤枉了。"

皇帝目视如懿，见她只是漠然面孔，心下一时踌躇。进忠巴不得这一声，不自觉地上前一步。皇帝心中一动，便道："进忠，你去慎刑司看着些，叫好生查问才是。"

进忠连忙答应着，风卷似的赶出去了。

壹伍 沈浮

　　宫中的日子是寂寞而无声的，慎刑司的日子却是像被摁在烈火大油里滚煮沸腾，熬得筋骨都碎了，被捞起渣来再煎熬一遍。嬿婉一闻到刑房内的血腥气，便忍不住要呕出来。一抬头乍见王蟾被倒吊在那里，惊得连站都站不直了，两腿直是哆嗦。王蟾半天才掏出一口气，如一条风干的咸鱼干，晃悠又晃悠。

　　精奇嬷嬷一个个精干健壮，分毫不把她当主子看待，只是例行公事般说话："魏答应，奴婢问什么您就答什么。在这儿可别摆什么后宫里小主的架子，没您的好儿。"

　　嬿婉强自维持着无事一般，找了把凳子坐下，骤然又觉着裙上湿腻腻的，一下跳起身来，才发觉那凳子上不知是何人流下的血，已经冷透了，渐渐干涸，黏糊糊的一摊。她"哎呀"一声，才见自己扯动裙幅的时候，双手也沾上了那恶心的气味。她不知如何是好，精奇嬷嬷们只是看着她好笑地摇了摇头："说了没人当您是主子了。"她脸子一冷。"您让王蟾召过田嬷嬷进永寿宫，您记得吗？"

嬿婉瞥一眼王蟾，见他死人一般倒垂着，也不知他到底说漏了多少。犹豫片刻，她低低喃喃："有……记得，记得。舒妃临产前，皇后娘娘遇喜时，我都传过田嬷嬷。"

"是吗？您见田嬷嬷做什么？"

嬿婉眼珠一转，淡淡道："我是关心舒妃和皇后娘娘生产之事，也好打听些，为自己来日生产做些准备。"

三宝与毓瑚互望一眼，嬿婉便知道有些不对劲了。

刑房四周点着一盏盏小小的油灯，那火苗幽蓝幽蓝的，像是冥域里跳出来的鬼火，望得久了，周遭人的面孔也被拉扯成了魑魅魍魉的诡异与扭曲。

三宝冷幽幽道："王蟾，你可没招舒妃生产前魏答应召过田嬷嬷的事儿啊？看来这扎的针不够，倒吊的时辰也不足！"

王蟾的身体似乎一抖，发出了一声呻吟，很快又没了声息。毓瑚抬手摸了摸鬓边的烧蓝镶米珠平安玉扣珠花，漫不经心地道："皇上说了，供词对不上，就可对魏答应用刑。如今是用刑的时候了。"

嬿婉畏惧地缩起了身子："王蟾不记得也是有的！他一个奴才，每日那么多差事，哪有我记得清楚。"

精奇嬷嬷们哪里容得她分辩，一边一个架住了她："委屈魏答应了，捆起来吧。"

在常年不见天日的刑房里行刑，精奇嬷嬷们身上都是油汗血腥一重重湿了又干、干了又湿的气味，那头发上没有桃花首乌头油的香郁，手指没有沾过茉莉香膏的甜芬。嬿婉忽然瞥见毓瑚的穿戴，不由得心酸起来，为皇帝生育了女儿，侍奉多年，到头来困在这里，落得连个积年老嬷嬷的打扮都不如。自己这般舍命求上，到底是为了什么？她委屈地"呜咽"一声，嗓子眼里一酸，才要喊叫，却见进忠不知何时进来了，站在毓瑚身后，闷声不吭地朝她摇摇头。她不知怎的，便有了些底气。天寒地冻的绝望里，日日肌肤相亲的枕边人皇帝是靠不住的，青梅竹马的凌云彻也是靠不住的，唯有进忠，这个不算男人的男人，是她深渊里最后一条可以攀缘的绳索。"我没做的，打死我也没法认。"她梗着脖子喊了一句。

她看见进忠默默地点了点头。她轻轻地闭上了眼睛，耳边是精奇嬷嬷的声音："这是冰库的水，先给魏答应清醒清醒头脑，再来答话。"她像是被再度扔进了冬天的湖泊里，禁不住剧烈地颤抖起来。

冰水的刑罚过后，便是脱了袜子抽打脚心。嬿婉被牛筋绳索死死绑着，想要挣扎动弹半分也不能。她死命地缩着脚心，忍着荆棘抽身的痛楚，不停地分辩："我唤田嬷嬷来只是关心舒妃和皇后娘娘，别无他意。你们不能冤枉我，不能冤枉我。"

和敬见庆佑全然无事了，便陪在皇帝身边絮絮叨叨地说话："动不动就拉嫔妃进慎刑司，额娘在时没这样的道理……儿臣已经听了不少闲话，说魏答应自在杭州行宫得宠，皇额娘就不满意。等她又追去木兰围场再获您宠爱，皇额娘就用了板著之刑。儿臣看皇额娘就是嫉妒，才以十三弟夭折腹中之事借题发挥，欲除去争宠之人。"

皇帝重重盖上手中的青玉茶盖，差点将盏中的清碧茶水都溅了出来："你一个公主，别满口争宠得宠这样的话。"

和敬哪里见过皇帝这般神色，便是当初委委屈屈出嫁，这个父亲不愿面对她的泪眼，也只是逃避而已，此刻拿她公主身份说话，便是如同打脸了。她宝蓝的厚缎裙裾一旋，雪白的狐狸风毛簇在一张方正面孔下，越发显得宝石长眼精光四射，不容人逼视一般："皇阿玛，儿臣不也受过额驸这样的委屈。按理说儿臣是正妻，该为皇额娘说话，可平心而论，魏答应得宠服侍您也是尽她的本分，没什么可指摘的。儿臣看就是皇阿玛心疼皇额娘丧子，才这般纵容。"

皇帝见她又是生气又是委屈，也有些心软，深悔自己方才过于严厉了，便亲自在她茶盏中添了水，缓和了口气道："你十三弟过世，是朕偏信了天象之言委屈了皇后。而此事魏答应的额娘下了不少黑手，皇后怀疑魏答应也是情理之中。"

"儿臣听过天象之言，觉得不是虚言。钦天监不曾有错过，您看额娘崩逝前的天象，还有舒娘娘有孕时的说法，都是应了的。再说皇额娘认定主使的是魏答应，而不是其母。儿臣就想不明白，世上哪有舍出亲娘去送死的女儿？"

皇帝心中一怔，似被人挑中了梗在心底的一桩要事。原来自己最疼爱的女儿也是这样想，也不知是自己看人简单了，还是皇后将人想得太恶了。

和敬又道："皇阿玛圣明，怎会不明白皇额娘是拿自己嫉妒的人来泄恨？儿臣觉得应该放魏答应出来问问清楚。"

进忠膝下一软，跪下了道："皇上，奴才去慎刑司看过了，魏答应又是被浇冰水，又是被抽打脚心，她是才从湖里捞起来救过世子的人哪，又生了七公主出过大红，哪里受得住这般刑罚呀。"

皇帝沉吟着，望向了外头墨沉沉的天色。

进忠是在黎明时分亲自扶了嬿婉出的慎刑司，但事儿远没有那么简单过去。他看着嬿婉憔悴带伤，心疼得说话都哆嗦了："您熬过了刑罚，咬死了不认就行。一旦认罪，就是个死。皇上要是问话，您也这么坚持就是了。"

皇帝见到嬿婉时，已经是午后时分了。

嬿婉换下了带血的肮脏袍服，却还未从惊惧中逃离，浑身打战不已。纵然殿阁中点了十数个火盆，那暖气仍然驱不走她受刑后的寒意。那寒意是长着牙齿的，细细地一点点地啃着她，无处不在似的。嬿婉坐在那里，看着烧得红通通的炭盆围着自己。大约人到了一定的泥淖深渊里，连呛人的黑炭烧在炭盆里，都会让她觉得踏实。

真的，她从来不知道，这些曾经拥有却不曾在意的东西，有着如此现实而强大的力量。譬如，皇帝衣上沾染的龙涎香，炭火轻声的"毕剥"，织锦云罗的绵软，羽缎鹅绒的轻暖，这些能让她愉快的东西，也让她心生贪婪。

皇帝从门外进来时，带着蒙蒙的阳光的颜色，沐着金色的光辉。她眷恋地看着，蓦地俯身下去。她明白自己的卑微和脆弱，没有他的眷念与宠爱，她便是枝头摇曳的黄叶，只有坠落一途。

她几乎是滚落在地，俯拜在他足下："皇上……臣妾久不见您了，臣妾向您请安。"

皇帝也不看她，只是环顾四周，见永寿宫破落灰败，早不是从前模样，连身边也只有澜翠和春婵伺候。

嬿婉自知生死便在此间，痛哭道："皇上，皇后娘娘带走王蟾，无非是想从王蟾嘴里问出什么罪名再来对付臣妾。臣妾的额娘做了恶事害了皇嗣，女儿被人带走，臣妾还要进慎刑司被逼问受刑，臣妾实在生不如死。"

进忠跟在皇帝身后，叹息不已："生不如死还救了世子，魏答应您这是功德。唉，魏答应真是喜欢孩子的人，这样的人怎么会害十三阿哥呢。"

春婵膝行上前，磕了三个头，求恳道："皇上，不是奴婢为小主辩白，害十三阿哥真的是老夫人的恶行，与小主无关啊。皇后娘娘拷问王蟾，就是不肯放过小主，非要置小主于死地。"

皇帝微微蹙起眉头，漠然道："王蟾要没为非作歹，不怕皇后拷问。至于你，你的奴才进去了，问一问你总不过分。"

嬿婉哭得如梨花带雨，有意无意露出带着血痕的足底。那暗红的被抽打过的痕迹，在她雪白的足心显得格外刺目。果然，皇帝注目了片刻，才挪开视线。她嘤嘤地哭着："臣妾知道，臣妾侍奉皇上多年，承蒙恩宠，惹皇后娘娘不快，这是臣妾的罪过。皇后娘娘丧子，是额娘的过错，臣妾身为女儿也该替母受责。只是皇上，额娘已经伏法，臣妾也已受刑，皇后娘娘怎样才肯相信臣妾并未参与其中呢？"

皇帝寻了一方干净的榻坐下："听说你额娘只疼佐禄，从不爱惜你？"

"是。可即便如此，额娘还是额娘。皇上可以查问，臣妾这些年在宫中，所得的大半给了额娘。天下无不是之父母，臣妾自该孝顺。臣妾从未怨恨过额娘，更不会舍出自己的亲娘顶罪，否则臣妾真是禽兽不如了。"

生母偏心，这是她素来的伤心事，便也说得动情。

"那你为何私下要见田氏，这般多此一举？"

"臣妾召见田氏，真的只是关心舒妃和皇后娘娘生产。尤其是皇后娘娘那次，臣妾自知不得皇后娘娘喜欢，屡屡受罚，所以特意叮嘱田嬷嬷照顾皇后娘娘生产，以期皇后娘娘生下十三阿哥后听得田嬷嬷禀报，会饶恕臣妾，善待臣妾。臣妾这么做，只为在皇后娘娘手下过得安稳些。"

皇帝的眼波淡然一转，忽地疾言厉色起来："那璟兕之死，'富贵儿'可是你让王蟾抱走唆养的？"

"皇上！"嬿婉激烈地叫起来，"臣妾与五公主何干？更与忻嫔、六公主无仇，为何要让王蟾抱走'富贵儿'谋害五公主？"

皇帝冷然如窗外的天气，有着不可接近的森寒之意："那日璟兕与永璂换了衣裳穿，否则你要害的不是永璂么？"

"皇上，臣妾对天发誓，绝无此心。"嬿婉披散着满头青丝，拼命叩首不已，"皇上您细想，臣妾并无皇子，为何要谋害您的嫡子，对臣妾又有什么好处？若臣妾生下皇子要争宠，还说得过去些。臣妾没有害人的理由啊！"

皇帝心中一动，半晌无言。嬿婉拼尽了浑身的力气，匍匐到皇帝足边，死死抓着他的袍角。皇帝穿着家常的松绿团寿纹暗金洒点袍，那刺绣轻绵的针脚熟悉而亲切。还是四执库宫女的时候，她不就每日打理着皇帝的衣衫袍服么。不，到了如今的境地，便是再想安生做个小宫女也不能了。不能再爬到皇帝身边，便是死路一条。她含着一口气，以泪眼相望:"皇上,臣妾从前是无知宫女,亏得您一手调教,臣妾才有长进。难道您调理出来的人会心如蛇蝎么?皇上,你要相信臣妾呀。"

零落的叹息如浓重的夜雾中倦鸟沉重的翅膀。皇帝按了按眉心:"朕相不相信你很要紧么?你在这里好好思过。"他半支起身子,"进忠,你去看看,慎刑司要问不出什么,先让王蟾回永寿宫。"

进忠忙答应着出去。皇帝瞅了她片刻:"庆佑顽皮,趁璟瑟午睡,偷偷溜出来玩耍。幸得你瞧见救了他。"

嬿婉听得皇帝如此说,知道是无处死之意了。她如逢大赦,正要嘤嘤诉说自己如何救了庆佑。只见帷帘一掀,身后红影摇曳,一个女子爽朗笑道:"皇上为了外孙揪心,看着庆佑无恙,就过来看魏答应了。"

嬿婉如何听不出她话里的意思,不过是指她在皇帝心中无足轻重而已。她却不能反驳,因为实在太清楚地知道,自从七公主养在颖嫔身边,颖嫔更得宠爱。嬿婉觉得喉咙里一阵阵发紧,那原该是属于她的宠爱。

嬿婉笑得欣慰,打着战道:"孩子无恙就好。"

颖嫔挑着眉眼,似笑非笑地看着她:"也真是巧。庆佑偷溜出来,偏魏答应瞧见了,偏魏答应跳下水去救。当真无巧不成书,好像天意是要成全魏答应似的。"

春婵眼珠一转,抱了个汤婆子递给尚未完全缓过气的嬿婉暖着,难过道:"可不是!小主从未见过世子,却能不顾自己不懂水性就往下跳。唉,小主真是喜欢孩子的人。"

皇帝的面色柔缓了几分:"这么冷的天,你也不当心自己,亏得近旁的宫人们发觉得早把你们捞上来。"皇帝说着,凝视着她,徐徐问:"对了,你怎么在那儿?"

嬿婉一滞,未语,泪却潸潸而落,楚楚可怜。

春婵何等机警,眼角亦湿了几分:"皇上有所不知。自从七公主养在颖嫔宫中,小主日夜思念,总盼着见一见公主才好。御花园离颖嫔宫里不远，小主就盼着颖嫔能抱公主去御花园玩耍，小主能远远看上一眼也好。"

颖嫔轻嗤一声，媚眼如丝："皇上，那个时辰正是午睡的时候，冬日里风大，臣妾再不懂事，也不会抱着公主往风口上去呀。"

皇帝眼睫一闪，微有疑色。嬿婉凄然开口："皇上，如今是冬日吗？风很大吗？臣妾都不觉得。臣妾甚至分不出白天黑夜的区别，臣妾只想自己的孩子，臣妾的孩子……"

春婵含泪道："皇上，自从七公主抱养在颖嫔宫中，小主日夜思念，神思恍惚……"她犹豫着看了一眼嬿婉，难过道，"小主的神志与往常不同……"

皇帝的眼底闪过一丝不忍："儿女养在别的嫔妃处是常有的事。颖嫔出身高贵，性格大方……"他叹口气，"别称呼七公主，颖嫔给她起了名字，叫璟妧。"

"璟妧，璟妧……"嬿婉喃喃呼唤，眼泪肆意而出，紧紧地裹着被子，颤抖着声音道，"璟妧，璟妧……皇上，臣妾知道自己不是一个好额娘。出身微贱，学识浅薄。但是皇上，臣妾的爱女之心并不曾因为臣妾的罪过有所缺失，臣妾对不住璟妧。"

颖嫔听出她话中之意，急急道："臣妾幸得皇上垂爱，将璟妧养在膝下。每日亲自照顾，如同己出，臣妾实在舍不得送璟妧回来。"

皇帝安抚地握住颖嫔的手，柔声道："上次你父王入宫觐见，特特提起你为膝下虚空苦恼，所以朕特意将璟妧养在你身边，也好略做宽慰。"

颖嫔粲然一笑，反牵住皇帝的手，颇为安心。

颖嫔觑着嬿婉浑身湿腻腻的样子，满脸关切之意："谢皇上。皇上，魏答应落水，得好好养一阵子才好。您应允了臣妾一起用膳，时辰不早，咱们早些回去吧。"

皇帝朝着颖嫔温柔一笑，转身意欲离去："魏答应，朕谢你救了庆佑。璟瑟只有这一个儿子，科尔沁部也只有这一个嫡孙，幸好他没事，幸好……"

"皇上，和敬公主只有一个儿子，臣妾也只有一个女儿璟妧。皇上，璟妧有颖嫔悉心养育，臣妾不敢奢求能将璟妧接回身边，让颖嫔备受分离之苦。但求皇上垂怜，让臣妾能再有一个自己的孩子吧！"

颖嫔微微冷笑。皇帝脚步一缓，却未出声。龙袍的一角拂过深红色的门槛，旋起浅金色的尘灰，将他身影送得更远。

嬿婉趴在地上，久久不肯起身，哀切恳求："皇上，臣妾求您垂怜……"

皇帝的声音远远传来："你说得太多了，求得也太多了。"

嬿婉失望的泪坠落在飞蓬般的烟灰里，落成晶亮的不完满的水滴。

所幸的是，这回救了世子庆佑，和敬公主倒是对她这个救命恩人很是假以辞色了，人前人后，也当她是庶母，肯以一句"魏娘娘"相称。嬿婉对着和敬公主感恩不尽，只差要抛了身份跪下叩头，谢她救了自己，免了自己险些被逼死的境遇。和敬公主上上下下打量着她，只是好笑："我就奇怪了，你除了长得有点儿像如今的皇后，又没家世又没子嗣，哪点儿出挑了，能让皇后非要对你处置而后快。"

嬿婉咬着嘴唇，只以自己伺候过孝贤皇后为由，便是如懿最不喜欢的。和敬倒还未全信："按你这么说，皇后就更容不下我了。"

"所以当日选哪位公主远嫁，皇后力主您而非柔淑长公主，为的就是要孝贤皇后和您母女分离。"

和敬平生最恨自己在与柔淑长公主二人间，是自己被迫远嫁，早已恼得柳眉倒竖。嬿婉越发道："皇后眼里从来容不下孝贤皇后的人。若不是将您远嫁，孝贤皇后会被气死？轮得到她成为皇后？同样皇后也容不下我，若不是动辄挨掌嘴罚跪受板着之刑，我额娘也不会气不过，要除了皇后腹中的孩儿，为我报仇。我额娘已经死了，皇后非要我也死了才快活。"

崔嬷嬷如何还听得下去，连声道如懿"狠毒"。和敬呵一声冷笑："那她可没那么快活。你救了庆佑，我不会让你死。更要留着你让你得宠，让皇后好好儿添一份恶心。"

嬿婉如此哄过了和敬，二人也比从前亲近了许多。很快，科尔沁部也得知了消息，王爷与额驸纷纷上奏，言及此事。

> 恩于
> 　　圣主之隆施迭沛徽衷益揣分难安珍须感镂心骨
> 臣恭谢魏答应护救庆佑之恩
> 臣谨具折恭谢
> 圣鉴谨

皇帝指着案几上科尔沁部王爷的请安折子，沉默不言。如懿看得明白，那是他代表科尔沁部上下，谢了魏嬿婉救庆佑的恩典。

仿若一颗石子重重坠入水面，激起无数圈涟漪，如懿的眸光渐次转冷："皇上的意思是要顾及科尔沁部，不能将他们的恩人处置了。"

皇帝转首看着别处，仿佛在避开她的直视："王蟾在慎刑司受刑，不是什么也没招认么？而且魏答应也说了，她是想讨好你，才召见了田氏。"

不是不尴尬的。如懿还是道："魏答应要讨好臣妾，她额娘就敢要臣妾孩儿的性命？这母女俩心性也太不同了。"

皇帝清了清嗓子："魏答应孝顺其母，这么多年供奉孝敬，从无怨言，怎会舍出生母去？朕也让慎刑司对她用刑了，她实在招无可招。再接下去用刑，只能是屈打成招了。"他叹口气，颇为无奈，"如懿，朕知道你的恨，也知道你想为永璟追回一个明白。可魏答应的生母已死，弟弟也发配边疆。不许她养育公主，朕答允；要她进慎刑司，朕也依你。"

她眸中燃起一点锐色的星芒："皇上依臣妾，是因相信天象之言觉得亏欠臣妾，而非真心相信魏答应心怀叵测。所以到了最后，您还是想饶她。"

皇帝的口吻有些急："魏答应救的是科尔沁部王爷的亲孙子，满蒙联姻的硕果。若庆佑死了，璟瑟与额驸已经姻缘不谐，势必要分开甚至和离，这联姻如何联得下去？朕的江山安定，不能缺了科尔沁部的安稳。"

唇角的恭敬渐渐绷不住，如懿清澈如水的眼眸里有着洞悉一切的锐利。她再也忍不住，声音如金石相击般尖锐："难道皇上眼里，永璟的冤屈是可以割舍的？臣妾知道，皇上不想认为是自己看错了人，不想觉着自己多年来调教出的不是一个讨自己喜欢的女人，而是一个害了您子嗣的毒妇，是么？臣妾就怕皇上过于相信自己，才宽纵了魏答应。"

皇帝的语气里尚有余温，不是无可奈何的。但他还是极力劝勉："你是皇后，听朕一句，顾全大局，先不要为难魏答应了。"

如懿泪眼婆娑，拼命忍耐着心底的不甘与痛楚："皇上，永璟是我们的孩子。为了大局，臣妾就可以舍下为母之心么？"

"你是皇后，朕的中宫，天下之母，而非永璟一人之母。"

他的声音很轻，可是重若千钧。

终于稳了稳心神，掩去所有的苦痛与酸楚。如懿一步一步缓缓退开，每一落足，都仿佛踩在自己心的碎渣上："皇上，皇后乌拉那拉氏可以应承您，永璟的额娘不能应承。臣妾羡慕平民尚有法度可以依靠，但在宫里，法度也大不过皇上的大局。"

皇帝还想说什么，只见她在自己的目光尽处，一步步消失无踪。皇帝吞咽下自己呼之欲出的呼唤，颓然坐在了椅中。

过了些日子，进忠那边传来消息，皇帝对嬿婉的态度倒是和缓了一些，至于要如何惹起皇帝旧情，那便是她的本事了。

嬿婉也想过再唱起袅袅的昆曲，引来昔日的宠遇与怜惜，却才歌喉一展，颖嫔那儿已然打发人来："魏答应要唱也别这个时候，您的亲女儿七公主听不得这些动静。等下哭起来，皇上怪罪，可叫咱们小主怎么回呢？小主替您受着累，您却快活，皇上知道了，可要怎么怪您？"

嬿婉听着嬷嬷义正词严的话，只得讪讪闭了口笑道："颖嫔妹妹甫带孩子，怕有不惯。我亲手做了些小儿衣裳，还请嬷嬷送去给公主。"

偏嬷嬷满脸是笑，却半分不肯通融："魏答应自己都紧巴巴的，何必还替公主操心，一切都有颖嫔呢。"

一忍再忍，总有机会可觅。

不久便是立冬，是合宫陛见为太后庆贺的正日子，皇帝自然也会来。她依稀是记得的，曾经的舒妃，叶赫那拉意欢，便是重阳菊开合宫夜宴之时，一曲清歌，凌云而上。

嬿婉早两日便准备了起来，取出尚未穿过的新衣，比着镏银铜镜揽衣自观。才试了两件，春婵便婉转劝："小主，这两件新衣还是和敬公主刚给的，咱们应当应分的，内务府一直迁延着不曾送来。哪怕您救了世子……"

她听得出春婵的难处，因着她的失宠，内务府早停了送每季的衣裳首饰。唯剩的两件体面冬衣，也是和敬看她可怜给的。宫中所用的绫罗是天边溜转的云彩，风吹云散，每一日都是新的针脚，艳的花纹，迷了人的眼睛，看也看不过来。

孝贤皇后过世后，后宫女眷早不肯那么简素。便是皇帝，也是穷奢极欲之人，爱她们如花朵招摇地绽放，每一朵都晕彩迷离，每一日又胜过昨日的样子。如懿亦是，她是锦绣堆叠里长大的闺秀，什么稀罕物儿没见过，什么也不放在心上，也甚少在衣衫、首饰、器皿上约束嫔妃，所以素日相见，无不穷尽奇巧。

去岁的衣衫啊，若是被人瞧出，必是要惹笑话的。

女人的争奇斗妍，便是这一针一线上的锱铢必较。长一寸，短一分，细碎，琐屑，却无比认真，付尽心力。

所以嬿婉愈加精心，虽然被贬为答应，但外头的体面不可失，怎么也得给自己留住最后一点颜面。好容易择定了浅浅橘瓣红含苞菊蕊挑银纹锦袍，一色翠榴石米珠花簪，倒也美得收放自如，含蓄温媚。只盼皇帝见了自己顾念一点旧情，可在皇后的威势下保住自己。

等嬿婉打扮得恰如其分，正要出门时，等来的却是一脸为难的进忠。进忠看着嬿婉的清丽妆容，苦涩地摇头，道："小主别费这个心了。皇上说，今日的立冬家宴小主不必去了。"

嬿婉登时急了，那红晕浮过胭脂的娇艳，直直逼了出来："怎么会？今日是合宫陛见的日子。我是皇上的嫔妃，我得在啊。而且……而且我救过和敬公主的独子啊，皇上会垂怜我的。"

进忠的脸越发黄了，期期艾艾道："小主，今儿夜宴，纯贵妃根本没安排您的座次，皇上也不希望您去。"

似腊月冰水兜头浇下，彻骨寒凉。她足下的水粉色柳荫黄鹂花盆底一个不稳，险险跌倒于地，还是进忠眼明手快扶住了："小主，下回吧。总有下回。"

嬿婉犹不肯死心，攥着进忠的袖子，痴痴问："进忠，有没有法子？见面三分情，皇上见了我，会原谅我的。你想个法子，让我可以去立冬家宴，好不好？"

进忠摇头："奴才不过是个伺候人的家伙，能有什么法子？奴才也想帮您，不舍得您受苦哇。"

春婵赶紧上来扶着，嬿婉坐在榻上，满眼的泪争先恐后地出来，一口气却不上不下，涌到了喉头。

最后，看不下去的还是和敬公主，再三劝道："皇阿玛，儿臣瞧着魏娘娘可怜。她额娘的确有错，但彼时魏娘娘怀着七妹妹，懵然不知情，替母受过半年也够了。还有皇额娘也太揪着不放，不顾您的心情。"

皇帝不喜她议论如懿，言辞无状，才微微变色，和敬却顾不得了，继续道："儿臣耿直，看不下去。不就为了那个王蟾在火场抱过一只和'富贵儿'相似的狗么？那种野狗火场那儿常有，儿臣小时候也见过，作不得数。再说了，要十三弟死的人怎会救庆佑？皇阿玛，魏娘娘之前没见过庆佑，更不知道他是儿臣的孩子。魏娘娘救的何止是儿臣的孩子，更是科尔沁部的寄望和未来。她有这份善心，是因为您的调教。魏娘娘的额娘粗鄙贪婪，想来和她不是一路人。"

皇帝对着女儿，总是肯说些真心话："魏答应有嫌疑，但嫌疑有多深，朕也很怀疑。"

和敬摇头不已："莫须有之罪，只看皇阿玛怎么想。儿臣是可怜魏娘娘，她盼着孩儿的心思，跟额娘当年是一样的。"

是夜，皇帝本欲独自歇在养心殿中。在合上奏折之后，他唤来了李玉。

李玉的毕恭毕敬似乎惹来皇帝的不甚耐烦，他问："敬事房是否送绿头牌来？"

李玉道："敬事房的人正候在外头呢。"他击掌两下，徐安捧着绿头牌进来。灯火明耀之下，红木盘中牌子泛着绿幽幽的华彩，仿佛是招人的手，引着皇帝的目光凝住。

皇帝的手如流水般划过，在"魏答应"的牌子上略略一停，复又逡巡，末了停在"婉嫔"的绿头牌上。

徐安愕然，还是李玉赔笑："皇上真是长情之人，您是有些日子未见婉嫔了。"

皇帝看他一眼："去吧。"

徐安哈着腰道："奴才这就去接婉嫔小主。"他迈开步子，才走到殿门口，只听身后郁然一声长叹："换魏答应来吧。"

徐安不知皇帝为何心意忽变，却也不敢多问，赶紧答应着去了。

这一夜翻牌子的风波很快淹没在日常生活的琐碎里，似乎谁也没有放在心上，那是因为，实在也不值得放在心上。而下一个月，皇帝又召幸了她一次。此后，皇帝对嬿婉仍是不加理会，连答应的开销也未改变。一切，仿如旧日。

只是如懿在长春宫时，见到了颇含敌意的和敬公主。她索性直言："公主帮着魏答应承宠，一来是感激她搭救庆佑，二来也是因为孝贤皇后的缘故，与本宫为敌吧？"

和敬似笑非笑："儿臣怎么敢呢？倒是皇额娘好坦荡，在额娘的宫里也不害怕？您可忘了，当年为了让儿臣远嫁科尔沁部，您是怎么来劝儿臣的？"

如懿不是不知道和敬远嫁的愤恨，也不是不知道她与额驸的种种不快。可昔年一念，国事与家恨都纠缠得难以分开。如懿长叹一声："本宫与孝贤皇后之间的确有许多龃龉。可将你远嫁，皇上是顾全与蒙古的联姻，只能嫁出自己的女儿。你不只是为自己、为孝贤皇后、为富察氏全族而嫁，更是为大清而嫁。"

"所以呢？"和敬不屑再留着一分恭谨的模样，唇角的笑意中无比疏冷，隐隐有瓷器碎裂般的锐意，"儿臣就要忍受夫妻不睦的痛苦，忍受与额娘阿玛分离的苦楚？而你，却成了皇后，取代我额娘的地位？"她指着壁上孝贤皇后的画像，那画像上的人儿端庄持重，永远含笑，永远不老。她厉声道："你在我额娘的长春宫里对天发誓，你让我远嫁绝无私心。你敢说么？"

如懿着皇后袍服，直面着画像上一般服色的孝贤皇后，坦然道："是。让你远嫁，一则为大清，二则为皇上宽心，三则为皇上和太后母子修好，四则有本宫的私心，报复本宫在冷宫时你额娘的所作所为。可是璟瑟，你告诉本宫，你做这样的事，是否全然为了私心？只要为了你一时痛快，就可以罔顾自己弟弟被害之事？"

和敬直直地逼视着她："我的私心就是我对额娘的全部孝心！"

这般谈下去，只能是不欢而散。而嬿婉，却因着皇帝这两次宠幸，实实有了身孕。很快，湄若在失了六公主之后，也跟着嬿婉有了三个月的身孕。比之湄若那儿的金尊玉贵，被皇帝捧在手心，嬿婉却是抚着日渐显山露水的肚子不敢张扬。她日夜忧愁不已，就怕自己再生个公主，湄若却生了皇子。皇帝眼里没自己，再难苟延残喘。她的担忧也不无道理，自从胎气安稳，足足到了五个月，终于敢禀报遇喜了，皇帝对她也是不闻不问。春婵只得以天意眷顾安慰，盼着嬿婉生下皇子，皇帝也能回心转意。可嬿婉肚腹日隆，偶尔腹痛腰酸，连包太医都提醒，其实当日她生七公主时，接生嬷嬷就说过她出大红，两年内是不宜遇喜的。

可那又如何？嬿婉悲观地想起，皇帝再度宠幸她那夜对她说的那句"你想要孩子，朕成全你，但别的你也不用多指望"。是啊，即便有和敬公主保着，也只能保一时，不能保一世。就算不宜遇喜，自己也得拼力一搏，直到搏出个皇子来。

她低头抚摩着肚子，那是她仅有的最大的指望。

容珮传嬿婉遇喜五月的消息入翊坤宫的时候，骀荡春光正无声地落在螺钿小几上新折的一捧尺多高的绚烂海棠枝上。花开如锦绣，却是无香，极是雅静。

煦风微来，曳动珍珠垂帘的波縠越发缱绻而温媚。春衫薄媚，软缎衣袖悄然褪至皓腕之上，如懿只是静静落下一枚白玉棋子，淡淡含笑。

容珮皱眉不已："江太医来消息说魏答应遇喜五个月了，一直到胎象稳了才说出来。"

海兰坐在如懿对面，拈了一枚黑子浅浅蹙眉："魏嬿婉这般小心，是怕咱们害了她这辛苦怀上的孩子吧？谁会像她那般心思歹毒？而且哪怕知道魏嬿婉又有了身孕，皇上也不曾去看过她。不像忻妃，一遇喜皇上便金尊玉贵地捧着。"

如懿挑眉："忻妃没了六公主，这回好容易遇喜，皇上自然格外心疼些。"

容珮又递上消息："听说魏答应生育七公主时出了大红，加之产后受责，屡受刑罚，身子大有亏损，其实是不能急着遇喜的。"

如懿抬起手，整理燕尾髻子，上面簪了新鲜芍药花，衬着棠色胭云缎长衣上大蓬素色的暗纹，越显得容色清淡："她自己的身子自己知道，还要这般强求，就只能自求多福。"

海兰的眸色趋于平静："但姐姐也不能对魏嬿婉掉以轻心。还有和敬公主，姐姐也得留心。毕竟她是皇上最钟爱的公主，为着魏嬿婉救了爱子，她也会有所援引。"

白玉子落在碧玉棋盘上余音微凉，恰似如懿此刻的感慨："有时候死亡或许真的算一件好事，可以弥补曾经的不完美。孝贤皇后离世日久，皇上的愧疚越深，便越是怀念。这些年皇上为孝贤皇后所作的挽诗还少？连几近济南都不肯进城，只因是孝贤皇后崩逝之地。对和敬公主，也越是看重爱怜。魏嬿婉若不是救了和敬公主的独子，皇上也不会那么轻易放过她。"

海兰静默不语，只是以懂得的沉默来安慰彼此的孤凉。半晌，她才轻语："和敬公主背后还有科尔沁部。外有大部，内有嫡后嫡女的情分，和敬公主开口，皇上才宽纵魏嬿婉。一想到这个，我就气恨难平。"

殿内美人对坐珠帘卷，殿外是绵绵袅袅的晴光万缕。宝鼎香暖，花竹葱茏，也不过是寸断了的时光里荒荒的影子。翊坤宫琼楼玉宇，琪花芝草，其实与废旧千年的伽蓝寺又有何异？心落了灰，如经卷蒙尘，再难翻动。

如懿苦笑："要本宫放下永璟、璟儿的事，本宫放不下。可王蟾在慎刑司咬死不认，皇上为了顾全大局要我暂且忍耐，如今魏嬿婉又有了身孕，眼下除了暂且忍着，只怕也没有别的法子。"

"那我们就暂且忍一忍。魏嬿婉这般强行有孕，她能平安生得下这个孩子才算。"

　　许多事其实再明白不过，即便有着皇后之尊，即便有着彼此原谅后的再度信任，可唯有经历过此间的骇浪惊涛，才知自己所有的一切是如何脆弱，甚至不堪一击。

　　如懿的话说完不过三月，嬿婉便于七月十七日早产了一位皇子。此子序列十四，取名永璐。皇帝依言将永璐留在嬿婉身边抚养，复了她贵人位分，也在洗三之日按照寻常皇子诞生的规矩赏赐，并无半分另待。

　　和敬去看过了永璐洗三，回来又请皇帝去看令贵人母子。皇帝搁下手中的书卷，冷肃了面孔："璟瑟，朕知道你谢她救了你的儿子庆佑，也会觉得朕无情。可永璟也是朕的儿子，就算与令贵人无直接干系，也是令贵人的额娘害的。换了你，谁要伤了你的孩子，你会轻易原谅她女儿么？"

　　和敬哑口无言。皇帝微微松了语气，复又道："朕可以让她有孕生子，也可以稍稍抬她位分。可朕也是永璟的阿玛、皇后的夫君，朕不能全然不顾他们。"

　　嬿婉的喜悦并没有维持多久，这个过早降临于人世的孩子便因先天不足，发起了高热。

　　初生的孩子甚是娇嫩，嬿婉衣不解带，日夜不眠，守在永璐身旁。比之七公主璟妧，永璐更似她的命根，值得她穷尽所有力量守护。然而孩子持续的高热与抽搐让嬿婉数度惊厥，在求医问药之余，也请来萨满法师于永寿宫中作法。

　　萨满的世界里，病痛的一切来源都是妖邪作祟，便也直言，让嬿婉将孩子挪于宫中阳气最重之地暂养。

　　春婵闻言便明白，一味搓手为难："阳气最重，莫过于养心殿。只是……"

　　嬿婉看着怀中气息微弱的永璐，睁着哭得如红桃的眼，鼓足了勇气便往外冲："我去求皇上！"

壹陆 | 新秀

京中夏日炎炎，夜来也有不退的热息。微风不起，水晶帘止，唯有殿中供着的满捧蔷薇，缀着艳红莹透的花瓣，被冰雕的凉意凝住郁郁花香。

皇帝在暖阁翻阅书卷，如懿相伴在侧，往青玉狮螭耳炉中添入一小块压成莲花状的香印，又加以银叶和云母片，使香气均匀。那袅袅淡烟，溢出雨后梧桐脉脉翠色的清逸，衬得四周越发安宁。

嬿婉跪伏在外已有一刻，她的哭声哀哀欲绝："皇上，请您眷顾永璐。皇上阳气甚足，可以抵御一切妖邪。臣妾恳请您将永璐暂养于养心殿，求您龙气庇佑，让永璐渡过这一劫。"

她的哭求声撕心裂肺，足以让任何一个路人动容。如懿伴在皇帝身侧，轻声询问："皇上，令贵人如此哭求，您不答应么？"

殿外的哭求带着寒绝的气息："皇上！皇上！臣妾父母俱亡，兄弟戴罪。除了您的怜悯，除了永璐，臣妾便无依无靠。若是永璐不保，臣妾宁可跪死在宫门前！"

皇帝的眼底有着罕见的哀伤与迷茫："如懿，朕很难去断定永璟之死是否一定与令贵人有关，但朕真真切切地知道，若非朕这般宠爱她，她的额娘也不会生了妄心来谋害你的孩子。朕一直很愧疚，也很难过……"

如懿定定望着皇帝："臣妾不敢多言，但求皇上明白。"

皇帝的面上闪过一丝软弱："可在门外病着的也是朕的儿子，朕不能完全置之不理。"

如懿颔首，侧身坐于他身边："令贵人的请求不算过分。可若说永璟之死她完全无辜，臣妾也不能信。"

皇帝握住她的手，他的手心是潮湿的，在夜风依旧燠热之下，触觉微凉："皇后……朕知道你的委屈。可永璟到底已经去了，眼前的永璐却不能不理会。"

她轻轻叹息："皇上固然应该救永璐，不为别的，只为他是您的血脉。臣妾不会拿稚子的性命报复。既然臣妾许永璐生下来，自然也许他好好活着。但……"她定神，"但臣妾至死不接受令贵人无辜，作恶之事皆在魏夫人的说辞。臣妾以为，令贵人有害死永璟之疑，这样的人不配养育孩子。"

皇帝微微有些错愕，明白她话中所指："你要令贵人可以生，但不许养？"

如懿甚是坚定："是。只许生，不许养，更不许见。"

皇帝点头："好吧。永璐病着也罢，若是见好，立刻送去寿康宫给太妃们养育，与令贵人无干，往后也不许令贵人见面相认。若令贵人再有侍寝生育，一律如此处置。朕就只许她做个生孩子的女人。"他打开殿门，居高临下地望着怀抱永璐哭得妆容凌乱的嬿婉，"永璐留下吧。"

接下来的十数日，嬿婉与永璐暂居于偏殿臻祥馆内，留太医数名一同照顾。皇帝每日必探视永璐，却甚少与嬿婉说话。嬿婉亦不多求，只是衣不解带悉心相守，夜来目不交睫，白日便跪在佛像前祝祷，人也消瘦不少。

不过半月，嬿婉便添了心悸之症。接连的生产对她的身体损伤颇大，又兼两次都未曾好好坐月子，气恼忧烦。她起初还不敢明言，只是忍着照顾永璐，直到不能起身，才不得不于永璐病榻之侧再添一床，方便就近医治照顾。

这一来，便是和敬公主也添了怜悯之心，入宫时瞧见一二，便嘱人送了山参燕窝过去。偶尔没有宫人伺候在前时，和敬怀抱小儿，引袖哀哀求道："令娘娘千错万错，爱子之情是不错的。令娘娘再有不是，皇阿玛也该看在儿女的分儿上。再者永璐早产，令娘娘卧病，怕都是当日令娘娘救庆佑时落下的病根。"

皇帝只疼爱地摸着庆佑绯红滚圆的小脸，仿佛未曾听见与令妃相关之语："庆佑只是小名儿。"他沉吟，"得起个压得住的大名。嗯，像他父亲一般是个英雄。就叫鄂勒哲特穆尔额尔克巴拜！"

和敬含笑："是钢铁的意思，真是个好名字。"

皇帝笑语："大难不死，必有后福。上次落到水里都能无恙，是个后福无穷的孩子。"

和敬眼中泛起一层泪光，婉声劝道："皇阿玛，女儿的孩子固然后福无穷，可永璐还躺在侧殿呢。且令娘娘生下永璐，也不过还她贵人位分，母子俩以后的委屈大着呢。"

皇帝脸色微沉，侧身坐下端过茶水抿了一口："璟瑟，你替令贵人说的话够多了。皇后许她生子，已经是极大的让步，无比宽容忍耐。"

和敬颇有恻然之色："一个女人没有夫君的恩宠，想要安然度日是何等艰难。当年皇阿玛忙于政事，陪伴额娘的时候不多，额娘贵为皇后，有时也不得不防着嫔妃僭越，何况令娘娘连个好母家都没有。"

皇帝微有不豫之色，对着和敬仍是语气温然："璟瑟，后宫中许多事，你并不明白。往后不要再插嘴了。"

　　和敬低头，拂弄着衣角垂落的银穿碎玛瑙珞子："女儿不明白，皇阿玛也未必明白。额娘崩逝之后，皇阿玛才知许多事原是误会。可是与额娘生死两隔，许多事终究也来不及了。若令娘娘之事真有误会在其中，却牵连母子三人，皇阿玛是否也觉得无辜？"

　　和敬所言，字字锥心，几乎勾起皇帝心底的隐痛。他拍一拍和敬的手，温和道："璟瑟，皇阿玛年纪大了，只有你会这么对皇阿玛说话。"

　　和敬嫣然一笑，却不失端庄风范："女儿是皇阿玛的长女，也是唯一的嫡女，是皇阿玛抱着长大的。"她凝神片刻，"而且，女儿也是心疼皇阿玛。十三弟夭折，皇阿玛一定很希望十四弟可以康健成长。"

　　皇帝叹口气，沉默片刻，终于道："朕不会苛待令贵人母子的。"

　　和敬神色安娴，静静施礼。她胸前镏金莲苞扣上垂落的流苏是琉璃蓝色，长长地拂落在她云蓝暗纹闪金片樱花衣袖上。她行动间腰肢轻曲，流苏却纹丝不动。

　　皇帝看着她姣好容颜，气质玉曜，不觉黯然："璟瑟，你与你额娘长得很像。她嫁与朕的时候，也很喜欢这样笑。"

　　和敬如樱红唇抿起一抹温娆笑意："额娘在天有灵，一定明白皇阿玛对她的记挂。"二人言罢，皇帝便去湄若宫中。此时湄若已然遇喜，皇帝甚为关怀。而湄若也因为六公主的早夭，格外地小心翼翼，几乎闭门不出，安心养胎。

　　和敬转曲廊，入偏殿，见了正在督促乳母喝药化给永璐的嬿婉。嬿婉见了和敬，忙忙迎上来，笑中却带了泪："公主，您来了。"

　　和敬细黑的眉微微蹙起："不必这样哭丧着脸，我知道永璐快好了。"

　　嬿婉殷勤劝坐，又从春婵手中亲自接了茶盏奉上，颇为赧然："臣妾身边没什么好茶，这是去岁的毛尖，还请公主将就着喝。"

　　和敬接过茶盏，看也不看一眼，连半点品尝的意愿也没有，只是随手撂于一边。嬿婉会意，示意春婵带了众人退下。乳色的水汽将和敬端正的脸模糊出一点儿柔和的神色，她淡淡笑道："恭喜。以后皇阿玛会常来看你们母子。"

嬿婉泪盈于睫，却怕和敬不喜，只得忍住了，伏身就要叩谢："多谢公主大恩。"

和敬也不看她，捻着绢子端坐着："行礼便大可不必了，你毕竟是我的庶母。要皇阿玛知道，还以为我不懂得尊敬长辈。"嬿婉答应着便要起身，和敬又道，"若是额娘还在，你们都是侍奉她的妾侍，我也不会对你另眼相看。要知道，能救庆佑，虽是我要谢你的，但也是你的本分。"

嬿婉连连诺诺："我也不过是巧合。能救了世子，是积善积福之事，是公主成全了我。"

"积善积福？额娘生前倒是驭下和善，温柔勤俭。"和敬轻轻地叹息一声，无限怅惘，"可惜，额娘这么早便不在了。"

嬿婉谦卑而恭敬："我曾有幸侍奉过孝贤皇后，孝贤皇后温和端庄，气度高华。我心里只有她一人才是垂范天下的皇后。"

和敬瞟着她："我成全你，并非因为你这些话。我只是不喜欢看那个人霸占了额娘的后位。那个位子，不是她的，也不必叫她安稳坐着。"

嬿婉低首敛眉，不敢应答，只是谦卑地道："皇后终究是皇后……"

和敬冷冷打断："我相信你不是无用之人。你可以凭着孩子的病况住进养心殿得到皇阿玛的宠爱，就不会辜负我的期望。"

嬿婉仰起惨白的素颜，望着和敬笃定的笑意，将它深深记在了心里。

到了十二月间，北风正劲，忻妃湄若便生下了一个女儿，序第八，取名璟妸。湄若得此女，以为六公主再度而来，欣喜若狂，将玉团似的女儿疼得不知该如何才好，将余事都撇在一边，专心养育公主。

而此时，嬿婉已然再度遇喜，并于次年生下皇九女璟妘。虽然自此皇帝对她的宠幸不比往日，但接连三年生下子女，二十一年七月十五日所生的皇七女璟妧，二十二年七月十七日生皇十四子永璐，二十三年七月十四日生皇九女璟妘。连续的生育到底巩固了嬿婉的地位，让她成为与纯贵妃一般生育最多的嫔妃。

纵然如此，皇帝对她所生的皇子皇女，都是一生下便抱去寿康宫养育。养在撷芳殿中，逢五之日还可相见，进了寿康宫，太妃们团团围着，想见一面也不得。嬿婉纵然苦苦哀求，皇帝也不理会。如此，嬿婉只得低头，战战兢兢做人。

因着嬿婉的谨小慎微，生下九公主百日后，嬿婉复位令嫔。她殊无欢喜，只是令嫔而已，皇帝对她不过每月一二幸，并不多加垂怜，若非自己私下变本加厉地服用催孕之药，哪里来这么多的运气。可这样的接连生产，她的心悸之症也愈加厉害，不得不着意安养身体。

而诸位皇子之中，永璂逐渐长大，皇帝对他也越发督促得紧。凡到晚膳之后，必要亲自过问功课，每逢旬日，便亲自教习马术武艺，端的是一位慈父。

如此一来，人心反倒安定了。

自从端慧太子与七阿哥早夭，皇帝爱重四阿哥永珹，连着他生母淑嘉皇贵妃也炙手可热，颠倒了后宫。而后永珹失宠，五阿哥永琪深得皇帝信任倚重，又是如懿养在膝下，引得人心浮动，难免将他视作储君。如今如懿自己的儿子得皇帝这般用心照拂，落在外人眼里，毕竟是中宫所出，名正言顺，又可遂了皇帝一向欲立嫡子之心。可是身为亲母，如懿是知道的，永璂年少体弱，经历了丧弟风波、人情冷暖之后，小小的孩童愈加沉默寡言，学起文韬武略，自不如永璜与永琪年幼时那般聪慧敏捷。

待到无人时分，夫妻二人枕畔私语，如懿亦不觉叹惋："说到文武之才，虽然永璂得皇上悉心调教，可比之永琪当年，却显得资质平平了。"

皇帝温和道："哪有你这样的额娘，旁人都偏心自己的儿子还来不及，你却净夸别人好。永璂才多大，永琪多大，你便这般比了！"

如懿轻轻啐了一口："什么别人不别人的，永琪、永珹他们，哪个不是臣妾的儿子了？"

皇帝笑声朗朗："有皇后如此，是朕的福气。"

如懿见他正在兴头上，是最好说话的时候，便道："父母之爱子，则为之计深远。皇上爱重永璂，臣妾心里固然高兴，可臣妾是他额娘，也比旁人更清楚不过。永璂，他的天资不如永琪，甚至，连永璜当年也比不上。"

皇帝颇为惊异："朕疼自己的儿子，你怎的好好地生出这般念想来？"

如懿感慨道："皇上疼他，臣妾欢喜不已，可就怕是太疼爱了，过犹不及。臣妾瞧皇上这些日子给永璂读的书，大半是君王治国之道。永璂年纪尚小不说，落在旁人眼里，还当皇上动了立储之意，反倒生出许多无谓的是非来。"

皇帝闻言亦是唏嘘："朕年轻时是念着嫡子的好处，想着若是兄弟众多，嫡子是最名正言顺的。如今自己为人父，年纪渐长，却也发觉，国赖长君也是正理。可到底如何……"

如懿轻声道："老祖宗的教训最好，国赖长君。若长中立贤，更是不错。"她谦和道，"皇上，妇人不得干政，臣妾无心的。"

皇帝道："如懿，你没有干政。你是朕选的皇后，懂得在最合适的时候说最合适的话，做最合适的事。朕希望你一直如此。"

如懿心底微微一沉，面上婉然一笑："所以有件事，臣妾不得不提了。皇上，永璜与永琏早逝，永璋与永珹一个出宫建府，一个出嗣，但都已成家。如今永琪已然成年，也到了成家立业的时候。皇上可曾考虑过，要为他选一个什么样的福晋？"

皇帝眉眼弯弯，笑看着她："愉妃倒是向朕提过一次，说自己出身寒微，不敢娶一个高门华第的媳妇儿，只消人品佳即可。你既是嫡母，又疼永琪，你是如何打算的？"

如懿一笑："皇上是慈父，岂有思虑不全的，非要来考较臣妾。"她略一沉吟，"愉妃的话臣妾不爱听，动辄牵扯家世，连累永琪也自觉卑微。依臣妾看，福晋的德容言功须得出众，才配得上永琪。至于门第，不高不低，可堪般配便好。"

皇帝不觉失笑："咱们已是皇家，还要般配，哪儿有这么好的门第？你呀，心里还是偏疼永琪。"

如懿偏着脸，青丝软软垂落："皇上的话臣妾不爱听，永璋的福晋难道不是臣妾与皇上商量着细细挑的，便是他的侧福晋也出身完颜氏大族。纯贵妃一见几个媳妇儿就高兴。"

皇帝凝神道："永琪的婚事朕细想过了，已有了极好的人选，便是鄂尔泰的孙女，四川总督鄂弼之女，西林觉罗氏。"

如懿闻言，不觉一怔，强笑道："鄂尔泰是先帝留给皇上的辅政大臣，本配享太庙，入贤良祠。若不是被胡中藻牵连，也不会被撤出贤良祠，还赔上了侄子鄂昌的性命，累得全族惴惴。"她悄悄望着皇帝，"娶这样人家的女儿……"

皇帝慨然含笑："正是合适。永琪娶鄂尔泰的孙女，一则以示天家宽宏，不计旧事；二则宽慰鄂尔泰全族，也算勉励他在朝为官的子侄；三则，这样的人家家训甚严，教出来的女儿必定不错，又不会煊赫嚣张，目中无人。"

如懿深以为然，亦不得不赞叹皇帝的心思缜密。若非这样的老臣之后，如何配得上永琪。且又是曾打压过的老臣，既对指婚感激涕零，又不会附为羽翼，结党谋权。

她望着他闭目静思的容颜，有那么一瞬，感到熟悉的陌生。还是那张脸，她亲眼见证着他逐渐成熟，逐渐老去的每一分细节。可是却那样陌生，或许她还是爱着这个人、这副皮囊，但他的心早已不复从前模样。曾经的爱渐次凋零，就像她越来越明白，或许他真的是一代天骄，只是，也真的不算一个钟情的夫君吧。

或许，这样的明白也是一种警醒，她会与他这样平淡老去，日渐疏离，再无年轻时痴痴的爱恋与信任。

岁月逐渐摧毁的，不仅是饱满丰沛的青春，也是他与她曾经最可珍贵的一切。

乾隆二十三年秋，因着宫中嫔妃渐长，皇帝少有可心之人。嬿婉连续生育，难免损了身体，不得不暂停了侍寝，卧床养息。而向来得宠的湄若也因生下八公主产后惊风，便缠绵病榻，亦不便再侍奉君上。内务府便提议要广选秀女充斥后宫，也好为皇家绵延子嗣。

这一年九月，便由如懿和太后陪着皇帝主持了殿选。这次入选的，除了太后母家的远亲钮祜禄氏为诚贵人，礼部尚书德保之女索绰伦氏为瑞贵人，最为出挑的，应当是蒙古霍硕特部亲王送来的女儿蓝曦格格。另有几位位分较低的常在，都是江南织造特意送入宫中的汉军旗包衣，虽然身份低微，但个个都是容貌昳丽的江南佳丽。霍硕特氏蓝曦一入宫便被封为恂嫔，格外受皇帝恩宠。大约也是如前朝所言，霍硕特部不如大清的姻亲博尔济吉特氏一般显赫出众，并且因为曾经暗地里资助准噶尔部作乱而被皇帝怒目，为求一席保全之地，也不得不与其他部族一般献上自己的女儿与大清共结姻亲之好来寻得庇护。

恂嫔的一枝独秀，连着十六年选秀入宫的颖嫔巴林氏、恭贵人林氏、禧贵人西林觉罗氏、恪贵人拜尔果斯氏，成为妃位以下的嫔妃中恩眷最盛的女子。亦因为她们年轻的美与活力，格外受到皇帝的垂怜。帝王的垂爱，便常常流连在她们这些娇然盛放的花朵之上。

宫中的选秀，向来不过是循例而已。把这天下的美人都搜罗一遍，才是尽了皇家的权势了。其实皇帝宫中妃嫔的来源，选秀不过是一小拨儿，有宫女承恩侍上的，有外头大臣亲贵进献的，有蒙古各部选的，林林总总，总是有新的美人一朵一朵地开在御花园里头，谢了一朵再开数十朵，永远没有凋零的时候。

这一日是选秀后的第三日，一切新人的封号住所都已安排妥当，如懿便携了容珮去养心殿书房看望皇帝。

这一年入冬早，十月间便下了几场大雪，御苑中的梅花早已绽了好些花苞，盈盈欲放。皇帝看了欢喜，便命人折了几枝最好的白梅，供养在清水瓶中。

书房里静悄悄的。皇帝坐在堆积如山的折子后头，李玉带了两个机灵的小太监随侍在旁。金鼎香炉里悠然扬起一缕白烟，如懿轻轻一嗅，便知是皇帝常用的沉水香，旋即请了一安道："沉水香辛、苦、温，暖腰膝，去邪气，有温中清神之效，这个时节用是再好不过了。"

皇帝见她来了，搁下笔含笑道："好是好，但是沉水香是暖香，闻多了难免昏昏欲睡，若是开窗，也不合宜。"

如懿折下瓶中几朵白梅的花苞放进香炉里，再盖上鹤嘴赤金香炉盖，道："梅花有清冽之气，尤以白梅为甚。暖香中有清气，皇上可喜欢么？"

她转首，见皇帝案几上铺着幅《洛神赋图》，知他近年来对此画甚是喜爱，闲来便要细细赏阅。如懿凝神看了几眼，只觉洛神轻灵飘逸，果然极美，只可惜是曹植对洛神一厢情愿。世间情事，再热烈的心思，也并非两情相悦、两心相知，实在可叹。可皇帝喜爱的偏偏就是曹植满心诚挚，热烈向往，才会记下与洛神相见之景，成为传世经典。

皇帝含了欣悦之意，起身携过她的手道："外头刚下过雪，怎么还过来，也不怕着了寒气？"

如懿仰一仰脸，容珮端出一盘焦香四溢的烤羊肉和一壶白酒来。如懿道："想起从前在潜邸中，和皇上偷偷烤了羊肉喝酒，今日就特意烤了这个，以慰当日豪情。"

皇帝惊喜道："正好外头下过雪，咱们移到窗下来，边看雪边吃这个。"说罢又笑，"折了白梅来这般清雅，原来也是个酒肉之徒。"

如懿一笑："喝酒吃肉，原来就是人生雅事，皇上何必把它说俗了。

难不成还不许臣妾'老夫聊发少年狂'么？"

李玉和容珮立刻布置，二人挪到暖阁的窗下，将酒肉搁在小几上，将长窗支了起来。如懿冷得一哆嗦，笑道："可受不了，这么大的风。好冷！"

皇帝倒了一杯酒送到她嘴边："来，赶紧喝一口暖暖。喝下就不冷了。"

如懿一仰脖子喝下，见皇帝只顾着吃那烤羊肉，不觉得意："皇上是不是吃着觉得不太一样？"

皇帝连连下筷，笑道："没有腥膻气，是口外的肥羊。肉质细嫩，应该还是小羊。"皇帝闭上眼细细品了片刻，"有松枝的清香，还有菊花的甘冽……"

"全中了！"如懿拊掌，"就是用松枝烤的，烤的时候羊肚子里撒了经霜的菊花瓣。皇上是个吃客！"

皇帝扬扬自得："每日处理着天下的朝政，也该享用这天下的美食、美景与美人。"

如懿连连摇头，鬓边一支赤金凤东珠发簪的红宝琉璃流苏沙沙地打在鬓边，仿若迎风的红梅点点，越发衬得人面桃花："皇上刚选了秀女，还嫌这美人不足么？"

皇帝笑吟吟道："你以为朕选进来的一定是年轻貌美的女子？"他扬声唤道，"李玉，把朕案上的第三份折子拿来。"

如懿喝了一盅酒，抱着手炉取暖，只见李玉递了一份折子上来。皇帝吩咐道："李玉，给皇后瞧瞧。"

如懿却不伸手去接："不算干政？"

皇帝失笑："后宫之事，不算干政。"

如懿呵了呵手，打开一看，不觉失笑："这个根敦是怎么想的？他在科尔沁也算位极人臣，三十岁的女儿还要送进宫为嫔妃，还说不求名分高贵，只求侍奉皇上身侧。寨桑大人家的格格，草原上的明珠，哪里找不到好人家了？科尔沁部的寨桑位次仅在王爷之下，形同部族智囊宰相，一人之下，万人之上。这根敦任寨桑之职，便是科尔沁王爷的左膀右臂，主动提出这般举措，送女儿入宫，实在有点有失体面。"

皇帝亦是摇头："据说根敦的女儿厄音珠格格曾经许配过三次人家，都是未过门男方就暴毙了。草原上的喇嘛替她算过，要嫁世间最尊贵之人才能降得住她的克夫之命，所以根敦一拖再拖，就拖出了一个三十岁还云英未嫁的女儿。"

如懿沉吟片刻，夹着一筷子羊肉却不吃，倒被冷风吹了一阵，直吹得银筷子的细链子簌簌作响，却只瞧着皇帝不作声。

皇帝道："你想到什么？直说便是。"

如懿抿了抿唇道："为何从前不提喇嘛的传说，如今却突然提起来？想来是和敬公主与额驸不睦已久，科尔沁部又没有别的公主。为了想让满蒙联姻更牢固，只好送来寨桑根敦这个年到三十的女儿，说出这般传说想人信服。而且，若不是霍硕特部的蓝曦格格被皇上册为嫔御，恐怕科尔沁部也不会如此焦灼吧？"

皇帝饮了一口酒，脸上微微泛起晕红光彩："你再说便是。"

"臣妾听闻草原各部一直不睦，虽然都臣服于大清，但私下里争夺烧杀之事也时有耳闻。霍硕特部与科尔沁部不睦已久，科尔沁部是爱新觉罗氏的姻亲，若要选妃，本就该科尔沁部为先。估计霍硕特部亲王也是看准了科尔沁部无适龄的少女可选，所以才会送上女儿蓝曦格格，以求来日若有纷争，可得皇上庇护。且自从准噶尔之事后，霍硕特部自知见罪于大清，也是示好之举。这样一来，科尔沁部可不是要着急了？选来选去，只根敦有一个三十岁的亲生女儿，也只好忙不迭地送来了。"

皇帝朗声笑道："皇后见微知著。那么皇后以为，朕该如何？"

如懿起身行礼道："皇上胸怀天下，视蒙古各部若掌中之物，区区女子之事，怎么会问臣妾，自然是早有定夺了。"

皇帝执过她的手笑道："你是皇后，朕自然要知道你与朕是不是一心？"

这话却是问得险了。她是皇后，自然不能心胸狭窄，落了个妒忌的恶名。何况她有六宫之主的位子，宫中多一个人，只好比御苑里多开了一朵花，便有什么可怕的。她悄悄打量着皇帝的神色，他还是悠然自得的样子，仿佛是毫不在意。可是如懿却知道，他这样的神情，便是什么都拿准了的，偏偏，他又是那样多情的性子。

如懿沉思片刻，思量着慢慢道："其实只要是科尔沁寨桑的女儿，不管是三十老女还是丑若无盐，皇上都不会在意。因为皇上的心胸里，选秀进来的，不只是一个女人，而是蒙古各部的平衡之势。"

皇帝的眼幽深若潭水，一点一点地绽出笑的涟漪："不愧是朕的皇后。"

如懿含笑道："那么，皇上如何定夺？"

"朕看重的不是一个女人，而是与蒙古的联姻。朕取的不是一个女子、一个嫔妃，而是蒙古的科尔沁部。"他咬重了口音，拿手指蘸了白酒在小几上写了个"取"字，"是取，而不是娶，取一女子在宫中，多一个不多，少一个不少。"

如懿浅浅失笑："皇上如今正宠着恂嫔，倒不怕她吃味？"

皇帝轻哼一声："朕便是要所有人都知道，即便是朕宠着谁，也不是高枕无忧。既然都是朕的奴才，权衡一些，也叫他们好自为之。"他停下，夹了一筷羊肉慢慢嚼了，"有了蓝曦和厄音珠在宫中，便平衡了霍硕特部和科尔沁部在宫中的势力。而朕，未必要给恩宠，只要是礼遇即可，就如一个摆设一般。"

如懿心中微寒，仿佛是殿外的风不经意吹入了心中，吹起了一层冰瑟之意。她淡淡地："也好。厄音珠入宫，也是在和敬公主与额驸不够牢固的联姻上多加一重保障。"

容不得她多想几分，皇帝的声音已经在耳边："朕已想好，给博尔济吉特氏厄音珠嫔位，与霍硕特氏位分相同。"他微微沉吟，"便封为豫嫔。皇后看看还有什么宫殿可以安置?"

如懿旋即回过神来,笑容如常平和:"这次的新人里,恂嫔和诚贵人住在景仁宫,便是恂嫔为主位。瑞贵人、白常在、陆常在跟着忻妃住在景阳宫。承乾宫暂时无人住着。"

"承乾宫与你的翊坤宫相对,地位至高,没有合适的人,朕也宁可空着。"他略略缓和,提高了唇角扬起的弧度,"豫嫔嘛,不拘哪个宫里,先让她住着,当个主位就是。"

如懿思忖着道:"永和宫自玫嫔死后尚无主位,只有几个位分低的贵人、常在住着,倒也合适。"

皇帝拨着盘中的羊肉,漫不经心道:"那就是永和宫吧。"

春日迟迟之时，新入宫的恂嫔霍硕特蓝曦和豫嫔博尔济吉特厄音珠恰如红花白蔷，平分了这一春的胜景韶光。

对于皇帝的宠爱灼热，已经三十岁的豫嫔厄音珠自然是喜不自胜，恨不能日日欢愉相伴，不舍皇帝左右。厄音珠虽然不算年轻，但相貌甚美，既有着蒙古女子奔放丰硕的健美，也有着痴痴切切地缠着皇帝的娇痴。不同于豫嫔对雨露之恩的眷恋，恂嫔的容色浅静得近乎淡漠，仿佛岩壁上重重的青苔，面朝阳光的照拂，来也承受，去也淡淡，并不如何热切与在意。而她的美，只在这冷淡的光晕里如昙花一般在幽夜里悄然绽放。

自然地，以皇帝如今的心肠，一个浑身绽放着热情的、无须他多动心思去讨好的女子比一个对他的示好亦淡淡的女子更讨他喜欢。

而出身博尔济吉特后族的豫嫔，也因着皇帝的宠爱而很快骄横且目空一切。所以当如懿对着敬事房记档上屡屡出现的"豫嫔"的载录而心生疑惑时，海兰悄声在旁告知："皇后娘娘有所不知吧？豫嫔太会拔尖卖乖，有几次明明是恂嫔在养心殿伺候，可是豫嫔也敢求见皇上痴缠，惹得恂嫔待不下去，自己走了。"

如懿蹙眉："有这样的事？本宫怎么不知？"

海兰摇首道："恂嫔那个人，倒真像是个不争宠的。出了这样的事也伤脸面，大约是不好意思说吧。臣妾也是听与恂嫔同住的诚贵人说起，才隐隐约约知道一些。"

外头春色如海，一阵阵的花香如海浪层层荡迭，将人浸淫其间，闻得香气绵绵，几欲骨酥。如懿点点头，撩拨身旁一丛牡丹上滴下的晶莹露珠，凝神道："其实本宫一直也觉得奇怪，霍硕特部与科尔沁部积怨已久，各自送女儿入宫也是为了宫中平衡，怎的恂嫔倒像不把这恩宠放在心上似的，全不似豫嫔这般热切，也不愿与宫中嫔妃多来往，倒与她阿玛的初衷不一了？"

海兰笑言："或许是每个人的性子不一样吧。可臣妾冷眼瞧着，恂嫔倒真不是做作。也许她出身蒙古，心思爽朗，不喜这般献媚讨好也是有的。"

"心思爽朗？"如懿一笑，撂下手中的记档，"本宫看恂嫔总爱在无人处出神，怕是有什么不能见人的心思，倒真未见爽朗。至于不能相争，霍硕特部自从暗中相助准噶尔之后，皇上冷眼，他们部落一日不如一日，恂嫔不能与博尔济吉特氏相比倒是真的。"

海兰抿嘴一笑，将切好的雪梨递到如懿面前："娘娘你这个人呀，眼睛比旁人毒就罢了，看出来便看出来了，何必要说出来呢。皇上收了恂嫔，已经是安了霍硕特部的心了，还要如何？"

如懿细细的眉尖拧了一拧，仿佛蜷曲的墨珠："恂嫔也罢，看来是豫嫔不大安分。"

海兰拨着指尖上凤仙花新染的颜色，那水红一瓣，开得娇弱而妩媚："博尔济吉特氏的出身，当然不肯安分了。寨桑王爷留着这个宝贝女儿到了三十岁，可是有大用处的呢！"

如懿道："都说豫嫔三十了，其实貌美得很，别有一番成熟风韵。"

"哪里是成熟，分明是妖娆。"海兰忽而一笑，凑到如懿耳边，低语道，"听说豫嫔第一回侍寝，居然不肯出来，又缠了皇上好久。"

如懿听得面上绯红，半是讶异半是不信，嗔道："你又胡说！这些事你怎知道？"

海兰面色微红，低低啐了一口："敬事房的伺候太监们从未见过这般自请留下再度侍寝的，都在底下传呢。听说但凡豫嫔侍寝，养心殿的人守夜，耳朵里都得塞棉花才行。为了这个，蒙古嫔妃都抱怨她狐媚子呢，嫌她没脸面，不肯搭理她。不过臣妾也觉得此话有七八分真，否则豫嫔怎如此得宠。寨桑根敦养了她三十年，自然是个和咱们不一样的大宝贝。"说着二人也笑了。

话虽这样说，豫嫔到底是得宠，且是一枝独秀的风光无限。豫嫔颇得脸面，她出身蒙古科尔沁部，其余的蒙古嫔妃不喜欢她，她与嫁在科尔沁的和敬公主却是亲近的，和嬿婉也说得到一块儿去。和敬虽然与额驸早已情淡，但到底是科尔沁的儿媳，很肯敷衍豫嫔："既然进宫了，豫娘娘你和我就是一家人。"

豫嫔倒也不客气，安然受了这一句"豫娘娘"的庶母称呼，大咧咧道："公主是科尔沁部的儿媳，我是科尔沁部的格格，自然都是一心的。"

和敬瞥一眼豫嫔，见她如此言语，心中大是不耐烦，索性略带讥刺："知道你是出身大族，你就该给母族争气。历代进宫的科尔沁部的格格，不是当了贵妃就是当了皇后乃至太后的。"

和敬说得不差。大清开国以来就与科尔沁部世代联姻，博尔济吉特氏的格格们，出过天聪帝皇太极的孝端文皇后、孝庄文皇后，顺治帝福临的两任皇后与淑妃，那可是显贵至极。豫嫔极为骄傲："阿爸说了，我这个年岁才进宫，不是只为了当个小小嫔位的。"

这般雄心壮志，嬿婉想着若非自己落水又兼产后失调，哪里就会得了心悸之症，轮到豫嫔得意了。面上却拉过她的手亲切无比："那就盼豫嫔妹妹你多得圣宠了。"

这一日午后，如懿陪着皇帝在养心殿里，斜阳依依，照出一室静谧。外头的辛夷花开得正盛，深紫色的花蕾如一朵朵火焰燃烧一般，恣肆地张扬着短暂的美丽。那真是花期短暂的美好，艳阳滋暖，它便当春发生，可若一夕风雨，便会零落黄损，委地尘泥。

但，那是顾不得的。花开正好，盛年芳华，都只恣意享用便好。

如懿与皇帝对坐，握一卷《诗经》在手，彼此猜谜。不过是猜到哪一页，便要对方背诵，若是有错，便要受罚。皇帝与如懿都习读汉文，《诗经》并难不倒他们，一页一页猜下来，皆是流利，倒把永璂惹得急了。每每猜一页，便抢着背诵下来。稚子幼纯，将那一页诗文朗朗诵来，当真是有趣。也难为他，自《桃夭》至《硕鼠》或《邶风》，无不流利。

皇帝连连颔首："永璂很好。这都是谁教你的？"

永璂仰着脸，伏在皇帝膝上："皇额娘教，五哥也教。"

皇帝越发高兴："永琪不错，有了妻室，也不忘教导兄弟。"他抚着永璂额头，谆谆叮嘱，"你五哥自小学问好，许多文章一读即能背诵，你能么？"

永璂倒是老实："不能，大多要八九遍才会。若是长，十来遍也有。"

皇帝微微摇头，又点头，笑道："你比你五哥是不如。但，这么小年纪，也算难得了。"说罢又赞永琪，"此子甚好，成家立室后敬重福晋，又不沉溺女色，很是用功。"他说罢，仿佛有些累，便支了支腰，换了个姿势。

如懿打心底里欣慰，不觉笑道："永琪年长，自是应该的。要不骄不躁才好。"

正说话间，江与彬向例来请平安脉。他向皇帝和如懿请了安，搭了脉，欲言又止道："皇上脉息康健，一向都好。"

如懿知他老练，不动声色："本宫瞧皇上面色，最近总是萎黄，可是时气之故？"

皇帝轻咳一声，如懿便默然，牵了永璂告退："等会儿永琪的福晋还要进宫请安，臣妾先行回去。"

皇帝应准了，如懿牵过永璂的手盈盈告退。到了殿外，她将永璂交到容珮手中，仰一仰脸，容珮即刻会意，带了永璂往阶下候着。

如懿临风廊下，只作看着殿前辛夷花出神。荡漾的风拂起她花萼青双绣梅花锦缎外裳，鬓上一支红纹缠丝玛瑙响铃簪缀着玉珠子，玲玲地响着细碎的点子，里头的话语却隐隐入耳。

皇帝道："朕腰间日渐酸乏，前日那些药吃着并不大管用。可有别的法子？"

江与彬道："皇上肾气略弱，合该补养。微臣会调些益气补肾的药物来……"

"要用好药。"

"是。不过药虽有效，皇上还得善自保养。"

里头的声音渐次低下去。

如懿眉心皱起来，看了候在外头的李玉一眼，缓步走下台阶。李玉乖觉跟上，如懿轻声道："皇上近日在吃什么药？"

李玉为难，搓着手道："这些日子的记档，豫嫔小主不如往日多了。可……皇上还是喜欢她。别的小主，多半早早送了出来。"

这话说得含蓄，但足以让如懿明白。她面上腾地一红，便不再言语。

到了是日夜间，皇帝翻的是恪贵人的牌子。这本也无奇，皇帝这些日子，尽顾着临幸年轻的嫔妃。如懿向来困倦晚，因着白日里永琪的福晋来过，便留了海兰在宫里，二人一壁描花样子，一壁闲话家常。

那本不是接嫔妃侍寝的凤鸾春恩车经过的时辰，外头却隐隐有哭声，夹杂在辘辘车声里，在静寂的春夜，听来格外幽凄。

容珮何等精明，已然来回报："是凤鸾春恩车，送了恪贵人回来。"

时辰不对。

如懿抬起头，正对上海兰同样狐疑的双眸，海兰失笑："难不成有人和臣妾当年一样，侍寝不成被抬了出来。那是该哭的。"

年岁滔滔流过，也不算什么坏事。说起曾经的窘事，也可全然当作笑谈。

如懿睨她一眼，微微蹙眉："什么了不得的大事，哭哭啼啼的，明日便成了宫里的笑话。"

容珮会意："那奴婢即刻去请恪贵人回来。"

不过片刻，恪贵人便进来了。她本是温顺的女子，如今一双眼哭得和桃子似的，满面涨得虾子红，窘迫地搓着衣襟，却忍不住不哭。

如懿赐了她坐下，又命菱枝端了热茶来看她喝下，方才和颜悦色道："有什么事，尽管告诉本宫。一个人哭哭啼啼，却成了说不出的委屈。"

恪贵人张了张口，又把话头咽下，只是向隅嘤嘤而泣。海兰抚了抚她肩头，"哎呀"一声："春夜里凉，你若冻着了，岂不是叫家里人也牵挂。在宫里举目不见亲，有什么话只管在翊坤宫说，都不怕。"

恪贵人双目浮肿，垂着脸盯着鞋尖上绣着的并蒂桃花朵儿，那一色一色的粉红，开得娇俏明媚，浑然映出她的失意与委屈。她的声音低低的，像蚊子咬着耳朵："臣妾也不知自己怎么了，伺候了皇上多年，如今倒不懂得伺候了。"

这话有些糊涂，如懿与海兰面面相觑，都有些不安。如懿索性劝她："话不说穿，除了自个儿难受，也叫旁人糊涂。"

恪贵人盯了如懿一眼，扑通跪下，抱着如懿的裙裾哭道："皇后娘娘，臣妾也不知哪里伺候得不好。皇上处理政务想是累了，精气神儿不好，臣妾也不敢狐媚皇上，便劝皇上歇息。谁知皇上推了臣妾一把，怪臣妾不懂伺候。"

暖阁里的都是侍过寝的嫔妃，自然懂得"精气神儿不好"是什么意思。海兰怕恪贵人不自在，索性看着别处的影子装聋作哑。

如懿听了这话头，便知不好劝说，只得拉了她起身："好了，这事也不怪你。皇上的心自该在前朝，如今西陲的战事揪着皇上的心呢。"

她不劝尚好，一劝，恪贵人哭得越发厉害："臣妾向来不是很得皇上喜欢，不过每月侍奉皇上一两回。可这些日子，不只臣妾，许多姐妹都瞧了皇上的脸色。是不是豫嫔一入宫，臣妾等都没有立足之地了呢？"

如懿听得话中有话，便问："除了你，还有谁？"

恪贵人掰着指头道："恭贵人、瑞贵人、禧贵人，连颖嫔姐姐都吃了挂落儿，只不过都咬着被角偷偷儿哭罢了。唯有恂嫔，她也被送了出来，只她不在意。"

她说起的，多是蒙古嫔妃，一向又要好，闺房里自然可能说起。如懿听得心惊肉跳，只维持着面上平和："那又干豫嫔什么事？"

恪贵人眼神一跳，有些胆怯，旋即咬着手里的水红绢子恨恨道："皇上只说豫嫔会伺候人，唯她没有被早早送出来。"

如懿安慰了恪贵人，便叫好好送回去。海兰睨她一眼，摇了摇头，只道："恪贵人一说，臣妾可越发好奇豫嫔了，可是什么来头呢？"

这一日逢着李玉不当班，如懿便唤来了他细细追问。李玉忸怩得很，浑身不自在，吞吞吐吐才说了个明白。原来这些日子侍寝，唯有豫嫔最得眷宠，皇帝一时也离不开，而若换了旁人，次日皇帝便有些焦躁，要去唤江与彬来。

事已至此，如懿亦不能再问，又细细问了皇帝饮食睡眠，倒也如常，也只得打发李玉走了。

恪贵人这般不得皇帝的意，到了午后，皇帝便唤了豫嫔来伺候自己午睡。豫嫔与皇帝厮闹了一回，摸着皇帝手指上的扳指缓缓地拔下又戴上，只是咻咻地笑。皇帝有心逗她，奈何身上困倦，便也不与她胡闹，豫嫔便只好服侍皇帝躺下了。过了一炷香时分，豫嫔看皇帝鼾声渐起，轻轻咬着皇帝的耳朵唤了几句，见皇帝始终不作声，一味睡得香甜，才放心往暖阁走去。她从皇帝方才凝神看的奏折里抽出一本，默默诵读："寒部地处偏远，乃是雪山大部，臣请皇上留意……"她心下一惊，回头看皇帝依旧熟睡，心想难道皇帝留心上了寒部，得赶快告诉阿爸和王爷知道才好。想罢，她悄然步出养心殿，看侍女朵颜守在外头，便将方才所知用蒙文写下字条，交给朵颜着人送出去，也好叫科尔沁部上下来日在皇帝跟前应对得当，为母族换得无上好处，另则又催了药，眼见朵颜离开，才放心回了寝殿继续侍奉皇帝。

这一日，如懿查完敬事房的记档心事重重，海兰知她忧心，论起御花园春色繁盛，特意便带了她一同往园子里去。

如懿与海兰挽着手，漫步园中看着春光如斯，夭桃娇杏，色色芳菲，不负春光，怡然而开，便道："好好地闷坐在宫里说旁人的闲事，还不如来这里走一走呢。春色如许，可莫辜负了。"

海兰笑吟吟道："皇上不肯辜负六宫春色，雨露均沾，咱们也且乐咱们的便罢。"

花木扶疏，荫荫滴翠，掩映着一座湖石假山。山前一对狮子石座上各有一石刻龙头，潺潺清水从中涌出，溅出一片蒸腾如沸的雪白水汽。假山上薜荔藤萝，杜若白芷，点缀得宜。一座小小飞翼似的亭子立在假山顶上，一个着茜桃红华锦宫装的女子正坐亭中，偶有笑语落下。

"咱们科尔沁部历来都出皇后，最不济也是个淑妃，本宫仅为嫔位，自然是委屈了。"

似乎是宫女的声音："皇上不是答应了小主会即刻封妃么？咱们赶在悯嫔前头成了妃子，可不是打了霍硕特部的脸？小主可是为寨桑大人争气了！"

豫嫔的声音趾高气扬："不仅是妃位，贵妃，皇贵妃，本宫都会一一得到。左右皇上宠爱本宫，不喜旁人，本宫有什么可怕的。"

那宫女道："皇上如此宠爱小主，旁人都成了东施丑妇，看也不看一眼。即便哪日废了皇后由您顶上也是有的，谁叫咱们博尔济吉特氏专出皇后呢！"

豫嫔笑得欢喜而骄傲："太宗的孝端皇后、孝庄皇后，世祖的孝惠皇后都是咱们博尔济吉特氏的女子。皇上唯一的嫡公主和敬公主当年也是嫁到了咱们科尔沁部来。如今的皇后也不过是继后，那中宫的宝座能不能坐稳，还是两说呢。"

二人笑语得趣。海兰驻足听了半晌，冷笑一声："皇上要封豫嫔为妃？怎的娘娘与臣妾都不知晓？"

如懿低头拨弄着护甲上缀着的红宝石粒，不咸不淡道："这样的话自然是枕畔私语了。当然了，科尔沁部的格格，封妃也是应当的。"

海兰蹙眉，嫌恶道："小小妃妾，也敢凌辱中宫！姐姐也该让她知道天多高地多厚。"

如懿蕴起一抹笑色，清怡如天际杏花淡淡的柔粉："此刻豫嫔是皇上心尖子上的人，本宫何必去惹这个不痛快。且一次传杖就能灭得了一个人的野心么？"她神色淡然，转脸道，"听说这阵子纯贵妃身上一直不大好，咱们去瞧瞧她。她也可怜，日夜为了儿子熬心血，也是撑不住了。"

海兰虽然着恼，但如懿这般说，也只得随着她去了。

二人看过绿筠，已是傍晚时分。陪着皇帝用膳的是嬿婉。如懿行经永寿宫，看着传菜的太监陆陆续续鱼贯出入，十分齐整安静。皇帝用膳，想来满、蒙、汉菜色齐全，一时流水价往来。海兰眼尖，忽然努了努嘴，见对面长街的转角根下，一个小宫女伸着半个脑袋盯着永寿宫门口。那宫女本掩着身子，若非偶尔被风卷起浅绿裙角，暮色四合之际，倒也不易察觉。

容珮撇了撇嘴，不屑道："如今底下人越发没规矩了，争风吃醋都派人盯到别人宫门口了，也不管教管教。"

如懿便问："你认得她？"

容珮点头："鬼鬼祟祟的主子便有鬼鬼祟祟的奴才，上不得台面，是豫嫔带来的宫女朵颜。"

如懿也不多留，只作没瞧见，对三宝道："留神着点儿。"三宝应承着，众人照旧回宫不提。过了两日，三宝便有了消息："朵颜什么都没做，只看着皇上用膳完毕，便走了。"

如懿思忖片刻："皇上近日用了什么菜色，你都查了么？"

三宝抹着额上的汗："都问了。御膳房的规矩，皇上每顿所用菜色大多不同，十日之内绝不重样。倒是皇上喜欢御田米煮的白米饭，每日都用。"他靠近，低声道，"奴才还查了，为皇上做御田米饭的，是与豫嫔小主沾亲带故的。"

如懿眼神一跳，旋即淡然，挥了挥手："下去吧。"

次日，皇帝下朝，来翊坤宫看过了永璂，便与如懿说起豫嫔封妃之事："恂嫔虽然年轻，但总是冷冷淡淡的，不如豫嫔温柔热情，又出身高贵。"

如懿脸上瞧不出分毫不悦之色："说来科尔沁部本是比霍硕特部尊贵些。"

皇帝以为她赞成，便也中下怀："朕给豫嫔妃位，也是给她母族科尔沁部脸面。所以皇后，豫嫔封妃的礼仪，一定要格外隆重。"

如懿答应着，一脸欢愉得体："豫嫔既得皇上心意，臣妾一定会好好办妥封妃之事，务求体面风光。毕竟是满蒙联姻，和敬公主也嫁在了科尔沁。"

皇帝走后，如懿便唤来豫嫔秘密商量封妃之事。如懿的谦和之色，让豫嫔愈加得意，连容珮奉上的一对金凤双头珊瑚珠钗亦不客气地笑纳："皇后娘娘如此厚爱，臣妾也不敢推辞了。"

如懿含笑："本宫年纪渐长，看你们几个年轻的伺候皇上如此妥帖，本宫自然高兴。"

外头有乐声传进，如丝如缕，悠扬清逸，反反复复只唱着同一首曲子。

"宝髻偏宜宫样，莲脸嫩，体红香。眉黛不须张敞画，天教入鬓长。莫倚倾国貌，嫁取个，有情郎。彼此当年少，莫负好时光。"①

"……莫倚倾国貌，嫁取个，有情郎。彼此当年少，莫负好时光。"如懿闻声侧耳倾听，不禁轻吟浅唱。

豫嫔听了数遍，也生了好奇之心："怎么皇后娘娘很喜欢这首歌么？外头的歌姬一直在唱这首呢。"

如懿温柔的面庞泛起无限怅惘："这首曲子是唐玄宗的《好时光》。本宫与皇上多年相处，皇上最爱在晨起时分听这首曲子。如今本宫年长，不比你们时时能见到皇上，所以唤来歌姬解闷罢了。"

豫嫔"哎哟"一声，眸中晶亮一转，侧耳听了片刻，掩唇笑道："娘娘是中宫皇后，怎么会见不到皇上？可是怪臣妾陪着皇上太多么？"

如懿抚着云鬓青丝，苦笑道："色衰而爱弛，每日晨起看见新生的白发，就提醒着本宫青春不再。而太年轻的女子，娇纵任性，皇上也未必喜欢。如你这般解风情，又有大家名门的尊贵，最合皇上心意。所以新人里头，皇上也只属意你封妃。"

容珮忍不住插嘴："豫嫔小主入宫才多久便封妃，真是前途无量。"

如懿越发器重，扶住豫嫔的双手："册封礼的事本宫会为你安排好，

---

① 此词出自唐玄宗李隆基的《好时光》，词中着意描写一位倾国丽人，莲脸修眉，年轻貌美，希望她能及时"嫁取个"多情郎君，莫辜负"好时光"。这首小令，抒情委婉，描写细腻，对后世词风有一定影响。《开元轶事》云："明皇谙音律，善度曲。尝临轩纵击，制一曲曰《好时光》。"方奏时，桃李俱发。后所度诸曲皆失传，唯《好时光》一阕仅存。

一定让你风风光光，享受科尔沁部该享受的荣耀。"

豫嫔饱满如银月盘的脸上洋溢着无可掩饰的喜悦，欠身告退："那便多谢皇后娘娘了。"

她说罢，便扶了侍女的手大剌剌离去。容珮见她这般，忧心忡忡道："皇后娘娘近日爱听这首曲子也罢了，怎么好好的让豫嫔听去，窥知了皇上和娘娘的喜好？好没意思。"

"有没有意思，不在这一时！"如懿轻轻一笑，"如今本宫算是知道豫嫔的好处了，待字闺中久了，竟是个妇人的体貌，稚童的脑子。难怪是男人都会喜欢。"她侧首取过一把小银剪子，看着镂雕云龙碧玉瓶中供着一捧捧碧桃花，挑了数段有致之枝，一一利落剪下，轻轻哼唱："莫倚倾国貌，嫁取个，有情郎。彼此当年少，莫负好时光……"

壹捌　香見歡

豫嫔的封妃之日是在三月初一。内务府早就将妃位的袍服衣冠送入永和宫中。

朵颜满面堆笑，欢喜不胜："内务府一早就将妃位的衣冠送来，等会儿小主穿上，便可行册封礼了。"她想了想，笑容稍减，"不过奴婢听说，蒙古的妃嫔们都约好了，不来参加小主的册封礼。"

厄音珠浑不在意，只在镜前左顾右盼，试着几支步摇珠钗："她们不来本宫照样是皇上钦封的豫妃。那和敬公主呢？她总要给本宫这个面子吧？"

"和敬公主带了世子去南苑小住，让谙达们教世子箭术呢。不过和敬公主的贺礼已经送来了。"

厄音珠托腮照镜，簪上一朵硕大的水红芍药："那也罢了。去，把皇后赏的金凤珊瑚钗拿来，等下去谢恩时戴着也体面。"她转头看朵颜一眼，"听说阿爸的药送到了，有了这药更能固宠。这里让别人伺候，你去拿吧。"

朵颜答应着,立刻去了。

"宝髻偏宜宫样,莲脸嫩,体红香。眉黛不须张敞画,天教入鬓长。莫倚倾国貌,嫁取个,有情郎。彼此当年少,莫负好时光。"豫妃轻轻哼唱,歌声悠悠荡荡,情意脉脉,回荡在永和宫的朱墙红壁之下,袅袅回旋无尽。

那歌声,直直挑起了刚刚起身的皇帝心底的隐痛。几乎是在同一瞬间,豫妃听到了皇帝的怒吼:"你在胡唱些什么?"

豫妃惊得手中的象牙玉梳也落在了地上,慌忙伏身跪拜:"皇上恕罪!皇上恕罪!"

皇帝喝道:"哪儿学来这些东西?好好一个蒙古女子,学什么唱词?"

豫妃慌慌张张道:"皇上恕罪。臣妾只是见皇上喜欢听令嫔唱昆曲,又雅好词曲,所以向南府学了这首曲子。臣妾,臣妾……"

她讷讷分辩,正在精心修饰中的面庞带着茫然无知的惊惶暴露在皇帝眼前,也露出她真实年纪带来的眼角细细的纹路和微微松弛的肌肤。

再如何用心遮掩,初老的痕迹,如何敌得过宫中众多风华正艳的脸。何况是这样新妆正半的脸容,本就是半成的俏丽。

皇帝厉声喝道:"所谓德容言功你可知晓?一早起来不事梳妆更衣,满口胡呲。何来德?何来容?"他容不得豫妃说话,又斥道,"什么彼此当年少,莫负好时光!朕是年近五十,但你也是三十老女。难道嫁与朕,便是委屈你了么?"豫妃惶惶然,正仰起面来要申辩,皇帝狠狠啐了一口在她面上:"别人想着要年少郎君也罢了,朕是看在大清与科尔沁部彼此联姻的分儿上才对你格外优容,谁知却纵得你这般不知廉耻,痴心妄想!"

李玉在旁跪劝道:"皇上息怒,皇上息怒。"

皇帝气得喉中发喘,提足便走,只留豫妃软瘫在地,嘤嘤哭泣。

皇帝气冲冲走出永和宫,正遇见宫外的如懿,不觉微微一怔:"皇后怎么来了?"

如懿的眼里半含着感慨与情动："臣妾方从茶库过来，选了些六安进贡的瓜片，是皇上喜欢喝的。谁知经过永和宫，听见里头有人唱《好时光》，不觉便停住了。"

记忆牵扯的瞬间，皇帝脸庞的线条慢慢柔和下来，缓声道："这首歌，是你当年最爱唱的。"

如懿微微颔首，隐隐有泪光盈然："是臣妾初嫁与皇上时，皇上教给臣妾的。眉黛不须张敞画，天教入鬓长。所以臣妾画眉的时候，总记得当年皇上为臣妾描眉的光景。"有春风轻缓拂面，记忆里的画面总带着浅粉的杏桃色，迷迷蒙蒙，是最好的时光。她黯然道："原来如今，豫妃也会唱了。"

皇帝的脸色沉了又沉，冷冷道："她不配！"他伸出手引她并肩向前，"这首歌朕只教过你，除了你，谁也不配唱。"

如懿轻轻一笑："彼此当年少，那样的好时光，臣妾与皇上都没有辜负。"

皇帝眼底有温然的颜色，郁郁青青，那样润泽而温和。她知道，只这一刻，这份温情是只对着她，没有别人。哪怕日渐年老色衰，他与她，终究还有一份回忆在，不容侵袭。

身后隐隐有悲绝的哭声传来，那股哀伤，几欲冲破红墙，却被牢牢困住。

如懿并不在意，只是温婉问道："皇上，臣妾在宫里备下了膳食，可否请皇上同去？"

皇帝自然允准，如懿与他并肩而行，唇边有一丝笃定的笑意。

这一顿饭吃得清爽简单，时令蔬菜新鲜碧绿，配着入口不腻的野鸭汤，几盘面食点缀。

皇帝便笑话如懿："春江水暖鸭先知，菜色正合春令，最宜养生之道。只是以汤配米饭最佳，怎用花卷、糜子同食？皇后是连一碗米饭都小气么？"

如懿有些尴尬，屏退众人，方才低声道："臣妾正是觉得皇上所食米饭无益，才自作主张。"她轻叹，屈膝道，"皇上，都是臣妾无能，若非永琪，只怕臣妾与皇上都懵然不知。"

她说着，击掌两下，永琪进来道："儿臣请皇阿玛、皇额娘万安。"

皇帝看他："有话便说。"

永琪跪下道："皇阿玛，去岁东南干旱无雨，影响收成，朝廷曾派人赈灾送米。如今春日正短粮，儿臣特意让人从东南取了些朝廷发放的米粮来，想送进宫请御膳房烹煮，与皇阿玛同食，也是了解民间疾苦。谁知御膳房做米饭的厨子支支吾吾，儿臣起疑，便叫人尝了皇阿玛素日所食的御田米饭，却是无恙。"

皇帝瞪目："既然无恙，你想说什么？"

永琪叩首道："为皇阿玛试饭菜的皆是太监，所以这米饭他们吃下去无恙。儿臣想着皇阿玛一饮一食皆当万分小心，又特意请了太医来看，才知皇阿玛所用的御田米饭，都被人买通了厨子下了一味凉药。"

皇帝大惊："什么凉药？"

永琪面红耳赤："此中缘故，儿臣已然请了江太医来。"他说罢，便叩首离开。

江与彬候在外头，进来便一股脑儿道得清楚："所谓凉药，是专供女子排除异己讨夫君欢心所用的。与咱们中原的暖情药不同，那凉药必得是夫君与旁的女子同寝前所用，若不知不觉服下，总觉酸软倦怠，四肢乏力，不能畅意。过了三五个时辰，药性过去，男子便能精神如常，而下药的女子则以此固宠。"

皇帝的面上一层层泛起红浪，是心头的血，挟着一股子暗红直冲上来，掩也掩不住。这样难堪的后宫纷争，却是被心爱的儿子无意中一手揭开，揭开荣华金粉下的龌龊与不堪。如何不叫他赧然，平添恼意。

皇帝额头的青筋根根跳动，一下，又一下，极是强劲："是谁做下的？"

如懿静静道："豫妃。永琪说，那厨子已然招了。"

皇帝十分着意："有毒无毒？"

"无毒。"江与彬急急忙忙道，"皇上前些日子龙体不快，便是这凉药的缘故。掺在米饭里，无色无味，尽够了。"他慌忙跪下："微臣无用，不能早些察觉，以致皇上多用药石，都是微臣无能。"

皇帝眉心突突地跳着，咬着牙道："此事不是你能知道的。若非永琪纯孝，只怕也不能知。"

如懿愀然不乐："也是臣妾无用，料理六宫不周，才使恪贵人等人平白受了委屈！"

江与彬似是要撇清前些时日施药无用的干系，又追上一句："皇上龙体本来无恙，只是被人刻意用药，才精神委顿，不能安心处理朝政。若停了此药，微臣再以温补药物徐徐增进，便可大安了。"

皇帝遣了江与彬下去，面红耳赤："贱妇蠢钝，如此争宠，真是不堪。"

如懿婉然进言："是药三分毒。豫妃纵然只为争宠，但手段下作，不惜以皇上龙体为轻，实在不堪。"

永琪低首："皇阿玛，这是宫内私情，还有一事，干系国事。儿臣近日出入宫中，发觉有太监在洒扫时蓄意接近养心殿。儿臣便留了心，果然查出有太监私相授受，向宫外传递消息。"

皇帝心惊不已："那是何人？"

"是豫娘娘安排的太监。儿臣查知有人将皇阿玛奏折上的要务偷偷记录，派人送往母族，以便探知朝廷心意。"

皇帝大惊，这般窃知国事，嫔妃中从来未闻，便是淑嘉皇贵妃在世，也不敢如此大胆。

如懿徐徐劝道："今日是豫妃的封妃之日，皇上的口谕早已传遍六宫，可不要因为一时的怒气伤了龙体。且此事传出，也实在有损皇上圣誉！"

皇帝紧握双掌，冷哼一声："豫妃？"他肃然片刻，只听他呼吸声越来越沉，"朕的旨意已下，断难回转！但豫妃狂妄轻浮，心机险恶，怎配为妃侍奉朕左右？李玉，传朕的旨意，封妃照旧，但朕，再不愿见这贱婢。告诉敬事房，将她绿头牌摘下，再不许侍寝，将她禁足于自己殿阁内，无旨不得出来！她便只是这个紫禁城的豫妃，而非朕的豫妃！"

豫妃的骤然失宠，固然引起揣测纷纭。但，谁肯去追究真相，也无从得知真相。流言永远比真相更花样迭出，荒唐下作，从这个人的舌头流到那个人的舌头，永远得着不确定的乐趣，添油加醋，热辣香艳。此中秘闻，厨子已然招供，豫妃也早无从抵赖。只是豫妃禁足宫内，再不见天日。而和敬知道消息，也嫌豫妃蠢钝无用，这样丢了自己和科尔沁部的脸面，再不去理睬她了。

这样的一时之秀，出身望族的宠妃，也可轻描淡写挥手拂去，皇后做得久了，真正有一番甘苦在心头，亦懂得如何借力打力，不费吹灰之劲。

经此一事，皇帝对永琪更是看重，让永琪了解寒部事宜，领了户部差事，又封了贝勒。永琪向来在儿女情事上从不沉溺，待福晋也是尊重有余，亲热不足。如今拼命在差事上，少年时得的附骨疽便发了数次，他青年人懒怠延医问药，也就敷衍过去了。府中有个叫芸角的侍女，容色清丽无俦，言语伶俐，性子乖巧，最得永琪喜爱。永琪知她冬天爱堆雪人，春日护着檐下的燕子窝，养着老燕子和小燕子，便也由着她性子来，一来二去，便成了跟随自己的通房丫鬟，又给了格格名分，常在身边伺候。

这样的事，如懿和海兰是不清楚的。只消有人伺候好了永琪，海兰见过了一两次，知道是个端正清白的人家，笔帖式胡存柱的女儿，也颇放心，只叮嘱永琪不要宠妾辱妻，爱护福晋，便也罢了。

宫中一直无事，唯一让人心弦弹动的，反而是天山的寒部节节败退之后，兆惠所要带回来处置的一个女子。

寒氏香见。

寒氏尚未入宫，为表顺服，寒部便将部族之荣白玉之贡送到了皇宫内库。那白玉之贡是位美人玉像，见过之人都说与寒氏姿容相仿，如同谪仙。皇帝只是一哂："言辞夸大，朕不相信。且区区白玉之贡并不能彰显寒阿提顺服的诚意。"

倒是傅恒极力进言："自从皇上平定准噶尔，寒部首领寒阿提终于愿意顺服我大清。香见公主貌若天仙，深得边地诸部尊重爱戴。若得香见公主，等于得到边地十数部落的人心。"

皇帝才微微颔首，只等着寒氏入宫。

许多年后，如懿回想起初见香见的那一日，是三月刚过的时候，天气是隐隐躁动的春意荡漾。按着节令的二十四番花信，如懿掰着指头守过惊蛰，一候桃花，二候棣棠，三候蔷薇。海兰傍在她身边，笑语盈盈数着春光花事，再便是春分，一候海棠，二候梨花，三候木兰。

那也不过是个再平常不过的日子。所谓的庆功宴，和每一次宫廷欢宴并无差别。歌依旧那么情绵绵，舞依旧那么意缠缠。每一个日子都是金色的尘埃，飞舞在阳光下，将灰暗染成耀目的金绚，空洞而忙乱。日复一日，便也习惯了这种一成不变，就像抚摸着长长的红色高墙，一路摸索，稍有停顿之后，还是这样无止境的红色的压抑。

直到，直到，香见入宫。

紫禁城所有的寡淡与重复，都因为她，戛然而止。

那一日的歌舞欢饮，依旧媚俗不堪。连舞姬的每一个动作，都似木偶一般一丝不苟地僵硬而死板。上至太后，下至王公福晋，笑容都是那么恰到好处，合乎标准。连年轻的嫔妃们，亦沾染了宫墙殿阙沉闷的气息，显得中规中矩，也死气沉沉。

是意气风发的兆惠，打破了殿中欢饮的窒闷。自然，他是有这个资格的。作为平定寒部的功臣，他举杯贺道："皇上，奴才奉命护送寒部至宝入宫，献与皇上。"

嬿婉轻轻一哂，不以为意："区区女子而已，哪怕是征服寒部的象征，也不必这般郑重其事吧！"

陆氏亦道："都说是什么美人，能有多美？边地异族，略平头正脸的都当是美人了吧。而且听说路上为她还死了人，多晦气！"

陆氏所言，是指寒氏刚离部族入宫，便有青年男子一路追随，谁知路遇雪崩，那男子便罹祸丧命了。后来才知，那男子是她未婚的夫婿寒企。

绿筠素不喜嬿婉，但也不禁附和："令嫔所言极是。丧夫之女，多不吉利！带入宫中，也太晦气！"

如懿与海兰对视一眼，深知能让兆惠这般大张其事的，必不会是简单女子，所以在想象里，早已勾勒出一个凌厉、倔强的形象。

而香见，便在那一刻，徐徐步入眼帘。她雪色的裙袂翩然如烟，像一株雪莲，清澈纯然，绽放在冰雪山巅。那种炫目夺神的风仪，让她在一瞬间忘记了呼吸该如何进行。后来如懿才知道，她这样装扮，并非刻意引起他人注意，而是在为她未嫁的夫君服丧。如懿很想在回忆里唤起一点儿那日对于她惊心动魄的美丽的细节，可是她已经不记得了。印象里，是一道灼灼日光横绝殿内，而香见，就自那目眩神迷的光影里静静走出，旁若无人。

她近乎苍白的面庞不着一点儿粉黛，由于过度的伤心和颠沛的旅途，她有些憔悴。长发轻绾，那种随意而不经装点的粗糙并未能抹去她分毫的美丽，而更显出她真实的却让人不敢直视的丰采。

在那一瞬间，她清晰无误地听到整个紫禁城发出了一丝沉重的叹息。她再明白不过，那是所有后宫女子的自知之明和对未卜前程的哀叹。

而所有男人的叹息，是在心底的。因为谁都明白，这样的女子一旦入了皇帝的眼，便再无任何人可染指的机会了。

如懿的心念这样迟钝地转动，可是她的视线根本移不开分毫，只听见嬿婉近乎哀鸣般的悲绝："这种亡族败家的妖孽荡妇，绝不可入宫！"

嬿婉的话，咬牙切齿，带着牙根死死砥磨的戒备。如懿不动声色地推开她的手，想要说话，却情不自禁地望向了皇帝。

瞠目结舌，是他唯一的神态。唯有喉结的鼓动，暗示着他意外的心动和欲望。如懿，几乎是默不可知地叹息了一声。

那是没有办法的事。

兆惠得意扬扬，道："太后，皇上，这便是寒部公主寒香见。"

那女子只是冷脸相待。兆惠想是见多了她这般冷淡的面容，倒也不以为忤，依旧笑眯眯道："香见公主乃寒部第一美人，名动边地。又因她名香见，爱佩沙枣花，玉容未近，芳香袭人，深得边地各部敬重，几乎奉若神明。"

太后微微颔首，数着手中拇指大的十八子粉翠碧玺念珠，那念珠上垂落的赤金小佛牌不安地晃动着。太后闭上眼，轻声道："原以为笑得好看才是美人，不承想真美人动怒亦是国色。我见犹怜，何况年轻子！"

海兰的目光极淡泊，是波澜不兴的古井，平静地映出香见的绝世姿容。她轻挥着手中一柄象牙镂花苏绣扇，牵动杏色流苏徐徐摇曳，有一下没一下地打在她湖水色缂丝梨花双蝶的袖口："臣妾活了这一辈子，从未见过这样的美人。先前淑嘉皇贵妃与舒妃在时，真是一双丽姝，可比得眼前人，也成了足下尘泥了。"

绿筼微有妒色，自惭形秽："哀哉！哀哉！幸好那两位去得早，舒妃还罢了，若淑嘉皇贵妃还在，她最爱惜最得意的便是自己的容颜，可不得活活气死过去！"

绿筼的话并非虚言。皇帝最懂得赏识世间女子的美好，宫中嫔妃，一肌一容，无不尽态极妍，尤以金玉妍和意欢最为出挑。玉妍的艳，是盛夏的阳光，咄咄逼人，不留余地；意欢的素，是朱阁绮户里映进的一弯上弦月色，清明而洁净。但，在出尘而来的香见面前，她们毕生的美好鲜妍，都成了珠玑影下蒙垢的鱼目。

香见既不跪拜，也不行礼，盈然伫立，飘飘欲仙，不带一丝笑意。

兆惠笑道："皇上，香见既承父命，有与我大清修好之意。阿提愿代表寒部，请求皇上宽恕，望不要迁怒于那些渴盼和平的寒部民众。寒部自愿奉上公主，入宫伴驾。望以此女一舞，以表与我大清和睦修好之意。"

皇帝惊喜不已，喃喃道："你会跳舞？"

香见的容颜是十五月圆下的空明静水，从容自若，道："是。我的未婚夫婿寒企最爱我的舞姿，所以遍请各部舞师教习。在草原上，常常是他吹口弦我跳舞。"

众人见她当众说起自己的未婚夫婿，坦然真挚，倒也佩服。

兆惠连忙解释："回太后、皇上，香见公主曾有婚约，但未婚夫婿已殁，如今仍是未嫁之身。"

"虽然未嫁，但有婚约。"香见倔强道，"寒企是为了寻我才被冰雪没顶。他待我一片情真，即便身死，情不能灭！"

太后默默叹息，皇帝却只点点头，看向兆惠："当真身死？"

兆惠道："是。寒企追寻香见公主，路遇雪崩，实在难救。"

"那就不要提这样伤心事了。"皇帝注目于容色和蔼的太后，恭谨道，"皇额娘可愿意观她一舞？"

太后以宁和微笑相对："曾闻汉武帝时李夫人一顾倾人城，再顾倾人国。哀家愿意观舞。"

香见咬着下唇，凄苦气恼中不失倔强之色。她霍然旋身，裙袂如硕大的蝶翅飞扬，凌波微步摇曳香影，抽手夺过凌云彻佩带的宝剑，笔直而出。

这一惊非同小可，已有胆小的嫔妃惊叫出声，侍卫们慌作一团拦在皇帝身前。皇帝遽然喝道："不要伤着她！不要！"

香见凛然一笑，举剑而舞，影动处，恍如银练游走。舞剑之人却身轻似燕，白衣翩然扬起，如一团雪影飞旋。她舞姿游弋处，不似江南烟柳随风依依，而是大漠里的胡杨，柔而不折。一时间，珠贯锦绣的靡靡之曲也失尽颜色，不自觉地停下，唯有她素手迤逦轻扬处，不细看，还以为满月清亮的光晕转过朱阁绮户，陡然照进。

有风从殿门间悠悠灌入，拂起她的裙袂，飘舞旖旎，翩翩若春云，叫人神为之夺。

如懿目光轻扫处，所有在座的男子，目眩神移，色为之迷。而女人们，若无经年的气量屏住脸上妒忌、艳羡与自惭的复杂神情，那么在香见面前，也就成了一粒渺小而黯淡的灰芥。

所有的春光乍泄，如何比得上香见倾城一舞。

正当心神摇曳之际，忽然听得"铛"的一声响，仿佛是金属碰撞时发出的尖锐而刺耳的叫嚣。如懿情急之下，握住了皇帝的手臂，失声唤道："皇上！"

嬿婉遽然变色："皇上，此女意图行刺，该当灭族。"

香见镇定无比："一人做事一人当，与我族人无干！"

凌云彻已然挺身护在如懿与皇帝身前。皇帝根本不理会嬿婉："香见公主舞得入神，忘了御前三尺不可见兵刃。"

如懿的心跳失了节奏，低首看去，原来凌云彻一手以空剑鞘挑开了香见手中的长剑，唯余香见一脸未能得逞的孤愤恼恨，死死盯着皇帝，懊丧地丢开手。

香见泫然欲泣，却死死忍住了眼泪，仰天长叹："寒企，对不起，我报不了你的仇了！我的灵魂会来与你相聚。"

皇帝不知怎的，见了她便觉六感敏锐异常，心底一颤，目光不自觉便跟着她转。

香见忽然拉下胸口剑形链坠，拔掉外壳，一把锋利的小剑笔直指向自己脖子的动脉。小剑寒光锐闪，即将刺进香见脖子，皇帝一时情急，猛地掷过一个酒杯，小剑哐啷一声，被砸得飞出香见之手，铮然落在了地上。

香事 ｜ 壹玖

侍卫们立刻将刀剑架在了寒香见的颈旁。

其实香见的眼睛很美，似一泓春水，照得人生出碧凉寒意。而那寒意深处，尽是凛凛杀机。

皇帝的嘴唇微微泛白，面孔却是少年人才有的桃花泛水时的桃红艳灼，他极和蔼地道："寒氏不懂御前规矩，你们仔细伤着她。"

话音未落，如懿已然觉得太过露骨，却又不便劝什么，只向凌云彻道："把刀剑利器收起，免得误伤他人。"凌云彻领着侍卫们答应着退到一旁。

太后笑意淡淡，仿佛是看着一场闹剧，慵懒道："寒氏，你可不是真的想要行刺皇帝吧？你以为御前能任你为所欲为？"

嬿婉满脸鄙夷之色："她既是未亡人，还真是想以死相殉，跟着那未婚夫婿去了。"她转了隐隐笑意，软语道，"皇上，此等逆贼，不必姑息。"

湄若却是叹息："倒是个烈性的美人儿。"

皇帝不为所动，只是望着香见温煦如春风："女儿家何必动兵刃，仔细伤着自己。"

香见见皇帝如此殷切，愈加不豫，冷冷道："你！就是你害死了寒企！"

皇帝原本善于辞令，可眼见香见动怒，亦是皓月清辉、花树凝雪之貌，口中讷讷，一时不能应对。

"愚蠢！"如懿的声音似晴空春雷，骤然划过私语窃窃的殿中，她双眸微垂，覆落如乌云般的荫翳，语气凌厉，脸上神情却如常清淡，"寒企意外身死，的确可惜。但你意图行刺，岂非挑起大清与寒部的不和，再生嫌隙？"

香见悲愤不已，双眸血红，指着皇帝道："可他害死了我心爱之人，累我离乡背井，离开阿爹和族人，我怎能不恨？"

"本官听你念及族人，以为你总算深明大义。而你入宫，也是寒部有和睦之意。结为姻亲，便等于有了盟约。寒企之死，若使你伤害自己，埋下仇恨，你便罔顾了你父亲与族人的心意，成为不智不孝之人。"

香见满脸涨得血红，死死盯着如懿。如懿也不惧，只将纤纤十指垂落于十二朵西番莲沉香紫广袖之外，似霞光萦旋，自云端拂过。

半晌，香见似觉比不上如懿的气定神闲，气息稍馁，怔怔垂下泪来，凄然道："寒企是我心爱的男子，他勇猛，他有智谋，他本该是草原上的骏马、天空翱翔的雄鹰，却因为我而丧命，我怎能不痛心、不痛恨！"她想起爱郎离世，从此生死永隔，不觉颓然坐倒于地，痛哭失声。

如懿望向太后，见她颇为慨然，心下自是怜惜。太后温然轻语："寒香见，哀家明白你的伤心，但人已去了，你若再行不智之举，只会害了更多活着的人。"

皇帝深深颔首，容色清明："皇额娘所言极是，皇后的话也是朕的心声。"他的目光如柔软的春绸，紧紧包裹着凄苦无依的香见，"你放心。朕会设伊犁将军统辖边地各部，再设参赞大臣管理寒部，一定会让你们重归富庶安定的日子。"他见香见只是落泪不语，沉浸在巨大的哀恸之中，浑然未将他的话放在心上，也不觉有些尴尬。

太后见此情形，便好言解围道："香见公主一路风尘辛苦，又兼饱受惊吓。哀家让人替你在京中安排一个宅子住下。过些时日，皇帝会给你一个外命妇的名位，让你以尊荣之身回到寒部……"

太后话音未落，皇帝急急打断，心急火燎道："皇额娘思虑极是，儿子也是如此认为。"他唤道，"皇额娘，一切都已安排妥当，寒香见即刻入宫。"他寻思片刻，似下了极大的决心，深吸一口气："毓瑚，你带寒香见入承乾宫沐浴更衣，暂住歇息。"

如懿听得太后之意，大约是想给香见一个固山格格或多罗格格的名位，或是给个诰封，加以厚待安抚之后再送回本部，如此两下安然，也有些神意松弛。岂料皇帝之语突兀而起，惊得四座震动，一时不知该如何应对！

绿筠惊得失色，又不敢看皇帝，只得低着头绞着绢子，压抑喉头即将涌出的咳嗽。恪贵人求助似的望着如懿。嬿婉又惊又怒，只不敢露了神色，少不得死死按捺住。太后想要说什么，嘴唇微张，但还是忍住了，默默数着念珠不语。而其余嫔妃，无不色变，默叹。

绿筠为贵妃，居嫔妃之首，资历又深，见众人如此，少不得赔笑起身道："皇上……"她尚未来得及开口，皇帝已冷然目视她："纯贵妃，你想说什么？"她蓄积的所有气势在与皇帝目光相对时溃然而退。

皇帝扫过她的目光空洞而冷漠："纯贵妃，从前许多事朕不与你计较，你要更懂得安分才是。"

绿筠莫名其妙，只能忍耐着退回位次。

嬿婉忍着眼底的酸涩与嫉妒，小心翼翼道："皇上，承乾宫意为顺承乾坤，乃是非宠妃不得住的地方。自您登基，承乾宫一直空置，无人住过。"

皇帝看也不看嬿婉："那你觉得寒氏住哪里合适？要不要朕让你来

做主？"

嬿婉好容易才从答应复到嫔位，哪里敢多说这些，自寻晦气，连忙转了笑容道："臣妾只是想，或许有更合适的殿宇。自然，一切都是皇上说了算。"

皇帝轻哼一声，不耐烦再与众嫔妃说话。

如懿眉心一动，正欲出言，只觉得手背上多了温暖的沉重。她回首，但见海兰目视前方，平和无澜，只是微微摇首，暗示她不要多言。

如懿胸口一闷，已然抽出了自己的手，稳稳站起，屈身道："皇上，臣妾忝居皇后之位，不敢不多说一句，承乾宫乃六宫之地，不宜外命妇擅居，还请皇上思量。"

她的话，再明白不过。寒香见怎么封诰安抚都无妨，只要于大局安定有益，她都只会赞成，不会有一丝反对。可若将此女引入后宫，皇帝初见便已神魂无措，若真成为嫔妃，只怕凭空要惹出无端大祸。

太后亦颔首："皇后所言有理。皇上对寒氏如何封诰安抚都无妨，只要于大局安定有益。哀家以为……"

皇帝哪里能细细分辨太后与如懿语中深意，急不可耐道："那儿子便奉皇额娘懿旨，寒香见移居承乾宫，为承乾宫主位。"

太后连连摇头，颇为恼怒："皇帝，你当众曲解哀家之意，是决意要寒氏入后宫么？"

皇帝起身，郑重叩首："但求皇额娘成全。"

太后无言以对，只是长叹不已。

如懿只觉得胸口大震，而眼前的香见，一味沉浸在哀哭追思之中，全然不懂这道旨意是何意思。如懿极力镇定心神，正色唤道："皇上，寒氏方才剑指皇上，此刻就纳入宫中，只怕她心性未驯……"

皇帝一摆手，收起眼底汪洋般的迷恋，口角决断如锋，将众人的疑虑与震惊生生割裂："皇后不必多言，朕自有分寸。"他起身，欲走出殿外，目光只有逡巡过茫然失神的香见时，才满溢着温软而缠绵的情味。他郑重嘱咐李玉："将承乾宫好好打理出来。否则，朕就摘了你的脑袋。"李玉诺诺答应，悄然抹去额头冷汗。皇帝再不多言，阔步离去，将一众目瞪口呆尚未回过神来的人丢在身后。

嫭婉见皇帝三魂不见七魄，手心一阵阵冷汗直冒，滑腻得几乎抓不住绢子。如懿轻叹一声，向着身边的海兰低低道："皇上他已经不知自己在说什么了。"她欲言，却有无力感深深攫住了四肢百骸。

嫭婉从未见如懿这般灰心丧气，想要说什么，却又颓然坐下了。

太后亦含了一丝苦笑："皇帝说奉皇太后懿旨。你们都在这里，可曾听见哀家下什么旨意？"

如懿满心不安，立刻屈膝向太后道："儿臣无能，请皇额娘降罪。"

太后缓缓拨动手中的念珠："皇后你的确无能，但咱们的皇帝心气太硬，无人可以动摇。"

嫭婉悄然望向颖嫔处，见她一脸气恨难耐，也不稍加掩饰，只得默然垂首，勉强笑道："太后莫往心里去。皇上……皇上一时纵情，说不定一时半会儿心劲过了，也就丢开手了。"

太后并不作声，只是将犹疑的目光投向如懿，沉声道："皇后，你相信么？"

如懿沉默着低首，太后长叹一声，忧然起身："唉，哀家本想给寒氏一个外命妇的名位，让她安然度日，也好安抚寒部其余人等。却不想皇帝陡然生了招纳后宫的心志。此女入宫，只怕后宫永无宁日。唉，红颜祸水，只怕要惹出大祸。"

福珈满面忧愁，跟在太后身边，也疑道："难道皇上是想得到了深得边地各部爱戴的寒氏，便是征服了人心么？"

太后摇摇头，不置可否。她的忧惧是永夜来临前的蒙昧，将惶惑不安的情绪传递到每颗心的深处。如懿身形微微一晃，复又稳稳站住："有皇额娘在，儿臣等有所依靠，必无忧虑。"

话虽如此，可走到殿外时，如懿还是觉得心头的窒闷如殿外荫翳的铅云，低垂着重重逼迫而下。山雨欲来啊！

她扶着容珮的手，听着心浮气躁的颖嫔和恪贵人在耳边聒噪：

"皇后娘娘，这种亡族克夫的妖女，怎配入宫侍候皇上？"

"皇后娘娘，这种祸水，虽然没有嫁人，但到底也是许过人家的，怎么可以为嫔为妃呢？"

"皇后娘娘，您得拿个主意啊！"

如懿只觉得脑仁隐隐作痛，终于忍耐不得，以沉默的姿态定定望向两人："那么，你觉得本宫该拿什么主意呢？"

颖嫔登时哑然，却按捺不住气性，急道："皇后娘娘，皇上即便娶遍蒙古各部，只为满蒙联姻乃是国俗。可是寒部算什么，此女又心怀不轨，皇上怎能娶她在侧？"

长街的风霍霍穿行，将颖嫔最后的质问扯出尖厉的余音。这话勾得绿筠原本带着病色的面孔愈加颤颤："皇后娘娘，颖嫔这话说得在理。寒氏今日敢行刺皇上，明日保不齐会做出什么谋逆之事。和这样的女子在一起，只怕会危害皇上啊！"

如懿立在长街正中，任凭啸行的风吹起轻飘的云丝袍角，飞起如扑腾的蝶。她面色阴沉，一颗心如坠冰水："这样的话，本宫难道没有劝皇上么？"她看向默默跟在身后的忻妃，温然道，"忻妃，你如何打算？"

湄若垂着脸，静静道："回皇后娘娘的话，臣妾什么打算也没有。臣妾好容易才有了八公主，一心一意只以公主为念，不作他想。"

如懿微微颔首："你本是甘于满足之人，如今有了公主，更加恬淡随和。"

湄若牵动唇角柔和笑意："臣妾进宫时，阿玛就说过，得不高不低之位，争不荣不辱之地，才得长久平安。"

如懿眼中闪过欣慰之色，牵过她的手道："春来风燥，于小儿不宜。你先回去看顾八公主吧，免得她惦念。"

湄若闻言，如逢大赦，急急请安告退。如懿徐徐环视周遭之人，缓声道："颖嫔，恪贵人，你们俩是蒙古嫔妃中最出挑的。你们跳得那么高，会让人以为蒙古嫔妃不安分。"

二人有些讪讪，默默退了两步，掩身人后。

如懿向着绿筠绽出温和笑颜："纯贵妃，听说永璋的侧福晋又替他生了个女儿。真好，含饴弄孙，这是旁人羡慕不来的福气。"

绿筠如何不懂，又露出那副怯怯的神气，垂首恭谨："皇后娘娘说得是。孩子的寄名符还没换，臣妾心中记挂，先告退了。"

如懿关切，唇角绽出一片明净的愉悦："昨儿皇上赐了本宫两支极好的山参，等会儿本宫便着人给你送去。这两个月来你的咳疾一直未愈，太医说怕是伤着肺腑了，必得好好养着。你切莫操心太过了，你的福气，还长着呢。"

绿筠一壁答应，忍不住又侧首咳了几声，勉强笑道："皇后娘娘的教诲臣妾都懂了，也请娘娘宽心，皇上只说让她移居承乾宫，终究还没定位分，只怕一切还来得及。"

如此，颖嫔也有些尴尬，不自在地摸着衣袖上繁复的缀珊瑚珠粒花纹，眼睛望着不知名的地方，鼻子轻哼一声："什么位分不位分，都给了主位了，到时候不是妃位便是嫔位，都要和臣妾平起平坐了。"

如懿笑吟吟望着她，口气却肃然："颖嫔，蒙古诸妃中，你资历最深，也最得皇上宠爱。可是你入宫多年都未有生育，只能抚养令嫔之女。若能有一儿半女稳固地位，说话也会更有分量了。"

颖嫔的面孔是典型的蒙古女子的圆脸。可她长得那样好看，是圆月，是玉盘。若是面上那种心高气傲的神气可以稍稍减弱些，她的美会有更摄人的意味。这一刻，她终于被如懿的话击中，不安地低下了高昂的头颅，退到路边，恭送如懿离开。

待回到翊坤宫中，容珮奉上了凉到正好的百合酿金桂露，小心翼翼道："春来风沙大，易生了燥火，娘娘先喝碗甜露吧。"

如懿就着她的手喝了几口，温润的甜意顺着喉舌流入身体，才觉得浑身的烦闷减去了些许。外头的风更大了，吹得窗扇扑棱作响。菱枝带着小宫女忙不迭地将窗扇密密关上，生怕吵着郁郁沉闷的如懿。

容珮低低道："看样子是要下大雨了呢。这个时候，开窗风大吹着人，关上又闷得很，真是左右两难。"

如懿眸色沉郁，瞟她一眼："说话不要这样语带双关。这样的话本宫听得还少么？"

容珮慌忙跪下道："娘娘心里烦，奴婢知道。可如今这个局势，娘娘不也是两难么？"

如懿伸手蘸了点薄荷膏，轻轻揉着额头，任由清凉的气息渗透肌理，抚平焦躁："山雨欲来，谁能阻挡？熬得过去的就好好活下来，熬不过去的就成了吹落的残枝败叶。"她郁然长叹，"唉，听着一堆人聒噪，听得本宫脑仁发麻。"

容珮两眼一扫，道："愉妃小主倒没来说什么。出了殿就没见她人影。"

如懿浅浅一笑，稍有安慰之色："海兰轻易不开口，要是开口，必定是要紧的话。不像旁人闲扯八道，却无章法。"

两人正说着，却听外头三宝道："皇后娘娘，愉妃小主来向娘娘请安。"

如懿看一眼容珮，由着她扶正身子，理云鬓，正衣衫，方才道："请。"

外头湘妃竹帘轻轻一打，海兰已然转了进来，福了一福道："外头要落雨了，天气怪闷的，便去花房选了些燕草来，清芬满室，又可宁神，最适宜姐姐了。"

如懿淡淡一笑，将手边盛着荔枝蓼花的银罗碟推向海兰："这荔枝蓼花是你最爱吃的，尝一些吧。"说罢，又向容珮道，"愉妃身子弱，吃不惯百合这样性凉的东西，你去端一碗梨肉枇杷饮来吧。"

海兰取了一片荔枝蓼花慢慢吃了，方道："姐姐还有闲情逸致想着我爱吃什么，我也谢姐姐一番心意吧。"她起身，牵过如懿的手步至廊下，盈然一笑，"姐姐瞧，我把这些燕草都放在庭中，风吹草动，是不是很好看？"

如懿看着庭下风吹草仰，起伏无状，深深望向她："疾风知劲草，你想告诉本宫这个么？"

风频频刮起，庭中十数盆燕草修长的草叶狂舞若碧蛇。海兰穿着浅绿的衣衫，盈盈身姿在席卷着微尘的狂风中显得格外怯弱。她的衣裙上绣着大朵大朵盛放的玉色菡萏，被风鼓动得如波縠荡迭的涟漪。她倚在朱漆红柱下，定定道："人说劲草才能在疾风后留存，我却不太相信。因为只有柔弱的草，懂得随风变化，才不会被摧折。姐姐有没有见过，狂风之后，首先倒下的都是平时看似枝粗叶壮的大树，而细弱的草叶，风来则倒，风去则仰，最后才能安然无事。我很希望，姐姐不要做一棵树，而要如燕草一般，虽然细弱，但能审时度势，俯仰自如，才能清芬满天下。"

仿若有雨水从天空坠落，跌入水面，漾起涟漪微澜。如懿若有所思："宫里不少部族联姻送来的女子，寒氏不是第一个，也不会是最后一个。淑嘉皇贵妃、豫妃、颖嫔、恪贵人，谁不是代表母族要在后宫争得一席之地，寒氏却在大庭广众之下行刺皇上。她如此刚烈，心有所属。如何能在后宫安心侍奉皇上？"

海兰道："今日之事，实在是骇人听闻。若非亲眼所见，我真不相信皇上会这般。且那寒氏言行骇人。皇上却仍执意要将她纳入后宫，简直如迷了心窍一般。我与姐姐都知道的，皇上难道不知？可皇上偏要如此，连太后也劝不得。"

如懿的眸光有了些微变化："众目睽睽之下，皇上的言行确是失了分寸。我身为皇后，又如何能坐视不理。"

海兰又道："姐姐，寒氏已经入宫，眼下一时也由不得咱们，在皇上那儿，姐姐还是谨慎为先。像今日姐姐对皇上说的话，就实在有些犯险。"

如懿的声音极低："你觉得，本宫说了不该说的话？"

海兰扶住如懿的手臂，郑重道："恕我说句大不敬的话，姐姐以为皇后和嫔妃有什么区别么？在我看来，虽然名分有别，但都是仰皇上鼻息，看他喜怒做人。姐姐今日驳斥了寒氏那些昏话，于大礼义正词严，于小节得皇上欢心。我也为姐姐击节赞叹。"

"皇上心怀大略，运筹帷幄，平定边地，有不世之功，岂能因寒氏的儿女情长被诋毁？"

海兰轻轻叹息："所以姐姐这般忍耐不住？"

这一语，是锋利的刃，割破如懿强忍的抑郁伤怀："海兰，本宫陪了皇上大半辈子，他有过太多太多的女人，可是本宫从未见过他用这样的眼神去看一个人。"

"皇上善饮，所以极少喝醉。可是皇上看寒氏的眼神，连最好的酒都不能那样醉人。"海兰低低自嘲，"枉我也曾得过皇上恩宠，原来人与人，就是这般不同。"她的软弱只在瞬间，很快淡泊如常，"不过，我并不会像姐姐那般伤心，像令嫔那般失落。早就知道是自己不会得到的东西，就放弃对他的渴望。可惜，姐姐不会懂得。"

如懿黯然失神："是。本宫就是不懂得，所以才会在大庭广众下劝阻皇上。"

海兰安慰地抚过如懿的手："姐姐想要劝阻皇上心意，万一伤了自己，也实在犯不上。姐姐知道，承乾宫是什么地方，顺承乾坤，乃是非宠妃不得住的地方。没想到啊，承乾宫空置了数十年，最后竟是让一个未亡人住了进去。"

如懿伤感不已，她引袖，以避绝尘埃的姿态，掩去于这短短一瞬间难以抑制的痛苦："本宫最不明白的是，皇上一生胸怀大略，为何人到中年，才老夫聊发少年狂，对一个初见的女子这般狂热痴爱？也不顾臣民议论了么？海兰，本宫如何能坐视不理？"

"皇上固执己见，少有被人动摇。姐姐要牢牢记住这一点，切莫以卵击石，损害自己。另则，皇上这般，或许只是一时之兴呢。"狂风卷起飞扬的尘土，在殿阁的上空肆意飞舞。海兰伸出手，替她遮住眼前纷飞的杂尘，低柔道："姐姐，眼前的景象混乱不堪，只会脏了你的眼睛。闭上眼，我们不去看。"

如懿强迫自己安静下来："不看，不听，就可以不存在么？"

海兰沉静道："顾着眼前，顾着自己，才最要紧。"她忽而一嗤，带了几分轻蔑意味，"不过，姐姐也不必那么在意，事情或许也未坏到那一步。你说，皇上娶淑嘉皇贵妃、慧贤皇贵妃，娶颖嫔、恂嫔、忻妃，都是为了什么？"

如懿瞬间读懂了海兰眼底的蔑视："本宫固然明白，联姻是最好的笼络和安抚。或许皇上真有此意，可寒氏如此刚烈，怕勉强反而不好！"

静默的瞬间，有雨水倾盆而下，哗哗有声，激起满地尘泥飞溅。如懿与海兰站在檐下，望着暴烈肆虐的雨水沿着屋檐激流而下，将朱红艳润的重重宫墙染成血色的深红，整个皇宫，便被笼罩在一团巨大的水雾之中，朦胧不见去路。

很久以后，如懿回想起香见初入宫闱的日子，都觉得那段时光是那么朦胧一团。人便像走在大雾中，不知身在何处。大约是每一日都会有让人震撼的新消息传来，让她觉得，平静是一件再难企求的事。

而春日忽冷忽热的时气，夹杂着春雨的潮闷，与太后紧闭宫中一心求佛的举动如出一辙，为后宫的纷乱做下了最好的沉默而尴尬的注脚。

自然，嫔妃们的怨苦声最重，但这一点也不妨碍皇帝频频出入承乾宫的热情与执着。因为哀怨归哀怨，诅咒归诅咒，乖觉顺时是生存的最好法则，谁也不会真的一头碰到皇帝跟前向他大吐苦水。

于是，紫禁城后宫的日子，便在这样的诡异而热切的气氛中踯躅而前。

只是，所有人的目光，都无一例外地投向了风口浪尖上的承乾宫。

譬如，当香见真正意识到何为移居承乾宫为主位后，她发疯般号啕大哭，举起宝剑数度想要冲出承乾宫，却被凌云彻领着侍卫重重围住。直到皇帝送来她阿爹手书，要她安住宫内承奉君上，她才在崩溃后如死寂般平静下来。

譬如，皇帝将历年所藏的珍品悉数送入承乾宫，只为博香见一笑。而她却连眼皮也不肯抬，一味视若尘芥。若是她性起，恸哭之余便将赏赐能碎则碎，如绸缎布帛，则拿过剪子一一剪裂，一壁冷笑连连。每每皇帝到来，她也漠然相向，不发一言。即便皇帝为她带来族人的消息，甚至找回了寒企的尸首，她也冷言冷语，从不肯启唇对他一笑。

譬如，她不肯换下素白衣饰，每日只在宫中祈祷她的神明，保佑寒企死后得以安宁，也借以表示自己乃寒企的未亡人。对此，皇帝也从不勉强，只吩咐内务府日夜赶制她部族衣衫，或描金刺绣，或镶饰串珠，无不极尽奢丽，供她赏玩。而香见只是置于一旁，只以自己带来的旧衫更换。

譬如，她每日祈祷之后，只是握着胸前只留了壳子的宝剑形项链，将目光专注地投向家乡的方向，全然不顾望穿秋水，也穿不透重重宫墙。而皇帝，就在她的身后，痴痴望着她的身影，哪怕静坐整日，也不腻烦。偶尔，皇帝也有兴致和香见聊聊自己的平生功绩：二十五岁登基，定黄河，平水患，安苗瑶，定准噶尔……然而香见毫无兴趣，由他说得口干舌燥，只是充耳不闻。最后，皇帝也是索然无味，想要责备，却只是叹息："瑰姿艳逸，仪静体闲。香见之美，堪比洛水神仙。"

譬如，皇帝已经无计可施，还是嬿婉出主意，为解她思乡寂寞，吩咐御膳房每日送上她家乡饭菜，力求精致可口。她却郁郁寡欢。皇帝派人遣她从前的侍女入宫服侍，又送上寒部独有的乐器口弦和六孔笛，供她解忧。

皇帝从未有过这样的耐心和热情，自从香见入承乾宫，皇帝每日必有三五次去看她。余者皆过宫门而不入，惹得三宫六院怨声载道。而那怨声，皇帝自然是听不见的。

可哪怕受了这样的冷待拒绝，皇帝仍是兴致不减，香见越是如此，皇帝越觉得她不是庸脂俗粉。李玉跟着愁眉苦脸，一筹莫展，皇帝却笑："能让香见驯服和动心的不是物，而是朕。朕是天子，文武双全，天下莫不归心，世间女子对朕也莫不倾倒。香见只是一时抵抗，总有一日，她会如舒妃和婉嫔一般对朕的。"

李玉小心地问："那咱们还要给承乾宫送东西么？"

"送。有什么最好的，都给香见送去。这些东西虽然打动不了她，但朕要她知道，朕有多看重她。"

此外，皇帝对寒部也是格外厚待，大兴屯田，兴旺边地。连素来看重的蒙古诸部，也不及对寒部的重视了。

如此，六宫冷待之象，已然初见端倪。

这足以让每一个曾经身承雨露的女子惴惴不安。海兰与如懿私下说起，也是慨叹："皇上频频出入承乾宫，碰了一鼻子灰也不在乎。六宫嫔妃们暗地里对承乾宫抱怨的抱怨，诅咒的诅咒，可当着皇上，他们还是一声不吭，乖觉顺时。"

"皇额娘都管不了，旁人还能如何？不承想这些时日了皇上对寒氏还这般痴迷。"

海兰的笑意味深长："对于猎人，不温驯的猎物才是最有逐猎之趣的。皇上手握天下，什么女人不巴巴儿自己送上门来。如今见到一个野性难驯的，难免勾起征服之心，不得手誓不罢休。"

如懿对这样的譬喻很是不满："那是女人，不是猎物。"

"在皇上眼里都是一样的。求之不得才辗转反侧罢了。"海兰轻嗤。

如懿忧心忡忡："我看皇上如此不顾一切，恐怕为了寒氏，什么事都会做得出来。"

这一日为解香见乡愁，皇帝特意安排了寒部女子入宫歌舞娱情。一时间进忠来禀报嬿婉已遇喜三月，请皇帝至永寿宫看望，皇帝也毫不上心，只是道："令嫔又不是头一回生养了，让她好好养着就是。"

进忠无可奈何，回了永寿宫禀报，惹得嬿婉十分气恼："皇上如今是连皇嗣都不放在心上了。也是，本宫生下来的孩子都被送去了寿康宫太妃那里，皇上哪里当回事了。"

进忠好生劝解："您呀别气馁。能生孩子就能得宠，将来把孩子要回身边不是轻而易举么。如今皇上日日不翻牌子，旁人是想遇喜都不能。奴才就不信寒氏能得宠一辈子。再这么耗下去，总有太后和皇亲们看不下去的一天，出手料理了她。您就安安心心让腹中的龙胎落地吧。"这么一说，嬿婉才好受些。这些年她遇喜，都是进忠明里暗里照料得多，比皇帝关心更甚。嬿婉深知没他扶持，自己的日子只会更艰难，当下也露了笑脸。

到了夜间，寒部诸女入宫献舞，风姿曼妙，香见却是正襟危坐，垂首一眼也不瞧，更是不苟言笑。皇帝见她不喜，更不欲勉强，当下便停了歌舞。李玉伺候皇帝惯了，道："都退下吧。我带你们下去领赏。"这一言，香见便十分不喜，冷冷道："要领赏可见是低人一等了。你这是羞辱我的族人么？"李玉吓坏了，连连请罪。皇帝也赔笑脸："香见，朕不是这个意思，以后朕再不让她们歌舞了。"

香见问道："我不喜欢看歌舞，你可以停止。你用我的部族胁迫我留在这里，我不喜欢，你能让我回家么？"皇帝如何舍得看不到她，只说："宫里规矩多，让你拘束了。朕会再给你建立一座殿宇，只让你居住，可好？对了，自你入宫，边地安乐，尤其寒部更为兴旺。朕说过，朕会待你好，待你的族人好。"

"作为国主善待自己的子民乃是正理，若要为一个女子而有所偏颇，才见心胸狭隘。"

皇帝讪讪："香见，朕只想让你高兴。"

香见凄楚无比："在这里一天，我就没法高兴。你走吧。"

皇帝无言以对，只将一腔怒气都出在了李玉身上，当即赶了他到承乾宫外跪着，掌嘴四十下，直打得两颊高肿、唇角流血才罢休。

这一来，合宫更是震惊。李玉是打小跟随皇帝之人，最是亲近贴身，只为在香见跟前一言有失，就受此重责，可见香见在皇帝心中是何等分量。

次日皇帝到慈宁宫请安，太后颇为不满："寒氏纵然国色天香，但皇帝你也不可失了分寸。这女子才一进宫就有行刺之意。她若再屡屡生事，可留不得她了。"

皇帝见太后如此话重，也颇惊愕，忙起身道："皇额娘息怒。儿子留寒氏在宫里，并非只为私情，原有大用。寒香见在边地颇得各部尊重。留她在宫中为嫔妃，一则可示亲好仁慈，二则也是以联姻密切我大清与边地各部关系，所以哪怕寒香见不懂规矩，行事任性，儿子也格外宽容些。"

太后打量皇帝，只是略带讽刺地冷笑："哀家没别的叮嘱你，分寸二字，你自己明白吧？还有，哪怕要册封她，先缓一缓，别逼出什么事儿来，反倒坏了你的亲好之意。"

后宫尚且如此震动，皇子间也多有议论。永琪最得皇帝器重，连日进宫眼见耳闻，甚是震动。待回到贝勒府中，对着爱妾胡芸角，方才说得出心底事："芸角，你知道么？这些日子在宫中见到皇阿玛的样子，我真是吃惊。皇阿玛一直对额娘淡淡的，对皇额娘虽然好，却也屡有误会。我从未见皇阿玛看见一个人时的眼神，是如此狂热。倒让我觉得，即便我对你钟情，也不算罪过了。"

芸角笑着刮他的脸："贝勒爷觉得对妾身好是罪过？"

永琪轻吻她面庞："说实话，我虽然娶了福晋相敬如宾，但对男女情爱有知，也是从你而始。芸角，多谢你。"

芸角一笑："又说这些胡话。贝勒爷爱冷水沐浴，妾身都备下了。您快去沐浴更衣，妾身服侍您早些歇息。"少年郎贪凉纵兴，永琪颇爱冷水沐浴，衣着单薄，福晋总是备下热水，嘱他厚衣免风寒。唯有芸角最得他意，将他喜好记在心中，事事都按着来，所以也格外得宠。

二人喁喁细语罢，便也歇下了。

永琪在宫中公事繁忙，回府则有闺房之乐，人生算得如意。可永璋进宫却只在母亲的钟粹宫服侍左右。绿筠咳疾缠绵已久，皇帝一心在香见身上，一直也未来探视。永璋既心疼母亲，又担忧父君："皇阿玛迷恋寒氏，冷落六宫。京城的王公贵族们有多少闲话啊。皇阿玛的圣明，哪里经得住旁人这样的闲言碎语。儿子在皇子中最年长，不能不尽孝道，劝一劝皇阿玛。"

绿筠咳得嗓中一阵阵发疼，死死抓着儿子的手臂阻止："那也不用你开口。"

永璋再想说什么，绿筠便口口声声道再不肯喝药。永璋无奈，也只得罢休。

又过半月，春日的潮气渐渐散去。可宫中多事，轻易也无人去御花园探赏春色如许。便是婉嫔来翊坤宫，也是闷坐愁叹："自潜邸起，臣妾也算陪伴皇上日久，可若说皇上对哪位女子钟情至此，臣妾可真未见过。"

海兰伴在身侧，替如懿端过补身的汤药，轻轻吹着道："皇后娘娘别听这些话，对凤体无益。还是快喝了汤药吧，凉了越发苦。"

如懿接过汤药喝了一口，不觉蹙了蹙眉心。左右那都是些平肝理气、补血养肾的汤药，喝不坏人的。婉嫔大约是意识到这些话会引起女人天性里的妒忌，有些不大好意思地抿了抿唇，取过切好的雪梨嚼了一片，轻叹道："皇后娘娘这些日子没出去，听说三阿哥又挨了皇上的训斥呢。"

如懿迅速抬眼看了看海兰，取过系在玉镯上的绢子细细拭了唇角："是啊，镇日这么待着，都快成井底之蛙了。婉嫔，到底是为什么事？"

婉嫔不忍道："自三阿哥娶了福晋移居宫外，皇上见他性子平和许多，父子间也能闲谈几句。听说……听说三阿哥言语不慎，得罪了皇上。"她的话语焉不详，叫人听着着急。

海兰会意，拿清水给如懿漱了嘴，方才道："也是前两天的事，那日三阿哥进宫请安。皇上兴致正好便与他多说了几句，又问起宫外风物人情。三阿哥也是个老实人不知道忌讳，便说外头流言纷纷，都说新入宫的寒氏是妖姬，克夫、亡族，现在又要入宫动摇大清江山来了。"

婉嫔摇头道："三阿哥也是糊涂，这些话怎可以说给皇上听，岂不知皇上最不喜听这些报忧不报喜的话么？"

如懿忧惧长叹，倚在枕边咳嗽了几声，勉强道："皇上的性子三阿哥总不留心，难免吃亏。"

婉嫔的眼角含着一缕愁苦："皇上见话不投机，便问起纯贵妃的身子。娘娘也知道的，自从三阿哥受了皇上训斥绝了太子之念，就成了纯贵妃的一桩心病。总怕父子不和，日夜悬心，如今即便潜心修佛，但身子的泰半不安，都是从这桩事情上起的。"

如懿如何不知，当年皇帝如何在灵前怒斥永璜与永璋，那种怒发冲冠的景象，多年后仍是历历在目。

海兰温然感触道："婉嫔妹妹说得是。皇上从来就不喜欢三阿哥娇生惯养，经了这件事，父子越发生分了。三阿哥性子憨直，没什么城府，藏不得心事。他对着皇上说寒氏的不是，皇上如何听得进去。"

婉嫔亦道："皇上正在兴头上，哪能听儿子议论自己的宠妃。"

如懿立时警觉，忍不住支起身子来，急切道："永璋说了什么？"

海兰与婉嫔对视一眼，都有几分欲言又止，到底还是海兰先道："三阿哥自然是说了纯贵妃的病情，唉，到底也是可怜。除了宫中宴饮，纯贵妃已经每顿茹素，为子女祈求平安。可三阿哥还是自个儿撞了上去，说纯贵妃的病本不重，却是寒氏入宫，才被克的！皇上当时就怒了，说外头愚民昏话，三阿哥也值得记在心里拿到御前来嚼舌，说他越来越不长进。足足骂了大半个时辰，才叫轰出宫去。唉，寒氏心性倔强，皇上求之不得，竟把一腔怒气都撒在了三阿哥身上。吓得三阿哥回去之后便高热烧身，昏迷不醒。"

如懿听得心头乱跳，急道："三阿哥胆子小，内心又没什么成算，见了皇上本就跟老鼠见了猫儿似的，这下可不吓破了胆！"

婉嫔捂着心口，慌兮兮道："可不就是吓破了胆！纯贵妃急得一夜没合眼，只守着三阿哥。太医说三阿哥惊惧交加，直冲心脉，怕是……"

如懿听着不祥，呵斥道："不许胡说！永璋才多大，福气还在后头呢。"她顿一顿，理了理蓬乱的鬓发，轻声道，"你们得空便替本宫去瞧瞧纯贵妃，她只怕是担心坏了！也劝劝她，皇上过了气头就好了，不要往心里去。"婉嫔最心软不过，携着海兰一同答应了。

如懿还是不放心："永琪……"

海兰淡然自若："皇后娘娘放心。臣妾已经叮嘱永琪，他不会犯下与他哥哥一样的错。"如懿听着海兰的话语，莫名觉得安心。眼前这个女子，经历过恩宠荣辱的打磨，经历过时光的手残酷地雕琢，仿佛一枚采摘后被遗落的青梅，即便肉身腐毁，却有余留的清新与梗硬，长久处之，让人安心。

但那安心，只是外在赋予的力量。一时间，三人俱是沉默了。内心的起伏里，不知是在感伤绿筠的命运，还是为永璋的前途担忧。殿中静静的，唯听得四面水声，顺着琉璃瓦当急速飞溅而下。

春日里难得的倾盆大雨带着缠绵黏腻的水汽弥漫四溢，将殿阁里焚烧的檀香冲得气味寡淡。正沉默间，却见外头湿淋淋冲进一个人来，却是跟着李玉的徒弟进保。他像个水人儿似的滚进来，唬得婉嫔避之不及。如懿慌了一拍，定睛看去，肃然道："这个时候，你怎么慌慌张张过来？"

进保想是急坏了，脸上分不清是水还是泪，哭丧着脸道："师傅走不开，叫奴才赶紧来知会娘娘一声，纯贵妃惹得皇上大怒，挨了一记窝心脚，都呕血了。皇上叫她回宫养着，她也不听，正在养心殿外大雨里头跪着呢。"

如懿只觉得心口一阵阵发紧，她是知道绿筠的身子的，咳疾伤了肺腑，已是重症，哪里经得起这般受罪。她听见自己的声调变了旋律："到底怎么回事？好端端的皇上怎会这般动怒？"

进保"嗐"了一声道："纯贵妃放心不下三阿哥，挣扎着过来向皇上求情，结果言语不慎，惹得皇上恨起，就……就一时没忍住。师傅瞧着不对劲儿，还请皇后娘娘赶紧去瞧瞧。"

婉嫔胆子小，当下吓得眼泪就下来了。进保道："娘娘知道，太后如今是不管事了。再这样下去，怕是要出人命。师傅没个主意，还请皇后娘娘去瞧瞧。"

如懿听得心头火烧火燎，一壁撑着起身，一壁唤了容珮来更衣梳洗，又道："婉嫔，这事怕有的忙乱。你先去钟粹宫里候着，叫人烧好热水，备下姜汤，请了太医预备着。"

婉嫔忙忙拭了眼泪去了。海兰悄悄扯住如懿衣袖，忧心道："这件事牵涉着寒氏在内，姐姐真要去蹚这浑水？"

如懿行色匆匆，将宽大的衣袍系于单薄的肉身之上，拢起绿雾云鬓："绿筠与我们相伴多年，纵有误会，但恩义不浅。本宫不想看她就此殒命。"

海兰见容珮为如懿整理妆容，取过一把十二折竹骨伞，语意清朗坚定："那么，臣妾为姐姐打伞，风雨同行。"

待如懿与海兰赶到养心殿外时，分辨良久，才看到那伏在汉白玉阶前叩首不已的渺小身影，竟是病弱不堪的绿筠。纵有小太监打伞在侧，她浑身也尽被雨水浇得湿透，衣衫薄薄地贴附在身上，寒气顿生。

如懿急忙解下霞影紫绣栀子散花茜纱披风，兜头兜脸将绿筠裹住，沉声道："纯贵妃，有什么话回宫再说，不许在这儿作践自己身子。"

绿筠哭得俯仰不定，死死攥住如懿的袖子，放声悲泣："皇后娘娘，臣妾的永璋高热烧得昏迷不醒，实在快不成了！臣妾来求皇上宽恕永璋的罪，这孩子是无心的，他不是故意要顶撞皇上的！皇后娘娘，您替臣妾求求皇上，宽恕了永璋吧！"

海兰连忙扶住了绿筠，死命拖她起身，不让她跪在汹涌的急雨与水洼之中："怎么都是血？贵妃姐姐，自己身子要紧。三阿哥病着，一切都指望着你呢。"

绿筠闻得此声，愈加悲切："皇后娘娘，您不知道永璋病成那样，还心心念念唤着他皇阿玛，不停地说'皇阿玛息怒'。臣妾身为他的额娘，真是不忍心啊！"

如懿示意宫女上前扶住，安慰道："你别着急，过了这几日，皇上定会明白过来的。容珮，三宝，扶纯贵妃起来。"绿筠被拖扯着半倚在侍女身上，泪眼婆娑，一张脸青白得可怕。如懿定神望去，更是心惊。纵然有雨水冲洗，绿筠的衣襟上仍有斑斑点点暗紫的血迹，触目惊心。

如懿连忙道："这么呕血，可是伤在哪儿了？"

可心带着哭腔道："皇后娘娘，皇上方才生气，一脚踢在了小主的心窝上，小主不防，所以呕了血。"

雨水猝不及防地扑上身来，春日的雨水尚有寒气，立得久了，雨水如鞭挥落，抽得脸上、身上一阵阵发痛。她犹自如此，何况绿筠是病久了的人。奈何绿筠无论如何也不肯离开，挣扎着往地上跪去："皇后娘娘，求您开恩，让臣妾跪在这儿直到皇上息怒！"她仰起脸，痛声哭喊，"皇上，若有什么责罚，都让臣妾受着吧。臣妾教子不善，都是臣妾的过错。"她每说一句，便往前膝行一步，重重叩首。如此反复数次，直到行至殿前廊下，复又退回瓢泼大雨中，再度开始。皮肉碰击砖地的声音在雨中显得格外沉闷而悠长，仿佛重锤落于心间，恻然疼痛。

数次之后，如懿再忍不住，匆匆步上玉阶立于养心殿门外，哀求道："皇上，请顾怜纯贵妃有病在身，实在不宜如此受苦。"

她的恳求在雨水茫茫中听来格外微弱，连她自己也不知道，这样的恳求是否会得到皇帝的回应。她忽然觉得，自己是如此渺小，如同阶下茫然叩首哀痛不已的绿筠一般，微如尘芥。

也不知过了多久，养心殿的朱漆填金门霍然打开，门扇开合间沉重的余音，为她唤起一缕希望。

皇帝颀长的身形投下巨大如剑削的影子，将她被水汽洇得潮湿的身体覆盖而下。他的声音如同从遥远的天际传来，冷漠而邈远："此事与皇后无关，皇后回去吧。"

如懿心头阵阵发紧，连忙道："皇上，纯贵妃有病在身，一时糊涂冲撞了皇上，还请皇上恕罪，容她回宫吧！"

皇帝冷然道："朕从未要她留在养心殿前现眼。她自己执意如此，朕有什么办法？"

绿筠见皇帝出来，手忙脚乱匍匐上前，抓住皇帝的袍角，泣不成声："皇上！是臣妾的错，臣妾不该向永璋说起后宫之事，不该让他对承乾宫心生怨怼。但臣妾真的不是有心的，永璋是关心臣妾心切才乱了方寸，冒犯皇上。都是臣妾的错！"

皇帝一脚踢开她的手，厌恶道："当然是你的错！你管教不好孩子，不只永璋不再是朕的儿子，朕也会将永瑢出嗣，为慎郡王允禧之子，与你再无相干！"

绿筠哀求道："皇上息怒啊，您别让永瑢和四阿哥一样出嗣，做不成您的孩子！"

皇帝指着廊下打着伞默默候立的海兰，越发气不打一处来："你不能学孝贤皇后当年怎么管教皇子，也大可学一学愉妃。同样生了儿子，永琪还比你的儿子出息，但愉妃就不会钻营，始终安心做一个好额娘。而不是像你这般，惹是生非，心术不正！"

绿筠惊得面色惨然，呼吸急促如潮，一仰身险险倒在如懿怀中。如懿听皇帝的话说得狠戾，知道是动了真怒，忙拉过绿筠在身后，劝道："皇上息怒。纯贵妃为了永璋已经伤心坏了，她担不起皇上这般重责。"

"她担不起？"皇帝从袖中取出一物，掷于绿筠面前，"朕刚才踹你那一脚不是朕气糊涂了，那是你该受的！当年素练之死，你和淑嘉皇贵妃两人做了多少事？便是有你们这样的额娘，才有永璋和永珹这般不肖之子！"

如懿见绿筠脸色苍白，几欲昏厥，忙扶住了她。目光扫视之处，却见皇帝抛下的是一枚烧蓝镏金蜂点翠绣球珠花，那式样极是眼熟。如懿细细辨认，讶异道："皇上，淑嘉皇贵妃心思刁钻，城府极深，这件事极有可能是她栽赃给纯贵妃的。"

皇帝激怒不堪，指着绿筠道："珠花可以栽赃，但争夺后位总是她自己吧。谁知道她背着朕还做了哪些恶事，所以报应到自己的儿子也这么不成器。"

仿佛有巨浪汹涌澎湃而下，那是多少年前的旧事了。或与金玉妍有关，或许也有绿筠的嫌隙。但，那毕竟是许久以前的事了。岁月荒芜了烟草，谁还分得清真假呢？要紧的是，这些年来，绿筠的确不是本性恶毒之人。

绿筠激动得说不出话来，拼命摇头，喉中发出嗬嗬怪声，一张脸紫涨不堪，喘息着终于说出来："报应？真的是报应！"

海兰静静跪下，看着几欲晕厥的绿筠，柔声道："纯贵妃，您又吐血了。这可怎么好啊！您得顾着三阿哥，别伤心太过了。"她上前两步，求道，"皇上，多年前的事了，谁还说得清到底是谁害了谁，还是偶然巧合，或是被人设局陷害？孝贤皇后与素练都闭目于九泉，淑嘉皇贵妃也早已不在人世，咱们又何必苦苦追究？臣妾恳请皇上一句，息事宁人，也当为寒氏求个安宁吧。"

她的话，让皇帝的怒气稍稍平息，如懿将绿筠扶到海兰怀中，使个眼色示意她们退下，温然劝慰道："皇上，寒氏初入宫闱，已然惹来无数非议。纯贵妃资历既深，又有儿女，便是说了什么不中听的话，您听过也罢了，何必与女子计较？"说罢，盈然起身，挽住皇帝手臂，缓缓踏入暖阁，将喧闹留于殿外。

如懿与皇帝一并坐下，捧过皇帝吃残的茶，挥手倒去："皇上，纯贵妃资历既深，又有重疾在身，今日不过是爱子心切，皇上何必如此严厉。"

皇帝犹有余怒，别过头道："贱妇久在宫闱，还这般不识大体，引起纷扰。若非她挑唆，永璋怎会擅言宫闱之事，对香见不敬？"

如懿思忖片刻，用清水缓缓冲洗杯盏，投入陈皮与甘菊，以滚水冲泡，看着叶片在水中上下翻滚，盛放出宁神甘和的怡然香气，方才递与皇帝："皇上，永璋虽然言语急切冒犯了您，可也是出于一片孝心。皇上为了一个名分未定的嫔妃，不仅伤了父子之情，也伤了纯贵妃的心。这是否太过了？"她又和缓劝道，"纯贵妃的性子算是好相与，都有些微怨言，何况旁人？皇上纵然爱惜寒氏，也不能引起六宫怨言。雨露均沾，才是六宫和睦之道。"

皇帝接过茶，才抿了一口，便深深皱眉："这茶朕喝不惯，是什么？"

如懿微微一愕："皇上，这是您惯常喝的雨前龙井，您怎么尝不出来了？"

皇帝不耐烦解释，只是吩咐李玉去取了沙枣花茶来饮。那沙枣花原是寒部所产，香见所爱，皇帝爱屋及乌，便也取来以蜜炙了泡茶饮用，也颇有止咳平喘之效。如懿喝了几口，却不大惯，只觉得回味颇涩，不好入口，但见皇帝连赞甘甜润喉，也不愿再去在这些小事上扫他的兴。两人喝着茶，一时都不知如何开口，如懿有些尴尬，环顾四周，见皇帝将暖阁内一应玩物都收了起来，唯留着一幅《洛神赋图》，上面盖着三四宝章，可见素日喜爱。皇帝见如懿注目，便也赞许："洛神翩若惊鸿，婉若游龙，曹植倾心，痴情可鉴。所以朕最爱这幅画中情意。"

如懿不以为然："始终可望而不可得，又有什么意思。"

皇帝笑了笑："个中滋味，只有自己明白。"

个中滋味，皇帝对香见一片痴心相许，不也只是一方相思，另一方却不愿上心么。这幅画，倒是应了皇帝心思了。

如懿轻叹一声，终于忍不住问道："皇上，这些日子以来，臣妾真是看不明白。为了寒氏，您到底是怎么了？"

皇帝怔了片刻，颇为苦恼，握住她的手道："如懿，你一定觉得朕昏了头是不是？朕宠爱寒氏，自己也觉得是在发疯。可朕一点办法也没有，完全不受控制，做任何事，就想换她真心一笑。如懿，你告诉朕，朕到底是怎么了？"

如懿听着他字字句句，直如剜心一般，抛开皇帝的手道："臣妾问皇上，皇上却来问臣妾？皇上对着臣妾说这样的话，是当臣妾为无欲无求无心无肝的女子么？可以任由夫君向自己诉说对别的女子的衷肠痴心！"

皇帝懊丧不已，牵住她的手丝毫不肯放松："如懿，除了你，这样的话朕还能对谁说？朕对着寒氏已经有无限烦恼，可后宫还是不让朕有片刻安宁！朕能征服最凶蛮的部族，却征服不了一个女人的心。"

如懿满心气不过，愈加掺了酸涩之意，更是大觉不妙，才唤了一句"皇上"，只见容珮匆匆进来道："皇后娘娘，忻妃娘娘求见。"

如懿以目光对皇帝稍加安抚："皇上再喝盏沙枣花茶吧。忻妃有事要和臣妾说。"皇帝点头，依旧捧着沙枣花茶饮用，也不多加理会。

贰壹｜倾雨

廊外雨水如泼，湄若想是着急忙慌赶来，身上衣衫裙裾都被大雨淋湿了许多。她生下八公主后便病体缠绵，这番奔波，早就面色雪白，只是扶着侍女的手强撑着罢了。她候在廊下，颇为着急："皇后娘娘，嫔妃们都去了翊坤宫门前跪着，一是为纯贵妃母子抱屈，二是希望皇上送走寒氏。"

如懿神色凝重，听她细细说完，才知方才绿筠在养心殿外跪求，挨了皇帝责打呕血之事早已传遍后宫。待海兰陪着绿筠回到钟粹宫，满宫嫔妃除了嬿婉都已含泪立在了钟粹宫门外静候。诸嫔妃见绿筠为嫔妃之首，生儿育女，尚且如此凄惨，也都心寒，当下纷纷以为了一个寒氏，皇帝何至于如此不顾多年情义，连她母子都不能保全，自己等人还如何容身，岂非都成了足底泥了。当下一同约定，众人都去了皇后的翊坤宫外跪着恳求，要送寒氏出宫。

绿筠眼见事情因自己母子而起，愈演愈烈，更是不安。湄若察觉事情不好，才言身子不适，先赶来了养心殿禀报。

湄若说完，也颇愤愤："臣妾不想以此要挟皇上，但看着纯贵妃如此，也觉得唇亡齿寒。或许皇后娘娘可以从中想法子，既安慰纯贵妃，也平息此事，不要越闹越大。"

如懿正要湄若回去，自己从中应对。不想身后皇帝已然气恼地走出来，呵斥道："身为朕的嫔妃还敢放肆！她们要跪，就让她们跪个够。"

湄若乍然见了皇帝出来，倒也不惧，揽衣跪下道："皇上，既然您出来了，臣妾就大胆直言。嫔妃们跪在皇后娘娘宫门口，虽是行为失当，但也都是替纯贵妃母子不平，更是因皇上对寒氏的痴恋魔障而起。"

皇帝素来看重湄若，又怜惜她六公主早夭，生了八公主产后病弱，从不肯轻责她半句。可如今在气头上，见素日温婉伶俐的妃子也都这般出言不逊，便也沉了面孔。

湄若不卑不亢，叩首而言："臣妾不能不说出自己的心里话。反正隐瞒皇上是错，犯上直言也是错。臣妾任凭皇上责罚就是。皇上，您如此为情乱智，会伤了蒙古四十九部的心。咱们会怀疑，自己仰赖的天子，是不是一位英明的君主。"

冰凉的雨水被风旋着扑到皇帝衣襟上，濡湿了大片。湄若鬓发上也都是点点晶亮的雨珠。她受不得寒气，早已瑟瑟发抖。皇帝喝道："忻妃，你简直太放肆！"

"臣妾不是放肆，是伤心。"湄若含泪道，"臣妾替纯贵妃和三阿哥伤心，替自己和满宫嫔妃伤心，替皇后娘娘伤心，也替皇上伤心。"

湄若还想再说什么，如懿看了湄若一眼，示意她先离开。如懿扶了皇帝入内，方才婉言道："皇上，嫔妃们跪在臣妾宫门口，臣妾还是先去看看。"

皇帝愤愤难平："你去理会她们做什么？一群醋妒妇人，心胸狭隘。让她们先跪着，看她们能受得多久。"

如懿切切劝慰，殷殷道："皇上可以不理会旁人醋妒，可皇上真若如此，只会更将寒氏置于众人怒火之上。"

皇帝将手中杯盏重重一蹾："朕喜欢一个人，还要她们允准么？还敢跪在你宫外要挟你、要挟朕！"

"皇上以为跪在那儿的只是醋妒女子么？她们身后是蒙古各部，公卿贵族，官宦世家。"

皇帝甚为不满："总之朕绝不会送寒氏出宫，由着她们为所欲为。"

如懿将心口的滞郁压了又压，缓一缓急促的气息，极力柔婉道："皇上如此坚决，臣妾想送寒氏出宫也口不敢言。但皇上既要留下寒氏，也该替她想想，非要激得满宫生怨，寒氏纵使有皇上的宠爱，又如何好在宫中生活？"

皇帝听得香见来日遭遇，左右思量，心中狂怒渐有平息之意，片刻方问道："那皇后如何打算？"

"今日之事由纯贵妃而起，皇上若想平息，还是在纯贵妃身上下功夫吧。"如懿动之以情，"皇上，臣妾只是想，永璋再不好，到底还是个淳厚的孩子。当年便是有过夺嫡之心，这么多年的挫磨，惶惶不可终日，也尽够他学乖了。皇上教导阿哥们严格些自然是好，可若伤了孩子的心，怕要挽回也难了。皇上难道忘了永璜英年早逝么？如今又要赔进一个永璋，天家父子，何至于薄情如此！"

皇帝听如懿说得伤怀，也不禁软了心肠，慨然道："朕是对永璜和永璋多有不满，深觉二子野心勃勃，不肯安分。可他们到底是朕的儿子，这些年，怕也不好过……"

如懿黯然道："皇上说得是。早年阿哥们不懂事，总是因为孝贤皇后是嫡后，是皇上心爱尊重之人。可如今为了一个名分未定的嫔妃，就连对纯贵妃多年侍奉之苦也不怜悯，对永璋的拳拳孝心也视而不见，那么，恕臣妾直言，这便是皇上的过错了。"

皇帝横眉冷对，只是不言。

如懿伤感而气恼："臣妾不是要逆皇上心意，而是觉得皇上一向仁和御下，前几日申斥了永璋，今日又对他额娘大发雷霆，难免伤了宫中祥和。纵然纯贵妃有什么错处，皇上念在她生儿育女，多年劳苦，也宽恕了吧。”

皇帝沉默良久，有几分愧意：“今日是朕急躁，勾起当年孝贤皇后的旧恨，又想起素练死时，手里握着的珠花便是纯贵妃的。想着他们母子这般勾结蒙蔽违逆朕，朕真是一时恼恨过了头。”

如懿凄声求道：“这么多年了，皇上虽然对素练的死有所疑虑，但毕竟一枚珠花作不得数，皇上都没有提起。而臣妾敢拿自己性命发誓，这件事，确是当年金玉妍栽赃所致！”

皇帝连连冷笑，恓惶不已：“当年孝贤皇后仙逝，宫里多少见不得人的事，你以为纯贵妃就事事干净了？朕的身边，可不知都是些什么人呢！”

如懿心头颤颤，凄然中带了一抹难以抑制的凌厉：“皇上今日这般怨怼，不过是因寒氏而起。臣妾不敢劝皇上不要宠爱寒氏，但若为了一个新人，惹得六宫不宁、父子失和，实在太因小失大了。”

皇帝断然挥手，将如懿的劝诫生生截断：“寒氏之事朕自有分寸，后宫不许妄议。种种是非，都是因为后宫女子妒心甚重，饶舌起的是非，没得带坏了朕的阿哥！诸位阿哥之中，永璋最是年长，他若起了这个头，叫朕还怎么教导其余阿哥！”

如懿万般放心不下：“自从永璜死后，永璋就是皇上的长子。皇上要严格教导孩子，臣妾无话可说，可过严吓着了孩子，又有什么意思？永璋自己也是有儿子的人了，还被皇上吓成这样，您叫他以后怎么做人阿玛？”

皇帝长叹一声，脸色稍解：“罢了。你叫江与彬亲自去瞧瞧永璋，就说是朕放心不下。至于纯贵妃，朕伤得她重了，便给她晋封为皇贵妃吧。”

如懿心中闷闷地难受，以母子颜面身体之损，换来一个皇贵妃的虚名，到底值得不值得？容不得她心思念转，皇帝已然道：“既然纯贵妃病着，封皇贵妃的仪式能简则简，不必过于张扬了。"

　　于是，皇帝气恼归气恼，事情终究是圆过去了。而翊坤宫前，大雨滂沱之中，嫔妃们早已鸦雀无声跪满了一地，唯听得雨声哗哗，场面甚是诡异。如懿下了辇轿，容珮撑伞在后，她听得众人请安，吩咐"起身"，嫔妃们却是个个纹丝不动。颖嫔居首，道："皇后娘娘，臣妾等跪在此处，但求皇上明白心意，送寒氏出宫，以安慰纯贵妃母子。"

　　如懿看着众人，郑重将皇帝晋封纯贵妃为皇贵妃的旨意说了一遍。旋即，嫔妃中有窃窃私语声响起，恪贵人与晋贵人仍是一脸不服。

　　晋贵人出身后族，说话也有底气："皇后娘娘，此番皇贵妃母子受了这番委屈，纵使皇贵妃进了位分，寒氏这个祸根不除，皇贵妃又如何能真得慰藉，六宫又如何能真得安宁？咱们姐妹也没法真的安心。"

　　如懿倒是笑了，盯着晋贵人道："所以你们跪在这里，到底是为了皇贵妃母子，还是想借着皇贵妃之事，安自己的心，保自己的地位？"她环视众人，"你们真要如此心切，去养心殿门口跪请不是更好。"

　　晋贵人掩饰心虚，仰着脸扬声道："皇后娘娘是以为臣妾们心意不诚？"

　　"你们的心意，本宫知晓。既是同情纯贵妃的遭遇，也想要借此事逼皇上送寒氏出宫，保自己的地位。"人群中有几人霍然变色，似乎对如懿的话很是不满，如懿也不理会，继续道，"你们若真诚心，恐怕此时就不是跪在本宫的翊坤宫门口，而是跪在皇上的养心殿阶前了。是怕惹怒了皇上，担不起天子之怒，担不起祸延家族吧。"

　　湄若怔了怔，看了眼颖嫔，示意她其中分量。恪贵人犹自道："皇后娘娘，咱们只是看不下去皇贵妃受这般委屈，也看不懂寒氏入宫以来的种种行径。所以想请皇后娘娘为臣妾等主持。"

　　"你说的，本宫明白。"如懿颔首，"本宫也劝了皇上，为了六宫祥和，不要再过分宠爱寒氏。但让皇上送寒氏出宫，是不能的了。且你们今日这番闹腾，就算真逼得皇上送了寒氏走，只怕他日后也要怨你们。"

恪贵人低首咬着嘴唇不语，她轻轻扯了扯颖嫔的衣袖。颖嫔轻声道："皇上不会不顾及臣妾等人的母族的。"

"所以你们都想仗着自己的母族要挟皇上？"如懿摆首，沉声道，"那你们就细想想淑嘉皇贵妃和慧贤皇贵妃的下场。一个是被母族抛弃，另一个还拖累了阿玛。你们谁要学她们？"

嫔妃们思虑再三，都畏惧地低下了头。湄若眺望永寿宫方向，似叹似唏嘘："若论聪明，谁及得上令嫔。咱们在这儿跪求拼命，差点儿为家族惹祸，她呢，借着身孕避在永寿宫，来日寒氏被赶走，她生下皇嗣坐享其成。若是我们被皇上责罚，她也可以独善其身。"

寥寥几句，嫔妃们皆是皱眉厌恶不已。当下便纷纷起身，各自回宫去了。如懿松了口气，听闻海兰留在钟粹宫照顾，便去撷芳殿先安排照应永璋的事宜。

彼时是海兰和婉茵守在绿筠身前。绿筠这个样子被送回来，又是呕血，又是和皇三子一起受了皇帝重责，钟粹宫上下的宫人早就吓得没了主心骨，不知该如何是好。婉茵同住在钟粹宫多年，虽然心善仁慈，可不是个能拿主意的人，幸得海兰一一张罗，又是请太医，又是帮着替绿筠更衣擦洗，安顿了下来。绿筠神色委顿，只得躺下了歇息，宫人们纷乱地说着合宫嫔妃为绿筠请求之事，绿筠急得变了脸色，半仰着身子道："她们真去了翊坤宫么？这个样子哪里是为我，可是要生生逼死了我。"

海兰替她掖好被子，拿雪白的软巾擦干了头发，口中柔声劝慰道："她们要逼的是皇后娘娘和皇上，不过，她们谁也逼不着。您安心躺着就是。"

绿筠换了一袭湖色生绢寝衣，越发显得一张脸惨白如纸，连连摇头落泪："失宠这些年，我的心早就碎了，如何还能安心。如今皇上不要永瑢了，只怪我教不好孩子。永璋，也不知永璋醒了没有？"

她的泪痕从密布细纹微微低垂的眼角滑落，无声地洇进松花色洒金枕上，那一点一点的暗色的泪斑和洒金点夹杂在一起，似是湘妃竹上无尽的伤心。婉茵听着伤心，不觉抹泪。众人皆知，这些年来，东西六宫中最受冷落的就是钟粹宫。虽然里头住着一个贵妃、一个嫔位，都是潜邸里就伺候上来的老人，可皆是不得宠的。一个在孝贤皇后崩逝后守着佛像日日念经，一个埋首画画，若不是绿筠还有儿女位分，这钟粹宫的门面早撑不下去了。

婉茵怕绿筠见自己流泪，更是伤怀，便悄然转头抹去，才道："姐姐这个样子，三阿哥还是不知道的好，免得彼此伤心。至于六阿哥出嗣，唉……"她叹息一声，不知该如何劝说，只得走到外头，吩咐宫女们去熬了参汤来给绿筠提神。

寝殿里有片刻的安静，跟死水一般，泛不起一丝微澜。绿筠默然流着泪，神色恓惶而绝望。海兰静静地望着绿筠略显佝偻的身影，仿佛看着生气一丝丝从她身上被抽离。还是很久以前吧，在潜邸的时候，还叫青樱的如懿带着绿筠救下了要跳井自裁的自己。那时候的青樱率直地拉着自己不让寻死，绿筠跟在青樱身后，虽然唯唯诺诺些，可人是温厚的，也好言好语劝过自己。再后来，绿筠生下了皇三子，人也越发圆润了，眼神明亮，意气风发。虽然不是最得宠的，可孩子多，总是有底气的。往日这般得意，谁会想到今日竟会这般落魄呢。她的孩子们，一直是她的命门呀。

海兰想着，不觉叹了口气，竟是红了眼圈："姐姐和孩子遭罪，下场这般惨淡，我看着真觉唇亡齿寒。想着我和永琪来日要是遭难，还不知怎么样呢。"

绿筠怔了怔，一时没想转过来，疑惑道："你和五阿哥怎会遭难？"

海兰默然片刻，求恳似的，轻轻握住了绿筠枯瘦的青筋暴起的手，哽咽道："那就都赖姐姐周全了。"

绿筠望向海兰，见她欲言又止的神情，忽地明白了几分。都是做了额娘的人，所思所想都在孩儿身上，知她所言，是怕自己临终懊悔，说出当年与她合谋害了永琏之事。绿筠心下惨然，念及当日永琏之死，虽非自己直接下手，但到底因自己而死，乃是一生最大的罪孽。哪怕半生念佛忏悔，可自己母子已经这般遭罪，受了现世报应，断不能再拖累永琪与愉妃，更造罪孽，来日堕入地府，不得超生。

绿筠当下便定了心意，定声道："我的永璋和永瑢遭罪，不能再拖累你的永琪。你要说的，我这个当额娘的都懂。你放心，这件事我会带到地下去，绝不会泄露一字。"

海兰稍稍放心，正要再说什么，婉茵拿了参汤进来，绿筠并无想喝的意思，只是偏过头不理。婉茵无奈，只得向海兰道："宫里的嫔妃也不知在翊坤宫闹成了什么样子？"

海兰颇为轻蔑："她们跪在那儿，一是出于义愤，心疼纯贵妃姐姐母子，但更多是为了自己的私心。二来闹到了翊坤宫，皇后娘娘自然会去处置，也好叫她们知道帝后并未因寒氏而生分。不过任凭她们怎么胡闹，你不是也没去。"

婉茵思忖片刻："我不想为了一己私心让皇上为难，所以留在这儿照顾姐姐。"

海兰赞许地看婉茵一眼，拉住她的手道："宫里要有个纯良心善从无恶意的人儿，就只有你了。"

婉茵腼腆一笑，自去服侍绿筠不提。

宫中这般大乱，承乾宫中自然也是知道了。喜珀满心不安，都要哭出来了："嫔妃们怎么都容不下您？她们又都去翊坤宫门口跪着了，说是想请皇上让您出宫，这可怎么办好呢。"

香见浑不在意，只是坐在榻边，拨弄着皇帝赏赐的一个西洋钟的指针，似乎很是好奇。她口中淡淡道："有什么怎么办的。我根本也不想在这宫里，她们若能把我跪离了这儿，我才高兴。"

喜珀很是不平:"可是……可是她们为纯贵妃母子的事说您,纯贵妃母子的事与您无关啊,您是平白受屈!"

香见停下手中拨弄的玩意儿,冷冷道:"你也知我是平白受屈的?"香见婉转看喜珀一眼,"皇上以为自己有多宠爱我呢,其实是害了我!我难道不知道我是替皇上在受过,承受那些女人的责难么?"

喜珀仍是抱怨不已:"是她们都把您当成了祸水,看不得皇上宠爱您。"

"她们都想我走。只要能离开这儿,祸水就祸水。"

喜珀瞪直了双眼,片刻,才愤愤道:"那小主更不能上了她们的当出宫呢。你要一直得宠,才算给自己争了脸面了。"

香见听她这般言说,懒得答话,径自进去了。倒是嬿婉那里,因着不生事,很合皇帝"婢妾之德在于温驯"的训诫,倒很得了皇帝几次看望赏赐。

绿筠受了这番折辱,心气大损,身体也急剧地败坏下去。如懿最放心婉嫔稳妥,叫她时常打点着钟粹宫的事宜,其余人等一概不许去吵扰绿筠静养,才算把各色目光都拦在了钟粹宫外。

然而绿筠的境况很是不好,虽则有晋封皇贵妃的喜事,但她的病情毫无好转,反而像被蛀透了的腐木,摧枯拉朽般倒塌下去。

如懿与海兰一日三次去看绿筠,她却只是面壁,嶙峋的肩胛骨凸显于湖色生绢寝衣之下,甚是可怖。她无力起身,只是对着床壁一味哭泣,背身不肯相见。唯有侍女含泪相告,绿筠每日呕血不止,怕是实在不成了。

无人时,如懿独自守在绿筠床边,为她梳理披散逶迤的青丝,说起永璋病中点滴。更多的时候,绿筠像一株枯木,平静得让人害怕。

良久,她才涩然应答:"皇后娘娘,臣妾罪孽太深,连累了自己的孩子。您就让臣妾安静等死,换回皇上对永璋的疼爱吧。永璋,他实在是太苦了。"

如懿握着一把象牙梳，低低道："皇上已经遣太医去看永璋了。为了表示对你的歉疚，皇上也下旨封了你为皇贵妃。绿筠，高兴点儿，想开些，好好活着。"

绿筠枯瘦的肩轻轻一动，像是骷髅骨嘎嘎有声，她似乎是在笑，笑声里带了哭腔："皇贵妃？皇上也知道臣妾快死了吧？当年慧贤皇贵妃死前，皇上也封了她为皇贵妃，金玉妍更不用说。看来皇上厌弃了谁，盼着谁快死了，就许她一个皇贵妃。皇上，他好仁慈啊！"

如懿酸楚不已，只得忍住了道："虽然永瑢出嗣，永璋抱病，可你还有璟妍，他们都需要你照顾。你得好起来才是。"

"中年呕血，命不得久。臣妾自知是不能了。皇后娘娘，您若看在我们潜邸相伴至今的情分上，请您在臣妾走后，多看顾臣妾的孩子。"听如懿应允，绿筠似乎心中千斤重担也轻了些许，"臣妾这一辈子的心血都给了孩子，若能以臣妾一死，换来皇上对永璋的谅解，臣妾心甘情愿。"

"本宫知道，这回你是伤透了心。你为皇上生儿育女一辈子，最后还落得皇上如此猜忌。本宫看着你们母子，也倍觉唇亡齿寒。不过，到底是亲生的儿子，皇上还是在意永璋，派人去医治了。你也得撑着好起来，否则孩子没了亲娘总是可怜。"

绿筠向隅无声，再不答话，也拒绝服药，只默默等死。

这样的日子并没有维持多久。

乾隆二十五年四月十九日，皇贵妃苏绿筠薨。谥号纯惠。

她在一个春雨沥沥的夜晚寂然死去，死前只是喃喃记挂着一直病重的儿子："永璋，额娘再不能护着你了。都是额娘罪孽太深，才连累了你。额娘不知道皇上为什么问额娘早年就丢了的那朵珠花，额娘问心无愧。可额娘有愧的是当年一时糊涂，想让二阿哥病得重些，谁知却引得他哮症发作薨逝。额娘一想起这事，就怕得很、悔得很。额娘日日吃斋念佛，想求菩萨饶恕，结果还是逃不脱报应。如今额娘去了，只盼你快些好起来，好起来……"

很快她没有了声息。宫女们为她送来早晨需要服用的汤药时，才发现她的身体已然凉透，头却依然向着永璋住处的方向。这个性格软弱的女子，就这样默默逝去。好像暴雨里枝头残弱摇曳的花朵，冥然凋零。

很快，她的儿子、三阿哥永璋也追随她而去。母子相伴地下，也算有所依靠。

这对母子的遽然离世，并没有惹起宫中过多的关注。所有人的目光都聚集在如寒冰困城的承乾宫。一对失宠而死的母子，实在不能让人有多少谈兴。

这一个闷热的夏季，就是这般让人窒息而无力。皇帝的热情愈高，征服欲愈强烈。后宫所有女人的心，便一分一分地冷下去。

这一年的秋天，皇帝因着纯惠皇贵妃母子离世，也没了心情去木兰秋狝。说到底，所有的追逐狩猎，如何比得上收获一个绝世佳人冷傲的心？他一直忙碌着，除了朝政之外，就是出入依旧冷漠的承乾宫。

胡氏芸角自成了永琪的格格，也有了入宫拜望永琪生母的资格。自然，这是因为永琪对芸角格外宠爱的缘故，她性子乖巧温顺，很得福晋与侧福晋的看顾，才有脸面到海兰跟前磕头侍奉。不过，因着到底还是名位最末的王府格格，皇后的翊坤宫，芸角是连石阶都踏不上去的。要见着如懿，更是如上青天一般难。

这日芸角在延禧宫侍奉了半日，少言寡语，很是谨慎，海兰倒也不厌烦她，只是问了几句永琪身子的事，嘱咐她几句要尊重福晋，便打发她回府了。芸角从延禧宫出来，只觉得浑身紧绷的状态松弛了几分，脸颊笑得一阵阵酸涩。她干脆立在了红墙的阴影底下，感觉着穿堂而过的凉风卷卷袭来，才觉着胸口的气闷好了些许。侍女初平见海兰倒是肯对芸角和颜悦色，便喜不自胜道："格格，愉妃娘娘待您真好，人又亲切。"芸角拿着绢帕扇着风，微微冷笑一声："是么？笑起来是像个菩萨样子，只不知心里是什么样。"

风声霍霍地，吹着芸角鬓发银丝流苏瑟瑟作响，初平一时没听清，正要问一句，只听芸角笑吟吟的，还是平日里温婉恭顺、与人无争的模样，道："定是贝勒爷和福晋为我美言，所以愉妃娘娘才另眼相看。"

主仆俩正说着话，嬿婉的轿辇迤逦而过。芸角晓得宫里规矩，忙肃立在墙下，对着轿辇躬身屈膝请安。她低首问安，悄悄抬眼瞟着嬿婉，只觉她面色粉白嫣然，气色颇佳，远胜往日。想来这一胎怀得甚是安稳。嬿婉浑然不理二人，只是吩咐春婵："御花园的凌霄花开得好，咱们去瞧瞧。"

御花园的凌霄花开得极好，攀缘假山而上，凌空娇艳，在烈日下朵朵盈盈，算得是夏日第一枝。这个时候，宫中人多半在午睡，无人往来御花园，连池中鸳鸯也躲在碧绿阔大的荷叶底下静静打盹儿。芸角一袭竹叶青色绢罗纱衣轻盈裹缠着窈窕身姿，梳拢的云鬟上零星点缀着几朵碧玉珠花，横一枝小小巧巧的银镏金飞鸾流苏簪，既合格格的身份，又显深得恩宠的尊贵。

芸角笑容满面，看着嬿婉的肚子，深深屈膝道："一直没机会进宫，还未来得及恭喜令嫔娘娘遇喜。"

嬿婉淡淡一笑，倨傲地一手撑着腰肢，一手拨弄着眼前一朵艳丽的凌霄，缓缓道："也恭喜你封了格格。"

芸角眼皮微微垂着，显得十分恭谨。她的声音低低的，却是一字一字咬着牙迸出来："我留在贝勒府，不是为了名分，而是要给额娘报仇。"

嬿婉折下一朵凌霄把玩："你记得就好。五阿哥是皇后和愉妃最大的支柱，也最有可能成为未来的太子。本宫就要折断皇后最大的希冀。"她看一眼芸角，顺手将凌霄花插在她衣襟上的菊瓣纽子上，"你那儿一切顺利么？"

芸角思忖片刻，咬着樱色唇瓣道："贝勒爷对我很是宠爱，只是我一直没想好怎么下手。"

"下毒谋害都是下九流的手段。你要不动声色地除了五阿哥，还要祸及皇后和愉妃，明白么？"嬿婉唇角含笑，眼中却含了一丝森然凌厉，"听说五阿哥有附骨疽的旧症，发病时便会腿疼，这病最怕受寒受累，你好好想办法就是。"

芸角一怔，旋即明白，也不敢再耽搁，忙颔首离去了。嬿婉低首抚着肚子，兀自含笑。

红颜哀上

这一日，秋色初起，皇帝于秋色茫茫中踏入静谧的承乾宫内殿，面上有不胜欢喜之态。他一早让李玉去查了香见的未婚夫婿寒企的底细，晓得他只是寻常寒部男子，不过擅吹口弦，常伴香见起舞。此外都是平平无奇。真不知香见怎会对这样的男子念念不忘。还是进忠机灵，直说寒企无非是与香见公主同族，仗着认识得早，香见也没见过什么奇伟男子，才让他占了先机罢了。若是香见先认识皇帝，还轮得到寒企么。

这话倒是很入皇帝的耳，比起李玉，机警会说话的进忠日渐得皇帝倚重，也喜与他说话。恰好李玉捧了内务府为香见新制的宫装，皇帝便带了李玉和进忠一同过来，要看香见更衣换宫装的独到风姿。

偌大的承乾宫中，其实寂静得如荒漠戈壁，毫无生气。只因香见并不喜欢宫人服侍，素日只让自己从前的侍女哈丽与古丽在侧，除了向神佛祈祷，只是呆坐终日，不言不语。

皇帝转入内殿时，香见正倚在暖阁窗下，寂然望着天边日暮，愈坠愈浓。皇帝见她侧影如剪，绝美容颜中满溢刚烈清绝之色，不觉心旌动摇，缓下了脚步，凝望她翩然身姿。

暮霞沉沉，天际细月如钩。寂寞空庭，黄叶醉染，宫人逐一点亮檐下琉璃宫灯，一任晕黄灯光，幽幽洒落。微黄的暖色下，香见的肤色仍是单薄的苍白，配着身上层层银线绢罗纱衣，神色始终淡漠如在无人之境。这样的她，有一种近乎支离破碎的脆弱感，像是雪峰顶上的雪莲花，凌寒绽放极盛，却不知会在何时，倏然凋谢，消逝不见。

这种感觉让皇帝深深不安，他迫近两步，静静含笑向她，低声下气道："香见，朕来瞧你。"

香见并不理会，甚至连身形也未挪动一分，只是望着天际扑棱展翅的乌鸦，露出一丝神往之色。皇帝对她这样的冷漠已然习以为常。香见日常摆弄的西洋钟还是搁在手边，不知怎的，那指针摆动之声却是弱了许多。听见皇帝说话，香见将那西洋钟转个身儿推得远些。皇帝却有些喜欢："嗯，在看朕送你的西洋钟，甚好。"香见不搭理，皇帝示意进忠捧过手中满插枫叶的玉瓶，讨好地笑道："这才入秋，御花园的枫叶红了。朕知道你不喜欢出去，特意折来给你细赏。"

那一捧枫叶烈烈如血，殷红欲滴，给满殿的冷落平添一痕融融之温。香见充耳未闻，进忠乖巧地上前，将玉瓶捧至她面前，却招来她低低一脸的厌恶痛恨："拿走！拿走！"

幽居承乾宫数月之后，她已然失去了刚入宫时的激烈。更多的时候，是如死水般的沉寂。所以，这一刻她突如其来的情绪波动，惊得皇帝伸手就要揽住她，急急安慰道："别急！别急！你若不喜欢，朕便叫人撤走！"

进忠见状迅疾退下，将枫叶丢到外头。香见像是怕碰到什么污秽一般，剧烈地挥动双手，避免皇帝的手触及自己，一壁恨道："你们就喜欢这样恶心的树叶？像血一样！"

皇帝知她厌恶，忙忙退开两步道："香见！你不喜欢的东西朕都替你丢了。只要你留在宫里。朕会好好待你的！"

"好好待我？"香见倏然怔住，惘然凄笑不已，"乌鸦都可以在天空自由地飞，我为什么不能再骑着骏马回到我的故乡？你放我走，我要回我的家乡，和我的阿爹、族人在一起。"她的话语里带着深深的哀求与凄凉："让我回去吧！我要去找我们的家园，我要去给寒企守他的坟墓！"

皇帝的目光遽然一跳，像是被疾风闪过的火焰。他温和地笑，如要融化的甜沙："香见，半个月前你已看过你阿爹的亲笔书信，他希望你为了自己的族人，留在朕身边。"他悄悄走近一些，眼神越发温柔，"香见，你知道朕的那些妃子么？颖嫔和恪贵人出身蒙古，豫妃是科尔沁部送入宫的，恂嫔是霍硕特部的格格，淑嘉皇贵妃是北族贵女。每一个部族想要与大清永远和平安定，都会与朕结为姻亲。寒部也不例外。因为只有至为稳固的婚姻，才能确保朕会将恩泽永世施于对方。"

香见悲绝而愤怒，沉沉低吼："我知道，阿爹一定是受了你的逼迫。"

"不是逼迫。"皇帝负手而立，闲闲而沉笃，"是你阿爹懂得世易时移，要保全部族的长久安稳，你在朕身边，是最好的办法。"他看一眼李玉，李玉即刻会意，捧过香色嫔位宫服，恭恭敬敬端到香见面前。

香见一见便移开目光，大有抗拒之色。皇帝凝望她的眼满是温柔："这是朕特意让内务府给你制的。朕想你穿上，一定风姿绰约。"

香见看也不看："我在服丧，不穿你们的衣服！"

李玉忙劝道："小主，这也是皇上待您的一片心。"

香见冷冷瞥一眼李玉，李玉只得闭嘴不言。

"你入宫多时，一直未肯更换满服。朕想着你身份未明，一时也不勉强。只是你的身份若一直悬而未决，宫中流言蜚语也不甚好听，连皇额娘也颇有微词。"他一顿，语意中透出一丝坚决，"你便收起你那点心思，好好做朕的妃子！"

香见大为惊恐，如避瘟疫："不！我不！我不要做你的妃子。我有我的心上人，寒企虽然死了，虽然有过错，可我不能改变我的心意！"

皇帝微微蹙眉，仍是笑意温煦，傲然道："做朕的女人，不比做一个已死之人的妻子好么？何况你与他只是定了婚约，并非真正嫁与他，何必在意这些？"

香见的目光如冷剑一般，缓缓打量着他，带了几分不屑："我在意的除了我与寒企的情感，更是你的品行。这几天这儿有丧仪，我知道的。你的儿子刚死，你的皇贵妃也死了，是因为我。他们尸骨未寒，你怎么能立刻和我在一起！"

皇帝骤然听她提起永璋母子之死，面色大为尴尬，他微微咳嗽一声，勉强道："妃妾之死，庶子之死，都是他们自己怀罪。朕已经不追究了，也许了他们死后哀荣。而且人虽死，日子却要过。"

"人虽死，日子却要过？死的人是陪伴了你多年的女人，是你的儿子！"香见的脸上是难以置信而带来的怒意与鄙夷，"不！你这么对待他们，也会这样对待我！我不要和你这样的人在一起！"

皇帝很是不快："香见，你就算任性也得有个限度。你入宫以来，宫里出了多少事，朕一直都护着你；知道你惦记寒企，还特意替你寻回了他的尸身，送回寒部厚葬；你要为寒企服丧，这么长时间朕也都允了你在宫中穿着你们的素白族服。可是寒企终究已经死了，而且已经死了这么长时间了，你还要这个样子到何时？"

香见情绪激动："寒企死了又如何？我是寒企的未亡人，我就生生死死都是他的人！"

皇帝抢身上前，紧紧捉住香见素白柔荑，叱道："你好好睁开眼向你身边看一看，你已经在朕的后宫里了，这是无论如何都改变不了的事实！你生生死死都只能是朕的人！"

香见气急交加，哭了出来，拼命要挣开皇帝的手："不是我要来你这宫里！是你们逼我来的！是你们逼得我死也不能活也不能！"

皇帝见她如此抵抗，只得低声下气哄道："香见，你应该知道朕对你的心意了，朕也一定会好好疼你，朕会和你长长久久相伴到老的。朕从来没有为一个人等待这么久！朕会宠爱你，疼惜你，让你成为朕最宠爱的女人！朕一定会！"他仰起下颌，示意李玉捧过嫔位袍服，柔情万千，"穿上它，香见，成为朕的女人，好不好？"

香见死命地推着皇帝，别过头道："你不要再说了！你的话只会让我恶心！"

皇帝见她如此，也动了气，硬声道："无论如何，朕已经决定，册封你为贵人，封号为容。容贵人即刻易服，行嫔妃之礼。"皇帝说罢，丢开香见的手，径自取过宫装，便要给香见披上。

香见极是抵触，仿佛被皇帝披上宫装是极不堪的事。她的脸因此而显得扭曲，极力挣扎着想要摆脱皇帝的触碰。她身形本就小巧，兼着裙袂翩跹，挣扎间若素雪飞扬，皇帝使了一个眼色，李玉想退又不敢退下，只得迟疑着缩到了门边。

皇帝见她如此挣扎，越发要全自己心意迫她更衣。仿佛这样，便能让香见认定了自己的身份一般。香见如何肯依，拼死往后退开，以期避得越远越好。

香见欲哭无泪，左右躲闪，拼命驱逐皇帝走开，可却是那样无力而单弱。皇帝手上一用劲，她向后一退，胸前剑形项链无意中被皇帝扯落，那细细的银链遽然被扯断，那银质剑壳咚然落地。香见大受刺激，整个人的神情都变了："我的项链！这是寒企留给我的！"

香见满脸是泪，俯身便要去捡那项链，皇帝如何能忍，一把扯住了她，口吻热切而混乱，眼底有燃烧的火色轰然绽开："朕不许你再穿寒部的衣裳，朕不许你再想着寒企，不许戴着他送的项链。他不过是一个普通男子，而朕是一国之君，万里江山的主人！"

香见抵触挣扎，厌恶嫌弃到了极点："你走开，别碰我！别碰我！"皇帝如何肯放手，死死抓住了她的肩膀。李玉吓得快哭了，不知该如何劝说，只得趴在了地上。

香见见皇帝这般恼恨急切，早已失了往日神色。她面色一沉，倏然从袖中取出长长一条金针。为着防她自伤,除了她颈间原来那条寒企所赠的剑形项链不能夺走,其他的便是如刮眉的小银刀那些薄薄一片的利器,都被收走了。她伸出右手,将那闪着金光的长针横在颈前,厉声喝道:"你别过来!"

皇帝大惊:"这是什么?"

李玉旋即冲了过来,护在皇帝身前:"皇上小心!小主,您这是做什么?"

皇帝极快地镇定下来:"香见!你别糊涂!那长针根本不足以伤了你的性命,你别再想着要自戕!"

香见死死抓着长针,泫然欲泣,却被深重的绝望与愤怒淹没:"我不会再行刺你。因为这样,会给我的族人带来弥天大祸。"

皇帝的喉间有"嗬嗬"的喘息声,是极力压制的羞辱与怒火。他克制着道:"难道这些日子,你还看不出朕对你有多好?香见,你不要挑战朕对你的爱惜与忍耐。"

她满目悲怆,好像在大雪中迷茫失去方向的孤狼,哀伤深入骨髓:"我是寒企未婚的妻子,我不能成为你的妃子。"她一步步踉跄后退,摇首道,"你是皇帝,你坐拥天下,我不能对你做什么,你们也不让我死,但我这副皮囊总是我自己的吧……"

她话音未落,右手高高举起长针,挥手便往自己如花似玉的面孔上用力划去。皇帝大惊失色,只觉得浑身的血液一下子涌到了头顶,四肢百骸酸软而冰冷,抽去了所有力气。

有猩红喷薄而出,溅出一道血色的弧。

香见吹弹可破的侧脸上,一道小指长的伤口横过鬓边。那长针虽小,锋刃却薄,虽然只是轻轻刮过,但香见脸上已划出一道深深血痕,翻出皮肉的色泽。香见划了一下,立刻又要划第二下。皇帝终于反应过来,欲夺下她手中长针。奈何香见死死抓着,怎么也不肯放。皇帝又是心疼又是焦急,生怕她又伤着自己,紧紧将她圈入臂弯牢牢箍住,不许挣扎，一壁低声喝道："凌云彻！"

凌云彻慌忙入内，一见此景，立刻明白过来，夺过香见手中长针抛下。那细长而尖锐的利器无声无息地落在绵软的地毯上，嚣张地滴落暗红色的鲜血。皇帝死死盯着那血迹的出处，怔然落下泪来。

凌云彻皱着眉将地上的长针捡起，用布帛裹住收入怀中。皇帝见李玉吓得满面是泪，不耐烦道："你在这儿就只会哭么？"

李玉抽噎着道："皇上恕罪，奴才看见香见小主受伤，就好像什么稀罕爱物儿受损，心里难过得什么似的！"

皇帝横他一眼，正要说话，骤见香见脸颊犹有新鲜血液汩汩渗出。他面色煞白。凌云彻使个眼色，李玉忙上前扶了香见往榻边坐下，这边厢凌云彻已牢牢扶住了皇帝，悄声道："皇上别急，还是先传太医来看看。"

皇帝显然是不欲让人知道此事端的，然而见香见面上渗出细红血滴，心头阵阵绞痛。他低声嘱咐："李玉，去请江与彬来。记得，切莫声张！"

李玉连滚带爬去了。凌云彻取过布帛，将地上血迹擦干净，垂手恭声道："皇上，微臣什么也不曾看见，什么也不曾听见。"

皇帝长舒一口气，微微颔首。

待到江与彬来时，又是一通忙乱。江与彬自是先替香见察看伤势。李玉也没落得好儿，跪在皇帝跟前一下一下用力扇着自己耳光。

皇帝大发雷霆："你伺候朕多年，怎么还这么办不成事儿！不是叮嘱过你们，不要在承乾宫留下丁点儿危险的物件，以防万一。香见手里怎么会有这样的东西？！"

李玉嘴角不停有血流出，对自己下手更重："奴才错了，奴才对不住皇上，对不住寒小主。"

皇帝痛心不已："香见的脸伤了，你让她往后如何见人？若是今儿朕再慢了点儿，香见伤了性命，你多少条命能担得起？！"

到底还是凌云彻捧了榻边的西洋钟过来，跪在李玉旁边回禀："皇上，微臣彻底搜过了，承乾宫中再无其他险物。寒小主刚刚使的，是这西洋钟里的指针，可能不知何时被寒小主卸了去的。"

皇帝听得如此，想着那西洋钟是自己殷勤派人送来的，脸上也有点讪讪，一时没说话。李玉还在抽自己耳光，皇帝也有些挂不住面子，看了他一眼，方道："停手吧。"他看向江与彬方向，"香见的伤如何？"

江与彬摇头道："回禀皇上，微臣已经处理过了小主的伤口。小主的伤口不算太深，要愈合不难。只是要不留疤痕，请恕微臣实在无能。"

香见斜靠在榻上，怔怔望着九色描绘的洒金嵌朱彩顶，手里只抓着那早已断裂的剑形链子，悯然落泪："我连这条命都不想要了，还要保全这容颜做甚，毁便毁了！"

皇帝满腹心疼气恼发作不得，重重挥落手边一个青花瓷盏，溅开无数雪片似的碎瓷。李玉慌得抖衣乱颤，哭丧着脸道："皇上，事情已经这样了，求您的动静别太大！这不还有太后娘娘呢么，如果她老人家知道了，指不定小主得多可怜呢。"

皇帝闻言一怔，只得敛气道："罢了！今晚的事不许外传，否则朕摘了你们的脑袋！"

江与彬畏道："皇上，好在小主伤在鬓边。若是鬓发梳得好，可以掩盖，再不然涂上脂粉后也不大看得出，微臣也一定尽力医治。只是……小主眼下情绪激动，不大肯好好敷药，也不大肯好好服药，微臣只能先把药膏留给小主的侍婢，请她们在小主情绪好些的时候，再继续上药。"

皇帝看着香见，知道自己留在承乾宫，香见必然更不肯好好养着自己，只得起身道："今晚的事，不要让人知道。若有人问起，只说香见不慎，划伤了脸颊。"

众人忙答应了，皇帝这才郁郁离开。

　　如懿得知消息时，已是次日夜来时分。并非李玉与凌云彻多嘴，而是皇帝悬心香见，知她伤后一直不肯进食，他实在不欲惊动他人，不得已之下，只得唤来如懿。

　　彼时如懿正在窗下陪着永璂习字。小小的孩子，握笔甚是用力。他写完一幅字，交与如懿手中，极认真地问："额娘，我写的字好么？"

　　如懿看得仔细，笑着抚他额头："比上回写得好。皇阿玛指点你了，是么？"

　　永璂稚声稚气道："不是啊。从前都是皇阿玛教我习字，皇阿玛许久不得空了，便是五哥教我。"

　　如懿骤然想起，皇帝为了香见顾不上六宫中人，哪里又得空过问皇子们的功课呢。她默然片刻，微笑道："不错，你五哥的字极好，有他教你，自然不错。"

　　永璂一笑，甚是高兴。话虽这样说，如懿却是知道的，比之永琪小时的聪颖，永璂已是不如。等到开蒙读书，无论习文写字，都是比永琪当年差了一截。才知天赋等事，真是比不来。可是，那有什么要紧，永璂终究是她最可爱的孩子。

　　母子俩相伴言笑，窗台上羊脂玉瓶内供着数枝枫叶，色泽完美而艳丽，将浅霜般微凉的空气点得暖意融融。

　　是李玉的骤然而至惊破这一室的宁谧，如懿乍然闻得，只觉得一阵阵透骨寒意沁入背心，喝道："糊涂！出了这样大的事，现在才来告诉本宫。"她极力扶着紫檀螺钿小桌的一角，撑着身体，压低了嗓音问，"皇额娘知道了么？"

　　李玉慌忙摇头，旋即气馁："皇后娘娘，这件事怕不好隐瞒，您先去瞧瞧再说吧。"

　　如懿扶了李玉的手，只带了容珮便匆匆赶去。她从未这样慌乱过，哪怕是那年受冤即将被掷入冷宫，她也知道，如果有皇帝的一丝信任，有自己的一念求生，便不会沦落于万劫死地。可是这些日子，她当真是恍惚了。所有的一切因为香见的到来全然打破，进入光怪陆离之境。每一天会发生什么事，她完全不能预料，亦不能掌控。因为是他，那个立于世间权势之巅的男子，神魂颠倒，不知所以。

到头来，果真是他先出了事端。

如懿这样想着，进了养心殿，屈膝问安，与往常无异。

皇帝想要说什么，嘴唇微微一张却含了几分愧怍。他唤她："如懿。"

或许这一刻，一个呼唤了数十年的名字，会比一个名位更叫人安心。

皇帝面色萎黄，形容委顿，素日那种轻云出岫的倜傥之姿与无所不能的唯我独尊之气全数消弭。她看着他，不知怎的生出一股怜悯，和着积郁多日的怨与怒，一并涌了出来。怔了片刻，她静静道："李玉都告诉臣妾了，寒氏性命暂且无恙。只是脸上的伤，定是要留下疤痕了。"

皇帝郁然道："容颜之事，并不要紧。朕只盼她一切无恙。"

有无限的酸楚，却不知从何说起，原来他待香见，是这般情深。任她与他相随多年，这样情深，她亦从未见过。

真的，她一直觉得皇帝待自己甚好，便是彼此疑心之后，平日细节照拂，他亦无一不悉心。自然，这样的好并不是只对着她一人。宫中上下，无一不得，便是连不甚承宠的海兰与婉茵，也不少得他嘘寒问暖。所以论"雨露均沾"四字，皇帝是当之无愧的。

正因着如此，便也不知情深几许是如何样子。总看着戏台上水袖飞扬，听着唱词婉转，因着从未在身边见过，便总以为不过是人世的绮想，天上落入人间的传说。唯见他这般喜爱女子颜色之人，真心关切，甚至不惜她容颜是否毁损，她才觉得孤凉。

真是孤凉。原来这一生，一路颠沛走来，得到后位，得到荣光。真正的情爱，她却是生生在他与旁人身上才得见。而自己，不过是枉自欺骗了自己，哄着自己，以为年少渴盼的真心相许，已然得到，却是镜花水月，明明成空，仍懵然不知。

皇帝无助地轻声道："如懿，朕没有办法了。朕那日实在是吓着香见了，但朕也不知道她怎会这样倔强。朕只能让你来，帮帮朕。"

如懿握住了皇帝的手，满腔情绪不知从何说起，只得化作了一声长叹。

皇帝讪讪："如懿，朕是不是让你失望了？"

"臣妾眼中，皇上一直是意气风发之人，从未像如今这般。"

皇帝避开她的目光，默然片刻，哑声道："如懿，朕也思量过。身为帝王，万人之上，是不可以动心的。因为心一动，便万劫生。所以朕一直理智。可这一回，朕理智不了了。朕看着她，才知何谓一见倾心。"

如懿几乎是不相信自己的耳朵，口舌涩然："皇上，您说了什么？"

皇帝亦有几分心虚："如懿，朕的意思是，咱们是情自少年，心意相通，朕对香见是情起中年，情难自抑。"

如懿听出他语气中的求恳，亦是心软，只是不知该如何出声。

皇帝气色稍和，握住她的手摇一摇："如懿，朕从来没有得不到的人，香见是唯一一个。"他眸中隐有忧意，"别叫朕留下遗憾，你帮帮朕，好不好？"

是利刃在心上沙沙地刮着，刮去薄薄的皮肉，沁出细密的鲜血。她已觉不出刀刃的锋利，只是痛，密密麻麻，无处不在。她的声音茫然而软弱："皇上的真心，寒氏并不肯接受，才逼出今日的险事。皇上想不留遗憾，可皇上的一己之念，逼得寒氏一心求死，皇上还要这般执着？还不能放过寒氏么？"

皇帝坐在暖阁榻上，殿中红烛灼艳，勾勒出他微微佝偻的背影。如懿的鼻尖微微发酸，他一直是意气风发之人，想要的都能得到，从未有任何挫磨将他推于如此软弱之境。

她明知是不能问的。皇帝的话已经到了明处，再问，亦不过是自取其辱。可是她还是忍不住，忍不住，只为自己身为女子，只为曾经那样热烈地与他相知相许:"那么臣妾呢?"

皇帝深深地望着她,闪过一丝愧色,歉疚地道:"如懿,朕待你好,你懂得朕,咱们彼此相知相惜,是自小相守的情分。若论情爱,朕自然是喜欢你的,否则你又怎能成为朕的皇后?"

"喜欢?"惊痛之绪如沸油烈煎,滴滴逼熬,"皇上,您自然是喜欢臣妾的,只是喜欢得不够。或者,这'喜欢'二字,于您而言,是不太重要的。就如愤怒、忧郁、欢喜一般,只是一种情绪而已。"如懿牢牢地盯着皇帝,她挪不开自己的视线,也停不下自己的口舌,仿佛这样,便能逼迫那个不想听到的答案出现在耳边,"而且这喜欢,怕是对谁都一样的吧?对孝贤皇后是,慧贤皇贵妃是,舒妃是,令嫔是,忻妃也是。那么臣妾只是空占了个名位,与她们有何不同?也是,臣妾本来也不过是妃妾出身,忝居后位。真正能让皇上情深意动、不顾一切的,唯有寒香见一个!"

皇帝的沉默是无言的承认,叫她心生焦躁。那焦躁是野火,烧得尽春风劲草,也烧得尽她极力维持的理智。"皇上这般神魂颠倒,罔顾一切,恕臣妾不敢放肆,却不得不放肆!臣妾身为皇后,不能眼看着皇上罔顾身后名望,逼迫一区区女子,且是一个愿意为有婚约之人守贞的女子。"

皇帝的眉高高挑起,满蓄了轻蔑之意:"守贞?我满族男子,不以礼教为念。"

如懿如何肯退让:"皇上难道是想效法顺治爷娶弟媳董鄂氏为妃?且不说顺治爷与董鄂妃两情相悦,可百年之后论起顺治爷生平,便是连后人也不能不以此为憾事!何况顺治爷为娶董鄂妃,上逆母后之意,下伤后妃祥和,惹得怨声载道、六宫生变。皇上难道能不引以为鉴?"

皇帝冷笑一声:"男子钟情也是错么?皇后竟也如无知妇人,说出这般醋妒昏话!"

到底是哪一个字,挑痛了他最后那根不能触碰的神经?如懿定定地望着皇帝，不能动弹，唯有以激烈的言语宣泄此刻难以言喻的难过。"钟情一人固然无错。若今日皇上下旨，为迎寒香见入宫，废了六宫嫔御，只专心对着她一人一生一世，臣妾便无话可说，立刻铰了头发，青灯古佛了此残生。"她满目痛惜，"我大清开国以来，不乏钟情专一的男子。太宗皇太极钟爱宸妃，因宸妃早逝以致痛心而死；顺治爷独宠董鄂妃，生出无数事端。是！钟情一人固然不错，臣妾身为女子，毕生所愿也不过如此。但要为一人之情而伤无数人的心怀，又是何必？"她极力缓和了口气，"皇上向来提倡儒家礼学，每每经过山东，都要祭拜孔子，又教导皇子们都要研习儒家经学。怎么到了今日，却为一己狂热，将这些都抛诸脑后，惹得天下文人士子都寒了心呢？"

皇帝张口结舌，气得发怔。半晌，他才缓缓伸出手，抓住如懿的手臂："如懿，朕这一生都没有纵情任性过，你就当朕任性，就这么任性一回，没有礼教，没有规矩，让朕一心一意喜爱一个女子，可不可以？"

贰叁　红颜衰下

　　如懿惊得倒退一步，几乎要跌坐于地，幸好被容珮扶住了。如懿立时变色，喝道："出去！"容珮吓得急忙转身，如懿厉声道，"方才本宫与皇上说了什么，你都没有听见。出了这个门，你没长嘴，也没有耳朵，一个字都不许漏出去！"

　　她见周围打发得干净，终于禁不住软弱了下来："皇上说出这样的话来，是要锥臣妾的心么？方才那些话臣妾不许人知道，是怕落下话柄叫人讥刺皇上！"

　　皇帝大约也是气昏了头，恼道："有什么可讥刺的？朕只是真心喜爱一个女子而已。"

　　如懿戚然相对："既是真心，自该叫人欢喜，何来勉强与难过，逼得寒氏一心求死？"

　　皇帝微微语塞，旋即道："如懿，朕在准备一份礼物，只要假以时日完成，朕一定会让香见回心转意。"

　　如懿睁大了眼眸，眼底的伤心渐渐蔓延出一丝鄙夷的意味："是么？但皇上大可扪心自问，是真心爱怜寒氏，还是为了一己私欲与好胜之心？”

他喃喃："在今日之前，连朕自己也一直以为喜欢的是香见的容貌。直到她自毁容颜，朕才明白，朕喜欢的，是她坚持自己的倔强，是她对寒企的坚贞。这些，都是朕没有的。”

她的嗓子一阵阵发涩，仿佛难以启齿，却依旧忍不住问："就因为皇上自己没有，所以一定要从寒氏身上得到？”

皇帝低着头，斜倚着身体，似乎无奈疲倦到了极处，可他的眼底仍有渴求闪烁："如懿，香见她不想活了，可朕不能失去她，真的。如懿，你帮朕让她愿意活下来，让她愿意留在朕身边，好不好？”

她答允不了，嗓子眼张不开，嘴唇紧紧地抿着。她不过是一个女人，一个有着夫君的女人。可偏偏，自己的夫君却这般来要求自己。

“皇上的心意，臣妾左右不了。寒氏的心意，臣妾又如何左右得了？”如懿苦笑不已，"且皇上对臣妾说出这样的要求，是浑然不觉得臣妾是你的妻子、你的女人，而只是一个皇后的身份么？”

皇帝诧然片刻，旋即释然："如懿，你是朕的妻室，更是朕的皇后，就该承担中宫的职责，替朕想办法。”

“皇上要臣妾做的事，臣妾真的觉得很难。臣妾自登后位，才渐渐觉出当年孝贤皇后的难处。若是一个对夫君全无眷慕之心的女子，如何能让皇上放心处理六宫之事？但若对夫君有眷慕之情，又该如何违背自己的心意放下儿女情长来不偏不倚地处置？皇上虽将臣妾捧于皇后之位，却也不啻将臣妾置于两难之地。”

“两难么？”皇帝的目光虚浮在远处，"如懿，若是孝贤皇后还在，她会做到的。她是一个贤德的皇后，她会恪尽皇后的本分，来为朕处置妥当。”

仿佛数九寒月有冰水夹杂着无数尖锐的冰凌兜头而下，连血液都冻住了，却还能辨出那种面对疼痛却无可抵御的软弱。如懿打了个寒噤，仿佛看着一个不认识的人，渐渐浮出一个虚茫的笑靥。从前他对孝贤皇后的种种不合心意，终于因了她身后误会的解开，因多年的追忆，因了自己与他的种种磨砺，化为时光里不肯老去的温柔，化为自己在他心中的不合心意。

她神色凄楚，面带冷冽："皇上这样重的话，臣妾承受不起。"

皇帝将手落在她手背上，似乎要将她的不甘与抗拒压下："既然承受不起，便好好去做。别辜负了朕对你的用心。"

如懿抬首，遇上他凛冽的目光，心思却被他搭着自己的手腕的力度所吸引。那是他的手，无意拂落于她手上，却并无往日的亲密，更是一种无言的压制。可是，她却未能感觉到他的手带来的力度。

他颤抖的左手，浑然使不上力气。

悲切之意油然而生。有泪，凄然坠落。

她终于明白自己的处境："皇上所托，臣妾身为中宫，不敢不允。"

皇帝微微颔首："君者为人伦之极，五伦无不系于君。臣奉君，子遵父，妻从夫，不可倒置也。皇后深明事理，婉顺谦恭，朕很欣慰。那么香见之事，朕也一并交予你了。"

如懿以从未有过的郑重容色凛然相对："但臣妾所允，只以皇后身份。从今以后，皇上所言所托，臣妾都不敢失皇后分寸，却也仅以皇后分寸而已。但请皇上明白。"

皇帝憔悴的面孔上满是愕然与震惊："如懿，你说什么？"

她的眼底蓄满了泪水，那种滚烫的热度，仿佛要烫得她看不清眼前的一切。如若可以，她真的愿意自己是盲的，看不清所有蒙昧的温情挑破后残忍而冷酷的真相，可是她秉持了最后的礼仪与气度："臣妾蒙皇上厚爱，忝居后位。所能做的，也仅是皇后应该做的。"

她俯身三拜，以极其尊崇的态度，谦卑己身，缓缓退离。

如懿见到香见，已经是一日后的事情。

不是未曾想过该以何种姿态面对寒香见的一心求死，而是太多的混乱与冲击，在养心殿对谈之后，将她极力维持的理智冲打得几如齑粉。

可是如果，没有一丝属于自己的情愫，而是克尽己责地做好一个皇后应有的职责，那也不算是一件太难的事。甚至，会因为只需恪守已然成熟的条条框框，便能不功不过，安然度日，也算一个不错的皇后。

虽不知道香见受伤当日出了什么事，可香见受伤之事很快让嫔妃们更添了好奇与幸灾乐祸的心情，更是茶余饭后最好的谈资。而皇帝不再踏足承乾宫，仿佛对她容颜毁损而失望至极，亦让嫔妃们多了一丝希望与愉悦的寄托，盼望着皇帝将她弃如敝屣，再不理会。

但凡一个寻常人，都会这般想。

因为对于一个男子而言，秉窈窕之姿，具冰雪之貌，是最大的吸引。而一个失去了美貌的女子，便是连一个寻常妇人都不如了。

所以无人不这般揣测，这场疯狂的迷恋，最后了结于寒香见与皇帝争执时的失手自毁。

每每传来消息的是进保，皇帝身边这个素来不苟言笑又老实憨厚的中年太监。

这些并不算是好消息，亦是意料之中的消息。

香见绝食。

这是很自然的事。如果毁去自己的美貌并不能断绝一个人的狂热，那么断绝生命，是最后的，也是最无奈的举措。

如果让香见死去，那会满足很多人的愿望，让人大大松一口气。

可她若真死去……如懿忽然想起了皇帝按住自己的那只手，勉力压着自己的手，却偏偏使不上力气。如懿鼻尖一酸，她从未觉得这个男人如此软弱而让她心生怜悯。而在昼夜扰乱她心绪的震动与伤心之后，怜悯居然成了占据她心房最多的情绪。

而且，让皇帝愉悦，不正是一个皇后应当的职责么？

如懿自嘲地笑笑，拣过一袭杏子黄盘金彩绣翔凤穿芍药团花紫绫袍，踩上凤纹朱锦罗鞋，簪上九转连珠赤金琉璃飞鸾步摇，烂漫明丽的翠华钿并朱红宝树珊瑚花饰点缀。

华光明艳的色泽撞得眼帘微微生疼，才知绫罗衣衫是勇气，贴肉予以温度，撑住她灰败的内心，予以表面的光鲜。日复一日，行走下去。

着实，它也比朝夕相对数十年的男子可靠。

如懿扶着容珮的手踏入承乾宫寝殿时，已然微微倒吸了一口冷气。皇帝性喜奢丽，自孝贤皇后丧期满三年后，除了长春宫一应如旧，其余殿阁连着太后的慈宁宫一应装饰一新，绮靡繁丽。而承乾宫长久无人居住，乃香见入宫后草草打扫出来，其规制陈设，华丽更胜于她的中宫。连最爱繁华的金玉妍在世，也不得不居于下风。随便一眼扫去，搁着的藏青花玉凤莲转心瓶乃宋徽宗所珍藏，一对龙香握鱼是汉成帝皇后赵飞燕所有。殿角随意搁着的一丛三尺高的珊瑚树，通体莹红润泽，鲜妍欲滴，隐隐有宝光流溢。妆台上一大捧盒东海进贡的珍珠，颗颗浑圆如拇指大小，饱满明净，就那般开了盒子随手撂着，也无人在意。形形色色，错落有致，光华迷离，纵使她贵为皇后，有些也不曾见过。

而平静卧于斑彩鸳鸯万金锦上的香见，却与这金摇玉耀的华丽人间格格不入。她是一捧春雪，冰凉如霜，却美得短暂，瞬间就能化去一般。

彼时午后轻暖的秋阳透进豆绿罗影纱，照得寝殿内微尘轻扬，碎金似的弥漫。因着如懿的到来，宫人们都退了下去。殿中梨花木矮架上供着一盆香山子，香气幽幽若若，又不见烟火气，甘宁清甜的香气让人通体舒泰，宛在梦中。那香山子原是取百斤左右的紫油伽蓝香精心镂雕而成。那伽蓝香难得，宫人们取一星两星制成金累丝香包已算得趣，何况是这样大件。

可这样奇珍都不能令如懿注目，她只一意凝睇榻上那人。她从没有见过这样的女子，即使在濒死的一刻，还能美得如此不沾风尘，宛若谪仙。

有一个大不敬的念头从脑海中疾闪而过。虽然岁月对皇帝格外厚爱，使他仍有英姿飒飒、玉山巍峨之态，但比之香见，亦不过是紫芝之畔的青苔和油腻的朽木，不堪佳配。

她有一瞬的好奇，那个让香见心心念念的男人，会是个怎样的人？

这样的念头，挑破彼此视线并无交集的尴尬。

她侧身，顺着容珮搬来的桃花木竹节番草纹绣墩坐下，示意众人退下，方才缓缓开口："听闻一个人濒死的时候，可以看见他最想见的人，你是否在等这一刻？"

香见神色呆滞，死死地盯着蓝田玉轻羽尾帐钩挽起梨花青冰绡缠枝宝罗帐顶。因为之前的衣裳一直是素服，又染了血迹。喜珀带着哈丽、古丽强行替她换过了天水绿白点梅枝纱衫，也是她部族的制式，长长的雪色长珠璎珞逶迤横逸，如她一般毫无生气。

如懿不在意她的沉默，只是出神："其实本宫也很好奇，寒企到底是怎样人物。你若不与本宫说说，怕是知道他记得他的人也会越来越少了。"

香见的眼珠是定在白水银里的两丸琥珀，清透却僵死，没有一丝活气，唯有在听到寒企的名字时稍稍一颤，旋即又复死寂。她喃喃，那低语声沙哑近乎干裂，是两日未曾进水的缘故："寒企？很久没人和我提他了。"

"你身边的侍女固然是你的族人，却也不愿意提这个人，惹你伤心吧。"如懿仰着头，拨着罗帐上垂落的南红坠菘蓝流苏。那南红红艳如锦，质地糯润，捏在手里滑润而沉静，"可是，本宫真的很好奇，他为何会让你念念不忘？说来好笑，本宫自出闺阁，见过的男子也不过这么几个，每日起坐便是太监服侍。本宫真的很难想象，你们曾经经历过什么，可以有这般似海深情？"

香见吃力地扬起唇角，露出一丝讥诮，嘶哑着道："你和那个皇帝，都不会懂得。这是少年时的相知相许相伴相惜。"她欲再说，便咳嗽起来，可见言语艰难。如懿见她入瓮，暗觉她单纯执拗，便取过桌上容珮留下的汤盏，徐徐引至她唇边："你要这么说，本宫便懂了。本宫也曾有那样的年少倾心。"她见香见不肯喝，又道，"本宫真的很担心，若是你死了，这世间记得他的好的人，便再也没有了。"

香见无奈，亦不在意那盏中汤汁是什么，勉强喝了，起初还呛了两口，渐渐饮下一两口。

"没有了？"她的泪晶莹一滴，洇入盘螭朝阳葵纹枕。那攒金线秋阳葵花的图案明艳如生，益发显出她不堪的绝望："是啊。我喜欢寒企的时候才十三岁，那时他十六岁。他的眼睛那么明亮，天上的星星都比不上他。我在野外被狼群追逐，是他赶来救我，和狼群搏斗。他带着我骑马、放牧，带我去看冰山上的雪莲花。他说雪莲花是不能摘的，因为在他心里，雪莲花和我一样美丽。他知道我喜欢沙枣花的香气，便在我的屋子外种满了沙枣树。他吹着口弦，伴我起舞，那是我们最快乐的时光。"

如懿轻轻唏嘘，想起少年往事，亦是感触："真好。"

"你可知道？我们是真心相许的，我们彼此盟誓，彼此衷情，就想在草原上快快乐乐地生活下去。我们寒部的人，盟过的誓言就是真心，绝不会反悔。我也知道，这世界上或许有很多比他更好的人，可我心里喜欢的，只有寒企一个。"

如懿替她抹去唇边流下的汤汁，徐徐道："那可真是一生里的好时光。"

香见的眼是漫天星子坠落后的沉寂永夜："可惜，好时光再也回不来了。若不是因为我，他就不会遇到雪崩，他就不会……"

"没有人想到寒企会出这样的事。寒企是你的未婚夫婿，你为他伤心难过，追思惦念都是应当的情分。可你一直如此自责，若寒企有知，怕也于心不忍。"如懿拨着凤仙花染就的半透明的指甲，这些日子她本无心妆饰，连指甲上的浅红残褪了也未曾发觉。她神色恬淡，一意浅谈："你若再因他而绝食离世，这世上还有谁能记得你与他曾经有过的好时光呢？而且，你不只是这世间唯一记得与寒企美好过往的人，更是寒部所有人的希望，你断不可辜负了你阿爹和族人的心血。"

"希望？"香见满脸是泪，悲绝摆首，"从寒企死的时候，我就心如死灰，再没有希望了。我怎么还能去做一个别人的希望？我还能守住什么呢？"

如懿凝视着她，平静而从容："当然。你也可以不做这个希望。拿刀抹脖子，挂上长巾把自己悬到梁上，服毒或者拿你漂亮的头撞到墙上去，一了百了的法子多了，随你选一个。但是你死了，哪天皇上听了谁的劝要再灭了你的部族，要对你的族人斩草除根，还有谁会来劝一句，保全下他们的性命和家园？"

香见震惊而愤怒，无以复加："皇上……"

"你不只有寒企，你还有你的阿爹、族人和寒部。除非，他们对你来说完全无所谓。"

"他们对我而言怎会是无所谓，只是……"她纠结到无以复加，又痛苦摇头。

"只要你断了求死之念，肯活下去，没什么做不到的。"她伸出手，示意香见坐起身，"我们都是女人，管不了男人的野心，也管不了男人的天下。我们能管着的，是凭一个女人的本事，将她想守护的人和事，都一点不漏地守下来。"

香见的面孔上挂满了莹然泪水。若不是亲眼所见，如懿几乎不能相信，这个世上居然有人连哭泣，甚至以带着疤痕的容颜哭泣，也可以这般宛若凌波仙子。她终于有一点明白，她的丈夫人到中年，还有那股像秋水一样发了狂满涨的热情的原因。

香见的手搭在如懿的手上，吃力地斜欠起身子，悲伤地哭泣："我怕我做不到……"

如懿深吸一口气，望着外头秋高气爽的碧蓝广天，沉声道："男人们做不到的事情，往往女人就能做到。因为一个女人的韧性和忍耐，是任何人都不能比拟的。人人都说越王勾践卧薪尝胆，忍辱负重，本宫倒觉得越王夫人才是真正的英雄豪杰。越国战败于吴国，勾践所受的苦不过是他应当承受的那份。越王夫人身处深宫，也被丈夫牵连受辱，还要安慰失意的丈夫忍耐奋发，她的毅力与韧劲才是最值得钦佩的。"

香见睁着满是泪水的眼："可是我不是越王夫人，我……"

如懿的目光无比锐利，逼视着她："你曾经说过，你不过是一件礼物。一个人能了解自己的处境，明白自己的身份，倒也不是坏事。本宫就问你，既被作为礼物送来，你可愿尽一个礼物所有的责任和义务，好好地安分守己做好你的礼物？"

香见美丽的大眼睛里布满了迷惘与不解。

如懿春山微蹙，捺着性子娓娓道来："如果于你而言，死去的情人比活着的族人要紧，痴情追随比族人的性命要紧，那么本宫也不必再费事和你多说什么。可是你要觉得逝者不可追，活着的那些人更值得你牵挂，就像你父亲把你送来的本意一样，好好地做一个礼物。美丽、夺目，并且让送你来的人得到益处。这就是一件礼物的本分。"

香见唇色干枯，眼底的血丝如罗布的蛛网，却拢不住她的悲愤："难道我就不能有其他的选择？像普通人一样做自己的选择？"

如懿俯下身，看着美丽而哀伤的容颜，似一朵开在冰凌上的无瑕而剔透的雪花。可是即便天寒地冻，雪花亦不会留存长久，只能被冻得僵冷，萎谢于地。香见的美似乎传递着她无法言语的悲楚，让看到的人也心生悲凉。如懿挽着她的手起身："本宫和你一样，最大的悲哀就是没有选择。所以这个宫里，上至皇后，下至宫女，每个人活着，挣扎着，都是为了可以多一点选择。就譬如你，有了恩宠，有了凭仗，就可以选择为不为你的族人说话，选择说出怎样有用的话。如果你没有恩宠，那就是没有任何选择。"

香见嘤嘤含泣："那你，你是皇后，你有没有过自己可以选择的事？"

"皇后只是一个身份，甚至是一个比你束缚更多的身份。所以本宫从来无从选择，只是逼迫自己顺天应时，如此而已。"如懿起身，将方才喝剩的半盏参汤置于她身前，红澄澄的汤汁倒映着她绝美的容颜，"你要知道，盼着你死的人很多，但都是你的敌人和无关紧要的人。希望你活着的人也不少，那都是你的至亲你的族人。选择成全哪一边，都由你。"她将参汤留下："这半盏参汤你喝了吧，喝了才有精神。好好儿活着，至少可以让亲人安慰，不会为你伤心难抑。便是寒企在天有灵，也会希望你爱惜性命的。"

她转身离去，不欲多停留，仿佛香见的哀绝，亦是她的无奈。万千人之上的皇后与一个战败送来的礼物，原也没什么不同。

直至出了承乾宫，容珮见她魂不守舍，忙出声关切："娘娘，出了承乾宫您就魂不守舍，您在想什么？"

如懿低低地似是自言自语："容珮，听香见说起她与寒企的感情，本宫才知道，在这个宫里，本宫并不是孤身一人，终于有一个人与本宫有过一样的心意和感情。香见与寒企的年少情深，就如本宫和皇上的从前。"

容珮在如懿封后前才到身边伺候，自然不晓得如懿与皇帝曾经的年少情深，如今的日渐隔膜才更加令人悲苦无奈。她实在是不懂得，只以为如懿是见了香见受刺激太深，才这般感触。

容珮正不知从何劝起，如懿只是望着遥远的天际，想起香见对寒企的恋恋不忘，对失去寒企的心痛欲死，才恍然觉得，或许自己也已经失去了曾经眷恋的少年郎。而最可怜也可笑的是，偏偏唯有香见，或许才是懂得自己失去少年郎的那个人了。

而失去了少年郎的自己，算什么呢？只是一个皇后？她忽然想起豫妃将要入宫那一日，皇帝的笑语："不过是摆设而已。"

当日笑语，如今忆起只觉得惊心动魄。

如懿扶着容珮的手走了老远，神色依旧怔忡不宁，半晌，低语道："容珮，你有没有觉得，我们都很像一件摆设？"

容珮惶惑地看了身后跟随的十数宫人，不解道："摆设？"

"是啊。恂嫔是霍硕特部的摆设，豫妃是博尔济吉特氏的摆设，舒妃是叶赫那拉氏的摆设，淑嘉皇贵妃是北族王室的摆设。她们每个人摆在宫里，都是家族的象征、族人的荣光。皇子和公主们，是子嗣繁衍、皇室兴旺的摆设。太后呢，是母慈子孝的需要，是向世人展示皇家恩义的摆设。除了面上那层需要，里头的滋味儿，如人饮水，冷暖自知。"

容珮听得满心怅惘，忙堆了笑劝道："娘娘，您想太多了。外头寒凉，咱们回宫吧。"

如懿抬起头，眯着眼看着晴好日光，像是撒落满天金色的碎屑，叫人觉得温暖。她羡慕的，其实是尘埃这样无根轻飘的事物，来一阵风，想去哪儿，就能去哪儿。可这一辈子，她的身，她的心，都是注定要禁锢在这紫禁城里了。怎么飘也飘不出这高墙去。不，她哪里有飘的资格！

依稀是小时候跟着乳母嬷嬷们去寺庙里参拜。高大庄严的佛像，被装饰得宝光金灿，叫人不敢逼视。仿佛它们生来，就是这样高高在上，受万人景仰膜拜，受世间万千香火供奉。没有喜怒哀乐，从来没有，它们所有的职责，便是在那个位子上，只消在那里就好。

如懿耸了耸肩，像是禁不住秋日里的几许寒意似的。眼前便是秋意如醉，可是那浓醉的枫红菊灿，与她也是不相干的。如懿像是被隔绝在了自己的世界里，任凭外头秋色正浓，她兀自冷露寒霜，残叶萧萧。

容珮有些不安心，又唤了一句："娘娘……"

如懿微微笑出声来："你觉不觉得，本宫就像是庙里的塑像，宫里头的摆设？"

容珮知她经历了这些事，难免颓丧，只得好言劝道："娘娘……您别多想了。"

"是了。摆设是连自己的念想都没有的。没有思想，才能安于做一个摆设啊！"她浮起一个虚弱的笑，"如果寒氏听了本宫的劝，本宫就是完成了皇上的嘱托，尽到了皇后的职责。"她轻噗，眼底隐有泪光浮动："多好的一个摆设！"

香见逐渐痊愈，也复了饮食，虽不大与人言语，却也叫人松了一口气。

皇帝见了如懿，益发和颜悦色："这次的事，皇后做得极好，朕心甚慰。以后，皇后只需这般恪守本分就好。"

恪守本分？她在心底里冷笑出来。她与他之间，曾经如何情意相通，到头来也不过如此。

追随数十年，根本无须情悦意好，不过各司其职便了。

是她痴心妄想，原就是她痴心妄想。

接下来的日子，秋霖潺潺，阴晴不定，湄若为时气所感，病势愈见缠绵，便将小小的八公主托在海兰身边照拂。如懿得闲时便听永琪说说成亲后的琐事，看着小儿女童音稚语，倒也勉强度日。只是，她不能静下来，亦不敢。一静，听着那雨滴竹梢，深打芭蕉，心中忧闷，更觉泣血。

时在深秋，寒意瑟瑟。这一日皇帝斋戒已毕，兴致甚佳，便传旨合宫往宝月楼去赏京中景致。太后是第一个辞了的，她久不理宫中事，对宝月楼登高之事自然意兴阑珊。如懿倒是以湄若之病辞了不去，皇帝却道："皇后不在，亦无趣味。"

如懿知与皇帝龃龉已种，亦不愿深拂他意，只得应承了，严妆华服偕合宫嫔妃而往。因着皇帝兴致颇高，便是卧病的湄若也来了。湄若见了如懿便笑，悄声道："皇上如今的性子喜怒不定，咱们不要扫皇上的兴。"

如懿近她耳边，悄声道："若是十分支撑不住，便告诉本宫。"

湄若虚白面容上泛起一抹樱红。如懿暗暗叹气，她原是那样活泼的人，如今也熬得枯瘦如柴。这日子，当真是煎熬得紧。

正说话间，已然到了宝月楼下。那宝月楼在南海一带，那儿原无宫室，从瀛台上望去过于空旷无景。皇帝便决意要建一座楼宇，做临水赏月之处。那殿阁去岁动工，秋日已成，建得如月中广寒宫一般，故名宝月楼。皇帝亦曾笑语，不知哪位女子登高，才比得上月中青女素娥的婵娟风姿。

湄若笑吟吟道："皇上总说宝月楼建得精致，便是连嫦娥都住得。今日唤了咱们这么多人来赏秋，可不是一群嫦娥挤破了头。"

她素来风趣活泼，便是颖嫔这样自矜身份之人，也忍不住笑了，伸手去拧她的嘴："这般病着，还要饶舌。哄得太医一日三趟去瞧你，就是矫情。"

众人闻得皇帝未至，如懿便携了嫔妃上楼。宝月楼楼高两层，飞甍重檐，琉璃瓦顶，意趣雅致，气象高洁。然而一路上去，内饰多有寒部的雪莲纹样。如懿与海兰对视一眼，明白这宝月楼多半是给香见所居的。嫔妃也多少有些猜到，庆嫔先道："寒氏不是有承乾宫吗，还要宝月楼做什么？皇上就这般厚爱她么？"

毓瑚陪着香见出来，先一一向众人行礼。香见只站着不动。她的精神仍不大好，但换了浅紫白双绣雪莲花轻罗长裙，长发曼鬋，鬓黑如漆，其光可鉴，只以浅一色的紫羽并雪色珍珠点缀，简约的衣衫无形中显出惊世之美。

只是这美，亦有残缺。但香见浑不在意，更不掩饰，任那粉红伤口横亘于众目睽睽之下，兀自淡漠，目视自己的足尖。

恰贵人忍不住尖声叫了出来，惊讶无比："不是伤了脸么？怎么还是这么好看。"

众人哗然，不觉有窃窃私语之声，香见亦淡然处之。仿佛这世上一切，甚少有经她心者。

还是嬿婉先婉然含笑："毓瑚姑姑，皇上命臣妾等到宝月楼赏秋，皇上怎的不在？"

毓瑚欲言又止，终究还是叹了口气道："皇上尚有要事。这宝月楼是皇上为香见小主所建，今日才请诸位小主来赏景。"

众人虽然猜到，但听毓瑚这般说，还是禁不住面面相觑。

毓瑚一一道："宝月楼新成，北可眺三海，南可观街市，东可看紫禁，西可望远山。"

她一一指点，将红尘阡陌、万户人家行云流水般划过，说出皇帝选宝月楼景致的用意。毓瑚是皇帝身边亲近之人，她如今代皇帝说话，嫔妃们都极捧场。她每有所指，嫔妃们皆惊叹、欢悦、喜笑、媚语，唯有香见如冷月照澄江一般遗世独立，不闻世事。却是颖嫔先"咦"了一声，指着不远处一显然是新建的祈福寺道："这不是寒部的祈福寺么？"

此言一出，连香见亦惊动，急急看向颖嫔所指处。果然那祈福寺金顶火檐，高起云涌，极尽辉煌之能事。

毓瑚颔首："除了宝月楼，皇上还在宫外与宝月楼遥遥相对处建了祈福寺。"

香见死死盯着那间祈福寺，不觉热泪盈然。熟悉的亲切果然熨帖了她孤独的乡情，亦适时地柔和了她一直如冰山雪岩的孤绝。那一刻，如懿才觉得，她并非九天谪落的仙子，遗世于尘外。她也有世间女子的一颦一笑、热泪与愁眉。

毓瑚恭敬道："香见小主，这祈福寺是皇上按照您家乡规制所建，您还喜欢么？"

香见无语凝噎，片刻才缓过神来，恢复了往日的淡漠："极尽华丽，无一不像。只是空落落一座祈福寺，落在这里有什么意思？"

毓瑚道："有寺无人，谁来尊敬神明呢？寒部地处偏僻，皇上已令您部中老幼妇孺移住京城街巷，与祈福寺相对。今日皇上还安排了他们进宫，您愿意见一见么？"

香见每听一句，眼中震动之色愈深。毓瑚那些话是勒紧的铁弦，惊得她不知如何言语，茫然地望向如懿。如懿明白皇帝这般柔情似水，款款妥帖，却存着志在必得之意。她辨不出心底是何滋味，酸楚且陌生，她从未见过他用这样的心思去待过任何一个人，从来没有。

嬿婉唇边冷光陡盛，旋又隐入春波笑意之中，上前亲切地挽住香见的臂膀，笑靥蕴暖："皇上胸怀天下，还能顾及香见妹妹心思，果真心细如发。香见妹妹家中遥远，定是思乡情切，若是能见一见族人宽慰心思，身子也必好了。毓瑚姑姑，快请妹妹族人来吧，妹妹一定很想见呢。"

嫔妃们眼见如此，隐隐有骚动之意，窃窃之声，不绝于耳。

香见不惯于这样的热络，急急抽出手，垂眸不语。毓瑚击掌两下，便有小太监引了数十位寒部打扮的人来，来者多是老幼妇孺，一个个互相搀扶着立在楼下，欢呼雀跃，相继跪倒："香见公主，香见公主！我们终于又见到你了！"远远的人后，一名男子着寒部衣衫，站在最后，并未和众人一般雀跃。

香见迫不及待地引身向前。她热泪潸潸："这是阿里娅婶婶和她的小儿子。这是拜玲耶婆婆，她年纪大了，耳朵不好。还有穆妮尔，她才六岁。"迎着楼下欢呼雀跃之声，她情不自禁地笑着喃喃，"为什么？为什么你们会来？"

庆嫔听得如此嘈杂，大为不满："这么老老少少一大堆，叽叽喳喳，成什么体统？"

恪贵人早已变了脸色，只看着颖嫔道："皇上怎的如此厚待寒部，还让那么多人进宫？我蒙古诸部，从未有过这般待遇。"

颖嫔沉着脸不语。

穆妮尔稚声稚气道："香见公主，皇上待我们很好，给我们建了祈福寺，还给我们建了漂亮的房子，安顿年老的婆婆，还给我们看病。"

香见冷冷看着如懿："皇帝对所有的子民都会这样么？还是因为我而故意做作？"

如懿看看楼下老弱，也确是可怜："寒部那么多老弱妇孺，的确需要人照料。"她遥遥望去，忽地看到人群中最后一人。只那一眼，如懿只觉得彻骨寒冷，一动也不能动。她望着楼下熟悉的人影，恍如自己成了一尊冻实了的冰雕，从里到外冷透了。是嬿婉的声音在耳畔响起，也是意外到了极点："这……这是皇上！"

颖嫔也是大惊失色："皇上怎么会打扮成寒部人的模样？这也太……"她硬生生把"不成体统"四个字吞了下去。如懿看向毓瑚，见她无奈，明白她早知道，只是不能劝阻。

香见的脸色难看到了极处："他……他怎么穿着寒部的衣服？"

皇帝眼见香见看见了自己，也颇为欢喜，取出腰间的六孔笛，缓缓吹奏，步上高楼。那所吹的曲调，正是香见入宫起舞时所奏之曲。也不知皇帝是何时学得，吹得颇为熟稔。

所有人都惊愕得难以言喻，唯有寒部诸人甚是欢喜，纷纷道："皇上看重咱们寒部，才会换了寒部衣裳的。""看来皇上真的会善待我们寒部。"

皇帝一曲奏完，到了香见跟前，左顾右盼，深深自得："香见，见了族人，你高不高兴？"香见又是错愕又是厌恶，十分抗拒："你为什么打扮成我们寒部的男子模样？你为什么吹着六孔笛？"

皇帝诚挚地看着她："香见，你不愿先成为朕的女人，改变你的装扮，那朕就为你变成寒部的男子，穿你们寒部的衣裳，吹奏你们寒部的乐器。"

香见摇摇欲坠，转头看着楼下族人欣喜的面孔，几乎要承受不住了。皇帝看出了香见的拒意，索性对着宝月楼下所有寒部族人道："朕会封你们的香见公主为容贵人，居宝月楼。"

香见懊丧地喊："我不做什么容贵人！"

她的声音太小了，很快淹没在自己族人的山呼万岁与道喜声中。

金风十里，丽人玉颜，花压鬓云偏。红叶白露，远山流岚，京中的美人与秋色让人目眩神醉，如懿却醉不了。她看着远远的黛色山峦绵延起伏，正是千山叶落、孤雁低旋之景。唯见万里层云间老翅掠空，哀哀悲鸣，曳下苍凉悲怆之音。绮丽明媚、深情相许都落了繁华盛世的注脚，谁还见忍泪自吞的无声凄楚。

皇帝轻拥着她，像是轻拥着一团正融的春雪，在她耳边低声絮絮："香见，朕知道你心里在笑话朕，整个紫禁城也都在笑话朕。朕如此爱慕一个有过婚约的女人，一个异族部落的女人。更要笑话的是，这个女人的心不在朕的身上，她甚至还恨着朕，厌恶朕，恨不得逃离朕。"

皇帝说着，气息温热地拂上香见的面颊。香见下意识地偏过头，缩着手，回避他任何可能的接近。

皇帝苦笑道："可是朕从来没有这么喜欢过一个女人。朕有过那么多女人，宠过那么多女人。曾经最喜欢的一个，朕扶着她坐上了皇后之位。可是朕直到见到你，才发觉原来男人对女人的喜爱不只是可以细水长流的，它可以像地底的火山一样，埋了上千年，轰然全喷了出来。朕对你，就是这样的。"

嫔妃们站得稍远，未曾听得皇帝的一字一句。如懿就在近旁，清晰入耳。她有轻微的晕眩，眼前的世界是粉碎的雪片，冷冷地打在心上。她感觉自己鼻息的迟缓，钝钝的，每一呼吸，都有挫磨的痛。

不是不知道他会对着旁的女人甜言蜜语，只是未曾亲耳听过，所以也不过是模糊地揣想，偶尔来扰乱自己平静的心绪。她是第一次，听着他对旁人说自己。原来她的存在，不过是一个已然不要紧的旧爱，像发黄的流云缎，纵使金贵，那也是不体面的陈旧。她，不过是来陪衬皇帝天荒地老荡气回肠的新爱的点缀。

真是可笑！曾经履冰雪、践荆棘，这样千辛万苦走到他身边，蒙他所爱获得与他并肩而立的资格，也不过是陪衬来日的新人笑罢了。

香见残存的笑意渐渐退去，只余下白雪覆野似的冷戚，有滚烫的泪水从她的眼中潸潸而落，最后成了无声蜿蜒的溪流。

皇帝听着香见族人的欢呼声，揽过香见柔弱的肩，好声好气地哄道："别哭！别哭！你看你的族人多高兴，你可也是高兴坏了？"

香见如何说得出话来，更不敢叫楼下的族人看见她的泪容，少不得侧了身子，避在皇帝身畔。皇帝便伸出手，宠溺地轻轻拍着她的背。如此一来，落在旁人眼中，更像是皇帝与她格外亲近似的。

随行的妃嫔们多半已铁青了脸，或是含了讥讽的笑，晋贵人冷笑连连，向着嬿婉小声说："什么贞洁烈妇，都是做给旁人看的，不过是矫情引逗皇上罢了，这般欲拒还迎的。"

忻妃蹙了蹙眉，喟叹道："费了好大的功夫还是要随着皇上，那之前那些都算什么了？"

也不知是谁暗暗嘀咕了一句："狐媚子就是狐媚子，最会这些勾引人的下作手段！"这一句话引得嫔妃们连连颔首，只避着前头陶陶然的皇帝而已。

如懿听得不像样子，转首深深瞧了她们一眼，嫔妃们立时噤声，不敢再言语半句，一个个眼观鼻、鼻观心地安分了下来。

皇帝回首看着诸嫔妃，神色冷淡，他提高了声音："朕要你们来，就是要告诉你们，朕希望在这宫中人人可以容得下容贵人，与她和睦相处，别再闹出合宫求见的事来。"

这话分明是提醒诸人了。

嬿婉将一口酸气硬生生吞下，脆脆笑道："臣妾明白，臣妾恭喜皇上，贺喜容贵人。"皇帝甚是赞许，忙里偷闲瞟了嬿婉一眼，将那笑容蜻蜓点水似的恩赐于她。嬿婉得了鼓励，含笑继续道："臣妾等身为妃妾，自然得和睦一心才是。说来容贵人册封真是喜事呢。倒叫臣妾想起来，南边移来的果树一直未曾结果，今年不知怎的却结了好些个果子。可见容贵人入宫带来祥瑞，又让皇上事事得了好结果。"

这话说得皇帝喜笑颜开。

如懿遥遥听着，微蕴了一丝讥讽，目色悲悯。皇帝忽然唤她："皇后不为朕高兴么？怎么一个笑容也没有？"

如懿举眸，静静道："臣妾与皇上夫妻一体，一喜俱喜，一悲俱悲。如今皇上接了容贵人族人来，容贵人自然感激皇上恩德。皇上心愿得偿，真是恭喜！"

嬿婉的笑意几乎要浮到眉毛上，她低下头将那缕不合时宜的笑尽力按捺。

如懿见皇帝还是寒部打扮现身人前，丝毫无更衣之意，只得先提醒了皇帝将寒部族人送了出宫。皇帝当下命进忠一一重赏，好生送出宫去。

那老族人临行还殷殷叮嘱："香见公主，原本我们都担心你。如今看大清皇上这样待你好，待我们寒部人好，我们就放心了。您好好在宫里，咱们高兴。"

香见对着皇帝的心满意足，已是欲哭无泪。

皇帝柔声劝道："香见，朕接来的这些人里，没有一个壮丁，那是因为年轻力壮的人该留在寒部振兴家园。而这些老弱妇孺禁不起边陲风烟，需要格外照顾。所以朕将他们接来京城，安然度日。你，欢喜么？"

如何能不欢喜？可香见再也不能妄想离开了，连死也不能。困在宫里那么多日子，从来没有一刻如此刻的绝望。她是走不脱了。他或许真是爱她，可也在要挟她。她完全没有办法，因为爱与压制，或者是他最惯用的最轻而易举的办法。甚至，连她的族人都是愿意她承受这些的。

如懿看着香见，她的绝望如此了然。她只觉得怜悯。所谓身不由己，原来人人如是。

嬿婉俯身相拜，以谦恭而诚恳的姿势，稽首道贺："容贵人正需皇上安慰陪伴，臣妾理当告退。愿容贵人自此后与皇上两心相许，珍重到老。"

她的话，再及时不过，将皇帝与如懿僵持后的尴尬与冷淡旋即化去，也解了嫔妃们的局促。一刹那的冷寂，有三三两两的嫔妃笑语相贺。然后，更多。

在一片喜悦与热闹中，皇帝望向嬿婉的目光带着赞许与些许温情："朕明白你的用心。秋日寒凉，你怀着身孕行如此大礼，仔细伤了身子。"

嬿婉的笑颜全然发自内心，无半分破绽："只要皇上欢欣喜悦，臣妾也安心了。"

皇帝凝视她，笑意更深。不知谁说了一句："眼看又要起风，咱们快些回去吧。"

真的是起风了。方才还是晴蓝天色，转瞬暗了半边，有风旋着满地落叶疾疾打转。

嫔妃们巴不得这一句，跟着请安告退。嬿婉还不舍得走，要迁延在皇帝跟前再讨好几句，颖嫔早已看不下去，拉过嬿婉低声道："令嫔，你若今日得闲，咱们就一起去看看七公主。"

嬿婉从未听过她言七公主之事，便是满腹疑惑，却也只得跟着走了。

虽然都是嫔位，可嬿婉在出身蒙古大部公主的颖嫔跟前是一点恭敬都不敢失的。由着颖嫔在前，连珠串似的训斥："令嫔你有身孕，当日宫中嫔妃跪在钟粹宫外请求皇上送走寒氏，你没有来，我们也不怪你。但今日句句都指着皇上留下寒氏，如此逢迎拍马，真是不堪。"嬿婉正欲辩解，颖嫔哪里容得，"你要明哲保身我没话说，可你溜须拍马之态，实在令人作呕。"

嬿婉知她来者不善，少不得赔着笑脸道："我是不喜欢容贵人留在宫中，但人呢要量力而为。大清的天下是皇上的，后宫更是如此。以皇上的心意为心意，以皇上马首是瞻，是嫔妃的职责。我也是恪守宫规罢了。"

湄若冷笑一声，看着身边几个蒙古嫔妃，指着嬿婉道："你们都瞧瞧，令嫔为了皇上的宠爱，真是什么廉耻都可以不要了！"

恪贵人鄙夷地一笑，拿着绢子掩着口鼻，以表厌恶。几个常在答应，也是暗笑不已。

自金玉妍离世，嬿婉哪里受过这般当面的指摘。她一口恶气提上心尖，正要反唇相讥，但看颖嫔毫无惧色，半分也不怕身后宝月楼上的皇帝知道，也明白这些年皇帝待颖嫔等蒙古诸妃，总是礼让三分。她屏息再屏息，少不得低眉顺眼道："颖嫔妹妹勿要动气。其实你是七公主的养母，我是七公主的生母，我们本无冲突，更有共同利益。为何不彼此联手，互为依靠呢。"

颖嫔嘴角微微一垂，根本懒得回答。倒是恪贵人笑道："令嫔这样的人，颖嫔姐姐是不屑于你为伍的。"

颖嫔细细打量嬿婉几分，语气冰冷："你要记着，七公主是七公主，你是你。幸好七公主养在我膝下，你的另两个孩子送在寿康宫。若是孩子在你身边，一则被你利用邀宠，二则不知耳濡目染成了什么样子。咱们道不同不相为谋，不必来往就是。"说罢，领着一行蒙古嫔妃，径自去了。

嬿婉立了片刻，春婵上前要劝。嬿婉倒是自己先笑了："你可不必劝本宫，受她们几句言语奚落，实在没什么。"

春婵扶了嬿婉慢慢走着："一群没心眼儿的人，能闹出什么来。嘴上逞能罢了。小主是让着她们呢。"

嬿婉盈然一笑，抚着肚腹道："这些蒙古嫔妃虽然出身高贵，但都无儿女，便是养着本宫的七公主又怎么了，到底不是亲生的骨血。"她微微蹙眉，"宝月楼里那个，才是心腹之患呢。"

嫔妃们都散尽了。皇帝见香见面有倦色，忙示意侍女扶了她下楼歇息。如懿几乎是等不及了："臣妾伺候皇上更换我满洲袍服吧。"

皇帝看看她面容，温言道："如懿，香见好好活下来了，也终于留下来了。朕谢你。"如懿淡淡地，转头看着别处，"皇上心愿得偿。臣妾恭喜皇上。不过皇上若有话和臣妾说，不如先更换了衣袍。"

皇帝走到里间，由着如懿替他更衣换上常服，口中没话找话似的说着："朕不觉得这身寒部袍服有什么不妥。朕是天下所有人的天子，着自己子民的衣服，无论哪个部族都很妥当。"

如懿替皇帝扣上最后一颗扣子，抚正衣冠，方端详皇帝。蛾眉若能带着九秋清霜，大约便是如懿此刻的模样："满蒙联姻多年，关系最是密切，也不曾听闻哪位天子换了蒙古袍服。皇上骤然这样做，会让蒙古诸部寒心的。"

皇帝有些不豫："皇后，你应该先想着朕是否顺心畅意，应该先为朕高兴。"

如懿却也不恼，一双眼眸秋水寒澄，有泠泠清光："臣妾当日已坦言，允诺皇上所托，只以皇后身份，身为妻子，内心并不认同夫君所为。皇上想臣妾高兴，可臣妾高兴不起来。"

"皇后！"皇帝不满地看着她。

"臣妾只是替容贵人心疼。"风猎猎地吹，拂过鬓边的点翠玫瑰金花钿，细细的烧蓝流苏打着脸颊，凉一阵，又凉一阵。

皇帝冷冷一嗤："容贵人已有了正式名分，朕会更疼她，也会好好善待她的族人。只要皇后能为六宫做好表率，善待容贵人，容贵人又何须皇后心疼。"

"皇上接了容贵人的族人来，却也是利用容贵人对族人的牵挂不舍，最终迫她妥协。臣妾实在心有不忍。"

皇帝也有些心虚："朕也是不得已而为之。天长日久，容贵人也会知晓朕的情意。"

她心下有严霜覆落，轻轻吟道："'千古艰难惟一死，伤心岂独息夫人。'① 但愿皇上真明白容贵人的心意。"

皇帝作色："你讽刺朕是楚文王？"

如懿见他隐然动了真怒，原想着低一低头，然而见他这般疾言厉色，显是心虚，便也迎着他道："皇上是不是楚文王臣妾不知，但容贵人真心可惜，为着保全族人，少不得也要对着皇上强颜欢笑！"她见皇帝额上青筋突起，依旧道，"皇上若要寒部真心归顺，自可以德服人，何必用容贵人与她的族人互相挟制，灰着心侍奉皇上左右？这般做固然是得了美人臣服，但若只得了人得不到心，又失了六宫的祥和，又有什么意思！"

皇帝断然喝道："听听你这些话，哪里有国母的气度！六宫不睦，自然是你驭下无方。语涉国政，便是你这个皇后的无知不慎！后宫不得干政是老祖宗的训示，你若敢越雷池一步，纵然你是朕的皇后，朕也绝不宽宥！"

"后宫不得干政，臣妾牢记于心。皇上就当臣妾醋妒也好，无知也好，臣妾求皇上一个明白！皇上为了容贵人，不惜拿制衡前朝的法子来对付她，这岂是明君所为？"她屈膝在地，凄然道，"皇上百年之后，难道也要被人议论如楚文王一般迫人委身于己么？"

皇帝的鼻翼微微张着，不由分说便扬起手来。如懿吃了一惊，良久，却是无声。只有一只手，冰凉地拂过自己的鬓发，牵扯起她心底钝

---

① 出自清代诗人邓汉仪的《题息夫人庙》。全诗为："楚宫慵扫眉黛新，只自无言对暮春。千古艰难惟一死，伤心岂独息夫人。"邓汉仪，字孝威，号旧山，别号旧山梅农、钵叟。明末吴县诸生，邓旭之弟。息夫人，春秋时期息国国君的夫人，出生于陈国的妫姓世家，因嫁与息国国君，又称息妫，后楚文王以武力灭息国而得之。因容颜绝代，目如秋水，脸似桃花又称为"桃花夫人"。

痛。有温热的水珠缓缓滴落在面上，她有些不可相信，睁眼看去，却见皇帝以手覆额，无限痛苦道："如懿，你说的朕如何不懂。一开始，朕真的只是想借香见入宫挫磨寒部锐气，才同意他们送香见入宫做一个礼物，想着哪怕她入宫，朕冷着她就是。可直到朕看到她的第一眼，她那么美，那么沉静。朕根本移不开自己的目光。那一刻，朕知道自己没有办法了。朕一生的教养，一生的骄傲，都抵不过她看朕一眼。如懿，朕真的是没有办法，才会想出那样的法子，用她的族人来留她在身边。朕知道，朕是得不到她的心了，可是有她这个人也是好的。朕是真的想让她高兴些，让她愿意留在朕身边。"

她满心凄楚："皇上又来和臣妾说这样的话……"

皇帝沉浸在自己的思绪里，抽丝剥茧娓娓低诉："六宫里的人那么多，朕只想安安静静守着她。若她肯对朕笑一笑，朕比得到什么都高兴。如懿，已经几十年了，从朕登基，从朕得到皇位开始，朕的一心便给了前朝。朕要守着祖宗的江山基业，要亲手建立一个盛世王朝！朕为此费尽心血，却忘记了，自己也是一个普通人，有着普通人的渴望！如懿，朕长到这般年岁，渴望过皇权，渴望过皇阿玛的关爱，可这都过去了。朕如今最渴望的，只有她一个。"

如懿起初还静静听着，听到最后，禁不住浑身乱颤："偌大的后宫，皇上只想要她一个！那也好，从臣妾起，一个个剪了头发离宫清净，何必听皇上说这些锥心之语！身为皇上枕边人，皇上这些话自然是伤透臣妾的心，但皇上不在乎，皇上愿意说，臣妾便听着，只当自己是死的罢了！可列祖列宗在上，皇上这些混乱之语，做个情圣倒也罢了，若身为君王，如何对得起大清江山！"

皇帝软弱地垂着泪，仰首轻轻道："如懿，朕对你说这些话，原以为你是懂朕的，却原来，也不过如此。那么这些话，只当朕白说了吧！"

如懿的胸腔剧烈地起伏着，强自按下心神，定定道："臣妾方才那些话，是身为皇后理应说的。"索性戳破了皇帝的痴念，"皇上一厢情愿，如曹植痴望洛神。您这是给自己画了一幅《洛神赋图》。可就算您更改衣冠，换上曹植的衣衫，洛神还是不会倾心相待的。"

她不知怎的，满心满肺里都是难言的委顿之情，逼得她站也站不住，几乎要跌坐下来："臣妾陪伴皇上数十年，不敢自称与皇上心有灵犀，但也自以为和皇上略有心意相通之处。如今看来，多少年夫妻相伴，竟也全是白费了。臣妾告退。"

天色铁灰，阴阴欲雨。如懿步下阶梯的脚步有些紊乱，皇帝一阵心紧，急急跟上。李玉与凌云彻见帝后如此，不觉也慌了神。

才出宝月楼，已然有急雨打落。皇帝唤道："皇后，下雨了。"

如懿并不回头，但觉头顶红云一亮，原来是一把胭红绸伞开在了头顶。是皇帝的声音："别淋着雨。明日嫔妃还要拜见你。"

碎雨纷飞中，容珮手执红伞，扶着披着暗金西番莲纹雪缎大氅的如懿缓步向前。

她终究还是忍不住，迎着银丝万缕，回首望去。映入眼帘的，却是皇帝朝着宝月楼疾步而去的身影。寒雨纷纷，她的心终至绝望。

凌云彻本跟着皇帝，不知怎的慢下步子，撑着暗黄油纸伞，朝着她，一步一步，缓缓而来。

他一直陪着如懿，走到了宝月楼外。细雨纷纷，寒气渐次迫人。不远处，郎世宁撑伞，带着一个抱着画具的小太监过来。如懿不想会在此处见到他，也很是意外。当着人前，她始终维持着气度，不愿流露一丝悲伤颓然的神色，见过了郎世宁请安，方才问道："郎大人怎么到这儿来了？"

郎世宁哪知宝月楼中种种争执，只是朗然道："皇上命臣来此，为皇上和容贵人同入画像。"如懿默然片刻，身子微微一晃，容珮忙悄然扶住了。她已无力气再说什么，只是微微颔首，示意郎世宁去宝月楼。待得郎世宁离开，容珮终于按捺不住道："娘娘，能入郎大人画中，与皇上同在画像的，除了孝贤皇后，只有您有过这般待遇啊。这……这是中宫皇后才能有的呀。"

如懿神色颇为受伤，摇头道："当年孝贤皇后与皇上同在画像，那是皇额娘懿旨。本宫与皇上，是皇上的心意……这殊荣，并非皇后所有，而是皇上倾心所爱之人才能有。"

容珮脸色愈加惨白，她实在不敢说什么，回头见凌云彻微微抬首，忙不迭扶着如懿回宫去了。

環敌 | 貳伍

天下事往往莫不如此。之前有多么不愿意接受的，万般抵触的，待到既成事实，便会劝着自己接受，慢慢习惯。譬如宫娥嫔妃，眼见着香见名分已定，送入养心殿侍寝。

那一夜，合宫无眠。养心殿里的皇帝，固然是对着流泪不已的香见山盟海誓。慈宁宫里，太后知道皇帝给了香见名分，亦是叹："眼下只给了贵人，没给嫔位或妃位，已经是给六宫嫔妃们面子了。只是如今容贵人侍寝了，一旦遇喜生子，那后宫就整个翻天了。"福珈哪里敢接话。太后默默燃了一支檀香，沉声道："把你白天知道的，告诉哀家吧。"

钟粹宫里，婉茵的阁中已堆满了一张张皇帝的画像。如意馆里，郎世宁将所见皇帝与香见并立的画像迅疾一笔笔落下，只是那画中人，始终有人是不情不愿，对着另一个人的热恋情深，怎么看都是不相称。相称的璧人自然是有的，那是刚封后的如懿与皇帝，并坐在一块儿，那笑意藏也藏不住。如懿看着那画，终究只是无言，叫容珮卷了起来，复又送回如意馆去。

香见侍寝后的第一日，她便随嫔妃们同来翊坤宫拜见如懿，并不特立独行，只是随众择了自己的位次坐下，孤坐少言。香见再不执着于着自己部落的衣衫，换过了宫装打扮。虽是同样的服制装束，香见的美却是琉璃上游弋过的月色清清，美得凛然出尘，将那规制的宽袍大袖，穿得盈然有致。

香见的面色照例是白得发青，是玉，对着阳光便能透明的乳青色的玉，极名贵的那种，且透而薄，让人不敢轻易去碰触。仿佛轻轻一呵气，便能散成尘屑碎去。因着瘦突，她的下颌尖尖的，是青桃的尖，有日光蒙昧地照着她的侧脸，都能看清细细的、水蜜桃似的绒。年轻在她身上显得特别美好，连那一道疤痕都成了粉色的亲吻的痕。她梳着最寻常不过的两把头，点缀着几朵青玉全米珠的珠花并银箔花叶。她似乎对艳丽的颜色有着强烈的抵触，只穿了一袭素淡的霜青色镶风毛旗装，连一丝花纹也无，也是近乎朴素的低调。对着阳光，才能留意到衣上浮着的青花凹纹。除此之外，只在衣襟纽子上别了一朵她最爱的沙枣花。如此清简，比着旁人的精雕细琢，她生生成了简简几笔画就的淡墨写意美人，有一种漫不经心的意犹未尽。

那是一种安守规制下的潦草。一个女子，必定是对生活无望，对身边的男子无望，才会待自己这般懒散而不经意。

待到人都散了，香见单独留下，只想和如懿说说话，如懿自然应允。香见倒也安宁，定定坐了，想要喝茶，却不太喝得惯。容珮眼见，便换过了牛乳茶，香见直饮了两碗才罢。这等痛快，让如懿从心底安定了。

如此，怕是真的不会再寻死了。如懿唇角便有了一星笑意："活着比死了艰难。你肯如此，便是什么都不怕了。"

香见的神色淡淡的，垂着脸："已经过了最想弃世的那一刻。"她停一停，抠着小指上的镏金掐丝云母嵌东陵玉护甲，她戴不惯那东西，却也不摘下，一直别扭地拨弄着，"站在树底下看着蝼蚁，想着也不过如蝼蚁一般活着，便也不算是太坏的事了。"

如懿想起方才嫔妃们对着她那种艳羡而妒忌的神色，轻轻叹了口气："既然你已经侍寝，少不得也要和宫里人来往。那些人，你不必理会就好。我也会看着她们，不许再与你为难。"

她淡淡一笑，那笑意朦胧得如初冬晨起的白雾，湿漉漉的："我会恪守对您的规矩，是因为您教我明白了许多。"

如懿有一丝歉然："其实你知道，本宫劝你，一半为了皇上，一半为了你。"

香见用指尖抹去嘴唇上乳白一滴："不管你为了什么，至少只有你会对我说那样的话。"

容珮也笑了："容贵人，为了劝您活下来的缘故，多半人都埋怨皇后娘娘，劝活了您便是留下了六宫不宁。幸好您还能体谅皇后娘娘的一片心。"

香见眉头挑起柳叶横逸："只是我很不明白，你为什么会去劝一个被你丈夫痴缠的女子，你不觉得你盼我死了或是出宫会更好么？"这样直接的话，大概只有香见这般心地纯净的女子才会问出。有时候真觉得，这个女子真是独特，就如她衣襟上别着的沙枣花，清香盈盈，是她所从未见过的。

如懿淡淡道："作为一个妻子，本宫或许有这样的私心。但作为一个皇后，更多的是职责和服从。"

"您曾经说的年少那个人，是皇上么？"香见眉心皱起，显然是有些疑惑和不信，但见如懿默然，心下也了然。她纵然不屑，但还是劝如懿："其实比起我，至少你的少年郎还活着，人活着，总会有些转机吧。不像我和寒企，天人永隔，我再也寻不到他了。"

如懿无奈地拨着手里的镂空松竹梅珐琅赤金手炉，苦笑道："虽然你再也寻不到他了，可他在你心里，永远是当初最美好的样子。而如今的本宫，再难去想当初的美好了。"

香见复又叹息："我真的难以想象，这个皇上竟会是您曾经的少年郎。"

或许人还是那个人，心早不是那样的心了吧。如懿只是无言，香见与她一同沉默，倒是彼此都懂得。

半晌，香见轻轻一叹，似是无限愁烦，亦像自语："皇后娘娘，事到如今，已经侍寝了，我没法子不打算，怎样才可以没有身孕呢？"

如懿只觉得心头急剧一跳，隐隐骇然，静静一想，反倒对香见生了无限怜悯。

人到绝境，原来所求的，只是这个。

当然有许多的法子，也有一劳永逸的法子，容珮嘴唇微张，但还是紧紧抿住了。也是，谁敢告诉她这个。

香见倒也不再问，仿佛只是不经心的闲话罢了。她只是木木地坐着，半晌无话。天光将她的身影拉得老长老长，如懿看着那黑影，心底一阵酸，一阵凉，寂然无言了。

过了黄昏，便是皇帝往慈宁宫请安的时辰。自从端淑长公主归来，又产下麟儿，太后含饴弄孙，往日的凌厉消散不见，与皇帝也彼此相处安然了。这是极好的事，皇上本重孝名，面子上一向顾得周全，逢太后寿辰，也必以奇珍异宝相贺。加上太后再少理后宫事，两宫之间，愈见和睦，倒真有几分母慈子孝的样子了。

如是半月有余，皇帝都歇在宝月楼。如巨石坠落湖心，惊得众人闲语纷纷，七嘴八舌在如懿跟前聒噪。

"容贵人这一冷一热也太吓人了，先是那么寻死觅活，这会子一册封，就热情似火。只要不和大臣议事，皇上就在宝月楼不出来。"

"都破了相了，皇上还这么宠她，别是有什么旁门左道的法子吧？"

如懿波澜不惊："你们是觉得皇上着了什么旁门左道的法子？"

嫔妃们讪讪："皇后娘娘，臣妾也不是这个意思。臣妾只是觉得，容贵人一来，这宫里也有点太不成规矩了。"

如懿撂下手中的茶盏，正色道："如今的情势，你们觉得容贵人自己就情愿么？而且说到规矩，谁也没限定了皇上不许只翻一个人的牌子。"嫔妃们见如懿如此维护香见，也有些无趣，还是颖嫔道，"可皇上也要爱惜身子。"

"咱们要劝皇上，自然是在龙体上。可是现在谁又劝得动呢？"海兰婉言道，"若说关心皇上，谁比得过太后。这件事太后还没开口呢，咱们就都少安毋躁吧。"

众人再不敢多言，便是不满也不再抱怨到如懿跟前。

如懿倒不甚在意，只为喜珀私下也来禀告："皇上日日留在宝月楼，我们小主也难得侍寝。常常就是小主祈福，皇上在一旁看着她。整一晚上一句话也不说。都说我们小主狐媚，她才不狐媚呢。"

皇帝的沉迷和对旁人的冷落，倒是给了如懿一个喘气的时候。经了那次，她与他，是相见也漠然了。她早过了对男欢女爱肉身缠绵沉溺的时候，且宫里的女子，若非最得宠的那会儿，都是惯了孤枕，并头而眠皮肉相贴倒成了难得的事，盛大得让人累得慌。有次婉嫔说笑起来，说皇帝不知哪天忽然想起她，便翻了她的牌子侍寝，她慌得什么似的，像锯了嘴的葫芦不知该说什么，手脚都没处放了，才想起原来已经六年零三个月四天未曾侍寝过了。

说罢，如懿与海兰都笑了，连病卧着的忻妃都笑得前仰后合："是宫里的女人就有这么一天。红颜未老恩先断，斜倚熏笼坐到明。谁都逃不脱的。难不成七老八十牙都掉了，皇上还翻你牌子，与你描眉对诗？"

众人笑罢，眼角都有泪光隐隐。多少凄楚，都在这笑语中了。

这一日皇帝下了朝，眼见起了北风，嘱咐人多往宝月楼中送了红箩炭，又闻新折的沙枣花到了，便喜道："容贵人最爱沙枣花的香气，一日也离不得的。"

进忠笑道:"皇上在宝月楼周围多种沙枣树,便是为了容贵人喜欢。只可惜容贵人思念家乡,寒部送来的沙枣花,她看了最高兴。"

皇帝一壁嘱咐人送去,一壁道:"朕去看看容贵人。"他起步要走,进忠忙不迭道:"皇上,这会子容贵人正在祈福,您顺道儿先去了永寿宫看看令嫔娘娘,再去宝月楼,时辰就正好啦。"皇帝犹豫片刻,便往永寿宫去。

秋末冬岁,白昼日短,嬿婉正闷坐着,斜倚暖阁,无聊安胎度日。澜翠让几个小宫女收拾着几个中秋时留下的兔儿爷:"兔儿爷是中秋玩的,都什么时候了,还让咱们宫里放着过了时的东西。"

嬿婉便有些懒懒的:"兔儿爷是过了时的,本宫不也一样不叫人惦记。"

澜翠听了这口气便有些慌,心知皇帝不来是如何也劝不得的。可满宫里谁不一样,要见皇帝,得望穿了重重宫墙望穿了宝月楼才见得到。

嬿婉推开窗,深秋的风已经有刮骨的凉,吹起她衣领上出好的风毛,柔腻腻地拂着。她喃喃道:"瞧这风吹的,整个紫禁城的炕都冷了,只有宝月楼是暖和的,热乎乎的。"

春婵悄声劝道:"小主,您别这么说。"

嬿婉缓缓合上描金镂"福寿长春"的窗扇,看着华丽的洒金藕荷珠帘寂寞地垂着,没有半分有人进来的吉祥,百无聊赖地耷拉着,不觉生了几分凄凉之意:"从前,这宫里的炕也是暖的,可是容贵人一进宫,怕是再也暖不起来了。"

春婵忙低声道:"小主别伤心。不信您瞧瞧皇后宫里,也一样是冷清清的。"

嬿婉扬了扬手:"皇后怕什么,她是中宫,谁也挤不了她的地儿。可本宫不一样,嫔妃们的地儿就那么大,她躺下了,本宫就连站着的地儿都没有了。"

正闷着，忽听外头王蟾敞亮的嗓门儿喜气洋洋喊道："皇上驾到——"那响亮的脆声跟鞭炮似的，嬿婉喜不自胜地站起来，脚下带着风迎到了门外。直到手臂挽住了皇帝的手臂，那龙袍柔软的绣纹摩挲着她的手心，才觉得真切。

皇帝真是来了。

嬿婉本穿了一件石榴籽红的宽松锦袍，上头漫漫地绣着菘蓝绿的叶与樱草黄的花。那花本是半开的，无精打采的。可是皇帝一来，每一叶与瓣都染上饱满欲滴的彩色，每一朵都是欲说还休的情意，在新鲜跳跃的红底子上闪闪欲动。

皇帝看了她高隆的肚子一眼，只叮嘱了一句好生养胎。嬿婉拣着遇喜辛苦的事说了两句，皇帝兴味索然，便打量着她道："这衣裳你穿了好看，可惜香见不爱穿这样艳的颜色。也是，她那样的人儿，穿得艳便俗了。"

嬿婉堆在脸上的笑顿时就酸了，她忍着鼻尖的酸涩，亲手接过春婵斟上来的茶，娇声道："皇上好在意容贵人，容贵人真是有福。可皇上别只宠着她一个，忘了臣妾和腹中的孩子呀！"

皇帝心不在焉，出神片刻才醒过来，含含糊糊笑道："你说朕宠什么？"

嬿婉心中一紧，旋即笑容满面道："臣妾说，容贵人初入宫中，皇上别一味宠着她便算好了，要多多关心，知她想些什么要些什么才是！"

皇帝一怔，豁然开朗，起身向外疾走道："是呢，朕怎么没想到，她最想要的该是这个才是！有个孩子，便有个依傍了。"

嬿婉正捧过金线青莲茶盅，冷不防皇帝冲出，吓得茶水险险泼出。澜翠急切道："皇上，您饮一口茶再走，小主为等您，出了三遍茶色才好的呢。"

话未说完，皇帝已经走得远了。嬿婉烦郁道："还喊什么？哪里的好茶都比不上宝月楼的茶叶末子香呢！"

澜翠吓得哪里敢说话，忙忙收拾了，伺候嬿婉喝安胎药不提。

这一日晨起，如懿便按着规矩往慈宁宫请安去。过了那么多年岁，时光温柔了眉眼的凌厉，磨平了心智的棱角，她与太后，倒有了几分寻常人家婆媳相处的恬然。

自然，有多么亲近是不必的。恩怨太久，自己都计算不清了。但是坐下来一杯清茶一炷檀香，倒是能撩起许多往日的细碎。

真的，连如懿自己也未曾想到，能与太后相处成这般模样。

所以当如懿惯常般走进慈宁宫的暖阁时，见太后正背对着她，阁子里有清晰的小银剪子一张一合的清脆声，她便笑："皇额娘万安。"

太后无声，如懿走近几步："皇额娘可是在修剪御花园里的金桂？花香甘馥，闻着便觉得甜。"

剪子的声音戛然而止，太后放下银剪，端然侧身坐下，抿了口甘洌茶水。

如懿乍见了宝蓝月影瓶中供着的那束花枝，险险惊得没立稳。那是几枝沙枣花，已然被太后剪去所有零碎，只剩光秃秃的枝干。

如懿瞬间便定下心来，笑道："皇额娘不喜欢这沙枣花，慈宁宫里不用就是。皇额娘何必都剪了，仔细伤着自己的手。"

太后淡淡一笑，那笑意却是碎冰上泛起的亮儿，叫人发寒："这些花不适合长在宫里，便修剪修剪。从前只听闻唐玄宗为杨贵妃千里送荔枝，跑死了许多马。到了皇帝这里，倒也来了这一出一骑红尘妃子笑，无人知是枣花来。真真是一段奇闻了。"

如懿慌忙便跪下了："儿臣无能。"

太后客客气气地笑了："你是挺无能。皇帝昏了头，被寒氏迷住了，连祖宗规矩都不要了。哀家不能阻止寒氏入宫，也不能阻止她侍寝。原本看她拒绝皇帝的样子，哀家不理会，就想皇帝知难而退，死了这份心。可如今寒氏都已经侍寝了……"

如懿额头上冷汗直冒，原来太后早就都知道了。哪怕她困坐深宫吃斋念佛，不过问宫中事。但她只以儿女为念，故洞若观火。

如懿磕了个头，心悦诚服地拜倒下去："皇额娘既然都知道，儿臣也不敢隐瞒。"

天光悠长，扯得珠帘的影子晃晃悠悠，仿佛有了生命。这样黑漆漆的生命突兀地耸立在四周，诡异地瞄着她。太后凝视如懿片刻，长长地叹了口气："皇后，你可曾想过，皇帝如今这般入了魔障，寒氏若是生下了孩子，会如何呢？"

如懿赔着笑，却如何敢说香见也抗拒着孩子的到来，只得道："也未必这么快……"

太后断然打断："身孕这回事，一股子运气一来，就住在肚子里了。哀家知道，寒氏肯活下来，是皇帝要你去劝的。可你也明白，那是勉强的。一个女子怀着怨气侍奉着男人，那是什么事儿做得出来。皇帝若再脑子一热，非得立了寒氏的孩子，就如当日顺治爷定要立董鄂皇贵妃之子一般，哀家这个太后也阻止不得。"

如懿心下不安，便道："臣妾可以再劝劝容贵人。"

太后的笑有森然之意，更是无可奈何："你劝得了寒氏的脾气，但你劝得了皇帝的脾气么？"

如懿当即跪下了，什么都做不得，跪下是最好的姿态。

太后郁然道："哀家也曾心软，想着皇帝便是宠爱寒氏，也没什么。直到哀家发现，皇帝为了讨好寒氏，大兴土木建宝月楼不说，还易寒部的衣冠，这简直置大清颜面于不顾了。哀家自己可以息怒，却不能不为国事忧心。寒部曾经跟随准噶尔不驯，就算如今臣服，谁知何时还会再起异心？"

如懿劝道："皇额娘，寒部已如蒙古各部和北族玉氏一般顺服我大清，否则皇额娘也不会接受容贵人入宫。"

太后神色冰冷："可眼下皇帝受了寒氏的蛊惑，连变更衣冠的事都做出来了，将来若昏了头，非得立了寒氏的孩子为太子，那岂是咱们征服了寒部，是寒部不费吹灰之力就赢得了整个大清。那不只后宫，便是前朝都乱了。哀家身为大清的太后，断不能坐视不理。"

如懿的心鼓鼓地跳着，每一跳，都扯得生疼："那皇额娘如何打算？"

太后眼帘微垂，轻轻一嗽，福珈端着一只青瓷汤盏进来。太后道："一应都准备好了。你让她喝下去，要她一了百了。"

如懿的面色瞬间苍白了，膝行上前，恳切道："皇额娘这么做固然是为江山万年思虑，但皇上正在爱宠容贵人的兴头上，若贸然处置，恐怕伤了皇上的心。"

太后嘴角一弯："哀家知道，皇帝心疼寒氏。这一碗药下去，她侍寝依旧，只是生不出孩子来了。这并未违背皇帝的意思，哀家也并不要寒氏的性命，只不想她有了孩子，激得皇帝越发任性，拿江山万代冒险。"

如懿垂脸半晌，终于仰起头，对上太后静若寒潭的目光："皇额娘，您明知这样做，皇上会恨儿臣。"

殿中点着幽幽的檀香，南红串琥珀珠帘悠然轻卷，袅娜的烟雾在重重的锦帐间凝成一抹，又絮絮飘散，弥漫于华殿之中。

太后的声音沉沉的，像是钻着耳膜："哀家知道你不愿意去，一是下不得手，二则还是太在乎皇帝的心意。可你是否想过，你当日替皇帝劝服寒氏留下性命，是皇帝拿着皇后应尽的职责迫着你去。哀家今日迫你，也是一样。只为你是六宫之主，安定后宫是你的职责。所以这件事是哀家的意思，却也只能让你亲手端去看她喝下。"

如懿的手撑在地上，寸厚的锦毯按在手心绵绵地软，却也发痒。那痒是夏日里的小虫子，一点一点咬着皮肉钻进去，百折不挠。她听见自己的声音："六宫之主的职责，就是听从他人没有自己么？儿臣既得听皇上，又得听太后，除了两难，别无他法。"

"你想要坐稳后位,该听的听,该做的做便是了。"太后笑意温和,"哀家知道你在意与皇帝的夫妻情分,可皇帝如今待你还如夫妻一般么?你别以为哀家不知道,皇帝传了郎世宁为他与寒氏一同入画。这般待遇,当年哀家让皇帝与孝贤皇后有过,皇帝与你有过。如今,竟轮到寒氏了。你这个皇后,做得还有多少夫妻滋味,不过是尽中宫职责罢了。"

如懿跪在阳光底下,十月的日色透过翡色烟罗纱似晕开的桃花蘸水,雾气蒙蒙。可她的背脊上却一阵一阵发着寒。

容下香见的命,是顺皇帝的意,亦开罪了六宫嫔妃。迫使香见喝下这碗汤药,是顺了太后的意,安了嫔妃的心,却是大大逆了皇帝的欢意。她在焦灼里,忽而想起香见那日的话,她打了个激灵,若是有了孩子,香见会如何?

太后并未容她细想,抚着怀中一把金丝檀琢碧玺如意,徐徐道:"非我族类,其心必异。皇帝要寒氏,哀家容她。可要再有子嗣上的事,那便不能了。如今你不肯端药给她,来日真要有了孩子,那么只能在生产时一尸两命,母子不保。与其到时候赔上两条性命,不如现在防患于未然。其中利害,你自己掂量着吧。"

如懿不知道自己是如何出的慈宁宫,飘飘忽忽的,足下无力。待走到宝月楼外,她的魂总算回来了,一颗心亦沉沉定了下去。

举眸望去,见到的人竟是婉嫔。

西风渐起,呜咽着穿过红影碧栏的宫阙。婉嫔着一身深竹月色缂丝并蒂莲纹锦衫,披着一斗珠莎青绉绸皮袄,越发显得怯弱无比,如寒潭瘦鹤。她见了如懿,怯怯行过礼,大是不好意思。

如懿见她戴着一色全新的猫儿眼赤金吴翠花钿,不由得停下步笑道:"皇上新赏的?昨儿内务府才送来的。"

婉嫔面色微红,垂着脸道:"皇上惦念,臣妾铭感于心。"她说着,下巴几乎低到了胸上，嘤嘤道："只是臣妾也快有半年没见着皇上了。"

如懿打量她："你来这儿，是想见皇上？"

婉嫔窘得满脸通红，越发支支吾吾："不是，臣妾只是好奇……"她低低叹息，"臣妾只是好奇，皇上那么宠爱的女子，平日起居坐立，会是何等模样。"

如懿一怔，蓦地想起宫中曾有传闻，说婉嫔有一股子痴病，总爱在最得宠的嫔妃宫门外窥视，而平素往来者，多是得皇帝欢心的女子。

这般想来，倒是真有些影儿。

从前得宠时的海兰、意欢与自己，后来一阵的嬿婉。便是和嬿婉疏远后，她也只是静静看着，保持着刻意的距离。

并非趋炎附势，婉嫔也不算那样的人。她，一直是六宫莺燕里最沉默安静的影子。

如懿便道："容贵人是很美。"

婉嫔脸涨得血红："不，皇后娘娘。"她的神气有些肃然，"臣妾喜欢看容贵人，只是因为臣妾好奇，好奇能否从她的一言一行中，看到自己得皇上多看一眼的可能。"她赧然，眼底的火光黯淡下去，那淡然的语气底下，伤感自怜是一根根细细的银针，戳进肉里也不见血，"可是，臣妾从她们身上看到的，永远是不可能。皇后娘娘，您知道吗？臣妾见得最多的，记得最深的，便是皇上的背影。很多次皇上从臣妾的宫门前进宫，臣妾都盼着，皇上，他或许可以走错一次，走到臣妾宫里。可是，从来没有过，一次也没有。他脸上的欢喜臣妾记不清了，因为那从不是对着臣妾的。可他的背影，一直在臣妾心里，见不着皇上的时候，想一会儿，心口便暖一会儿。"

并不是不知道婉嫔的过往与宠遇，只是哪怕亲近如自己，原来也不知，素来默默无闻的她，竟也存了这样一段旖旎而纯粹的期盼。

如懿温言道："婉嫔，你多虑了。"

婉嫔的眼底蓄满了泪水，静静道："臣妾不过是一个最普通的女子，相貌平平，才德平平。在潜邸里是最不起眼的格格，在宫里是无人记得的嫔御。皇上玉树之姿，臣妾蒲柳之姿，能得到皇上的一夕照拂，已经是臣妾毕生最值得荣耀的事。"她的痴念焚烧着眼底薄薄的水光，"臣妾不敢去妄想得到多少宠爱，只是想皇上偶然经过人群时，可以多看臣妾一眼。于是，臣妾想尽一切办法希望自己可以起眼些不那么普通些，才发现能想到的法子，也不过是最普通的法子。"

那些普通的字眼儿，在婉嫔平淡的口吻里，是刮着心口的锈刃，嚓嚓地磨着，未曾见血，也是生疼。如懿听着，没有一句可以安慰的话语。她能如何呢？她不也是那万千身影中的一个？

片刻，如懿听见自己干涩的声音："你一向安分守己，皇上待你也不算不好。"

婉嫔浅浅地笑，凄凉而寂寥："安分守己是因为臣妾实在没有一点可以引得皇上多一瞬注目的能力。而皇上，四季恩赏不少，也未曾亏待了臣妾。但是皇后娘娘，臣妾便是想多在皇上心上停留一刻，也那么难么？"

不是难，不是。情意之事，从来不是你期待多少，便可以得到多少。或许长久的守望，不过是将你的身影凝成望夫石恒定的姿势，而盼不来一缕真心的目光。真是凄凉。

婉嫔遥望着楼上倚栏凝眸的香见，螓首轻摆，无比渴慕又无尽惋惜："臣妾若能得容贵人万分之一的宠爱，此生无憾。只可惜，容贵人太不惜福了。"

或许宫中之人，无不是这样想的吧。如懿目送婉嫔茕茕离开，才知宝月楼楼内楼外，一样的痴心情长，却注定一双人、一段心，终究不得圆满。

贰陆　空月幽

香见独自坐在二楼，倚栏望着远处的祈福寺，神色痴惘，浑不觉如懿的到来。香见的侍女见了如懿，便得了凤凰似的迎进来，道："皇后娘娘来了。我们小主正闷坐着呢，整日看着长安街和祈福寺，也不是个事儿呀。"

如懿淡淡笑："难得有她喜欢的东西，随她去吧。"

那侍女扶住了香见，香见见了如懿，起身福了一福："娘娘万安。"

如懿便笑："京城十月风沙大，进去坐吧。"

宝月楼的布置浑然是第二个承乾宫，只是涂彩上多了好些寒部的样式。原本许多养心殿的起坐之物和摆设都挪来了这里，显见皇帝是常来的。

如懿亦不多观，便问："方才过来瞧见婉嫔，也不知在宝月楼下仰望你多久了。"

香见漠然："见过一两次。她很奇怪，总不上楼。"她哧地一笑，"旁人眼里，我也很奇怪吧？这个宫里的人，都奇怪得很。原本不奇怪的，进了这里也都成了怪物。"

她笑语自若，浑然不介意用这样锋利的语气来戏谑自己。就如她的妆容，明明可以将两鬓增阔，微卷，如薄薄的蝉翼，便可遮住脸上的疤痕。可她偏不，大刺刺朝天露着，全然不在乎。

不过终究年轻，香见也好奇："她到底瞧我做什么？"

如懿答得平静："羡慕你的恩宠，是她毕生盼不来的福气。"

"啊！"香见恍然大悟，"皇上不爱她，对么？她对皇上，就如皇上对我。一厢情愿，真是没有意思。"她旋即笑得冷漠，"不过，也是咎由自取。我待他便如他待旁人。因果轮回，都是自己做下的自己受。"

香见说话间神色便不大好看，恹恹的，如懿便撇了话头："楼下挪了好些沙枣树来，等到开花的季节，必定好看。"

香见冷笑一声："皇上以为挪来这些沙枣花，便是我想要的了。所谓物离乡则变，沙枣树到了这儿，怎么腾挪也长不了。"她手边铺金酸枝木圆桌上供着一盆碧玺珊瑚玉雕花，她随手扯下几片玩儿，又撂下了，"方才才好笑呢。皇上好端端地派了个太医来说要为我调理身子，可以早日遇喜。"

她说着，厉声冷笑，如泣血的杜鹃，神色凄楚欲泣。

那笑声让如懿心底发酸："可是你侍寝多日，遇喜也是常事。"

香见笑得前仰后合："所以我问太医，我不要遇喜，有没有不孕的法子，那个胆小鬼，居然吓跑了。"她盯着如懿，一双明眸中皆是恳求之意，"皇后娘娘，我真心想要吃了不能生孩子的药。你成全我吧。"她黯然，"寒企已经死了，我不想要和其他男人生孩子。"

那侍女听她这般口无遮拦，忙端了酸奶疙瘩和奶油微子来奉上，赔着笑道："皇后娘娘莫见怪，小主是与您亲近才这样直言不讳，当着皇上的面，小主并不这样，只是不大爱说话。"说罢，又频频向香见使眼色。

懂得护主，便是忠仆。

香见叹口气，只好忍下了，向如懿道："我们寒部人爱吃这个，皇后娘娘喜欢么？"

如懿留意着皇帝极尊重香见的饮食，另辟了小厨房为香见单做，便取了一枚酸奶疙瘩吃了："是极好的。皇上也顾念你。"

香见扬了扬嘴角，算是挤出一个笑。如懿抬了抬手，容珮便将手里的小棉托子打开，小心翼翼捧出那盏汤药来。

"你有你想要的，本宫也有不得不做到的。这碗东西，本宫是奉太后之命送来的，就是你最想要的绝育汤药。这药要不了你的命，只是成全了你的念想。一口喝下去，再不能有所生育。"她仍有犹豫，"喝与不喝，在你。可你得想好，喝了之后就再没有回头的余地，往后你要后悔也不能了。"

香见咻咻地笑起来，像是碰到一件极有趣的事："当然喝，我正到处找这个，是成全了我的好东西呢。"她见如懿不忍，又道，"有什么可后悔的！我知道你们宫里的人都争着生孩子。但孩子应该是与相爱之人一起拥有，不是用来争宠保命的工具，更不能被强迫来到世间。否则，对我不公，对孩子不公，更让这孩子经受无穷无尽的苦楚。"

香见在胸腔里长长地笑了一声，端起汤药便朝喉咙里灌下去。

她的动作过于激烈，汤药溅出几点落在她明蓝绣暗紫羽纹的衣襟上，像是溅出的几点血，暗红地凝固着。她一饮而尽，尺阔的衣袖被漾起水面般纹纹波澜，有着一种决绝的洒脱与哀凉。

香见唇角一勾，目光灼灼注视着如懿："我的肚子，只生我喜欢的男人的孩子！而他，不必了！"她看着一滴不剩的空药盏，"我最后悔的就是生在这世间，不得不苟延残喘。如果这是碗毒死我的药就更好了。"

如懿闭眸片刻："喜珀，你去找江太医来。容贵人怕要受苦了。"

太后赏下的的确是一碗好药，见效极快。半个时辰后，香见便开始腹痛，血崩。如懿守在寝殿外，听着太医与嬷嬷们忙碌的声音，久久不闻香见一声痛楚的呻吟。

如懿坐在暖阳下，近乎透明的阳光落在秋香色的霞影纱上，那一旋一旋的波纹兜着圈儿，似乎要把整个人都卷到旋涡底处去。

她的整个脑袋都是空茫茫的。有宫女们跑进跑出的杂乱声，连服侍香见的侍女哈丽和古丽，看着她的眼光都带着怨恨。是，谁都看见的，是她光明正大带着这碗汤药进来的。

沉默相伴的，唯有容珮。她握一握如懿的手："皇后娘娘，事已至此，您还是想想该怎么和皇上交代吧。"

皇帝来得很快，几乎带着风声。那边厢嬿婉已经胎气发作了，他也顾不得，只说嬿婉不是第一回生产了，自有接生嬷嬷陪伴，便叫进忠去永寿宫守着。他急匆匆进来，并未注意到如懿亦在，只是急急冲进寝殿。很快，那阵风声便转到她跟前，她习惯性地起身屈膝行礼，迎面而来的却是一记响亮的掌掴。

他厉声喝道："你给她喝了什么？"他的话音在战栗，破碎得不成样子。

她的脸上一阵烫，一阵寒，到了末了，竟忘却了面孔上热辣辣的痛灼。有猩红的热热的黏稠的血滴，从唇角滴落，像是皑皑白雪里绽开的红梅。她顾不得去擦，只是由着那血红缓缓落下。

他从没有骂过她，也不曾弹过她一个指头。哪怕是最难堪的冷宫岁月里，哪怕是永璟死后，彼此疏远到了极处，都从未有过。他一直是眉目多情、温和从容的男子。

却原来，也有今日！也有今日！

如懿全身都在发抖，止不住似的，凭她几乎要咬碎了银牙，捏断了手指，用力得四肢百骸都发酸僵住了，都止不住。战栗得久了，她竟奇异地安静下来，仰着脸平静地看着他。

容珮连忙跪下求恳道："皇上息怒，皇后娘娘是承太后懿旨才这么做，不是出于娘娘的本心啊。"

江与彬亦帮腔："皇上，是容贵人自己要喝那药的。之前容贵人也和太医院讨要绝育的药物，太医们实在不敢给。"

"朕不信！香见不会不要孩子的。"皇帝红了眼睛，"香见到底如何？"

江与彬迟疑着道："容贵人没有大碍，只是再不能生育了。"

日色是一块晶莹剔透的凝冻，也冻住了她。半晌，她涩哑的喉舌才说得出话来："皇上，原来你我之间，已然到了这般地步？"她忍着痛，行礼如仪，"这碗汤药是臣妾拿来的，臣妾无话可说。"

皇帝满眼通红，几乎要沁出血来："太医说香见再不能生了。你听听，她都痛得哭不出来了！"

如懿的嗓子眼里冒着火，烧得她快要干涸了："太医说得没错。那碗药就是绝了生育的。"她顿一顿，呼吸艰难，"喝与不喝，是容贵人自己的主意。皇上为了她固然可以神魂颠倒，不顾一切。哪怕杀了臣妾，若能泄恨，臣妾自甘承受！"

皇帝指着寝殿方向，痛心得呼吸都滞缓下来，胸腔急剧地起伏着："你知道她躺在里面，全是血，朕有多难过么？你明知道朕那么喜欢香见，若香见有了孩子，她会更懂得朕，跟随朕……"

她的声音细细地发尖，刺痛皇帝不安分的神经："可是许多事，是改变不得的！容贵人愿意留在宫里，愿意伺候皇上！可她的心，皇上终究是得不到！只是皇上自己不能接受，一厢情愿罢了！"

她脸上已然挨了一掌，不过是再挨第二掌，还能如何呢？他不过是这样，目光刀子似的割她的皮肤，钝钝地磨进肉里，血汩汩地流。

她总是戳痛了他心底最不能碰的东西。可这话，大约天底下也唯有她敢说。这皇后的身份如此堂皇，肉身冠冕，可底子里痛着的，却是她如懿这颗心。真是可笑！

打破这死一般沉寂的，是太后威严的声音，仿佛是从云端传来，渺渺不可知，却是镇定了所有人的惊惶与错乱。太后捻着佛珠，扶着海兰稳步而进，缓缓扫视众人。海兰一进来便看见了如懿，但见她脸颊高起，红肿不堪，眼中一红，埋怨地看一眼皇帝，迅速低下头，走到了如懿身边跪下，为她擦去唇边的血迹。

"身为君王，对自己的皇后都动上手了。皇帝，哀家瞧你是有些失心疯了。"太后苍老的身形显得威严而不可抗拒。皇帝见太后骤来，也有些讪讪的慌张，辩解道："儿子是不该……可是容贵人无辜……"

"皇帝，你要的是寒氏，如今你也如愿以偿。但寒氏心里有别人。与其来日寒氏生下孩子频起风波，不如让她以不能生育之身伺候你，也绝了满宫嫔妃的怨望。"

皇帝不敢抗拒，嘴唇微微张合，如涸辙之鲋。太后徐徐坐下："皇帝，有时候爱之过而害之。若无你的过分沉溺，本无人在意容贵人的生死荣辱。你宠爱太过，才是把她逼到了绝处。"

太后的话无懈可击，皇帝只得低头，双眸混浊，答应着"是"。他努力挤出笑，眼睛却觑着如懿："皇额娘，儿子是宠爱寒氏，但并未太过，您切勿听信人言。"

太后何等精明，如何不知皇帝所指："哀家还用听？你都为她更改衣冠着寒部服色了，哀家还不拦着，由得她为你生下孩子来吗？而且喝下去是寒氏自己的主意。当日重阳宫里寒氏敢行刺你，又敢蛊惑你更衣改冠，丢大清颜面，哀家诛她九族都不为过。哀家是顾念你对她的心意，这才饶了她性命，只让皇后给她一碗绝育汤药。"

皇帝的脸上漫生出一种近乎颓废的惘然，他缓缓摇头："纵然皇额娘心意如此，但这碗药到底是皇后端来的。她是中宫，是六宫之主，母仪天下，如何可以做出这种绝朕后嗣之事？"

海兰见皇帝不豫，捧过一盏茶水奉上："皇上别急，有什么话慢慢说。太后也是关心您呀。"

皇帝略略缓和，接过茶盅润了润起皮的嘴唇，轻咳一声："皇额娘所言极是。宫中所有是非，皆因妒忌争宠而起。儿子深觉嫔御之流，得空得多学学愉妃。愉妃安分守己，从不争宠，也不妄生是非。"

这话便是打如懿的脸了。他看她，也不过如此，将她视作妒妇一流。

海兰听得皇帝隐隐之怒中对她犹有褒赞之语，也不过谦柔一笑，宁和如常："皇上夸奖，臣妾不敢承受。臣妾谨遵嫔妃之德，不敢逾越。"她恭谨行礼，柔和中不失肃然神态，"不过皇上，皇后娘娘心系皇上，才会出旁人不出之语。这不是皇上一直赞许皇后的长处么？"

这话柔中带刚，皇帝一时也无言，倒是寝殿里喊了出来："容贵人醒了！醒了！"

皇帝所有的怨与怒在这一刻被浑然丢下，他急匆匆入内，浑不见太后暗自摇首的黯然。底下的太医、奴才们跪了一地，看着苏醒过来的香见，如逢大赦一般。

皇帝搂住她的肩膀，又不敢箍着怕弄疼了她，只得抽了手由侍女替她擦着脸。香见的眼是空茫的黑，望着帐子顶，轻轻抚着肚子："我是不能生了，是么？"

皇帝落下泪来，紧紧攥着她的手，想将手心的温热缓过她的虚弱与冰凉："香见，你别怕，只是没了孩子而已……朕会好好待你……朕……"语未毕，他已泪流潸然。

香见的脸容逐渐安详，她仰起身子来，像一片抽尽了水分的枯叶，轻飘飘地捧在侍女们手上。她的声音飘忽无力，仿佛随时就会断绝："那碗药，是我自己要喝的。生与不生，我自己定。"

皇帝的脸迅速白了下去，那种白，是冬日的残雪，带着积久的尘埃的浊气，隐隐发黑。他的嘴唇都在哆嗦，不知是愤怒还是伤心。海兰快意地撇了撇嘴，着意去看如懿的伤处。

香见望着他，神色柔和了几许："皇上，我本不该来这个宫里，更不该得你的宠爱。你就当我无福，承受不起。我来日的孩子，更承受不起。你要我伺候你，我便清清净净伺候你一辈子便是了。"

寥寥几语，是无限的伤感与灰心。

皇帝错愕地看着她，渐渐委顿下来："你的意思，皇额娘的意思，朕都明白了。朕会克制对你的爱意，尽量不去伤害你。"皇帝怏然不乐，还是进忠觑着时机进来，兴冲冲道："令嫔娘娘生了，生了一个小阿哥，是皇上的十五阿哥。"

皇帝殊无喜色，倦怠地道："好。李玉，传旨下去：容贵人深得朕意，晋容嫔；令嫔接连生子，又温柔婉顺，晋为令妃。再去告诉令妃，十五阿哥许她养在身边，不用送去寿康宫。皇后倦乏，力有不逮。后宫诸事，交由令妃权宜协理。"他想了想，"还有，颖嫔晋颖妃，庆贵人为庆嫔。"

如懿定定地站在那里，任由热泪在眼眶里一点一点咬啮着，终究不肯，不肯落下一滴。

冬天是什么时候来临的，如懿根本没有察觉。举目望天时，见整个紫禁城都已是冰雪琉璃世界，才知心境的悲寒，已与这白雪冬寒没有半分区别。

因着嬿婉素性爱热闹鲜艳，自协理六宫，连红墙飞檐都不寂寞。各色水晶琉璃风灯点得如银花雪浪，连落尽黄叶的枝干上都悬满了小儿手掌大小的橘灯，配着绿绸剪的叶子，红红翠翠，上下争辉，真是琉璃堆簇世界，锦绣风流。

冻云飞雪，唯有翊坤宫红门深掩，独遗世外。寒风料峭透冰绡，香炉亦懒去烧。拥着白腋紫貂氅衣，独倚榻上，捧了一卷《清静经》翻阅。

已然到了下学时分，永璂还未回来。容珮进来挑了挑火盆里的炭，看它又迸起几星红光，方搓着手道："这个时辰还未回来，伺候的人也没来回禀一声，十二阿哥今儿怕是又在皇上那儿用晚膳了。"

如懿"嗯"了一声，便也不答。

容珮自己给自己找话儿："皇上虽然冷落了娘娘，对十二阿哥却越来越热络，常带在身边，也是好事。"

殿中静极了，只听到指尖与书页相触的微声，嗒一下，又一下，是委地的落花，坠进心里，一阵阵发颤。容珮叹了口气，道："娘娘素来不爱看这些书，这几日倒不肯放手。"

"这书不好么？"如懿的平静让人发寒，仿佛是落入寒潭的人，不挣扎，不呼喊，只是静静，静静，沉溺下去。

容珮不作声，只是叹了口气。如懿笑影轻浅："你跟在本宫身边，旁的没学会，倒学会了叹气。"

容珮红了眼圈，伏在如懿身边："娘娘苦了自己了。"

如懿讶异，定定看着她："一本书而已，你何来这种喟叹。《清静经》甚好，讲的是老子的'清静无为'，认为人若能清静，即可得道，住世长年。而获得清静之法，唯有观空。本宫如今的际遇，看看这样的书不是很好么？"

容珮无言，只得立起身来："等下愉妃小主还会来陪娘娘用膳，奴婢先去预备着。"

如懿颔首："小厨房还照应得过来么？内务府有无克扣？"

容珮正要答，只见福寿弹花锦帘一掀，海兰领着湄若进来，笑吟吟道："怎么会克扣？令妃协理六宫，施恩上下，无不妥帖。"

湄若病色不减，一袭茜色罗遍绣锦袍穿在瘦骨伶仃的身上，虚虚地空了一大圈，精心刺绣的缠枝海棠云纹更有种繁漪涟动的华美。她摘下藕荷色遍地洒金碧纹湘江大毛斗篷交在宫女手里，抱着一个珐琅花鸟紫铜手炉在如懿身畔坐下。她笼着发髻，额上一抹水莲色滴珠水獭抹额烁着星子曳金的微光，正中一块拇指大的金丝猫儿眼，幽蓝深海之夜的浑圆一颗，晃出一隙碧水波澜微漾的光芒，添了她面上一丝甜柔之色。

如懿道："这抹额的样子好俏皮，又暖和，最合你如今用。"

湄若衔了一丝冷笑："半个月前令妃着人送来的。说是内务府新出的样子，又暖和又精致，特特来送了臣妾。臣妾起先还不肯戴，不知皇上怎的知道了，还问了臣妾一句。所以今日特意戴着来四处招摇，也好成全令妃的贤名。"

海兰温然笑道："可不是，那么大一颗猫儿眼，令妃说是波斯的贡品，病人戴着相宜，便特意缀上了给忻妃妹妹。"她说着卷起紫棠色遍地锦的袖子，露出一对金丝镶粉红芙蓉玉镯子，手镯三节，以嵌翠环并粉红玉制成芙蓉花瓣式，色色俏丽，中嵌东珠一颗，如芙蓉花蕊，明耀华灿。海兰轻嘁一声："永琪在皇上跟前得脸，令妃便也送了臣妾这样大的礼。"

如懿合上书卷，轻笑："她如今越发圆滑，可算历练出来了。"说着又看湄若，"你身上一直不好，怎么还出来？外头风雪大呢。"

湄若俏脸一板，曳得鬓上双耳同心玉芍药花钿映着烛火一闪一闪，花瓣下坠着长长一串金累丝攒珠宝石流苏，在耳侧晃悠悠。她哼道："臣妾偏要来，省得叫那起子小人看笑话，以为翊坤宫怎样了呢。"

如懿本自郁郁，听得她这样说，也禁不住笑道："都是做额娘的人了，还这么个脾气，真真是宠坏了你。"

湄若眉心一黯，垂下脸来："从前是刚入宫不谙世事，才什么都不怕。如今左右是明白了，只要臣妾的阿玛在，无论臣妾病成什么样子，皇上都是眷顾着臣妾和公主的。既然如此，臣妾又何必对小人嬖妾假以辞色？"她唤来宫女，喜盈盈道，"臣妾宫里新制了几道小菜，是暖身补气的，冬日里用最好。"

说着三人便坐下来，由着宫人们侍奉着用了晚膳。

如懿不是不明白，自己的落寞，难免要被人轻鄙，若不是湄若和海兰常常往来，顾着她皇后的颜面，还不知要被人轻贱到什么地步。到底，湄若有着家世，有着军功，海兰有着永琪，无人敢轻看了她们去。

可是她的永璂，是越来越远了。

起初，不过是常留在皇帝身边用早膳，渐渐连晚膳也留着。往来相送，是熟稔的凌云彻并几个小太监。

凌云彻请了安，便道："皇上待十二阿哥极好，娘娘安心。"

她听得出凌云彻话中的安慰，永璂，是她的指望。

于是便在无人时问永璂："皇阿玛除了问你的学业，还问什么呢？"

永璂天真地望着她："皇阿玛问五哥好不好？因为五哥常给我讲书，也教我射箭。皇阿玛还经常考我学问，可是……可是……"小小的人儿有些不好意思，"皇阿玛说，五哥在我这个年岁，已经可以写很成文理的文章，还可以连射三箭中靶心了。"

他有些气馁，如懿捧着他的小脸，爱怜道："永璂，在你出生前，皇额娘只盼望你身体康健，品行端正。至于能否成为不世之奇才，从不是皇额娘的指望。所以你也无须自怨自艾。"

永璂瞪着黑白分明的眼，欣喜道："皇额娘，您真的不觉得儿子蠢笨么？"

"你不是蠢笨，是你五哥天资聪颖，但也无须人人都像他一样。永琪有永琪的好，你也有你的好。比如皇阿玛赏你的白玉霜方糕，你便记得皇额娘喜欢，留给皇额娘吃。"

永璂连连颔首："是啊，我记得皇额娘不喜欢吃青梅丝的，可不知怎的，以前御膳房的白玉霜方糕都是不放青梅丝的，现下都放了。所以我给皇额娘的，都是把青梅丝剔了的。"

如懿微微一怔，容珮已然反应过来，咳嗽了一声。如懿抚着他的脸道："好孩子，皇额娘有时候真的很怕，很怕自己对你怀有越来越高的期待，而忘记了刚得到你时的愿望。皇额娘只希望你一生平安顺遂。所以你不必事事都和永琪比较。"

永璂道："那皇额娘也是很喜欢五哥的，皇阿玛也喜欢。"

如懿轻笑："是。你五哥小时候一直养在皇额娘身边，与你的同胞兄弟无异。"

永璂重重点头："嗯。可是五哥如今来得少了呢。"

容珮听他这般说，忙道："十二阿哥，您快睡吧，时候不早了呢。"

说罢，便唤了乳母嬷嬷进来，抱着永璂走了。

烛芯爆起一朵亮烈的花，骤然明焰，旋即黯然失色。殿中暗了下来，容珮见如懿静坐着不语，轻叹一息，拔下发髻上的银如意簪子剔了一剔，那火焰又亮了起来。容珮道："皇后娘娘，五阿哥是有许久不大来了，虽然东西照常送来……"

"明哲保身是宫中的处世之道。永琪的前景还不明朗，无谓为了本宫惹上是非，且愉妃不是常来么？"

容珮静了一刻，指着荔枝纹素蓝碟中的白玉霜方糕道："难为十二阿哥的孝心，只是皇后娘娘最爱吃白玉霜方糕，御膳房又何必为了讨好令妃撒上这许多青梅丝，故作矫情？"

如懿静静道："跟红顶白乃是宫中风气，连本宫喜欢的东西都要讨令妃喜欢，可见令妃得宠。好了，只要永璂孝顺，本宫还有何求呢？"

容珮掠了掠鬓边碎发，叹道："如今令妃显赫，本以为皇上会格外疼爱容嫔呢，原来到手了也不过如是。"

如懿不言不语，只是想着那日海兰来时，所说的话语。"皇上赞我贤惠不醋妒，姐姐也实在不必往心里去。皇上这么说，不过是拿着我激姐姐罢了。"她黯然神伤，"其实宫中谁人不知，我的身子，便是想争宠也不能的。皇上也是，拿我们姐妹之间的情分作筷子，又有什么意思？"

如懿向来与海兰不分彼此，便道："你见事从来明白，所以在宫中多年，平稳无碍。不比我，起起伏伏，终究无定。"

海兰端详着她，心疼道："姐姐，我和你不一样。我从来不喜欢不太稳定的东西，比如男人的感情，比如荣宠。我在意的，信任的，都是确定的不会轻易变化的，就像我和姐姐长久以来的彼此依靠，就像我和永琪之间不会变更的血缘。"

情意固然会变化，便如从前深爱之人，也可渐成陌路。而永琪的疏远，虽然微不可察，可她毕竟抚养了永琪十数年，又如何全然不知。毕竟，她与永琪，从无那般深刻的血缘。而逐渐长大的永璂，虽然不够聪颖敏慧，但也是个乖巧的孩子，又占着嫡子的名分。永琪，怕也是介怀的吧。

怔忡间，人情的冷暖如冰雪沁冷，逼入心间，她看着格花六棱窗外一钩新月，白霜霜的，月头尖利如银钩玉划，生生划进眼底，却钩不出半点泪意。

于是，她整日只是坐在这里，看天光东起西坠，无声流转。日色也好，雪光也好，都是与她最亲密不过的。不会因为际遇的改变，更改一分亲近。而白日过去，夜色照旧而来。大约紫禁城中不分高低贵贱，肯一视同仁的，也唯有它们了。

人言嘈杂，无不是是非之处。如懿渐渐不大出去，也免了嫔妃们的请安之礼。便是太后，亦觉着雪天路难行，免了她的晨昏定省。

倒是那一日，京中最早的一场春雪停止，如懿忧心着雪后难行，放心不下永璂，便远远出去迎着。过了翊坤宫便是永寿宫，再往前便是皇帝的养心殿。行经时听得永寿宫内按歌之声，门前轿辇齐集，便知是嫔妃们都在永寿宫相聚取乐。

容珮轻轻啐了一声："还真是热闹。令妃如今协理六宫，十五阿哥也留在了她身边，这些人就上赶着来巴结奉承了。"

如懿不愿多停留，只道："时移世易，也都是自然。咱们去螽斯门外等候永璂便是。"

才行至螽斯门，便有扫雪的小太监请安，道："启禀皇后娘娘，十二阿哥听凌大人说御花园的迎春花开了，说要折雪中迎春送给娘娘，已经往御花园去了。"

如懿又是心疼又是感动，嗔道："这孩子，也不怕雪地里滑。"说着，便往御花园去。

雪野茫茫，天地间静无一人，只听得足下珠履踏着积雪之声。白雪素光之中，果有迎春点点鹅黄，似疏落的金黄的星子。有欢快的童声响起，唤道："皇额娘。"

她心底一软，似要化去。循声望去，果见凌云彻抱着永璂，缓步过来。永璂的小脸冻得微红，一手抱着一束尚带雪珠的迎春，一手挥着。贴身的小太监们跟在后头。

凌云彻放他下来，向着如懿行礼。永璂笑呵呵道："皇额娘，儿子知道您喜欢梅花，可是冬梅快谢了。凌云彻说迎春金黄，与蜡梅肖似，儿子便想折来送您。"他有些怯怯的，"虽然雪后寒冷，但凌云彻照顾得儿子很好。皇额娘，我真的不怕冷。"

如懿虎着脸，本想吓吓永璂，但听得小儿娇声软语，哪里还狠得起心肠，便道："那你要多谢凌大人，肯陪你做这些小儿把戏。"

三宝见得永璂的猞猁皮袍下沾了大块春雪，那春雪比不得冬雪坚冷，一触便化，不经意便沾湿了衣衫。他忙抱过永璂，道："好阿哥，奴才带您先回宫理一理衣裳，这袍子上都沾了雪了。还有这迎春，都是雪珠子，等下化了冷着您。"他说着，便领了小太监去，只留了容珮远远陪着侍候。

天地间是如此深深寂静，可以听见雪落枯枝的声音，清泠泠的，细碎的，绵延不断，此起彼伏。

如懿先自笑了："没想到时隔数年，本宫又落得如此惨境。是不是似曾相识？"

凌云彻默然片刻："可惜冬日过去，微臣已经没有梅花可送。"

如懿轻轻一笑，那笑意薄得像天际淡淡的浮云，很快便会被风吹散："梅花再能傲霜雪，也有零落成泥碾作尘的时候。即便你送来一冬梅花，本宫也会在下一个春夏秋冬过着无宠萧索的日子。"

凌云彻的目光仿若无意扫过她的面孔，很快低首垂眸："梅花易谢，终难长久。微臣不会再送这个了。"

"也对。"如懿拨弄着指间初开的迎春，那星星点点的鹅黄，柔嫩动人，"何况本宫从来就不是高洁的梅花，是你误会了。"

凌云彻眸中澄澈清定，坦然而望："或许皇后娘娘不是风霜高洁，但微臣看见的是您求存于冰雪寒霜之地，辛苦万分。"

眼底有温热一溢，她居然会为了他的话，湿润了枯涸的眼。

他停一停，从袖中抽出一卷小小短轴，交与容珮："微臣从未学过画画，勉力学了一冬，才会这个。还请皇后娘娘莫要见笑。"

她将他眼底的渴盼清晰映入心间，沉吟片刻，还是伸手从容珮处接过，徐徐展开。她的手极美，与卷轴的雪白之色不相上下，融若清霜。她纤长的指以一种清艳姿态停驻在紫檀轴上，像一朵盛放的杜若。

那是一卷墨梅图，临摹的是宋人画梅的意境，用浓淡相间的水墨晕染，疏枝浅朵，珠蕊隐现，倍觉孤条遒劲，风神绰约。那笔触似是练习了无数遍，但仍有稚拙的痕迹，显然是新学不久。便是永璂，也可画得更好些。

她想笑，心底却无限酸楚。他端庄的眉目间，衔着的一丝温默的柔软，轻染了坚毅的从容。他唇际的笑容是雪后初霁的天空，碧澈澄清，那份关切，一览无余。

不知怎的，她忽然想起闺中时光。晨风细凉，庭院中赤红芍药盛放，饱满的花盘懒懒欲坠，每一朵都是重绡叠绢，盛开得不知天地何处。金色的阳光从朱红色的阁子边流过，她抬起手，遮住肆无忌惮漫入眼帘的几束阳光。绣楼下，额娘在赞许花开当时，唤她折来簪鬓。她笑着答允，回眸去，云朵洁白，天色湛蓝。

她在冰雪之中，忽而有那样安闲的心境。仿佛少年之际，身边的关切来得自然而真心。

是有多久，没有过这样的体会？步步为营，步步惊心，如履薄冰的日子，已经太久太久。

思绪的流转，莫名地牵动着心肠。她看着他暗红色的斗篷，寻常的御前侍卫的样式，深蓝色的袍角微露一痕，在雪色映衬下闪着幽微的光，细细迷离。世事原是如此，不过咫尺的距离，你也明知他的好，但他同你永远没有半分干系，就如隔着银汉迢迢，牵不到，挂不上。所有的相知，都在滔滔流年的浊浪里，缱绻着流过去，流过去，永无交集。

她转过身，避开他的目光，走远两步。在侧身时举起袖袂，以不经意的姿态掩去一星溢出的泪光。

她恍然惊觉，他对自己的情意，恰如青翠竹叶上脉脉延伸的纹理，细微，却清晰可见。

如懿收起卷轴，交至容珮手中，轻声道："多谢。"

凌云彻郑重而关切："微臣只希望皇后娘娘一切安好。"

她轻嗤："这个天下，除了太后再没有比本宫更尊贵的女子，本宫懂得照顾好自己。"

他眼中有无数懂得："皇后娘娘虽然这样说，但您也只是个女子，也需要人照顾。就好比容珮姑姑照顾着您的衣食起居，江太医照顾着您的身体，愉妃娘娘对您不离不弃。但您更需要的是危难中扶持，迷茫时安慰，无论何时都全心全意待您的人。所以微臣才希望能为娘娘做更多。"

他说得很是，可于自己而言都是奢望。是不是很可笑？贵为皇后，连一个寻常女子所能得的都得不到。

心底的感伤如碎冰裂痕，她很快掩饰好情绪，觅一话头，来疏散此刻的心绪繁复："你侍奉皇上劳碌，又要替本宫接送永璂，实在辛苦。"

礼数是最刻意的距离。凌云彻退开两步，恢复往日的恭谨节制："娘娘客气。微臣做的是分内事，再辛苦也不及娘娘为宫中事劳心。"

其实自从皇帝封了容嫔，宫中已经安宁许多。

凌云彻又道："皇上如今两三日才去宝月楼看容嫔娘娘一次，三五日才翻一次牌子。皇上不似从前那般热络，各宫小主们对容嫔娘娘也没什么不满了。"

心底的讶异突兀而出。这些日子来，她未曾过问皇帝行踪，也无人来告知，唯因容珮的只言片语，才知皇帝少去。原来再狂热的爱慕，也有自然息止的一日。

凌云彻看清她眼底的疑惑，又道："微臣听皇上偶然说起过，怕再如从前那般情不能已，是害了容嫔娘娘。所以如今也常往各宫走动，也算雨露均沾。"

"过分之爱，亦是过分之害。宫中出了那么多是非纷争，皇上对容嫔迷恋之余能冷静些许，也是好事。"她一语轻漠。若是皇帝明白，他与她也不至今日。

凌云彻拱手道："娘娘安心，皇上已然明白。想来娘娘雨过天晴之日，亦不远了。"

如懿恍然明白过来："所以你让永璂送本宫迎春，是迎来春禧之意么？"她见凌云彻颔首，不觉惘然失笑，"不会的。凌云彻，一个男人，是不喜欢身边的女子见过他最失态的模样的。何况他已然清醒，会更厌恶本宫的亲眼所见、亲耳所闻。"

她旋身，不忍将他的失望尽收眼底："不过还是多谢凌大人照顾好永璂。对了，永琪也常去养心殿，对永璂可还好么？"

"兄弟情深，叫人羡慕。"他一顿，还是道，"可是比之往日，总有不如。也不知是不是皇上常将十二阿哥带在身边的缘故。"

如懿涩然，亦不便再言，便也离去。

那一厢天寒雪冻，永寿宫殿中却和暖如春，嬿婉见嫔妃们一壁取乐罢，都尽兴走了，方才困倦地蜷在酸枝木九节樱花杨妃榻上，拥了一袭紫貂暖裘。天云晦暗，暮色沉沉，仿佛又有一场大雪要落。暖阁里摆着两盆大红的宝珠山茶，浓绿欲滴的叶片间镶嵌着一朵朵殷红如醉的花，如正春风得意的美人面。嬿婉套着藕荷镶赤红、宝蓝、赭金三色宽边的锦袍，袖口露着春葱似的指尖，她百无聊赖，道："都说来给本宫道喜，闹了一晌才肯去，真是乏人。"

澜翠甩了甩辫子，抿嘴笑道："小主复了妃位，又生下十五阿哥，这是双喜临门的大喜事。"

春婵抱了十香浣花软枕上来："小主拿软枕垫着，舒服些呢。"

嬿婉娇滴滴地嗔着，一张白皙娇艳的面庞妩媚地侧了侧，道："哪里就这么娇贵了，生完都三个月了。"

澜翠嗓门敞亮："哪里能不娇贵呢？皇后形同虚设，宫里最尊贵的便是小主。如今您正炙手可热，皇上多宠着您哪，连容嫔那么得意，也冷了下来。"

呵，这真是一生里最畅意的一段日子。旧爱已然落下，新宠也未能威胁她，初尝权力滋味，甜蜜如醉。孩子一个接一个地出生，都是依傍。她从未这般痛快过，不必畏首畏尾，随着自己的心意摆布一切，自有人山呼簇拥。难怪，一个个顶着花般面孔，竭尽全力，不管姿势是否好看，都要爬上这山巅来。

果然顶上风光，是难以细述的美好。爬上来了，孩子就可以留在自己身边，不用母子分离了。

但，总还是有点阻碍，譬如，翊坤宫那人，终究是这个紫禁城的女主人。她还是侍妾，战战兢兢，守着礼仪尊卑，要对她俯首屈膝。

春婵见她神色不大好，便来打趣："有一个得意的，就有无数失意的。小主可知道婉嫔，这么冷的天，只要皇上经过她宫门外，她必定仰首企盼。唉，年岁到了还一股子痴情，真真可怜。"

看，这便是宫里，痴情的身段摆出来，也得顶着一张如花似玉的面孔，否则便落了笑话。也真是唇亡齿寒，兔死狐悲，年华逝去，若无一点依傍，便生生成了他人的谈资，徒增笑料。

澜翠替嬿婉掖好貂裘，那紫红艳艳的皮子好似盛开的一簇绮丽繁花，映得她面庞亦带了一抹沉郁的华贵气息。她的手指上缠着髻后散落的一束柔娆青丝，抿唇轻笑。一个女子，当真是要男人的疼爱，才养得出温柔华贵气来，否则，总是苦相，显得鄙薄。但，她心底到底生了一丝鄙夷，轻轻咬着牙道："到底是没本事留住皇上的心。"

澜翠"咦"了一声："小主是说皇后娘娘么？"

春婵横她一眼，满面堆笑："婉嫔是，皇后也是。小主，如今皇后势单力薄，皇上又眷顾小主。有些枕头风，您多吹上一吹，皇后要爬起来也难了。"

嬿婉的笑容和缓而温柔，仿佛晨曦中一朵初绽的浅浅粉红的花，让人见之不由得生亲近之情，却与她此时口中的冷漠并不相符："敢于直言，懂得进言，是皇后一直以来的优点，也是皇上引以为信任的由来。只是一个人的优点，放在外头，自然是一辈子的好处。可是进了宫里，再好的优点，也会成为弱点。"

春婵蹙着眉头，拢一拢手腕上的虾须点珠银镏金镯子："可是若要皇后娘娘离开六宫之主的位置，小主却不能不向皇上进言。都是刮耳朵的风，只看小主怎么吹了。"

嬿婉的笑容倏然收住，僵在唇边，凛然有杀气："本宫年轻的时候也犯过这样的错，以为自己的话能打动皇上。后来发现，并非本宫说的话有多好，而是正合时宜而已。但一时说得不合宜，却给自己带来无限的辛苦与麻烦。所以本宫学了个乖，以后再不多言了。不说，才不会说错。"

春婵与澜翠对视一眼，讪讪低首："可是所谓杀敌制胜，若不出手，机会便过了。"

嬿婉慵慵地侧身，发髻上一串双尾攒珠凤钗，凤口上垂落的红珊瑚珠子坠着薄薄的赤金云头，柔柔地散在青丝之上，温柔旖旎。她倦得很："本宫乏了，这些日子也不便侍寝，便成全了婉嫔吧……"她的声音渐次低下去，忽然嗅到什么气味，凤眸倏然睁开，呵斥道，"谁摘了蜡梅来，一股酒气，好生难闻！"

澜翠悚然一惊，忙回头去寻，春婵好生劝慰道："小主最不喜梅花，无人会摘来。"澜翠忙碌片刻，终于在供着的清水瓮里寻到几朵风干泡着的蜡梅，苦笑道，"定是底下奴才疏忽，想添水中清气，才不小心加的，奴婢立刻撤换掉。"

嬿婉这才平复了气息，道："本宫只喜欢夏日的凌霄花。冬日少花，可养水仙与茶花，皇后喜欢的梅花，不许入我永寿宫。"

日子还是这般缓缓过着，冬去春又来，时光的循环往复，无声无息。不经意间海棠深红，是风不鸣枝、云色轻润的初春。呵，又一年好景。这一次的冷淡不同于往日，如懿渐渐发觉，永璂留在翊坤宫的时间越来越短。除了上书房，除了学骑射，剩余的时间，他多半留在了养心殿，随在皇帝身边，习文修武。

这原是好事，如今却让她觉得惶恐。

永璂的默默远离似乎是无意，却又按部就班。

偶尔永璂回来，看到玉净瓶中已然枯萎的迎春花枝，便咻咻笑："皇额娘，御花园中的牡丹、丁香、玉兰都已经开了，儿子再折了新的来。这些枯萎的花枝，便不要留了。"

如懿捏一捏他滚圆的小脸，笑道："迎春虽然枯萎，但皇额娘想留住的是你的心意。对了，最近皇阿玛留你在养心殿做什么？"

永璂打了个哈欠，忙忍住："皇阿玛请了新的师傅和谙达，给儿子教习骑射和满汉文字。可是皇额娘，我好累呀。我每日都睡不够。"

如懿心疼，却又劝不得，只好道："好孩子，尽力而为吧。实在不能，便告诉皇阿玛。"

永璂怯怯地摇头："皇额娘，儿子不敢。儿子怕皇阿玛会失望。"他握一握拳，"儿子会努力学好的。"

如懿搂着他，默然无言。

很快，凌云彻与小太监们又过来，领着永璂回养心殿。如懿无可奈何，倚门目送永璂走远。

容珮进来道："皇后娘娘，再过十来天便是孝贤皇后的忌日，宫中主持祭祀，您可去么？"

如懿缓声道："自然去。不去，便又是一条醋妒的罪状。"

容珮颔首："也好。方才奴婢去内务府取春日要换的帐帷，见婉嫔与令妃出入长春宫，倒是难得。"

如懿微蹙春山眉："婉嫔是个老好人，但也不大和令妃来往，怎么一起去了长春宫？"

容珮道："或许令妃协理六宫，今年祭祀孝贤皇后之事，会做得格外好看些。"

这份疑惑，数日后海兰来探望她时，便得以解了。海兰也颇诧异，道："姐姐知道么？这几日侍寝，居然不是令妃也不是容嫔，而是婉嫔呢。入宫数十年，倒从未这般得宠过。人人都说，她与令妃往来数次，便得了皇上的意，定是令妃在皇上面前多多提了婉嫔的缘故。"

如懿见她笑意清湛，有戏谑之意，便道："你也不信，是么？"

海兰掩袖道："还是永琪细心才在养心殿留意到，原来孝贤皇后忌日将至，婉嫔将皇上多年来悼怀孝贤皇后之诗整理抄录，集录成册送给了和敬公主，在养心殿和长春宫各奉了一本。皇上还让永琪和和敬公主督办抄印，分发后宫。且不只后宫，王公女眷手里也近乎人人一册。和敬公主见有人如此怀念她生母，也是感念不已，在皇上跟前狠狠夸赞了婉嫔。"

如懿道："孝贤皇后忌辰将至，婉嫔此举，确是追怀孝贤皇后的好法子，也可安慰皇上思怀孝贤皇后之心。"

海兰很是不屑："皇上自然圣心大悦，才有婉嫔近来的风光。不过姐姐，因为这册子，如今宫中追怀孝贤皇后成风。宫人们事事拿姐姐与孝贤皇后相较，说姐姐不如孝贤皇后。"海兰蹙眉寻思，"姐姐，这件事并不简单。永琪说这诗册是婉嫔交给和敬公主，公主再献与皇上的。公主生性高傲，少与庶母来往。她与婉嫔怎会走到一起？”

如懿心中了然，和敬公主眷念生母，不喜自己为继后。知道有人这般追念孝贤皇后，她自然是高兴的，更会推上一把。

海兰犹自念叨：“婉嫔从来安分胆小，就算自己抄录了诗册，都未必敢送到和敬公主面前。何况这诗册会令姐姐难堪，婉嫔难道会不知？我总觉得这件事，不像婉嫔的脾气，倒像是有人利用她长久不得恩宠而生事。”

容珮脱口便道：“难道是令妃？奴婢前几日看到婉嫔和令妃一起出入长春宫。”

如懿微微颔首：“像是令妃的心思。且令妃救了庆佑世子后与和敬公主亲近，也很有可能是她在婉嫔和公主之间穿针引线。”

海兰叹道：“姐姐，你是不是还是和皇上说个明白呢？”

“皇上的心意已经这么明白，本宫说又如何，不说又如何呢？”她苦笑，“海兰，你今日来的意思本宫明白了。真若有什么，本宫行事自会小心。至于婉嫔，本宫也会寻机会问个清楚。”

海兰轻哼一声，劝道：“其实这些人说什么做什么也都不是最要紧的，最要紧的是皇上心里怎么看姐姐。这些人无非也是看着姐姐一直和皇上关系冷着，才钻了空子。”

婉嫔眷写的诗稿，适时地勾起了皇帝对孝贤皇后的思念，连带着宫中嫔妃，都对故世的琅嬅称颂不已。因着如懿的不足，她的不知勤俭，她的不解人意，她的醋妒嫉恨，孝贤皇后不出一言违逆的温柔成了皇帝莫大的追思与缅怀之德。除了对富察氏家族一贯的厚待，傅恒的青云直上，孝贤皇后子侄的青眼有加，同为富察氏的晋贵人亦复位为晋嫔。而闲来无事，皇帝也常往长春宫中，睹物思人。

这仿佛已经是一种习惯，连和敬公主亦喟叹不已：“这般情深，若额娘在世时便享到，可谓此生无憾。"

话虽这样说，如懿到底还是皇后。失去了权柄与宠爱，名位尚在。

亲蚕日的前一日，按着往年的例子，如懿自然是要领着六宫嫔妃前往亲蚕，以示天下重农桑之意。所以她必得来皇帝宫中，向他讲述明日亲蚕礼上要做的事宜。这是惯例，她也只是循例言说，并不需与他相对许久。

可是步上养心殿的台阶时，才知皇帝并不在。候着的小太监很是恭谨，告诉她皇帝会很快归来，请皇后耐心略等。

似乎没有一定要离开的理由，她也并未打算过于拂皇帝的面子，便安然推开殿门，静坐于暖阁中等待。

春阳和暖，是薄薄的融化的蜜糖颜色。望得久了，会有沉醉之意。她坐在暖阁里，看着曾经熟悉的每日必见的一切，只觉得恍如隔世。黄杨木花架子向南挪了一寸之地，紫檀书架上的书又换了好些，白玉和田花樽换成了紫翡双月垂珠花瓶。

还有一沓新誊写的纸稿。

如懿随手一翻，眼神便定在了上头，挪不开半分。她认得，那是婉嫔的字迹，誊的是皇帝的诗。可那上面的每一首，每一行，每一字，都是关于另一个女人的情意。

故剑上

日光一寸寸西斜下去。如懿坐在暖阁里，一页一页静静翻阅，身上寒浸浸地冷。指尖上流过的，是皇帝如斯的情意。

她一直知道他的愧疚，他的思念，他的结发之情。却不想，那人在时薄薄的情，历经时间温柔的发酵，竟成了浓浓的追忆，再不可化去。

"谒陵之便来临酹，设不来临太矫情。我亦百年过半百，君知生界本无生。"她轻轻地笑了出来。想起那日亲眼看到的新琴旧剑之诗。"岂必新琴终不及，究输旧剑久相投。"

连她自己也想不到，看到这一卷卷深情厚谊的一刻，心中的难过如百丈坚冰，只能由着自己落下去，落下去，眼睁睁落到不见底的深渊去。她却居然还笑得出来。

原来最难过的一刻，竟然已不是此刻。是永璟死后他的冷淡与疏远，是香见再不能生育后他的厌恶与抗拒，让她居然习惯了这种浩浩愁、茫茫悲，任凭心底绞肉似的搓着，亦能沉缓了呼吸，一字不漏地看完。

舍不得不看，忍不住不看。

字字分明，哪怕从前也有耳闻，但一直不肯去听，不肯去看，到如今到底是成了落在眼底的灰烬，烫得疼。其实，一直到金玉妍死后，如懿才觉得愧悔，觉得自己可笑，原来与富察琅嬅缠斗半世，到后来连自己也不分明，到底是落在谁的彀中。

待到明白时，已然半生都过去了。

于是，琅嬅便成了皇帝心底的一朵伤花，带着血色，盛绽怒放。她的一生，她活着的时候，都未如她死去之后，这般深深地铭刻于心。

琅嬅，她终究是如愿以偿的。

要她看见这些的那个人，一定也很失望吧。那个人，是多么希望看到自己的愤怒与眼泪。

而她居然能笑，笑得凄然欲泣，却无半滴眼泪。

原来一个人难过到了极处，是可以没有眼泪的。而这样的难过，一而再，再而三。若真泗泪滂沱，呼天抢地，只怕连一双眼化作流泪泉都是不够的。

如懿终于看完了最后一个字，从天下皆知的《述悲赋》，到许多连她都从不知晓的只言片语，绿衣悼亡。她听得见自己的呼吸，细弱、悠长、绵软，续续断断。

她抬起头，才惊见那一袭天青色玄线蝠纹长袍，生生撞疼了她的眼。她竟未察觉，他是何时进来的。她也不敢去想，他是以何种神色，端详着她看着自己的夫君对另一个女子的情深意切。

多年礼数的教养，比她的心思更顺从而自然。如懿起身，行礼如仪。

皇帝的语气听不出任何端倪，神色冷冽如冰。不过这一向，他偶然见到她，便是这般面孔，倒也寻常。

李玉的脸早吓白了。大约从方才进来，皇帝便不许他出声。皇帝坐下，抿了口李玉奉上的茶水，蹙眉道："今儿怎么想起用枫露茶了。璟瑟给朕挑的金线春芽甚好，换那个。"

她听得懂皇帝的意思，枫露茶是她从前挑了放在养心殿的。李玉斟上此茶，不过是让皇帝念着她从前的心意。

这意思再明白不过了。李玉尴尬，忙退了下去。她却不尴尬，又福一福："臣妾告退。"

皇帝有些进退两难，觑着她道："皇后，咱们许久未曾见了。你就这么不想在朕跟前么？"

如懿欠身，面目温顺得无可挑剔："臣妾知道自己让皇上不快，不如少些在皇上眼前，起码能给皇上一个清净。"

皇帝似乎急于解释什么："那日在宝月楼，是朕冒失了。但香见那般状况，朕也是情急。"他见如懿不作声，也有些不满了，"纵使朕有不妥，但这半年来，你始终不肯来养心殿，也不愿意见朕，难道还要跟朕一直别扭下去么？你是皇后，行事也不能这么由着自己的性子。孝贤皇后就从来不会像你这样。"

如懿默然片刻，见皇帝盯着自己，便也应承道："'岂必新琴终不及，究输旧剑久相投'。臣妾这个皇后，做得不如孝贤皇后多矣。"

皇帝转头看着桌上的书页，叹了口气："你都瞧见了？皇后，这些诗，朕并非是说你不好。不过是婉嫔有心整理，也正逢孝贤皇后的忌辰，朕才让传抄宫中，一并悼念。"

"臣妾知道皇上往长春宫追念孝贤皇后，睹物思人。正巧见暖阁里有新誊的皇上的御制诗，篇篇情深，字字血泪。孝贤皇后乃是皇上发妻，皇上情深几许都是人之常情。况且那些诗，臣妾读来也很感动。"

皇帝随手去翻阅那些诗词，徐徐道："婉嫔从来不声不响，难得有这样的心思，能将朕对孝贤皇后追念的只字片语集拢。朕自己看着，也是愧悔又感动。"

如懿凝眸，将细纹般碎裂的痛楚掩于平淡的口吻之下："这些年来，皇上只要经过济南，都会绕城而过，不肯进城，只为孝贤皇后病逝于济南。孝贤皇后的遗物都留在长春宫中，这么多年一桌一椅都未曾动过，是旧日面貌。睹物思人，岂不伤怀？连孝贤皇后曾亲手做的燧囊，也供在宫中。而对和敬公主，也疼爱逾常，惠及额驸。"她的唇是晚春谢了的残红，浅浅的绯色，沉静不已，"皇上，如今臣妾看了您对孝贤皇后的深情，真是欣慰。哪一日臣妾弃世而去，昨日种种，皇上或许也不与臣妾计较了吧。"

皇帝的脸色有些难看，是阴阴欲雨的混沌："你的意思，是朕不曾好好爱惜孝贤皇后，待她身死之后才万般追忆，空自错付了？"

她的笑是淡淡的稀薄的云影："皇上误会了。臣妾说过，只是欣慰而已。人死万事空，真好，一切烦恼皆消。"

皇帝看着她，那眼神渐渐多了寒雨夜里的电光，明亮的锋刃："孝贤皇后在时，温和驯顺，从不敢拂逆朕，也不会争风吃醋，更不会作此冷嘲热讽之语。皇后，你的锋芒太利了。"

她扬起眉，精心描过的青黛色是高悬的新月，冷冷挂在高寒深蓝的天际："臣妾知道您的不满，也自知无能。还是先告退，回宫静心思过了。"

清日无尘，日丽风柔。日色如金，柳荫浅碧。园中早樱开得正好，折三两枝以清水养在古莲纹青釉瓶内，一束一束娇艳的轻粉，如蓬蓬的云霞，撩动人心。那樱花是刚折的，沾染了草间薄露，静奉殿内，只觉那粉色的云揉进了眼帘里，望着肌骨生暖。唯有他与她是冷的。笑也冷，静也冷；言语是冷，无言也是冷。相对之时，竟然觅不到一丝温沉的暖。

那些记忆中深入骨髓的爱意与依靠、期盼与渴求呢？她这一生所有，无一不与眼前的男子息息相关，却不想，到了此时此刻，看着他，也是寒意顿生。

"有的话，许多人不能说，不敢说。臣妾也想忍住不言，却一生也未学会。臣妾听闻皇上常去长春宫睹物思人，悼念孝贤皇后。臣妾只是觉得，生前未能好好待她、信任她，身后百般思念追悔，有何意义？"

她俯身三拜，郑重道："皇上，臣妾自知有负于皇上，更不知如何顺应才是对。"

她穿着瘦瘦的浅青丝绵旗装，镶着玉萝色的边，窄窄地裹着身体。因是来见皇帝，绣纹也格外郑重些，绣千枝千叶绯紫平金海棠，每一花，每一瓣，缠金绕紫。她在胸前如意双花纽子上坠了一枚刺绣香囊，沉甸甸的，缀着白玉蝴蝶的坠子。每一起伏，重重敲在胸上，沉闷无声。

皇帝听着她的话，只觉早春寒气缓缓浸衣，胸中一股窒闷，无从宣泄。他忍了忍气，沉声道："你既要静心思过，带着孩子也分心，即日起，让永璂挪去愉妃那里吧。"

那是迟早要来的命数。

然而如懿还是悚然大震："皇上，永璂是臣妾的亲生子！皇上说什么？"

皇帝的口吻淡漠如烟："朕鞠育永璂多日，觉得这孩子该悉心管教。你的性子既这般别扭，又如何管教得好孩子。永璂送到愉妃身边教养，来日也可学得永琪的好处，为朕分忧。"他眼波流漾，似有几分居高临下的鄙夷，"怎么？你会为了永璂求朕？"

他是看死了她，不过是一介女子，毕生所得，不过是依附于他。她的心底在抽痛，可是跟着这样不识抬举的额娘，又有什么益处。她屈膝，温柔有礼："多谢皇上，愉妃与臣妾情同姐妹，这样甚好。"

她言毕，再不停顿，急急退却。只余皇帝的尾音含着气恼遥遥传来："这个倔脾气！就不肯向朕低头服软么？"

她走得极快，足下带着风，以决绝的姿态压抑着心底渐渐迫出的疼痛。

永璂不能在身边，固然是大恸，可与其让孩子的眼睛过早地看清自己身为皇后却备受冷落的尴尬，看清世态炎凉的碾磨，不如送去海兰那里，得一分清静自在。

盘旋在脑海中的，分明是皇帝多年来写下的深情之语，故剑情深，她不过是一把新琴。噫！这么多年的相随相伴，情感被岁月渐渐熬煎，已逝的人被风霜剥蚀了所有不悦的记忆，成为崭新完美的一个人儿。而自己，却因为活着，因为呼吸着，却熬成了不堪入目的焦煳，烙在他眼底心上，叫人嫌恶。那么，又为何要苦苦痴缠，分崩离析，走到连活着都是一种错误的境地？

这般念头，似一把锋锐的青霜剑，狠狠刺入她心口。因着太锋利，来得太突兀，竟连半分血渍都不见。她只能任它这般刺着，一拔出来只会鲜血飞溅。她知道的，从她看到那句话的时候，那柄剑便终身再难拔去。

容珮见她这般跌跌撞撞出来，吓得面色青白，急急扶住了，也不敢多问。

她倦得很，低声道："回宫。"

没有可以觅得温暖的地方，这样的痛楚与耻辱也无人可诉，只得回到冰冷的宫苑，哪怕自己蜷缩起来舔舐伤口，也好过在这里再多留片刻。

步下养心殿的台阶怎的那样长，总走不到尽头。如懿疾步走着，惊起身后一群群的乌鸦飞起。如懿抬头，嬿婉含笑立在跟前，行礼问安。未等如懿开口，她先笑面迎人："臣妾来给皇上请安，不想听您二人争执，就在外等候。恭喜皇后娘娘可以和臣妾一般清净，孩子被送到旁人那里去了。这样也好，静心思过，想着如何讨皇上喜欢，总能爬上来。"

如懿迎风而立："本宫是人，喜欢站，不是蛇蝎，喜欢爬。至于令妃如何丢了人的本性，如蛇蝎般行事，本宫毫无兴趣，只觉鄙夷。"

嬿婉笑意愈浓，一张粉白面孔凑到她跟前："哎呀，您生气啦？看您，做人做得那么不开心，真叫臣妾心疼。臣妾知道您鄙夷，可您再鄙夷也除不了臣妾，真是可怜可叹。"

如懿冷冷看着她，只觉她雪白的面孔，嫣红的嘴唇，乌黑的眉眼，浓妆艳饰，通体锦绣，环鬓珠翠，都难掩她美好皮相下的污秽与丑陋。

容珮闪身上前："令妃，皇后娘娘跟前，岂容你言语放肆！"

嬿婉笑得弯腰，满头的金器碎玉招摇地玲玲作响："区区一个奴婢……"

容珮不卑不亢道："奴婢区区，却是个可以不要命的奴婢。奴婢一掌扇聋了您的耳朵，打歪了您的嘴，看您还如何得宠！大不了奴婢为这一掌抵命就是。"容珮这般气势凌然，又一直是不管不顾的脾气，嬿婉怎肯在她手里吃亏，不觉气焰也低了三分："你……你这个贱婢！"

容珮挡在如懿身前，她身量高大，又梳高髻，越发显得巍峨。她居高临下俯视着嬿婉："贱婢也是人，比那些连牲畜都不如的高贵多了。皇后娘娘，奴婢扶您离开，不要无谓和那些不算人的东西费口舌。"说罢，也不再与嬿婉费口舌，扶着如懿便往翊坤宫去。

不知不觉便到了翊坤宫外。迎面而来的，竟是一身华衣、身姿楚楚的婉嫔。

婉嫔瞧见如懿，便有愧色，也不敢避，只得行了莫大的礼数，当着冷风迎头跪下，凄凄道："皇后娘娘万安。"

虽然正是当行得令的时候，有难得的宠眷，她也不过是一身烟霞色华云缎穿珠绣双抱兰萱袍子。那样精工绣制的衣裳，落在她身上总有不胜之态，仿佛撑不起料子的骨架似的，怯怯的叫人怜惜。那领口与袖口绲着水青色的边，点着一朵一朵暗红的千叶石榴，是初夏将至的欢喜与茂盛，一簇簇漫漫开着，是点燃的火焰，直直焚进她的心底，焚得都快成了灰烬。

就是眼前这个女子，这个一往情深的女子，将这些悼亡之作，齐齐凑到她眼前，叫她看见。她温言吩咐婉嫔起身："孝贤皇后忌日将至，你想了极好的法子，略表皇上与孝贤皇后恩深义重。"

婉嫔听她这般说，早没了主心骨，更怯了三分，哪里还敢抬头。她见如懿气息深长，像是忍着一口怨气不发，更兼容珮神色慌乱，早猜到了几分，慌忙道："皇后娘娘恕罪。"

"你何罪之有？"她的声息微微一抖，很快恢复肃然的平静，"你不过是告诉了本宫一些本宫一直充耳不闻假装不曾看见的东西。"她郁然松一口气，"不是你，也有别人，迟早有人要逼着本宫看清事实，看清自己不如别人。"

婉嫔牵着她的袖子，满脸的惶惑与不安，依依道："皇后娘娘，臣妾知道不该拿孝贤皇后去邀宠。可是，可是……"她咬着唇，想是用力，咬出了深深的印子，"可是皇上从来没好好看过臣妾一眼，臣妾只是想让皇上记得，还有臣妾这么一个人。"

不能不怜悯她的一腔情意，但若被人利用，又是多么可惜。如懿便问："是谁教你的？"

"是令妃，她可怜臣妾，所以教了臣妾这个法子，也果然有用，连和敬公主亦赞不绝口。"婉嫔怯生生看着如懿，不胜卑弱，一双手不知该放置何处，泪如雨下，"皇后娘娘，对不住，对不住。"

非得被人利用，才得以在所爱之人的眼中有立锥之地，却又能站多久？婉嫔已然拔得头筹，可后来人何等聪明，早有晋嫔之流，帮着将皇帝悼亡孝贤皇后的诗词，刊印出来，流传天下。到头来，也不过是为他人作嫁衣裳。

如懿凝视着她，长叹一声："你回去吧。但愿你所求，都能如愿。"

婉茵手足无措了一番，方定神道："臣妾对不住娘娘的，日后一定尽力偿还。臣妾告退。"

如懿抽袖而去。

婉嫔不是一个坏人，甚至，她是一个难得的好人。隐忍、温婉，连爱意亦深沉低调，从不轻易伤害人。但，有时好人也会不讨人喜欢，坏人也不一定让人讨厌。

在婉嫔处，她照见的是沉默隐忍的爱意，是无言的企盼与守望，而香见处是盛大的欢悦与渴爱之下令人战栗避拒的惶恐与挣扎。那么她呢？她的爱，她曾经一往情深执念不肯放低的爱，都给了谁呢？

是那个眉目清澈的少年，永远在她的记忆深处，轻轻唤她一声："青樱。"

那是一生里最好的年岁了，丢不开，舍不得，忘不掉，却再也回不去了。

如懿这般沉寂，便是连容珮也看不过眼了，她忧心忡忡问及是否真要将永璂送到海兰身边。如懿只道与其让孩子的眼睛过早地看清自己身为皇后却备受冷落的尴尬，看清世态炎凉的碾磨，不如送去海兰那里清静。方才的时势已经再明白不过。魏嬿婉才复位妃位协理六宫多久，便敢这般对自己，无非是看穿了自己已然在皇帝跟前失了爱眷而已。容珮待要再劝，如懿只是摆首："皇上故剑情深，本宫不过是一把不合心意的新琴。本宫又何必要苦苦痴缠，走到连活着都是一桩错误的境地。"

容珮无奈已极："看来孝贤皇后这把故剑，真是永远插在皇上和娘娘之间了。"

不，不。这故剑一直在，这么些年来，如懿可以不介意。但把它插进血肉之中的人，却是皇帝。可又能奈皇帝何呢？

容珮思虑再三，还是出言："皇后娘娘，令妃如此操纵婉嫔，讨了皇上与和敬公主欢心，您便什么也不做么？"

魏嬿婉如此无忌，除了皇帝，更要紧的缘故就是她所依附的和敬公主。故剑拔不掉，有些刺却可以拆了。

如懿望着窗外阴阴欲坠的天气，沉声道："本宫如今的处境，若凭一己之力，那是什么也做不了，你去请毓瑚来一趟吧。"

毓瑚来得倒是很快，恭恭敬敬向如懿请了安，便道："奴婢来之前常听福珈说起，太后娘娘虽然已经不管事了，可眼瞧着令妃坐大，也是不喜。唉，说来也是昔年太后过于宽纵，小觑了她，才至如今的地步。太后娘娘偶尔提及，也很是懊悔。"

　　如懿颔首，这些年皇帝与太后的关系和缓不少，加之太后几乎不理前朝后宫事宜，只安心颐养天年，皇帝更是有心弥合昔日母子情分的嫌隙，不由拿出少年时对太后的敬慕之心，尽天下之力极尽奉养。晨昏定省，节庆问安。每逢生辰重阳，更是搜罗天下奇珍，以博太后一笑。太后了尽世事，如何不知，于是越发沉静，专心于佛道，享儿孙之乐。这般平衡下来，母子之间更见诚笃。所以太后纵使不喜嬿婉，也绝对不会主动出言。

　　如懿便道："诸多子女之中，皇上最疼惜和敬公主。盖因孝贤皇后早逝，皇上心中总是痛惜。但公主何等尊贵的身份，总与嫔御亲近，也不是正理呀。其中的缘故，还请毓瑚姑姑分晓。毕竟，您是皇上跟前的老人啊。"

　　毓瑚忙忙叩首，起身离去。

　　和敬公主因是嫡出，素来自恃身份，矜持高贵，但对毓瑚这样侍奉皇帝多年的老人，却很是和颜悦色。和敬一壁吩咐了侍女给毓瑚上茶，一壁让了坐下，十分客气。二人倾谈良久，和敬渐渐少了言语，只是轻啜茶水。

　　半晌，和敬方问："毓瑚姑姑，您方才说的可都当真？"

　　毓瑚了然微笑："公主若不信，大可去查。当日令妃还是花房宫女，因在长春宫失手砸了盆花，才被孝贤皇后拨去淑嘉皇贵妃那儿教导，谁知淑嘉皇贵妃心狠手辣，那些年令妃备受折磨，您说她恨不恨淑嘉皇贵妃？"

　　和敬哂笑，不屑道："淑嘉皇贵妃的性子，向来是得罪的多，结缘的少。她这般厉害，令妃自然怨恨无比。可令妃也会恨额娘么？"

　　毓瑚一脸恭谨，欠身道："公主深通人情世故，个中情由，您细想就能明白。"

　　和敬低首沉思，拨弄着小指上寸许长的镏金缠花护甲，默然片刻，方才含了冷峻之色："是了。哪怕令妃不敢明着怨恨额娘，可也必定不是她所说的对额娘满怀敬重。她当日就是花言巧语蒙骗我，借额娘的情分接近我。毓瑚姑姑，你说是不是？只是姑姑为何到今日才告诉我这些？倒由得令妃巧言令色。"

毓瑚叹口气，遥遥望着长春宫方向，神色恭敬至极："孝贤皇后节俭自持，是女中表率，深得皇上与后宫诸人敬重。原本令妃只是与公主亲近，奴婢也不明就里。可如今令妃协理六宫，还借着皇上写给孝贤皇后的悼诗兴风作浪，借机打压皇后，奴婢实在是觉得太过了。"

和敬唇边的笑意淡漠下来，她望着别处，冷然出声："你是不满皇后委屈？"

毓瑚一脸恳切，推心置腹："不。奴婢伺候皇上多年，是不喜欢有人在背后翻云覆雨，借亡故之人邀宠献媚，排除异己。孝贤皇后是公主的亲额娘，想来公主也不忍心看孝贤皇后死后被人当作争宠夺利的由头，不得安宁。"

和敬挑了挑眉头，抿了一口茶水，似笑非笑道："那姑姑为何不告诉皇阿玛？说与我又有何益？"

毓瑚倒也不含糊，迎着和敬的疑惑道："这些事，只怕在无知的人眼中，还以为是公主不满皇后才做的。令妃唆摆婉嫔渔翁得利，却让人以为是公主行事离间帝后，奴婢实在替公主不值。公主您是皇上唯一的嫡女，尊贵无匹啊，万不可沾染污名，受人连累。"

和敬长舒一口气："你的意思，我都明白了。令娘娘……"她冷笑，"也实在太精明过头了，把旁人都当成了傻子。只是毓瑚，你为何要告诉我这些？你是皇阿玛信重的人，为何要为皇额娘说话。"

毓瑚方才款款起身告辞："奴婢侍奉皇上多年，知道孝贤皇后和皇后在皇上心中都颇有分量。孝贤皇后已去，若皇后与皇上不谐，难过的是皇上啊。而且许多事都是昔年的误会，您若不信，自己问问皇后便是。"

和敬望着她离去的身影，眉头的荫翳益发浓重。

贰玖

故
剑
下

次日从长春宫出来，崔嬷嬷便殷勤打着伞上来，又取了香帕递给和敬，道："奴婢在阁中备好了蜜枣甜羹，您回去就能喝了。"

和敬颔首，又问了几句闲话。崔嬷嬷见和敬神色不错，便道："公主，方才令妃巴巴儿地派人请您去喝茶呢。这不她身边的澜翠一直在长春宫外候着请您，奴婢怕您瞧见不喜欢，给打发回去了。"

和敬听完，倒也直截了当："不理她。"

崔嬷嬷沉吟片刻："人家如今好歹是妃位了，又有协理六宫之权……"

和敬鼻息微重，轻轻一哼，扶了扶手上一个银累丝嵌碧玺的镯子，道："婢妾就是婢妾，哪怕给她个皇贵妃也不配给额娘提鞋。我堂堂一个嫡出公主，敷衍她是给她脸面，不理会她也是情理之中。一想到若非毓珊提醒，我竟不防，被她算计了，我就觉得恶心。"

崔嬷嬷忙忙点头称是："公主着奴婢打听了，当日令妃被送到淑嘉皇贵妃那儿教导，的确是由孝贤皇后而起。"

天气渐渐热起来，阳光雪白，照得紫禁城碧瓦红墙热气腾腾，连琉璃瓦也晶光荡漾，似大泼热火流溢。和敬心底越发不耐烦，用鼻音道："那更可见这个人口舌翻覆，心术不正了。"

崔嬷嬷想了想，还是说道："公主不看僧面看佛面吧，毕竟令妃舍身忘我，救过咱们庆佑小主子呢。"

和敬冷淡："若非如此，我还能与她说话？就是看在庆佑的分儿上罢了。"

崔嬷嬷心知和敬的脾气，哪敢再多言。一行人正要转过长街，却见嬿婉扶着春婵的手过来，老远就笑盈盈的，直朝和敬看过来。

崔嬷嬷情知避不过，只得低声道："公主，说曹操曹操就到了。"

和敬正皱眉间，嬿婉已经亲亲热热地迎上来，挽住了和敬的手道："本叫澜翠来请公主到我宫里坐坐，想想真是怠慢了。公主尊贵，当然得我亲自来请，我宫里备了好茶，还有进贡的蜜瓜，甜脆多汁，请公主去尝尝吧。"

和敬哪里肯对她假以辞色，抽出手便道："我今日没心情，哪里也不想去。"

嬿婉笑意不减："那改日也好……"

和敬扶着崔嬷嬷的手径自往前走："多谢好意，再说吧。崔嬷嬷，我们走。"

嬿婉被冷在原地，一时反应不过来。直到和敬公主去了好远，她才苦笑出来："这位公主，可真难伺候。也不知我哪里得罪了她。"

春婵顺着嬿婉的话头道："和敬公主脾气好大，便是皇上也不与她计较，毕竟是嫡出的公主啊……"

嬿婉倒也不以为忤："她就是这样，少不得多哄着些。我纵使身居妃位，也开罪她不起啊。"

和敬见过嬿婉，气色便不大好。崔嬷嬷少不得劝道："公主啊，伸手不打笑脸人。何况令妃如今的气势，连皇后也莫能奈何呢。"

和敬毫不理会，只由着崔嬷嬷扶着她，足下步伐更快。

才过御花园，见如懿与海兰同在赏花。和敬虽然与如懿不睦，但礼数倒也不差，立刻站住了脚行礼："请皇额娘万安，愉娘娘安。"

如懿温言道："璟瑟，起来吧。"

和敬得了如懿许可，方才直起身来，往檐下阴凉处避了避。如懿打量和敬片刻，笑道："有一点本宫很佩服公主，你与本宫有母女之名，却无母女之情，但公主对着本宫礼数周全，再不是本宫与皇上成婚时言辞犀利的公主了。"

和敬挺直了背脊，恭敬中不失威仪："礼数之道是额娘亲自教导，儿臣不敢违背。且如今您是嫡母，儿臣是公主中最长的一个，更要成为弟妹们的表率，不能让乌拉那拉氏说富察氏的女儿无礼。"

和敬本就是嫡出公主的气势，加之烈日之下一袭红衣，更觉凛然不可冒犯。如懿微微颔首："公主这般有心气，真是好事。对了，今日怎么不见公主带庆佑入宫？"

和敬听提到爱子，脸色温柔不少："小儿家顽皮，带进宫不太方便，怕吵着皇阿玛呢。"

海兰在旁道："当日庆佑如何落水谁也没看见，但细细想旁人言语，似乎总有错漏处。庆佑自己说过，是被小石子砸中了脚才失足跌落水中。可那些假山上并没有石子，如何砸得中庆佑。公主说令妃当时并未见过庆佑，不认得他，还会舍身相救，才是难得。公主可遍问宫中，令妃是不是那种舍身忘己之人。令妃无利不起早，彼时王蟾进慎刑司，令妃即将被带去同审，她情急之下势必要找个翻身的机会搏一搏。庆佑就是她的那个机会，务必先害再救，才能博公主同情庇护。"

容珮摇头叹息："拿一个孩儿的性命做赌注，若世子落水时头碰了石头或是旁的。令妃一不小心害死了世子可怎么好？当然，她连皇后娘娘腹中的十三阿哥也可残害，又怎会顾及世子？"

其实宫中的人虽然喜欢搅是非，但眼睛都毒。一个人口碑如何，人人都清楚。就好比孝贤皇后俭朴有德，人人赞誉。嬿婉争宠卖乖，不择手段，就被许多人不齿。和敬从前总不察觉，如今一一打听，颇觉嫌恶。

如懿看着和敬如花似玉一张面孔，与当年的孝贤皇后格外肖似，亦叹道："公主与这样的人为伍，又被她借孝贤皇后的事搅后宫生乱事，本宫为公主不值，更为九泉底下的孝贤皇后不值。"

"皇额娘为儿臣和额娘不值？"和敬触及心中之痛，面色惨然，"当日儿臣远嫁科尔沁部，不就是您报复儿臣额娘之举么？"

御苑的风一日暖似一日，拂上面庞都少了冷冽之意。如懿坦然望着她道："当日要你嫁去科尔沁部，除了朝臣倾向，连你的舅父傅恒和他身后的富察氏都力劝孝贤皇后将你嫁出去。唯有如此，才能保住孝贤皇后身后富察氏荣耀依旧。孝贤皇后是舍不得你，因为她是你的亲娘，可你的亲舅舅、你的富察氏族人都舍得。因为谁都知道，巩固满蒙联姻，你才能保住自己的娘家族人。本宫劝你时，皇上已经下定决心，皇后也明白过来，无奈接受。"

和敬素来最重脸面，她屏息片刻，强忍着哽咽道："可儿臣婚事不谐，您满意了么？"

这么多年来，这或许是和敬最难以释怀之事。但无论如何，总要说清楚的吧，否则梗在心中的利刺，天长日久，由它流脓溃烂，成了顽疾。如懿真心诚意道："若你婚事和谐，本宫真心高兴。你若婚事不谐，本宫也无可奈何。因为从来联姻都不讲究底下是否恩爱，只在乎面子是否过得去。就像豫妃的确犯下大错，可只要她是科尔沁部的人，皇上总得顾及颜面，未曾废位，也不曾苛待她。"

海兰亦劝："天下的公主和皇子，有几个姻缘和睦的。您想想孝贤皇后私下对您的叮嘱，到底是盼您嫁个恩爱郎君要紧呢，还是嫁给能护住全族的人要紧？"

和敬默然，眼中莹然有泪光，却始终倔强地不肯落下。她偏过头去不言。如懿温声道："今日本宫与公主说明白了。希望公主不要为一己之情再被令妃蒙蔽。本宫先回去了。"她携过海兰的手，分花拂柳而去。

待回到阁中，已是汗湿罗衣。崔嬷嬷伺候着和敬更衣完毕，又奉上甜汤，才打发了众人出去，亲自取扇给和敬扇着。那檀香木扇不比绢罗轻盈，动静间香风阵阵，颇有宁神之效。和敬面上愠怒的红潮渐渐退去，崔嬷嬷方敢开口："今儿皇后娘娘的话，公主可听进心里去了？"

和敬冷冷道："我素来是不喜欢乌拉那拉氏的。无他，只为我额娘的缘故。可令妃其心可疑，也不足信。她想借着我打压皇后往上爬也算够了，若真是觊觎皇后之位，她也配！"她轻哼一声，"而且她们都当自己是什么好人了？想借着我两虎相斗，谁都别想得利！"旋即一顿，凝神道："不管皇后怎么解释，她与额娘有旧怨，这是额娘亲口告诉我的，也是我亲眼见到的。令妃嘛，暂且留着她，除了皇后，再料理她。"

崔嬷嬷忙道："是。咱们只管自己。您是最尊贵的嫡出公主，谁都只有巴结您的。"

京城的春末夏初，干燥得发脆，兼着漫天柳絮轻舞飞扬，是粉白色的琐碎。偶尔，有零星的雨水，让海兰想起童年江南连绵的雨季。

天气好的时候，永琪为皇帝处理了一些简单的政务，便往延禧宫来请安。院落里静悄悄的，空旷得很。深紫色的玉兰花相继开放，饱满的花萼满盛春光，散发出沁人的幽香，从清静庭院悠扬起落入了雅静内殿。

东侧殿里有琅琅的读书声传来，是永璂的声音。永琪也不多停留，抬足便往里走。

海兰独自坐在窗下，就着清朗天光绣着一件什么物事。她拈针走线，长长睫毛在脸上留下两片羽翼似的阴影，脖颈弯成一个好看的弧度。

永琪心底一软，这就是他的额娘，永远娴静温和的额娘。

海兰穿着一件家常的玉兰色印银错金竹叶纹织锦裙，外头罩着暗紫色团花比甲。做工虽不难，但质地、剪裁俱上乘。头上绾着累金丝嵌蓝宝石花钿，手腕上一副羊脂白玉雕梅花云鹤如意镯玲珑有致。

永琪很是安慰，因着自己在皇帝跟前得意，额娘的境遇也越来越好。虽然依旧不得宠，却无人敢怠慢，吃穿所用，俱是上等。这般想着，素日的劳心劳力，都成了理所应当。他，只盼着额娘好过。

于是走过去行礼请安，海兰见了儿子来，喜不自胜地扶住道："瞧你这孩子，定是急忙忙赶来，头发都乱了。"

永琪见她方才仔细绣着什么物事，走近一看，是一件冬日里穿的紫棠缎绣八团莲花白狐慊皮褂，每一朵捧出，都是重重瓣瓣的金线绣莲花。他便道："额娘在做什么绣活？这些细致活计伤眼睛，交给下人去做吧。"

海兰道："是你皇额娘的东西。"

永琪笑道："儿子知道。若不是皇额娘的东西，额娘怎会如此上心？"

海兰郁郁难安："如今内务府懒怠，这件衣裳领口破了也不肯补上。容珮的绣活儿不行，你皇额娘……近来眼睛不大好，要自己动手也不能。"

永琪犹豫片刻："儿子听说了，宫中追奉孝贤皇后成风，皇额娘处境难堪，连永璂也不能留在身边。"

海兰摆摆手，不欲再言，向他道："来，头发乱了，额娘给你梳梳。"

永琪乖顺坐下，由着海兰打散了头发，细细梳理。

永琪闭着眼，极享受似的。他轻声地，像是不能确信，又不敢触碰似的，低低道："额娘，皇阿玛真的是疼爱我么？"

海兰的手势极温柔，替他细细篦着头发："怎么这么问？"

永琪眼皮低垂，底下的眸子却不安地转动："额娘，皇阿玛并不宠爱您，为什么他会疼爱我？是真的因为我做得无可挑剔，还是我，不过是皇阿玛寄托的希望，让他看到永琏和永琮长大成人后成为他理想的模样？"

海兰抚着他的额头，温沉道："你皇阿玛疼爱嫡子，是众所周知之事。他一心渴盼的，是孝贤皇后所生之子可以长大成人继承帝祚。只可惜，永琏和永琮都福薄。但永琪，不必理会旁的，你自己争气便是。"

永琪搓着手："皇阿玛也很疼爱永璂，还把他送来延禧宫给额娘抚养。儿子明白，皇额娘失势，额娘与世无争，反而能给永璂些许安定时日。"

"那是当然，鸾胶再续，弦断再接，你皇额娘身为继后，生下的永璂自然是嫡子。只可惜，哪怕都是妻子，续弦总不如结发。你皇额娘的为难之处，便在这里。况她家世不比孝贤皇后满门富贵荣耀，身后无人，孤苦无依。"海兰的托付温婉而沉重，"永琪，你已经长大，得多扶持你皇额娘才是。"

永琪双目微睁，沉吟片刻："额娘所言甚是。皇额娘虽然得罪了皇阿玛，但地位无忧。且皇额娘还有永璂，永璂才是皇额娘唯一的儿子。"

"你难道不算你皇额娘的儿子么？"海兰长叹一声，"自你出生，额娘便再无恩宠。多少年寒夜孤灯，唯有自己知道罢了。若无你皇额娘将你养在膝下，视若己出，撷芳殿里有多少养不大的孩子，你或许也成了一个。所以永琪，你一定要和永璂一样孝顺你皇额娘，待她要如待我一样。"

永琪抓住海兰的手，语意沉沉："我是额娘的儿子，当然孝顺额娘。对皇额娘，我心里也明白她的恩德，知道该怎么做。永璂……"他顿一顿，"儿子也会好好照顾永璂。"

海兰很是欣慰，温言道："永琪，永璂天资平平，不如你幼时聪颖。但先天不足后天可补，你做兄长的，要好好督促他才是。"

永琪眸中微微一暗，点头称是。

海兰将手中的錾金珊瑚绿松坠角缠上收好的辫梢，柔声道："好了。"永琪翻手一看，笑道："还是额娘梳的辫子最好。芸角最会梳头发，也不及额娘手巧。"

海兰挑着眼角含笑看着他："芸角？便是你新纳的那个侍妾胡氏？"

永琪大是赧然："福晋告诉额娘的？是外头饮酒时三姐姐的额驸送

的丫头，盛情难却，儿子只好收了。不承想倒是个玲珑剔透的女孩子，儿子便将她收了房封了格格。"

海兰微笑，看着儿子的目光尽是疼惜："你常和外头的人来往，赠妾之事也是常有。额娘倒想看看是怎么个出挑人物，就成了你心尖上的人儿了。只是规矩在这儿，额娘能见的媳妇儿，只有你的福晋和侧福晋，格格是不入流的，入不得宫。"

永琪颇为怜惜："是。若不是身份上不能够，便是一个侧福晋也委屈了她。"

海兰听得微微皱眉，道："一个侍妾而已，你便再喜欢，也别过于偏宠，伤了你福晋的心。更要记着，这样轻薄的话可不许再说出口。"

永琪面皮薄，脸上微红，诺诺称是。海兰见儿子如此，哪里还忍心说他，笑靥温然："难得有一个你可心的人儿，若能为你绵延子嗣，自然也少不得她的前程。"

母子俩说着话，已然是暮色四合时分，永琪赶着出宫回去。

他迎着最后一缕霞色步出延禧宫外，四下温柔的风夹杂着后宫女子特有的脂粉香气盈盈裹缠上来。永琪静静屏息，想念着指尖滑过爱妾芸角面孔的滑腻。芸角的话犹自留在耳边："皇后娘娘如今被皇上冷待，您无须对十二阿哥太过热络。另则，皇位之选无非在您和十二阿哥之间。论贤论长都是您占了优势，可论嫡呢？总是十二阿哥占了先机。五爷，您的前程是您自己的，谁都别想，谁都别管，顾着您自己，才最要紧。"

当时，当时他是呵斥了芸角的，是那般疾言厉色，说起自己自小在皇额娘膝下长大，永璂如同亲弟弟一般。甚至发了狠，说芸角下次再说这种话，仔细赶出府去。可他心里终究是明白的，额娘心中只有皇额娘，芸角，芸角才是唯一顾惜自己的人呵。

自从豫妃失宠，香见与嬿婉平分秋色，宫里渐渐也安静些。只是茶余饭后总有嫔妃爱拿豫妃当笑话，既是封妃，也是失宠，惹得永和宫门庭冷落，寂寂长久。不觉叫人想起曾经永和宫的主位玫嫔，也不过盛极一时，便随风凋落。其实也无他，恰如汹涌的波涛之后总会坠入深沉的平静，而潺潺的静水深流之中，也会有偶尔落下的碎石，激起涟漪荡漾。

曾与她争锋一时的恂嫔，却未因豫妃的失宠而迎风争上。仿佛随着当日被豫妃夺宠，她也无喜无忧，沉寂了下来。由着香见与嬿婉擅宠一时，花开各表。

乾隆二十六年的夏日与往年并无不同，其时天方入夏，暖阁内的六棱花长扇窗格上蒙着薄薄的浅银色翠影纱，因着午后煦风暖暖，淡青色的湘妃竹帘也高高卷着。庭院里的栀子花洁白芬芳，被风一扑，迎面拂来阵阵沾染着阳光气息的蓬勃花香。初夏的暑气尚且不重，是一种热闹的融融的甜味，与乳色的阳光绞在一起，连宫殿的瓦釜飞甍都带着流光溢彩的印迹，连庭下梧桐都染上含翠沐金的华彩。如此，花气与初夏甘冽的暑味重叠纵横，一室内皆是清通敞亮。

如懿虽已不大理事，但偶尔也会翻阅敬事房的记档。长日无事，她便只穿了家常的玉色碧罗点栀子花绣袍，一头乌丝松松绾着，斜插了一支通透琉璃簪，垂着碎红宝流苏，叫日光一映，连带燕尾后的翠钿都跟着微微一粲。这般打扮，简丽而不落俗，也不算全消磨了心气。她看了数页便疑惑："皇上曾经也算宠爱恂嫔，如今怎么倒不理会了？"

湄若落了产后失调的症候，终日病恹恹的。她坐在如懿下首，八公主被海兰抱在怀中逗弄，湄若吃力地笑了笑："再宠爱也不过如此，新鲜劲儿过了就丢开手了。"

手边的翠眉镶金华小胆瓶中，斜斜插着一束大红的石榴花。那样明艳的深绿嫣红金彩，逗得八公主看个不止。海兰拔下发髻上一枚青金蝴蝶米珠花引着八公主，一壁笑道："旁人说这个话也罢了，你千盼万盼终于盼到了自己的孩子，也说这样的丧气话？"

湄若定定地坐着，久病虚弱缠得她瘦骨伶仃，一件浅玫瑰红绣嫩黄折枝玉兰绮霞缎长衣虚虚地笼在身上，宽大得不着边际。越发衬得她面色无华，唇白目滞。因着瘦，她的颧骨高高地耸起，原本一双点漆明眸空落落地张大在面孔上，无神而空洞。

如懿小指上的纯金镂空织花锻雕护甲轻轻划过暗红的档本面，安慰道："你拼尽辛苦生下八公主，产后失调皇上也是心疼。你还年轻，本宫会叫江与彬细细为你调理，待好起来了，再生一个阿哥与八公主做伴。"

湄若勉力一笑："从前年轻不懂事，总以为仗着年纪小得皇上的宠爱，如今，也不过是挣命罢了。唉，臣妾的身子自己知道，只是可怜八公主年幼，为她熬一日是一日吧。"

海兰亲昵地吻了吻八公主粉嫩的额头，怜惜地看着湄若："你好歹还有你阿玛，八公主有你和这位外祖在，必不会吃亏。等你身子好了又能侍寝，皇上必会格外疼惜你的。"

话虽如此，湄若也只是苦笑："话是这般说，皇上也疼爱公主，可臣妾不能侍寝，到底差了一层。八公主这么大了，皇上尚未给个封号，可见未曾上心。说到底，所谓恩宠，不过是夜夜相亲，否则皇上眼里臣妾也是可有可无。其间利害，愉妃姐姐不也清楚？"

海兰垂着脸，静静不语。如懿托腮凝神："你的辛苦委屈咱们都知道。可恂嫔难道不知？她原比豫妃年轻，只是不大会狐媚，随遇而安得很。如今豫妃失宠，本该她东山再起，却这般默默。本宫方才瞧她侍寝的记档，初入宫最盛时十日有三次，如今小半年了才一次。便是有容嫔这般擅宠，也不该如此啊。"

如懿的话不无道理。自从容嫔绝了生育，皇帝对她的狂热便渐渐淡了几分。虽然还是这般轻怜蜜爱，宠遇隆重，可到底克制了许多。对六宫嫔妃，也是雨露均施，颇为眷顾。所以除却或病或失宠的几位，恂嫔的冷遇，不可谓不引人注目。

只是话虽如此，如懿失宠，湄若抱病，能与皇帝见上的，也唯有母凭子贵的海兰了。因着永琪得力，皇帝对着海兰也越来越肯假以辞色。所以宫中嫔妃，除了对着协理六宫甫又生了十五阿哥永琰的嬿婉毕恭毕敬，其次便是最尊重海兰了。

也因为海兰的位分，如懿便是失宠，还能维持着温水一样平淡的生活，无人惊扰。为解如懿的忧闷，海兰便常过来，有时也携着同样寂寞的湄若，一同理线、绣花、作诗、煎茶，逗着八公主，或是说说永璂的日常琐事。秋日的午后听风吹落叶声，暑天的黄昏一起吃冰水湃过的新鲜果子，还有容嫔处送来的哈密瓜，倒也安闲。

因着起了疑虑，偶尔海兰独自与皇帝相对时，也会说一句："近日姐妹们在一处，臣妾倒见恂嫔仿佛瘦了些。"

皇帝将海兰新绣的一枚翡翠色绣袋流苏坠系在身上，不以为意道："是么？朕倒有些日子不曾见她了。"

海兰替他理顺了明黄米珠流苏，小心翼翼拣了话道："恂嫔独自在宫中，家乡亲人也离得远，格外孤苦。臣妾偶然看见她孤身一人，也觉得可怜。"

皇帝原低头看着绣袋上的花纹，闻言不觉冷笑："怎么？她也给你脸子瞧？朕一向自诩不曾薄待身边人，唯她气性大。朕刚宠她时却还好，后来豫妃得宠，朕冷落她些，后来再去，却对着朕连个笑脸也没有了。既如此，朕去瞧她脸色么？"

海兰蕴了含蓄的笑："是。恂嫔的性子是内向些，也不大与人说话，却没有冒犯臣妾。听人说她无事便在自己宫里拉马头琴，臣妾怕她存了什么心事……"

皇帝摆手不耐道："她拉着马头琴便能自得其乐，朕又何必过分宠她，若是宠得多了，难保不是第二个豫妃！也别叫她以为博尔济吉特氏失宠，她霍硕特部就能给朕颜色看了。"他缓一缓口气，"再者，她是霍硕特部的女儿，朕当年纳她，是为了安霍硕特部的心，要他们真心驯服。所以朕会给她颜面，不会薄待。但进了宫，宠是自己争的，难不成还要朕迁就她？"

海兰见皇帝不豫，忙扯了话头说起永璂与永琪读书之事，皇帝便也撇过不提了。

这一夜细雨微凉，六月初的时节，细雨蒙蒙，染湿流光，紫禁城底下的万物便也转作了凄然的昏黄。皇帝本欲留海兰在养心殿用膳，奈何海兰记挂着永璂早起咳嗽了两声，放心不下，便辞了离去。

入夏后皇帝兴致颇好，又思念和敬公主，常叫她携子入宫，祖孙三代同乐。和敬早年长居深宫，一草一木皆是旧情，更喜陪着皇帝在长春宫中坐坐，有时傅恒也作陪，一同说及孝贤皇后在时的往事，睹物思人，常常一陪就是一整日。这般圣宠，便是几个皇子也不及，人人都道是孝贤皇后的缘故，恩及公主，更惠泽富察氏全族。于是宫中人等对和敬公主奉承更甚，恨不得亲身巴结，可和敬的性子是目下无尘，也甚少将人放在眼中，只是我行我素。

过了两日，正是要过六月六晾经节的日子。若逢晴天，宫内的全部銮驾都要陈列出来暴晒，皇史、宫内的档案、实录、御制文集等，也要摆在庭院中通风晾晒，连宝华殿与雨花阁所贮的经文也不例外。

偏从这两日起，一直阴雨绵绵，晾经节之事自然是不能了。嬿婉虽然协理六宫，但规矩极严，事事做小伏低，必来禀告如懿的。便由如懿来回禀皇帝，将晾经节之事简略处之。

这一年间，如懿与皇帝的来往，多是这般公事模样。也无多少话语好讲，简明扼要地说过，便匆匆离开，不肯多逗留。

这日如懿扶了容珮的手步上玉阶，李玉便迎上来道："皇后娘娘，皇上往永寿宫去看十五阿哥了，怕一时半会儿回不来呢。"

如懿倒也不讶异，嬿婉新生的十五阿哥永琰，雪白可爱，如个小小的福娃娃一般讨人喜欢，难怪皇帝去永寿宫的次数更多。

如懿只是关切地问李玉："你怎的没陪皇上去？"

李玉脸色一黯，有些讪讪："奴才老了，进忠去了。"

寥寥一语，如懿便了然。嬿婉得宠，进忠在皇帝面前也格外得脸。加之年轻矫健，比李玉自然称心许多。

如懿好言安慰："你是伺候皇上的老人儿了，自然有你的好处。"说着，她便瞧见了守卫在廊下的凌云彻，脖颈裸露处带了两抹血痕，拿雪白的衣领遮掩着，却也不能全遮住。如懿细心，驻足问："怎么伤了？"

凌云彻皱了皱眉，正欲搪塞，跟在身后送出来的李玉捂嘴笑道："茂倩厉害得很，抓的！"

凌云彻听李玉插嘴，颇有些怪他多舌，便横了一眼。如懿见伤处皮肉翻起，显是指甲用力抓出的。她微有骇然："怎的下手这般狠？"

他忙掩饰着道："不要紧，皮肉伤而已。"

李玉甩了甩拂尘，摇头道："皇后娘娘有所不知，虽是赐婚，却是怨侣。早动上手了，凌大人是男人，不能回手，躲不过就成这样了。"

凌云彻别过脸，很是不好意思，他克制着低喝一句："李公公！"

李玉乖觉地住口。如懿不大好受，也不便多言，便叮嘱容珮："咱们宫里有极好的白药，等下取些来。"容珮答应着，如懿看向凌云彻，温然道，"夫妻之间彼此难以相处最苦。若能缓和，便各退一步吧。"

凌云彻似乎有些出神，如懿不知他是否听进去，也不便久留，只得去了。过了咸和右门便往翊坤宫去，容珮有一搭没一搭地说着："十二阿哥午睡醒了想去御花园看荷花，可外头下着雨，怕再着了风寒，愉妃小主和奴婢们便拦下了。"

如懿含笑："这孩子，读书不怎样，倒与他皇阿玛一般，雅爱花草。"她喟然叹息，伸手轻拂清凉雨丝，"可惜，他不在本宫身边，本宫要知道他的消息，也只能是听说。"她停一停，"永璂既看不到荷花，本宫便去折些，送去海兰宫里插瓶，永璂也不必冒雨去看了。"这般商议着，如懿便扶了容珮的手往御花园去。

叁拾　朱色烈

　　六月荷花起自碧池。风荷轻曳于蒙蒙水雾间，隔着烟雨缥缈，夜色茫茫，杳无人影。却有隐约的铮铮声从烟雨深处低回而来。

　　如懿立在伞下，侧耳倾听："仿佛是马头琴的声音。"她听了片刻，"弹奏的是《朱色烈》。"

　　马头琴声呜咽，隔着雨打荷叶的淙淙声愈加低转幽咽，仿佛雨水清寒入骨，生出凉意。容珮疑道："夜雨无人，谁在弹这情情爱爱的曲子？"

　　她转首，见荷叶底下有几点微弱的莹亮火光，仔细辨去，竟是几盏彩纸折就的荷花灯。

　　如懿道："今儿不是什么正日子，怎么有人在这儿点荷花灯祈福？"

　　她见前头正是浮碧亭，便道："雨有些大，去亭中避一避吧。"

　　灯火移动，众人前行。才近亭子，却听得马头琴声戛然而止，一个袅袅婷婷的身影从亭中站起，匆匆迈出。如懿却看清了，唤道："恂嫔。"

　　那女子站住脚，有些不安："皇后娘娘。"

如懿按捺下心底的疑惑，气定神闲："喜欢在夜雨中拉马头琴，倒颇有情致。只是怎么一个人，伺候的人呢？"

恂嫔有些不好意思："她们听腻了臣妾拉马头琴，臣妾也不爱她们吵扰，便打发去御花园外守着了。"

如懿笑着打量她："大约你来来去去只爱拉一首曲子。"她停一停，"可是想家了？"

恂嫔忍耐着拨了拨鬓边的碎红宝串珠流苏："臣妾不喜欢流苏簪子珠宝花儿的，累赘！也不喜欢宽袍大袖和花盆底鞋。穿戴着它们，臣妾得慢慢走路，细声细气说话，连转头都得怕耳坠甩在脸上。"她的脸上洋溢起满满的神往，"臣妾想家了，想家人，想草原，想草原上的牛羊。"

"所以在水里放了莲花灯祈求家人平安？"

恂嫔重重点头，满脸诚挚："咱们霍硕特部为皇上四处征讨不驯服的部落，族人们每天骑着马拿着刀，多危险！臣妾希望他们一切平安。"

如懿含笑："你喜欢骑马么？颖妃也是蒙古人，她喜欢骑马，多烈的马她都不怕。"

恂嫔眼睛一亮，露了几分笑窝："臣妾也喜欢，在草原的时候，臣妾最爱跑马，能跑上一个白天，累了便躺下来。天是蓝的，望不到尽头，不像这儿，天是一块一块的，四四方方小小的，看着难受。"她黯然，很快又笑，"草原上开满了花儿，那些花儿真香，开遍了整个草原。不像御花园的花，美是极美，却没有那种热烈的香味儿。"

如懿有些震惊，望向她的目光愈加柔和："人人都想进紫禁城，羡慕紫禁城的富贵。你却不是。你一定也不喜欢自称臣妾，记着那么多称呼规矩。"

她怀抱着马头琴，低垂着脸："那一年，臣妾不能不进宫。臣妾的父亲一时糊涂，帮助过准噶尔部，才让我们部族受了皇上的冷落。父亲没有办法，才一定要送臣妾进宫向皇上表示悔过与忠心。可臣妾不会争宠，不会讨好皇上，不会像豫妃那样……"

如懿看着她的黯然与失落："不会也不必勉强，皇上不会薄待你。"

恂嫔抚弄着马头琴，笑意酸涩："是啊。吃的穿的用的都是这世间最好的，要付出的代价就是乖乖地坐在宫里，像井底之蛙。乖顺、听话、安静，没有棱角，没有怨言。"她秀眉一扬，颇有英气，"当然，皇上不会薄待臣妾。因为臣妾在宫里，就是一个让霍硕特部安心的最好的摆设。所以哪怕当日豫妃与臣妾争宠，臣妾也不在意。因为她不明白，她和臣妾并没有两样。"她轻蔑一笑，"即便她今日失宠禁足，皇上不也没折磨她？"

如懿的面色沉静下来："你是个明白人，可是你活得并不甘心。"

恂嫔细长的眸子飞扬起一抹凛冽："是。哪怕是个摆设，也会有个念想。"她的情绪有些激动，昂首间露出脖子上一条松石链子，下面坠着的并非珠玉，而是一颗白森森的狼牙。

如懿心底一动，伸手拈起那枚狼牙："一直听闻蒙古部落喜欢以狼牙护身，且须得是用部落英雄亲手打死的狼王之牙。百闻不如一见，你这枚可是么？"

恂嫔的脸上闪过一丝羞涩和慌乱，伸手扯过那枚狼牙，旋即如常道："臣妾也不知道，旁人给的，随便戴着罢了。"匆促间，如懿看见她的手，清瘦嶙峋，一把峭骨，隐隐凸起浑圆青色的筋脉，与她轻盈秀丽的身段面容并不相符。就好似，她柔顺驯服之下，深深隐藏的执拗且执着的性格。

恂嫔福一福身："天色不早，臣妾先告退了。"

如懿见她匆忙离去，伸手接住落下的雨水，似是自语："你方才拉的《朱色烈》，是讲述男女坚贞之情的曲子。曲传心声，你若思念皇上，自能够见到。"

恂嫔脚下一滞，回头静静看着她，眸中尽是幽沉的哀伤。

亭外雨水，落得越发大了。落在阔大碧绿的荷叶上，滴溜一转，迅疾滑落，好像一滴巨大而悲伤的泪。

时光悠悠一荡，乾隆二十六年的夏日便这般到了深处。

到了八月，皇帝照例是要巡幸木兰，带着朝臣、诸皇子与后宫嫔妃。皇帝虽与如懿到了见面无言的地步，但外面的颜面到底是顾着的，又有皇子在。木兰秋狝也没有如懿不去的理由。且此番秋狝，蒙古各部王公都列位其间，几位嫁往蒙古的公主也会携额驸前来，端的盛大。因而在慈宁宫请安时，皇帝也不无烦恼地对如懿说："既然蒙古王公皆在，出身蒙古的嫔妃都得同去。豫妃是蒙古亲贵出身，不可不出现。"

如懿明白他语底深意："颖妃当时得令，又抚养着七公主，自然无不去之理。只是豫妃，自封妃那日禁足，也有两年了吧。除了合宫陛见之日，都不曾出来过。"

太后便道："豫妃自封妃那日禁足，也有些年头了吧。这回豫妃的母族科尔沁部会来人，豫妃的父亲寨桑根敦自然也会出席。皇帝还要以大局为重。"

皇帝道："也罢，这次会与豫妃父亲科尔沁部王爷寨桑相见，她若不在，怕也不便。"

如懿颔首赞许："科尔沁部世代与我大清联姻，若因豫妃之过而怠慢科尔沁部，也不相宜。"她目光轻轻一扫，旋即恭谨垂眸，"且皇上对外，一直顾及豫妃颜面，不曾言她失宠之事，所以寨桑王爷也还不知。"

皇帝不耐烦道："且这次会面众人皆在，他们父女俩也说不上什么，见过便罢。"

如懿也不多言，微含一缕讽意，低头饮茶。片刻，她方道："那么恂嫔也去么？"

皇帝的神色在听到恂嫔时骤然不豫，蹙眉道："自然是去的。"他顿一顿，若有所思，"只是有件事，朕尚未来得及告诉她。恂嫔的父亲和族人协助我大军扫平战乱余孽时出了意外，死伤大半，恂嫔的父亲也不在了。"

早起的和风徐徐鼓入袖中,隔开了肌肤和光滑的丝缎,生起幽幽凉意。那风经了花木葱郁,回廊九曲,折折荡荡,再旋过乌黑的水磨金砖地面,已经变得柔和了些许。窗外渐盛的阳光带了温热的劲力一格格投进殿中,如浮漾的碎金漫漫腾腾,连皇帝清俊的面容上都浮着一层金灿灿的光。

如懿瞧不清他的模样,也不愿去瞧。她眉尖大蹙,愁云频起,惊讶道:"是何时的事?"

皇帝默然须臾:"快一年了。"

如懿惊得差点跳起,到底是多年的涵养教她忍耐了下来。思忖间,想起皇帝一直派霍硕特部上下征讨草原不驯服的部落,以表赎罪,定是折在战事里了。她打量着皇帝,他居然瞒了那么久,那么不动声色,还能对着恂嫔一切如常。

如懿想到此节,微微地笑了。皇帝甚是不悦:"皇后笑什么?"

如懿明眸微瞬,容色淡然:"皇上动心忍性,泰山崩于眼前而不乱。此等事情,自然不必悬于心。"

皇帝凝视她片刻,道:"恂嫔不去也不是。如今霍硕特部是她的异母兄长主持,还是那句话,人堆里见上一眼,不知道也罢了。"他顿一顿,"去木兰之事内务府会打点,后宫女眷事宜由令妃打点,你再过目便是。"他说罢,起身道,"朕还有些奏折处理,你先跪安吧。"

如懿答应着出去了,彼时晨阳高升,阶下草木无声,暑气渐渐迫人。偶尔有风经过,木叶相触之声萧萧籁籁,混作一片,恍如乱雨。如懿想,到底是要挨过夏末,到初秋去了。

永和宫闭锁良久,豫妃厄音珠开宫门解禁足之事便交由令妃魏嬿婉亲自去办。也再三叮嘱豫妃规矩,不可再出事端。

虽是木兰秋狝,搭帐在外,皇帝的住处亦是精麼到了极处。空间既宏大，布置亦精巧，虽说精简再精简，到底也是皇家格局。帐篷的顶部举头可见绚烂夺目的贴金箔莲花纹天花蔓重重叠叠，累成天花乱坠模样，四壁皆是青蓝色蒙古样式的吉祥纹理，环环相扣，每行走一步，似乎就有迷乱不知所终之意。而嫔妃们的住处，也按着位分序列一一如是安排。

木兰秋狝是皇家旧规，皇帝素来遵从"习武木兰"之举，又性喜骑射，所以几乎年年都带王公大臣、八旗精兵与后妃子女至此。到了此处，皇帝骑马射猎，最喜携颖妃、豫妃、恂嫔、恪贵人等蒙古嫔妃，她们既青春少艾，又有飒爽英姿，一一换了鲜艳紧俏的袍服，艳美无俦。身边又有成年的皇子相随，除了已经出嗣的六阿哥永瑢，便是永琪。彼时八阿哥永璇足上有疾，十一阿哥永瑆与十二阿哥永璂同岁，都还年幼，只能拿着小弓骑着小马游戏。余下的更不足提，尚是怀抱小儿。如此一来，永琪更是风头大盛。

而于如懿唯一的好处，便是宫规不那么严谨，可以常常见得永璂了。因着此回蒙古王公颇多，皇帝为示亲厚，多在颖妃、恪贵人处歇息，豫妃固然不得亲近天颜，恂嫔却是淡淡的不甚邀宠，皇帝也不愿多与她亲近了。只是无人时，恂嫔却也向李玉和永琪打听："为何此次狩猎，不见本宫父亲，却是异母哥哥来呢？"

永琪慧根早发，含笑谦恭道："恂娘娘安心，或者秋狝繁累，老王爷不来也是情理之中。"这般应付了，回头永琪便细细叮嘱海兰，顺带着告知如懿，"车马劳顿，除了皇阿玛召宴，这些日子额娘闭门不要见人，只安心休息便好，免得是非。"

如此，林海探幽，千骑飞驰，静则听百鸟啼鸣，动则射狍鹿奔突。皇帝收获颇多，众人溢美不绝，兴致更高。

这一日皇帝领着诸位皇子出去，皇帝独得了一只黑熊，熊胆献于太后，熊皮留给了嬿婉做一条褥子。颖妃也不甘示弱，立刻要了皇帝亲手猎的狐狸取下狐皮留作纪念。皇子中六阿哥永瑢得了两头獐子、四只野兔。十一阿哥永瑆得一只兔子，永璂年幼，也射了一头狍子。

恰恰和敬公主在旁，便盈盈笑："皇阿玛，儿臣记得端慧太子在世时，六岁便可行猎射得一只小鹿了。"

永璂闻言颓丧，手足无措地望着如懿，垂首不语。皇帝温言道："永璂，前些时日朕拘着你在养心殿读书，骑射上未免生疏了。罢了，回头叫谙达多教你些。咱们满洲男儿，骑射上可不能输人。"永璂诺诺答应了。

而永琪归来，只得老弱之物，皇帝便更不悦。永琪施礼，谦谦道："我朝以马上得天下，儿臣不敢忘记祖训，所以有所射猎。但儿臣见母鹿幼兽颇为可怜，而壮年猛兽猎得虽可增荣光，但幼兽抚育皆赖壮者。想及野兽也有母子之情，儿臣不忍，一律放生，留其繁衍。"

这番话说得皇帝龙颜大悦，抚着永琪肩头道："能文能武固然好，但有悲悯怜下的仁爱之心，朕更感欣慰。"说罢，便解下自己身上的双龙抢珠赤红缎披风披于永琪身上，"郊野风露，你有附骨疽的旧症，得格外小心身子。"说着又看海兰，"愉妃，你教的好儿子。朕将永璂交给你，更放心了。"

永琪应允，恭谨谢过。他起身的一瞬，足下微微一僵，海兰正与皇帝说话，一时未曾察觉，如懿心念一动，趁着人不留意，便低声道："永琪，你的腿怎么了？"

永琪面色微沉，不欲在人前多言，便道："起初觉得寒热，仿佛感冒风邪。这两日一直奔波马上，有些筋骨疼痛，但不热不红，无甚症状。皇额娘放心，想必无大碍。"

如懿知他要强，在皇帝面前更不肯示弱呼痛，还是不大放心："本宫记得先帝时和怡亲王允祥也曾有过这般病痛，你要格外仔细些。等晚膳过后，本宫着江与彬去瞧你。"

永琪见皇帝满面春风，如何肯扫这个兴，便恳求道："皇阿玛正在兴头上，若此刻传御医，当着各部王公的面，若有什么传言便不好了。"说罢又笑，"儿臣府里也有御医，回去瞧了便是。"

如懿回首，见皇帝正拉着永璂的手嘱咐着什么，也不敢多言，便答应着去了。倒是永琪的随侍太监小胖子一再道："贝勒爷，皇后娘娘的话您得记着。您得的是附骨疽，不得受凉，也要少骑马。"

永琪毫不放在心上："我早问过了太医，不是要紧事。且皇室中得此病的人也不少，芸角说民间也多得是，稍稍留心即可，不打紧的。今儿晚上皇阿玛要宴请蒙古王公，尤其是科尔沁王爷，咱们去瞧瞧，不可有闪失。"说着，便也急匆匆去了。

这一晚便在大帐外环坐饮宴。出宫在外，饮食不比宫内精细，反多了各色野味，将白日所猎获的禽物烹得鲜香可口，诸人更是饮酒助兴。清夜无尘，月色如银。更兼燃了无数篝火，有蒙古女子挥起五色长袖跳起歌舞，比之宫中的纤腰袅娜更有奔放热烈之意，引来喝彩声无数。如懿陪伴皇帝身侧，海兰与嬿婉分坐了左右两首。因着女眷们矜持，除了颖妃与嬿婉口齿伶俐说笑，其余人都懒懒的。恂嫔更是告了假，连晚宴都不曾出来。

酒过三巡，众人都有了薄薄的醉意，如懿不胜酒力，目光更眷着永璂。海兰会意，便道："皇上，十二阿哥累了，不如先随皇后娘娘回去。"皇帝与王公们饮酒正酣，便挥了挥手。如懿欣喜，忙牵着永璂退下了。豫妃厄音珠便也趁此告醉去了。

嬿婉趁着春婵斟酒的间隙，轻声道："豫妃到了这里可还安分？见上了她阿爹不曾？"春婵便将见厄音珠派人寻过科尔沁寨桑根敦一事悄声禀报了。

嬿婉不动声色，只上前拉住要随如懿离去的海兰，举杯笑容满面："皇上，您也该好好表彰愉妃姐姐教子的功劳。"皇帝连连称是，海兰一时走不得，只得留下陪饮。

八月中旬的夜风已有了飒飒的凉意。如懿面红耳热，被风一扑，不觉已浸凉了衣襟。容珮便道："皇后娘娘和十二阿哥走小路吧，回去近些，避避风也好。"

草原上无遮无拦，夜风吹拂，散落草木互相触碰后如海浪般晃迭的轻音。一轮圆月排云而出，月色熠熠洒落，照亮不远处的河岸上开着的轻盈的粉紫野花。

永璂大大地松一口气，跳跃着像只小麻雀："额娘额娘，今天儿子不用背书，师傅也不会查功课。真好！"他闭着眼睛深吸一口气，"额娘，这里的花好香，甜甜的。我骑在马背上的时候只想着要猎点什么回去皇阿玛才高兴，都没闻到花有香味儿。"

如懿爱怜不已。永璂也不过是个孩子，贪玩是孩子的本性，却要被牢牢拘着每日如个小大人般刻苦成熟，真真是难为了他。如懿牵着永璂的手紧紧不肯放，依依道："永璂，额娘很久没闻到宫外的气息了。你闻到没有，河水的气味是甘冽的，夹杂着花香。宫里的花儿朵儿都是精心培育的，带着匠气。这里的花，都是活泼泼的，无拘无束。"

永璂嗯嗯啊啊地点着头，欢欢喜喜地好奇张望。容珮笑吟吟道："宫外的人都艳羡宫里的富贵，宫里的人都盼着外头的自由。人都一样，得了这个，盼着那个。"

母子二人说笑着，便往帐篷深处走去。后头三五宫人引着灯追随，脚步声都漫在万叶千枝的风声里。

这一带都是宫女们所住的青帷帐篷，夜来都在御前服侍，一座座帐篷都空着，连一星烛火也无，又靠近河边，格外昏暗。容珮低声道："今儿蒙古王公过来，前头多搭了好多帐篷给伺候的宫人待着。咱们便只能从这儿绕过去到娘娘的帐篷了。也可以少吹点儿风。"

正说着，忽然见一个硕大的影子立在帐篷后，如懿骇了一跳，已有宫人失声唤起来："莫不是撞上熊了？"

永璂一吓，挡在如懿身前，粗声壮气道："额娘，儿子在这里。"那影子似乎也受惊不小，立刻分开，便可辨出是两个人影，一高一矮，高者健硕，似乎是个壮年男子，穿着侍卫袍服。那矮的苗条纤秀，居然是宫装打扮。先前，他们竟是紧紧抱在一起。

这一惊可非同小可。想是哪个宫女与侍卫相好，躲在此处亲热。如懿将永璂护到身后，容珮扬起灯笼，厉声喝道："是谁？"

便是想跑也来不及了，灯火明灭处，那女子分明是早先告假的恂嫔霍硕特蓝曦。四目相对处，她面上犹有泪痕，凄然沉痛，不似往日。那男子形容陌生，脸上亦有哀容。

永璂探着头，先喊了一声："恂娘娘。"

如懿深觉不妥，便按了按容珮的手，沉声道："恂嫔，你在这里私会男子，你可不要命了么？"

那男子低声问："这个女人是谁？"

恂嫔冷冷一笑，艳光四射："咱们仇人的妻子。"她仰一仰头，并无惧色，"皇后，是你自己撞上来的。"

周遭唯闻草叶萧萧之声，泠泠似幽然泣声。如懿听得她语中狠辣之意，想要呼喊，才想起侍卫离这里都远。她缓和了惊惧之下僵硬的面颊，低声道："你若要性命，速速离开，不要在此枉费唇舌。否则你是皇家嫔妃，你身边这个人便只有五马分尸之路！"

恂嫔与那男子对视一眼，似有犹豫之意，相望之间，无限爱怜珍重。

恂嫔迟疑："你肯放过他？"

如懿压抑着心底的慌乱，沉静道："只要他离了这里，本宫未曾见过，你也未曾见过，各自相安。"这是最好的法子，也保全眼下的自己。

恂嫔正沉吟间，只听身后一声尖厉女声划破静谧夜空，将草木温润之声骤然撕裂："有刺客！有刺客！"

如懿仓促转首，只见豫妃携着两名侍女惊惶大呼，奔得很远。

图书在版编目（CIP）数据

如懿传：典藏版 . 5 / 流潋紫著 . -- 北京：作家出版

社，2025. 8 . -- ISBN 978 - 7 - 5212 - 3065 - 9

Ⅰ . I247.5

中国国家版本馆 CIP 数据核字第 2024K7U111 号

如懿传 5（典藏版）

作　　者：流潋紫
插　　图：麟鲤君
书 法 字：严　忠
责任编辑：袁艺方　卓尔文
装帧设计：王　悦
出版发行：作家出版社有限公司
社　　址：北京农展馆南里 10 号　　　邮　　编：100125
电话传真：86 - 10 - 65067186（发行中心）
　　　　　 86 - 10 - 65004079（总编室）
E - mail: zuojia@zuojia. net. cn
http: // www. zuojiachubanshe. com
印　　刷：唐山玺诚印务有限公司
成品尺寸：145 × 210
字　　数：345 千
印　　张：12.5
版　　次：2025 年 8 月第 1 版
印　　次：2025 年 8 月第 1 次印刷
ISBN 978 - 7 - 5212 - 3065 - 9
定　　价：55.00 元